U0092293

# 革命與情愛

二十世紀中國小說史中的
女性身體與主題重述

劉劍梅 著
郭冰茹 譯

謹以此書獻給

把我導入文學之門的父親劉再復

# 中文版自序

劉劍梅

我的第一本英文著作《革命與情愛》於2003年由美國夏威夷大學出版社出版，至今已有四年了。兩年前通過李歐梵教授夫婦，我結識了正在美國哈佛大學進行學術訪問的季進教授，他建議我把這本英文書翻譯成中文，當時我以為他只是隨便說說，可是沒想到，他一回國就和王堯教授主編「海外中國現代文學研究譯叢」，把我的這本書列入其中，並請中山大學的郭冰茹博士翻譯，讓這本書終於有了中文版。書的原名為Revolution Plus Love，本應直譯為「革命加戀愛」，這一書名對於美國讀者顯得更為明快也更為有趣，但對中國讀者則顯得過於「通俗」，因此，徵得譯者的同意，定名為「革命與情愛」，這是意譯，但並不走題。

《革命與情愛》是基於我在哥倫比亞大學的博士論文改寫而成的。從讀博士學位時開始構思，到初稿完成，之後又不斷修改與潤色，加上出版社的審理過程和簽約後編輯人名書名索引等等，經歷了八年的時間。如此難產，除了我的才氣不足之外，還有一個原因，就是英文寫作對於我總是不如中文寫作那麼方便。現在美國大學東亞系已經擁有越來越多的來自中國大陸的教授和助理教授了，但他們大多數出身於大學外語系，而我則是出身於北大中文系。如果不是我就讀的北京二中（北京重點中學）外語課抓得特別緊，再加上父母為我請了課外英文輔導老師，我連留學夢也做不成，更不用說英文寫作了。到美國後，我被大環境和小環境所逼，英文水平雖不斷長進，但比起英文系出身的「同路人」，自然要吃力得多。只是我還有一點毅力，堅持雙語寫作，堅持不停地往前爬動。在烏龜和兔子的賽跑中，我不屬於兔子，但就同齡人出版英文著作而言，倒屬於「先進」了，這也正好應了中國「笨鳥先飛」的俗話。

寫作博士論文的最初靈感，來自於夏濟安先生的《黑暗的閘門》和李歐梵先生的《中國現代作家的浪漫一代》。夏濟安先生在《黑暗的閘門》一書中，刻畫了瞿秋白、魯迅、蔣光慈、馮雪峰、丁玲、「左聯五烈士」的命運圖像，道破了這些左翼作家的雙重性和富有人性的一面，這一見解拓展了我的視野，對我影響很大。李歐梵教授的《中國現代作家的浪漫一代》選擇林紓、蘇曼殊、郁達夫、徐志摩、郭沫若、蔣光慈、蕭軍作為評說對象，討論1930年前後的時代風貌和一代作家的精神特徵。那洋溢在書中的曾經驅動一代人的浪漫情感，對我理解「革命加戀愛」的創作模式有很大的幫助。延續他們的研究方向，我在《革命與情愛》一書中，也充分強調中國現代作家的分裂性，強調他們在現代與傳統、理想與現實、個人情愛與集體願望之間的掙扎和彷徨。我認為，「革命加戀愛」公式的一再重複，正是中國現代知識份子的一種人性困境。他們在個體內心的矛盾與掙扎，一次次地體驗著現代分裂人的痛苦，即使最終認同了奮鬥的集體，仍然不能掩飾內心的焦慮。可以說，我的這本書雖然沒有完全實現對夏濟安和李歐梵的超越，但至少是對他們研究成果的補充。此外，通過探討權力與性別、政治與文學的交織，我還希望能給中國現代革命文學的研究提供了一個女性批評的視角，特別是抓住「女性身體」這一中介，想說一些以往現代文學史家未說過的話。不過，現在回頭再看這本書，覺得還是有許多遺憾的地方，當時受西方學院派的影響太重了，尤其是受到瀰漫於西方學界的解構氣氛的影響，正面建構的意識還不夠強健，對現代女性的精神開掘也還不夠深刻。「文章千古事，得失寸心知。」但真正知道自己文章的得失還是需要時間的。

我在寫《革命與情愛》一書時，注重的是女性身體的多重象徵意蘊。雖然用力敘述的是政治與革命權力對女性身體的控制、利用、分割、扭曲和異化，可是同時也看到女性身體自身的游離性和豐富性。所以，即使寫到像蔣光慈和茅盾這樣的左翼男性作家用女性身體傳達革命意識形態，我也注意到女性身體不被意識形態所控制的一面，有身體的豐富性，才有文本內在的張力。寫到女性作家時，我更是注意到身體與內心的密切聯繫。比如，白薇的身體寫作，就並非只有欲望的軀殼，並非僅供消費，並非只是快感與遊戲，而是與內心發生關聯，是蘊藏著不屈靈魂的全生命的顫動。當她把身體的痛苦暴露給讀者時，不僅讓讀者看到身軀之傷，而且是靈魂之傷。這些傷痛，表達了這位女性作家鬱積在胸中的憤怒與不平，也表達了她對父權制社會不屈不撓的抗爭。這樣的女性身體，擁有巨大的生命能量和靈魂深度，不僅是對身體專制的反抗，而且是對靈魂專制的反抗。可以說，我在本書中試圖探索的，不是簡單的身體政治，不是簡單的肉體崇拜與狂歡，而是個體生命在革命大時代中充滿艱辛與內心搏鬥的精神歷程。

這本書的英文版之所以能夠在美國出版，首先要感謝我在哥倫比亞大學的博士導師王德威教授。他不僅在我讀書期間對我精心指引，而且非常支持我的這一選題。他在為我的散文集《狂歡的女神》所作的序中，有一段文字談到了《革命與情愛》：

> 劍梅的專長是現代文學與歷史、性別關係的互動。她的博士論文，以及第一本英文專書，寫的是二十世紀三十年代「革命加戀愛」的小說政治。這個題目看來平常，裡面其實大有文章。三十年代風雲變幻，前衛作者或熱衷民族改造，或追求主體解放，總結起來，正不脫「革命」、「戀愛」兩大目標。以後五十年中國所經歷的種種激情狂熱，基本源出於此。時移事往，劍梅成長的歲月卻是個告別革命、放逐諸

神的年代。進入九十年代，在美國，她重新檢視「革命加戀愛」的譜系，反思其中所透露的中國現代性特徵；論文寫的雖然是文學，但一股與歷史對話的衝動，躍然紙上。[1]

如果不是王德威老師的認可和堅持，我可能半途而廢。記得那時我已經被西方學院派的密集概念「轟炸」得「不知去向」，後殖民主義到來時，我的選題跟這一時髦的西方理論很難掛上鉤，不久西方漢學界又偏重「文化研究」，朋友們紛紛轉向對影視文化的批評，而我還在閱讀左翼作家的文字，覺得很落伍、很孤獨。好在有王老師的一再鼓勵和輔導，加上我父親常常與我對話，才慢慢從選題中找到了樂趣，也找到了屬於自己的視角。初稿出來後，李歐梵教授作為第一讀者與老師，他的坦率批評又讓我警醒。他說，你這是對中國現代文學史的研究，沒有必要套上時髦的西方理論，你應該把那些枯燥的理論術語統統去掉。我於是又重新審視修正一番，不過為了趕上夏威夷大學出版社給我的期限，那次改動所下的功夫還很不夠。現在看來，當時如果能夠「傷筋保骨」地重構一下，現在可能會滿意一些。

除了感謝王德威和李歐梵老師，我還要感謝夏志清先生和王斑教授。夏志清先生在我讀書期間，除了教授中國古典戲劇課程之外，還常常關心我的寫作。退休之後，還時常回到哥大的校園來輔導我和同學們，讓我們受益匪淺。記得我最初告訴他想做「革命與狹邪的對話」的論題時，他很不客氣說，這個選題「大而無當」。我聽了，很受震憾，後來才深挖一口井，壓縮成對30年代「革命加戀愛」文學題旨的研究。王斑的第一本英文書《歷史的崇高形象：20世紀中國的美學和政治》跟我做的選題很相近，於是我們就有了對話的機會，他給了我許多寶貴的意見和指導。在美國的讀書寫

1　王德威：〈女性學者的憧憬〉，見《狂歡的女神》，北京三聯書店，2007年。

作生涯中，我還得到以下教授的關心和支持：葛浩文，林培瑞，奚密，孫康宜，唐小兵，Kirk Denton，陳小眉，張英進，岳鋼，商偉，Michel Hockx, Victoria Cass, Paul Rauzer, Michael Tsin，鄭樹森，沈志佳。還有，我的好友Ann Huss（何素楠）為我的英文把關，我父親的朋友程麻叔叔幫助我收集和複印不少第一手材料，這更要銘記在心裡。

這本書是獻給我的父親劉再復的。我在與他合著的《共悟人間》中，曾寫道，「感謝你終於使我愛上了文學。這一選擇使我比旁人多了一個世界。這個世界如此迷人，它的最深處的內核，是真的永遠不會熄滅的人性的太陽。它的光芒撫慰著人間，也撫慰著我，叫我做人要豐富，但又要單純、善良，對人永遠不要失去信念。它讓我在充滿欲望的世界中不會迷失自我，並多了一種視力看待人生，多了一副『詩意心腸』珍惜人間所有的真情和愛意。」[2] 不錯，正是父親把文學看得如同宗教一般神聖，才使我愛上了文學，才在對中國文學史的研究中找到了人性的光輝。我的母親陳菲亞，妹妹劉蓮都是我的堅強後盾。我的先生黃剛，總是讓我感到理解的快樂。我是一個非常個人化的學者，出書時總是想到與我個體生命存在息息相關的親人。

最後，我要感謝季進教授和王堯教授，沒有他們的熱心推薦、督促和鼓勵，就不會有這本書的中文版。還要特別感謝本書的中文譯者郭冰茹博士，沒有她的認真的、艱辛的工作，我的英文著作哪能與故國的讀者見面？她不僅刻苦翻譯，而且把引文一一查出，糾正了我的一些注釋上的錯誤，經過此番翻譯的洗禮，我對自己的舊作也有了不少的反思。對於出版社的責任編輯，我也心存敬意與謝意。

寫於2007年5月底，美國馬里蘭大學

2 《共悟人間》，香港天地圖書公司，2002，第64頁。

# 目次

# 引論

# 引　論

「革命加戀愛」作為一個主題與創作模式是在20世紀20年代末期開始流行的。它是對一系列政治事件具體的文學反映：國共合作和破裂（1923——1927）、城鄉起義以及蘇維埃革命的國際影響，而後者在此時出現的文學作品中扮演至關重要的角色。寬泛地講，這個主題指涉的是與五四運動（1919）的文化餘波有關的「革命」期待，個人在動盪的社會中的位置，日益加劇的資產階級和無產階級之間的鬥爭，政治身份和性別身份的混合。這個非常流行卻沒有得到研究者足夠重視的主題，在不同的歷史時期有著不同的歷史內涵，不僅在革命文學早期被左翼作家所喜愛，而且到了70年代還一直影響著文學的潮流，通過它，我們可以重新考察現代中國文學史上的偶發事件和某些文壇上的爭論，也可以重新考察寫作與政治之間的緊密關係。雖然這個主題無可避免地被套上政治意識的框架，但文本中革命與情愛之間的互動關係仍然值得思索。這其中仍然有許多被忽略以及令人困惑的問題，例如，在中國20世紀動盪的歷史中，個人化及其政治化的表達區別何在？為何將性與政治聯繫在一起？革命與戀愛的結合，只是中國官方意識形態在現代文學歷史中的反映，還是其本身就是整個文學敘述中不可缺少的組成部分？在與政治密切的糾纏之中，性別在表達和表現政治上扮演了怎樣的角色？我們應該如何看待具有大量政治和文化含義的色情描寫？在不斷變化的革命與戀愛的敘述中，文學與政治、性別和權力、現代和傳統這些引起爭論的關係是如何被呈現出來的？這些元素在不同歷史時期的相互作用和相互影響，不僅揭示了中國現代化進程中的互為矛盾又對立統一的背景，而且提供了新的視角，超越了線性文學史的類型研究，讓我們對中國現代文學史產生新的認識。

近年來，文學研究將革命與戀愛當作互不相關、彼此獨立的主題來研究，很少有學者關注兩者之間的互動關係。在少數關注二者關係的研究中，孟悅著重討論了毛澤東時代的革命話語規範的壓抑性，指出革命話語限制並且壓抑了個人的欲望、情愛、性、自我以及其他感情[1]。王斑則認為這樣的理解在政治表達與身體力量之間強加了一個嚴格的二分法，他反而強調共產主義文化本身就包含著許多性衝動，是性欲（力比多驅力）的某種體現，所以革命話語中所指的愛與幸福早已超越了異性之間的戀愛，用他的話來說，就是：「個體的欲望能夠戴上大眾的、政治的、表面上看與性無關的偽裝。」[2]在很大程度上，這些解釋——革命的政治話語典型地壓制了戀愛、女人和性；力比多驅力是性與政治的原始推動力——沒有考慮到任何一個單一的模式，都無法恰當地解釋關於革命與戀愛之間的關係。事實上，關於這二者關係的歷史表述是多種多樣的，有時它們是一種互補的關係，可有時又常常是矛盾的。比如說，毛澤東時代的革命話語無疑影響和確立了性別規範和性本身，但是這些身體和性行為的符碼反過來也改變了革命崇高的形式。

當我們踏入一個新的世紀，回顧20世紀革命與戀愛之間的互動關係時，應該意識到這一關係的變化實際上指涉著一種動感的「表演式」（performative）的文學史概念。即意識到革命和愛情都不

1 孟悅：《女性形象與民族國家》（Female Images and National Myth），見《現代中國的性別政治》（Gender Politics in Modern China），泰尼・巴羅（Tani E.Barlow）著，杜克大學出版社，1993，第118—136頁。

2 王斑：《歷史的崇高形象：二十世紀中國的美學和政治》（The Sublime Figure of History: Aesthetics and Politics in Twentieth Century China），第135—136頁，斯坦福大學出版社，1977。

是固定的無止境的僵化存在，整個文學實踐被兩者不斷變化的複雜的互動關係所改變。在本書中，我試圖質疑學院派中將革命與愛情的相互作用僅僅看作是一個流行模式的範例。與這種看法相反，我更重視二者之間關係的多變性，首先把它們看成是一個多變的地帶，然後再來考察，在這一多變的地帶中，政治與性別認同是如何被表現的。我將20世紀30年代到當下的「革命加戀愛」的寫作公式作為研究文學與政治關係的一個案例，追尋這一公式的起源和知識譜系，以及它對文壇的影響。通過清晰地描繪這一主題被一再反復表述的歷史脈絡，考察革命話語是如何影響文學表現的，尤其是對性別規範和權力關係的文學表現，而女性的身體又是如何充滿了多變性與游離性，這一游離性往往是單一標準的霸權式的文學史敘述模式所無法涵蓋的。

## 現代性與革命

革命和情愛是描述中國現代文學特徵的兩個非常有力的話語。愛情至少包含個人的身體經驗與性別認同，男人和女人之間的關係，以及個人的一種自我實現；革命指稱的則是進步、自由、平等和社會解放的軌跡。由於這兩個範疇相互融合、衝撞甚至在中國現代文學的主流敘事中相互影響，一些學者便將它們當作現代性的兩個主要的象徵性語彙。正如唐小兵恰當地指出，「兩個看似相互對立的概念——『革命』是集體力量的經驗，『愛情』則通過個人自由來顯現成功的社會制度——是現代性合法性話語中重要的意識形態構成」[3]。然而，這種隱喻性的處理方法，實際上已經預先假設兩個概念都是超歷史的，不可改變的，也是不可置換的，從而抹煞它們各自的歷史具體內涵及它們結合的知識譜系。而且，一旦將

[3] 唐小兵：《中國現代：英雄與凡人》（Chinese Modern: The Heroic and the Quotidian），杜克大學出版社，2000，第105頁。

「現代性」這一概念當成了萬靈丹藥，沒有觸及到革命和愛情想指涉的動盪而又矛盾的現實，就會更顯得空洞。畢竟，革命意味著真實意義上的流血犧牲，只是隱喻性地談論這一概念，以及與這一概念緊緊相連的愛情觀，是遠遠不夠的。

美國近年來出現的許多對中國現代文學的研究，可以被看作是努力叩問現代性的結果，尤其是叩問現代性與進步、革新、革命、啟蒙和民族解放等概念之間的內在聯繫的結果。其意義在於質疑五四作家最初確立起來的文學標準。其中，值得注意的是如亞歷山大・福格斯（Alexander Des Forges）的質疑，他指出，中國現代文學研究有一種嚴重的傾向，一種對「文學現代性」的「本質化的戀物癖」傾向。借用佛洛德的「戀物癖」理論，福格斯認為，自20世紀60年代夏志清先生的《中國現代小說史》起，在美國漢學界所迷戀和依賴的幾個重點大辭彙中，「現代性」是最突出的一個。文學現代性常常被定義為是對「傳統」的一場裂變，始於五四時期。這些研究往往接納歐洲的理論結構，總是事先假設一個龐大的堅如磐石的中國傳統，然後，把這一傳統與現代文學相對立起來，無視中國文學自己的文本。[4]由於以西方的文學經典為參照系，早期漢學家不得不時常為他們所研究的中國現代文學中的「次等作品」感到遺憾，感歎中國的偉大作品少之又少。七八十年代的漢學家比較注重對經典研究的超越，開始注意「五四」以外的一些時期，如晚清、民國時期，以及80年代等等，在研究方法上也注重中國現代性與西方現代性的區別。不過，福格斯批評道，這些對「五四」經典的拓展和超越研究，也仍是延續「戀物癖」的思維邏輯，仰仗於一兩個與「現代性」相關的辭彙。這些研究通常在「現代性」這個

[4] 福格斯（Forges）：《「文學的現代性」：作為美學符碼、分析工具和崇拜物的用法和錯誤》（"Literary Modernity": Its Uses and Flaws as Aesthetic Code, Analytic Tool, and Fetish），論文發表於在紐約哥倫比亞大學召開的「有爭議的現代性：透視二十世紀中國文學」（Contested Modernities: Perspectives on Twentieth Century Chinese Literature）的會議上，2000年。

關鍵字前加上一或兩個定語，例如「遲到的」、「半殖民地的」、「翻譯的」、「性別的」、「被壓抑的」、「另一種的」和「中國的」等等。雖然福格斯認為這些相似的定語是有益的，但他仍然提出下列的問題：「對現代性的戀物癖讓人不得不思考：這些強調現代性是主觀的、詭秘的、有限的、失敗的、成問題的研究——好似現代性若沒有首碼將無法表達自身——是不是僅僅適用於對中國文學的研究？有沒有可能這種「戀物癖」本身證明了如上所述的文學現代性根本就是自相矛盾的和成問題的？」[5]的確，這些在現代性一詞加上首碼或者尾碼的學術著作，好像在限定現代性，又好像在膨脹現代性，讀者進入不了文學自身的「真問題」，因為一切問題全被「現代性」這一概念所「隔」所遮蔽。這些研究的確讓人感到困惑，是否「文學現代性」這一定義本身就過於含糊？是否這一「戀物癖」本身反映了學者們自身的混沌狀態？

福格斯對「戀物癖」的批評是有意義的。確實應該警覺到，過於信賴西方現代性理論可能會遮蔽中國歷史的複雜性和矛盾性福格斯（Forges）：《「文學的現代性」：作為美學符碼、分析工具和崇拜物的用法和錯誤》，福格斯認為「這些現代性的戀物癖，

[5] 福格斯所指的專著包括：張誦聖（Yvonne Sung sheng Chang）：《現代主義與本土主義抵抗：當代臺灣小說》（Modernism and Nativist Resistance: Contemporary Chinese Fiction from Taiwan），杜克大學出版社，1993；張旭東：《改革年代的現代主義：文化熱、先鋒小說和新中國電影》（Chinese Modernism in the Era of Rerorms: Cultural Fever, Avant Garde Fiction, and the New Chinese Cinema），杜克大學出版社，1997；王德威：《被壓抑的現代性：晚清小說新論1849—1991》（Fin de Siècle Splendor: Repressed Modernities of Late Qing Fiction, 1849—1911），哥倫比亞大學出版社，1992；周蕾：《婦女與中國現代性：西方與東方之間的閱讀政治》（Woman and Chinese Modernity: The Politics of Reading between West and East），明尼蘇達大學出版社，1991；史書美：《現代的誘惑：半殖民中國的現代主義寫作1917—1937》（The Lure of Modern: Writing Modernism in Semicolonial China 1917—1937），加州大學出版社2001；劉禾：《跨語際實踐：文學、民族文化與被譯介的現代性1900—1937》（Translingual Practics: Literature, National Cul ture, and Translated Modernity in China, 1900—1937），斯坦福大學出版社，1995；李歐梵：《上海摩登：一種新都市文化在中國1930—1945》（Shanghai Mod ern: The Flowering of a New Urban Culture in China），哈佛大學出版社，1999；唐小兵：《中國現代：英雄與凡人》（Chinese Modern: The Heroic and the Quotidian），杜克大學出版社，2000。

不僅忽視了令文本表現得很現代的社會條件，而且，更有意義的是，拒絕承認這種現代性（就像所有的現代性）是通過翻譯的工作而虛構的。」。儘管現代性及其相關理論挖掘出了大量「被壓抑的現代性」[6]的文本，但它們卻無法充分闡釋一些複雜的社會語境。例如，時髦的現代性話語在某種程度上與革命話語非常不相容，在20世紀30年代左翼作家的文學敘述中，就有一些是被革命營壘拒斥的資本主義現代性語調。由於在當代中國大陸消費主義成了主要的潮流，人們很容易忘記中國左派最初的奮鬥目標，忘記中國左派最初是為了努力戰勝資本主義現代性的神話的，而這一神話就是「相信工業化能夠通過提供給大眾豐富的物質從而建立一個良性社會」[7]。的確，「文化大革命」這場突如其來的災難產生了極其惡劣的影響，其中一個負面的影響就是中斷了人們關於革命能夠創建美好未來的記憶。在以往特殊的歷史階段，中國知識份子欣然接受與擁抱革命，是因為革命給了他們希望，將他們對民族解放的渴望和對現代危機的焦慮感轉變成對美好未來的憧憬。帶著爭取個人和集體幸福的合法願望，革命很大程度上與階級概念和建構現代社會相關；革命並不拒絕科學技術和現代化，只是批判資本主義生產的社會條件。現代性的「戀物癖」忽略的恰恰是這樣一個對現代社會的憧憬以及包含在其中的中國知識份子的渴望、焦慮和絕望。

6 王德威的話。為了討論遲來的現代性是「被那些意識到西方現代話語霸權的人所實行的一種自我折磨」，王德威挑戰所謂前現代與現代的區分，用「被壓抑的現代性」來描述晚清時期部分中國人對現代性做出的貢獻，雖然這些貢獻在隨後的五四話語和現代文學運動中被否定、被壓抑或者被削弱。正如他所說：「這種被壓抑的現代性始終想通過滲透、徘徊或分散主流話語找到它們的歸路，從而構成了中國現代文學另一道迷人景觀」。「被壓抑的現代性」質疑了自五四運動以來中國知識份子普遍持有的關於現代性獨一無二的模式，並且挖掘出被進化論的文學史觀所抹煞與埋沒的歷史。見王德威：《被壓抑的現代性：晚清小說新論1849—1991》第一章。

7 巴克墨爾斯（Susan Buck Morss）：《夢幻和災難：東西方烏托邦的逝去》（Dreamworld and Catastrophe: The Passing of Mass Utopia in East and West）序言，麻省理工學院出版社，2000。

「文化大革命」帶來的創傷使不少人對革命意識形態和宏觀歷史敘事不再著迷。作為一個話語的辭彙，「現代性」在20世紀80年代中國大陸的「文化熱」中開始被運用到文學批評中；然而，批評領域的「反抗現代性」（西方現代化）直到1988年才為人所知[8]。毋庸置疑，文學批評領域的現代性話語和反現代性話語成功地使文學批評領域的語言變得「陌生化」，從而拋棄了以往流行的政治優先的批評話語，比如「階級鬥爭」等等。通過接受西方的現代主義、後現代主義、後殖民主義理論，對現代性的「戀物癖」情結已經大大地控制了美國和中國大陸關於中國現代文學的學院研究領域。一些文學批評家只是慶祝現代性思潮取得文壇的話語支配權而不去反思或者批判西方現代性內部的矛盾[9]，有些批評者則主張應該審慎地用這個術語，同時質疑中國現代性是否完全是西方現代性的翻版[10]。的確，在新的全球化的名義下，全球化經濟促進了現代性作為支配性話語的擴展。我想，我們現在迫切需要解決的問題，並不是如何定義現代性和對待現代性，而是如何找到具體而確切的方法來做文學評論，以及如何強化自我反思意識地面對中國的語境與文本。

在評述了伯爾曼（Marshall Berman）的將革命與現代性結合起來的令人信服的理論之後，安德森（Perry Anderson）為「革命」下了個清晰的定義：

---

8 甘陽在1988年介紹《中國當代文化意識》時開始提出「中國知識份子應該用批評的眼光重估西方現代化的價值」，見李陀：《反抗現代性：反思80年代中國大陸的文學批評》（Resistance to Modernity: Reflections on Mainland Chinese Literary Criticism in the 1980s），收入王德威編《二十世紀下半葉的中國文學：一個批評的概述》（Chinese Literature in the Second Half of a Modern Century: A Critical Survey），印第安那大學出版社，2000年。

9 張頤武、李書磊：〈重評現代性〉，載《黃河》1994年第4期，第195—207頁。

10 李陀：《反抗現代性：反思80年代中國大陸的文學批評》，第143—144頁。正如李陀所言，一個可替換的策略是「在對各種文本的翻譯中探查對現代性的批評，以便逐漸產生能夠建構新的主體性的話語」。

> 「革命」這個詞語有著明確的含義：政治性地自上而下地顛覆一個國家的秩序，然後再改朝換代。隨著時間的流逝來削弱它，或是把它延展至每一個社會空間，都將一無所獲……我們有必要堅持說明，革命是一個定時發生而並非永久性的進程；也就是說，革命是政變中的一個片斷，壓縮時間，集中目標，有一個明確的開端——當舊政權的機構毫無損傷時爆發，並且有一個有限制的結尾——當那個機構被決定性地摧毀並被一個新的機構所代替時結束。[11]

與「革命」的這個確切的定義相反，安德森認為「現代主義」是「所有文化範疇中最空洞的」（the emptiest of all cultural categories），因為它只涉及「時間本身的空白段落」[12]（the blank passage of time itself）。以他的看法，現代主義在某種程度上應該把更多不同的概念考慮進去，比如歷史時期、地域，以及顯示多種審美實踐邊界的張力場。他不認同伯爾曼的觀點，伯爾曼則是把革命和現代性都放置在「基本的發展進程中——一個不停流動的連續的過程，在這個過程中，從一個時代到另一個時代的轉折沒有真正意義上的差別，僅僅在舊與新、早與晚的時間次序上有所區分。」[13]

安德森的觀點似乎有些落伍，好像是一個傳統的馬克思主義者的看法，然而他對用「基本的發展進程」來連接革命與現代性的批評，可以應用於中國現代文學研究領域，這個領域正在非常危險地將現代性的概念擴展至每個角落。將革命從現代性的語境中切除是

---

[11] 安德森（Perry Anderson）：《現代性與革命》（Modernity and Revolution），見《馬克思主義與文化闡釋》（Marxism and the Interpretation of Culture），尼爾森（Cary Nelson）、格羅斯堡（Lawrence Grossberg）編，伊利諾伊大學出版社，1988，第317—318頁。

[12] 安德森：《現代性與革命》，見《馬克思主義與文化闡釋》，第317—318頁。

[13] 同上，第321頁。

不可能的，但我們必須意識到革命有它自己的歷史與邏輯，從馬克思主義革命理念進入中國，然後日益深刻地影響中國人的日常生活和社會發展，是有其特定的歷史過程的。中國知識份子，如何在某種意義上接納革命理念並讓它適應中國語境，他們為什麼會對它迷戀不已，中國歷史是如何被他們對革命的渴望所書寫，繼而又是如何被他們的理想幻滅所改寫——所有這些都應該被放置在具體的歷史階段中來考察，而不是限定在現代性隱喻的框架中。

在20世紀80年代反思「文革」，擁抱西方啟蒙思想的「文化熱」中，哲學家李澤厚第一次用自己的語言——「啟蒙」和「救亡」來描述中國現代史。他指出，啟蒙的傳統，包括現代的自由、獨立、人權以及從西方資本主義工業化中引進的民主，在五四運動之後並沒有被充分的研究和發展，相反，在救亡——革命的浪潮中被當作資產階級的糟粕而被否定。受到以農民為主體的革命戰爭的影響，中國知識份子不能吸收啟蒙和民主的概念，反而是農民意識、傳統文化心理和部分馬克思主義。正如他所說的，

> 「中國革命實際上是一場以農民為主的革命戰爭。這場戰爭經過千辛萬苦勝利了，而作為這些戰爭的好些領導者、參加者的知識份子，也在現實中為這場戰爭所征服。具有長久傳統的農民小生產者的某種意識形態和心理結構，不但擠走了原有那一點可憐的民主啟蒙觀念，而且這種農民意識和傳統的文化心理結構還自覺不自覺地滲進了剛學來的馬克思主義思想中。」[14]

李澤厚的觀念在20世紀80年代影響很大，直到20世紀90年代出現現代性和反現代性話語才受到挑戰。在論文《丁玲不簡單》

[14] 李澤厚：《中國現代思想史論》，臺北：三民書局，1996，第44頁。

中，李陀批評李澤厚在隱喻的層面將啟蒙看作追求現代性，將救亡看作拒絕現代性而確立「啟蒙／救亡」的二分法，這種二分法忽視了另一條始終批判西方現代化的思想傳統（包括馬克斯·韋伯、馬丁·海德格爾、法蘭克福學派、女性主義和後殖民主義）。這種忽視說明，中國知識份子還沒有發展出批判「瘋狂的」現代化的能力，「很難看到在啟蒙主義／現代性向全世界進行政治、經濟和文化的擴散中，發生於帝國主義和殖民地之間、東方與西方之間、第一世界與第三世界之間、現代化與反現代化之間的種種相互滲透、互相制約的複雜情況。」[15]但是，李澤厚對於五四運動中啟蒙話語的反思仍然是不夠充分的。他的關於啟蒙與救亡對立的二分法沒有指出，在民族危亡和反抗帝國主義的獨特背景中，二者互相滲透的複雜關係。為了批評現代性，李陀將革命話語（用他的話說，是毛話語）放置在一個更為複雜的歷史語境中，在此語境中，中國知識份子對超過世界最先進的科學技術水平的渴望與他們對於資本主義或者說帝國主義文化價值的否認相結合也相交鋒。然而，李陀將「啟蒙」與「救亡」同時放入現代性話語的努力，雖然突出了中國現代性進程深受帝國主義霸權影響的一面，但也過於整體化和本質化了。畢竟，中國不同於印度，並沒有被殖民化的歷史，其反殖民主義的語境有自己的特殊性。更重要的是，李陀在強調毛話語和中國現代性話語的關係時，對毛話語作為一個擁有絕對權力的模式的歷史變化甚少關注，對毛話語的批判也缺少力度。

不過，相對於其他一味追尋現代性而缺乏批評聲音的學者，李陀意識到「現代性」本身的陷阱。在他的論文《反抗現代性》中，他表達了在文學批評中描述「現代性」的困難：

[15] 李陀：〈丁玲不簡單〉，載《今天》1993第3期，第237—238頁。

「現代性」這一範疇在西方近兩三百年的發展積累過程中幾乎包含了所有東西。雖然很多研究者延續馬克思・韋伯的框架，確認現代性的出現與傳播伴隨著社會理性化的進程，但如何分析和描述這一進程卻是非常複雜的。對於什麼是現代性，研究者都基於自身的立場和語言背景有各自的觀點；一個統一的定義是不可能的。在這樣的背景下，中國批評家如何處理這一宏大的話語，他們應該選用什麼立場來接受現代性成為相當困難的問題。而且，當中國批評家考慮如何處理其與西方現代性話語的關係時，他們必須面對本國的現代性問題。[16]

雖然如此，在李陀對毛話語的解釋中，我們依然能夠看到將現代性話語移入中國語境中所面臨的困境。即使他將毛話語解釋為是一種中國自身的現代性話語，他仍然忽視或是拒絕看到，革命對文化所造成的毀滅性破壞，並非基於「社會理性化的過程」，而是基於力比多驅力所造成的革命激情。此外，他並沒有考慮革命早期對人的情欲渴望（愛、浪漫主義、性行為、滿足感、普遍的善）的合法性表達，在被毛話語排斥後成為一個禁區，一個無法實現的目標。可以說，在20世紀20年代末、30年代初，當中國知識份子啟蒙大眾時，他們並不缺乏面對西方現代性所帶來的嚴重危機的清醒意識，只是他們的革命意識又不能不抓住民主和啟蒙的概念。所有這些因素都需要更為細緻的歷史調查，以及相關的文化和文學分析。

因此，對革命的研究應該超越現代性語彙中的隱喻式閱讀，它的範圍應該更加寬泛地包括其他敘述，這一意識，已在某些敏銳的學者中「覺醒」，例如陳建華在他的著作《革命的現代性：中國革命話語考論》中就發現晚清知識份子通過翻譯、介紹、本土化和

16 李陀：《反抗現代性：反思80年代中國大陸的文學批評》，第143頁。

語義增生而逐漸理解不同於其歐洲意義的革命概念，這個概念從一種文化被移植到另一種文化，在不同的歷史時期產生不同的多層次的理解和轉變[17]。陳建華對梁啟超和孫中山關於革命的不同接受和理解做了精心的研究，他的研究告訴我們，中國知識份子對革命的不同想像常常是矛盾的。[18]阿里夫・德里克（Arif Dirlik）認為，雖然馬克思主義預先假定全球的共同的解放，並且以歐洲為中心開始，但中國的馬克思主義發明了本土化的觀念，使馬克思主義變得中國化。[19]這些研究提醒我們，革命的概念的產生、傳播和運用是由社會條件所決定的。

所以，當我們在中國現代文學史的描述中討論革命與愛情的關係時，必須認識到，沒有一個範疇是超越歷史、超越民族和固定不變的。如果每一個範疇的含義在每個特定的歷史時期都會發生變化的話，那麼它們的相互關係在客觀的歷史記錄和社會關係中就會表現得更為複雜。我們可以毫不誇張地說，愛情與革命的結合不斷地被定義與被描述，每一次看似重複的主題重述，都會顯示出新的內涵與外延，以及新的互動關係。我們不能將革命僅僅看作與現代化相似的霸權話語，也不能將性別關係理解為是永恆不變的超時空現象，更不能把女性的身體理解成是一個沒有生命的中介，以為它能夠固定地傳遞政治資訊，或者可以任意地被昇華到「崇高」的革命話語和形式中。

## 革命與愛情的譜系

中文「革命」一詞可以上溯到儒家的經典《易經》，「湯武

[17] 陳建華：《革命的現代性：中國革命話語考論》，上海古籍出版社，2000，第355—374頁。

[18] 同上，第355—374頁。

[19] 德里克（Dirlik）：《革命之後：警惕全球資本主義》（After the Revolution: Waking to Global Capitalism）衛斯理大學出版社，1994，第26頁。

革命，順乎天而應乎人」，專指皇朝的政權更迭，以及暴力的政治手段的合法化。[20]依照陳建華的研究，雖然湯武革命意味著通過暴力來實現改朝換代，然而在現代的語境中，革命的概念則有不同的解釋。例如，「革命」既包含法國革命的激烈政治變革，也包含英國革命的漸進方式。當時，中國知識份子在不同層面上接受革命理論，梁啟超將革命當作是一種社會改良而不是一種激進的用暴力來解決政治問題的手段；孫中山的共和觀念則與湯武革命結合，呈現出暴力顛覆的意義[21]。換句話說，梁啟超的理念更傾向於他自己所描述「廣義的革命」，指稱的是社會中的每一種變革；孫中山的革命概念恰恰是梁啟超所說的「狹義的革命」——通過軍事活動顛覆中央政權[22]。

注意到革命一詞在早期翻譯中顯得含義混雜是非常重要的；然而，那些不同的定義——不論是孫中山所說的暴力推翻清政府，或是梁啟超關於現代社會改良的提案——都應該被放置在晚清民族建構的語境中理解。依據杜贊奇（Prasenjit Duara）的理解，社會達爾文主義在19世紀晚期為帝國主義和民族主義這兩個概念的傳播提供了理論的依據。「當這個關於民族——國家體系的全球性話語在世紀之交植根於中國時，它成為隨後二十年甚至更長時間內中國知識份子最重要的權威性話語，再往後，反帝國主義的修辭和倫理意義取代了它的重要位置」。正如杜贊奇所言，社會達爾文主義將國家或種族的革命和改良放在首位，而把個人、家庭、生存放於次位。[23]

---

20 見里格（James Legge）對《易經》的譯文，多倫多：Bantam Books，1986。

21 陳建華：〈在世界革命句法中的中國「革命」〉（Chinese Revolution in the Syntax of World Revolution），見《互換》（Token of Exchange）劉禾編，杜克大學出版社，1999，第355—374頁。

22 梁啟超：〈中國歷史上革命之研究〉，見《新民叢報》，第46—48期（1904年2月）。

23 杜贊奇：《從民族國家拯救歷史：民族主義話語與中國現代史研究》（Rescuing History from the Nation： Questing Narratives of Modern China），芝加哥大學出版社，1995。

通過將革命與社會達爾文主義相聯繫，梁啟超提出「小說界革命」，將其作為建立新的國家和新的國民的先決條件。「欲新一國之民，不可不先新一國之小說。故欲新道德，必新小說；欲新宗教，必新小說；欲新政治，必新小說；欲新風俗，必新小說；欲新學藝，必新小說；乃至欲新人心，欲新人格，必新小說。何以故？小說有不可思議之力支配人道故。」[24]梁強調「小說之支配人道」，把小說界革命推到了啟蒙運動的舞臺上，把小說的社會功能誇大到可以扭轉中國乾坤的神乎其神的地步。以往小說只是「閒書」或是個人情感的一種表達方式，現在被突然提升到建構國家意識形態的高度。對於晚清學者嚴復和夏曾佑來說，小說因其「公性情」、「一曰英雄，一曰男女」而值得提倡。用他們的話說，是「非有英雄之性，不能爭存；非有男女之性，不能傳種」。[25]在英雄主義和浪漫愛情的表層之下，是社會達爾文主義的核心精神以及將中國改變為一個國民新社會的理想。這裡被稱頌的並不是男女之間的個人感情——屬於私人的浪漫的天性——而是幫助建立民族身份和推動社會進步的歷史作用。

所以，革命遭遇愛情在晚清「新小說」或者政治小說的類型中意味著，在這一歷史階段，民族主義的政治話語將其他不同的政治話語統統都收編到它的旗幟之下，諸如「婦女問題」、婚姻自由和個體的自我實現（personal fulfillment）。浪漫的愛情並非政治小說的核心主題；如果它存在，它也只是用來比擬某種政治理念，用來支持民族主義的「想像的共同體」（imagined community）。很多學者將革命英雄行為與浪漫愛情的結合上溯到俠與情，或者英雄與兒女，如同文康在《兒女英雄傳》中所描述的一樣，「殊不知有了英雄至性，才成就得兒女心腸；有了兒女真情，才做得出英

[24] 梁啟超：《論小說與群治之關係》，見陳平原、夏曉虹編：《二十世紀中國小說理論資料》，第36頁。

[25] 嚴復：《本館附印說部緣起》，見陳平原、夏曉虹編：《二十世紀中國小說理論資料》，第9頁。

雄事業！」（文康《兒女英雄傳》的「緣起首回」）[26]。作為中國古典俠義小說的基本敘述框架，英雄和兒女、俠和情的結合在晚清新小說中被改頭換面成現代的敘述模式。為民族國家而戰的改良者革命者成為現代勇敢的、有英雄氣概的、無私的、願意為正義犧牲的騎士；女俠也經歷了角色的變化，變成了女改革者、女革命者和女刺客，與男英雄一樣，有著令人佩服的勇氣和追求。那些女俠通常被描繪成獨立的、受過西方教育的、愛國的公共角色，她們大膽地走出家庭（閨房），甚至走出國門積極地參與民族事務，為了國家的美好未來而不惜犧牲自己的生命；與此同時，她們仍然具有東方傳統的女性氣質，她們的性觀念基本上還很保守，還恪守著傳統婦女的德行。也就是說，晚清新小說對女性的革命想像是現代意識與傳統身體的結合體：這些「新女性」接受不同的革命理念，但是還保持傳統道德意義上的美德；思想變得現代了，可是身體還很傳統，還保持著「冰清玉潔」的身體，天然地排斥「性」。愛情在這些小說中好似英雄事蹟的裝飾品，它其實只是民族主義的一種表現形式。

1902年，嶺南羽衣女士（羅普）在其小說《東歐女豪傑》中就書寫了「革命和愛情」的主題。這是晚清時期對虛無黨蘇菲亞的想像，她以刺殺沙皇亞歷山大二世而聞名。作為輸入中國的最傑出的文化偶像之一，蘇菲亞的形象啟發了眾多中國女革命者，包括著名的革命烈士秋瑾。在晚清革命者中流行一句名言「娶妻當娶蘇菲亞」[27]。夏曉虹在她的著作《晚清文人婦女觀》中曾指出：



[26] 俠與現代革命者的關係在王德威：《被壓抑的現代性：晚清小說新論》第164—169中得到了充分地討論；也見胡音在《翻譯的故事：譜寫中國的新女性》（Tales of Translation: Composing the New Woman in China, 1899—1918）中對蘇菲亞形象的分析。斯坦福大學出版社，2000，第112—113頁。

[27] 轉引自夏曉虹：《晚晴文人婦女觀》，北京：作家出版社，1995，第113頁。

虛無黨女黨員中，最著名的人物便是蘇菲亞。不僅革命派的刊物《民報》登載過《蘇菲亞傳》，金一（天翮）記述虛無黨歷史的《自由血》中有蘇菲亞的事蹟，而且，改良派人士對蘇菲亞也相當敬重。並且，真正使其廣為人知、英名遠播的，也是康有為弟子羅普寫作的《東歐女豪傑》。這部小說雖未完成，在當時卻已激起強烈反響。單是《女子世界》雜誌，便先後刊出和羅普小說中詩的作品多首，馬君武、高旭、蔡寅均有份。經過大量渲染，蘇菲亞這位血統高貴而又獻身革命、流血犧牲的女性，在晚清於是贏得極高崇敬。[28]

羅普的《東歐女豪傑》因為沒有完成，所以只包括部分蘇菲亞革命的故事。小說中，她為她的祖國和自由黨而參加虛無主義者活動，計畫在工廠罷工，然後被捕入獄。愛情故事在小說的中間展開，當她的學長、黨員晏德烈來搭救她的時候，我們看到了兩個革命者的英雄愛情。王德威對他們的愛情進行了有趣的分析：

羅普一再向讀者保證，蘇菲亞與晏德烈的關係是柏拉圖式的純情，從而吻合了古典俠骨柔情的浪漫情侶形象。但依據史實，晏德烈邂逅蘇菲亞時已成婚在先，但二人明目張膽地生活在一起。更為重要的是，蘇菲亞和晏德烈既被視為偉大的「兒女」，因為他們能夠超越個人情感，將之昇華為人道主義境界，也被視為偉大的「英雄」，因為他們能夠將捨我其誰的「小」勇轉化為捨生取義的「大」勇。這不禁令人想起《兒女英雄傳》的主旨。雖然羅普描寫的激進分子以粉碎一切人類建制為依據，但其筆下的蘇菲亞和晏德烈卻更像晚清版儒家美德的典範。[29]

[28] 夏曉虹：《晚晴文人婦女觀》，第109頁。

[29] 王德威著，宋偉傑譯《晚清小說新論：被壓抑的現代性》，臺北：麥田，2003年，第

雖然蘇菲亞代表了公眾領域的女性角色，她的私人生活仍然受到道德準則的限制，或者更準確地說，是被中國化了，被重新放置在一個我們熟悉的中國傳統的性別角色的系統中。胡音在她的著作《翻譯的故事：譜寫中國的新女性，1899——1918》中，討論了外國的人物形象Sophia是如何轉變成中國的蘇菲亞的，她指出「通過這一變化過程，蘇菲亞作為一個形象，從一個巧妙的平衡中浮現了出來，在原本真實的國外的和令我們熟悉的本土的形象中間找到了平衡；她的名字和她的道德品行都被明顯地中國化了，成為了一個文化偶像」[30]。的確，蘇菲亞的虛無主義運動是真正屬於國外的，但她的性生活卻受制於中國的傳統美德。在「傳統」的名義下，對女性性生活的控制會使蘇菲亞的形象在中國語境中變得更加合法化，但是，這種「中國化」的處理方式，同時也揭示出革命與愛情、民族主義與婦女問題的結合在晚清新小說類型中依然存在著很大的問題。在這種「中國化」的對男女之間愛情的描述中，個人主義、浪漫主義和力比多驅力等相關的概念都是缺席的。

在「國民之母」或者「女子國民」的名義下，曾經在傳統社會中處於卑微地位的中國婦女第一次獲得了承擔民族——國家命運的至高無上的權利和責任。晚清學者金天翮寫道：「女子者國民之母也。欲新中國，必新女子；欲強中國，必強女子；欲文明中國，必先文明我女子；欲普救中國，必先普救我女子，無可疑也。」[31]

將女子當作「國民之母」的神話，毫無疑問反映了很多晚清改良者和革命者所持的民族主義與種族主義的思想：母親有能力生養新的能夠建設新中國的國民。就像呂碧城所說的，「女子為國民

213頁。

[30] 胡音：《翻譯的故事：譜寫中國的新女性1899—1918》（Tales of Translation: Composing the New Woman in China, 1899—1918），斯坦福大學出版社，2000，第107頁。

[31] 金天翮：《女子世界》發刊詞，轉引自夏曉虹：《晚清文人婦女觀》，第92頁。

之母，對國家有傳種改良之義務。」[32]對女性地位的如此提升，大大鼓勵了部分女子走出封建家庭並走進民族共同想像的公眾空間。在中國歷史上，婦女問題首次被納入宏大敘事（metanarrative ground），此前，這類宏大的敘述只容納偉大的男人的事業，諸如解放、民主、革命以及民族——國家等問題，這些「國民之母」僅僅是生育的機器，她們的職責主要是要教育和培養有用的新的國民，遵從的是新的「為女為婦為母之道」；她們的主體性和自我空間——關於私生活、感情、自我意識和性生活——被嚴重忽略。由於民族主義遮蔽了婦女問題，女人的情感和性生活在晚清新小說中總是被描述得過於簡單。例如《女媧石》（1904）中，女子參與革命必須首先放棄與男子的情愛糾葛，正如女領袖秦愛儂所言，「人生有了個生殖器，便是膠膠粘粘，處處都現出了個情字，容易把個愛國身體墮落情窟，冷卻為國的念頭，所以我黨中人，務要絕情遏欲，不近濁穢雄物，這便名叫滅下賊。」[33]。所以，在《女媧石》中，即使這些女革命者配備了現代力量——先進的科技和進步的思想，她們卻不得不放棄更為現代的性別身份與性別認同，以此作為被納入民族主義話語的交換代價，從而變成了純粹的政治和科學的工具。

當個人的愛情昇華為愛國情感時，個人的主體性自然會比較缺乏。如同晚清小說《自由結婚》（1903）和《女子權》（1904）所描述的，即使男女主人公是在追求婚姻自由，他們的這種追求也只是為了拯救整個民族和國家。然而，對革命和愛情的敘述在晚清的狹邪小說（或是青樓小說）中卻發生了一些變化。比如，根據賽金花的傳說，曾樸在他的小說《孽海花》中（1905）就塑造了既是放蕩的紅顏禍水又是民族英雄的傅彩雲，她在義和團運動中，通

[32] 呂碧城：《興女學議》，見《大公報》，1906年2月26日。

[33] 海天獨嘯子：《女媧石》，見《中國近代小說大系》，南昌：百花洲文藝出版社，1989。

過與八國聯軍的首領瓦德西上床而曲線救國。在傅彩雲旅歐期間，她結識了俄國無政府主義者薩拉（Sarah Aizenson），因而得知了大名鼎鼎的女烈士蘇菲亞的故事。當然，即使傅彩雲用「放蕩」的方式解決了國家危機，她也從未變成一個真正意義上的革命者。與新小說類型中的女革命者不同，傅彩雲在整部小說中還一直保持著自己的個性和聲音，忠誠於她自身的性本能而不是傳統的道德規範或是新式的「革命」規則，顯然不同於那些女革命家的清心寡欲，在與異性戀愛時從不表現出任何的性衝動，只是革命、進步和民族主義等宏觀話語的傳聲筒。傅彩雲這一形象說明晚清作家通過民族主義話語來塑造所謂的「新女性」時，所採用的價值觀與立場是多種多樣的，那真是一個「眾聲喧嘩」的時代。即使曾樸故意誇大了傅彩雲誘人的女性魅力，這位充滿傳奇色彩的青樓女子既「墮落」又「愛國」的複雜性也打破了民族話語的整體性，為現代文學對女性主體性的表現開啟了一扇門。所以，晚清小說中關於革命與愛情的大量互相衝突的敘述可以證明，那個歷史時期的民族主義本身就是一個矛盾體。其代言人既是進步的又是傳統的，既堅守舊道德又渴望西方文明。

想勾勒一個連貫的「革命加戀愛」的歷史幾乎是不可能的。事實上，這一主題的文學表達很快就被盛行於民國早期的鴛鴦蝴蝶派小說所打斷。在鴛鴦蝴蝶派小說所構建的極其精緻的情感與欲望的世界裡，關心民族命運的改良和革命受到了冷落。在這類小說中，「情」被渲染到了極點。《禮拜六》雜誌就曾把鴛鴦蝴蝶派的言情小說分成許多類型，如俠情、哀情、怨情、悲情、苦情、慘情、孽情、豔情、懺情、烈情、豔情、癡情、奇情、幻情、醜情、喜情等。有意思的是，鴛鴦蝴蝶派的小說實際上壓抑了身體的激情與性欲的快樂，但對「情」表現得非常細膩，幾乎達到了極致。周蕾曾經在她的著作《婦女與中國現代性：西方與東方之間的閱讀政治》中談道，「鴛鴦蝴蝶派小說大肆描述遊玩、娛樂、週末休閒等消遣活動，而遠離國家主義的問題，意味著它們不得不被驅除。這並非由於它們的表現主題（比五四文學更加本土化得多），而是由於它們故意虛構的姿態，與現代中國對『現實』、個人、社會的需求完全不相稱」[34]。作為一種為大眾的文學形式，鴛鴦蝴蝶小說中的娛樂和商業因素取代了文以載道的傳統，它們既沒有承載晚清「新小說」的民族主義和革命的目的，也沒有五四文學的那類新「道」，諸如白話文運動、個人主義、性解放等[35]。儘管後來被「五四」所譴責，但它們娛樂性的「現實」仍然非常鮮活地保留著。在徐枕亞最早出版於1912年的暢銷書《玉梨魂》的結尾處，主人公夢霞在與梨娘經歷了不幸的情感歷險後，於1911年10月10日的武昌起義戰死城下，成為烈士。為國捐軀給這個愛情故事加上了一個光明的尾巴，但是，它也只是男女間愛情走到極致的裝飾物。很明顯，主人公是為情而不是為了高尚的國家主義或者民族主義的原因而死。在鴛鴦蝴蝶派小說的情感世界中，民族認同不再被視為重要的問題。

女性在鴛鴦蝴蝶派小說中仍然保持「貞節」，而到了五四時期則發生巨大的、戲劇性的變化。女性身體的解放及女性主體意識的上升同時出現，這成為那一歷史時期最重要的文學現代性的標識。在女作家丁玲的《莎菲女士的日記》中，敘述者莎菲像其他「自我解放」的現代中國女性一樣大膽地挑戰傳統的女性規範。正如普實克（Jaroslav Průšek）所分析的，五四文學中的典型面貌是主體精神和個人主義。[36]然而，對個人解放的強調受到劉禾的質疑，她認為五四文學從來就沒有為了肯定個人主義話語而犧牲民族主義和社會集體主義的話語。「相反，集體主義與個人主義棲息於同樣的

[34] 周蕾：《婦女與中國現代性：東西方閱讀記》，第66頁。

[35] 同上，第43頁。

[36] 普實克（Jaroslav Průšek）：《抒情與史詩：中國現代文學研究》（The Lyrical and the Epic: Studies of Modern Chinese Literature），李歐梵編，印第安那大學出版社，1980，第3頁。

現代性空間中」。[37]她舉了胡適的例子，說胡適認為「小我」不如「大我」重要。劉禾想要說明是，「個人主義並沒有把自己建構成民族主義話語的對立面，而啟蒙也並沒有把自己獨立於救亡。」[38]劉禾的論證讓我們注意到，「小我」或者個人的改良在中國的歷史語境下沒有與民族國家對立；相反地，它們緊密地糾纏在一起。但是，劉禾的民族國家概念還是不能完全涵蓋五四知識份子對民族國家話語的理解，還是沒有看到這一概念生成的更為複雜的一面，因而也需要受到質疑。因為在特定的歷史時期，民族國家的含義在某個確切的時刻應該被看作是複數的，是能夠產生多重含義和不斷變化著的，有時甚至是矛盾的集合體。杜贊奇指出五四活動家實際上在處理關於民族的概念時遇到了許多困境。例如陳獨秀「追求一種極端的邏輯思維，試圖突破歷史和民族的概念，而完全認同自我意識」。與這種觀點相反，李大釗則「拒絕將愛國主義從自我意識中分離出來；他把自我意識看成是一個過程，在這個過程中，有目的的人們尋求改變世界並且最終建立起一個新中國」。[39]杜贊奇的研究特別能夠引人深思，因為他把五四期間「小我」和「大我」的關係、個人主義和民族國家的關係看得比劉禾更為複雜，更重視它們的「表演性」（perfomative）。

毫不奇怪，革命與愛情的主題在五四期間變成了對性革命、婦女革命和個人解放的表現，這顯示了新文化運動中重要的社會變化和文化變革。在這些文化與文學的革命中，對愛情的敘述集中地體現在對個人事件、個人經驗和主觀感情的表述上，超出了古典文學傳統中的情與欲的二分法，成為中國現代性的清晰標誌。例如，早期創造社在採用浪漫主義、表現主義甚至象徵主義等敘述方式和表現手法時，對人的力比多、性驅動、被壓抑的欲望、無意識等進行

[37] 劉禾：《跨語際實踐：文學、民族文化與被譯介的現代性1900—1937》，第95頁。
[38] 同上，第86頁。
[39] 杜贊奇：《從民族國家拯救歷史：民族主義話語與中國現代史研究》，第91頁。

了大量的描寫。對自我、性別、性角色的改良的逐漸重視似乎替代了梁啟超的新民說，但個人、他或她與現代社會、民族國家的關係問題依舊在大的背景中隱隱出現。可以肯定，在五四敘述中居於支配地位的，是自我與國家（或者社會）相互衝突的問題，是迴響在現代感中的「我是誰？」的問題，而不像晚清政治小說敘述的核心模式——把個人完全附屬於國家和民族。郁達夫受日本「私小說」影響而創作於1921年的著名小說《沉淪》，就將個人危機與民族危機，性別特性（或者說男性）與愛國主義結合在一起。郁達夫大大書寫了主人公的自我意識、自我否定和自我放縱，把性行為與民族主義緊密地聯繫起來，在他的小說中，主人公的性無能很容易被讀解成是中國孱弱的隱喻[40]。這種聯繫在今天的讀者看來，顯得分外「矯情」和不可思議，但是它有力地證明了，個人主義話語在五四期間從未脫離過民族建構，它一直都與民族話語糾纏在一起。不過，由於五四知識份子對個人話語充滿了探尋的渴望，它已經不再是能夠透明地表達民族話語的簡便工具，它有著自己響亮的聲音。類似於俄國的「多餘人」，《沉淪》的主人公最終「愛國式」的死亡聽起來有點像自我反諷，尖銳地揭示了現代人和民族主義者作為個體的辛酸困境。

五四時期對愛情本身的革命（包括性革命、家庭革命、婚姻革命、婦女革命和個人解放）也成為重要的書寫內容。這大約是受到日本文藝批評家廚川白村《苦悶的象徵》的影響。這部書由魯迅在20世紀20年代早期譯成中文，李歐梵指出，廚川的著作「將佛洛德的被壓抑的自我與伯格森（Henri Bergson）著名的「生命原動力」結合，構成了有關藝術創造的假設性的理論」，「根據廚川的理論，藝術和文學的產生是兩個原型力量相互對抗的結果：自由

[40] 請參閱周蕾討論主人公徘徊在愛國主義和男子氣之間的自我意識，《婦女與中國現代性：東西方閱讀記》，第138—145頁。

的原始生命力對抗於日益制度化的社會中的文明力量」[41]。廚川理論中的「生命力」明顯包含了佛洛德關於本能的概念（快樂原則、愛欲Eros、力比多等等）。當佛洛德討論性激情與文明社會的關係時，他寫道：「我們的文明，總的來說，是建立在壓抑本能的基礎上的」[42]。由於本能的「不快樂」症狀反覆地出現在佛洛德關於性壓抑的理論中，馬爾庫塞（Herbert Marcuse）評論道：「佛洛德不是從浪漫主義者或烏托邦觀點的角度來質疑文化，而是讓他的理論在痛苦和不幸的基礎上生效。」[43]廚川的理論回應了佛洛德對文明與本能、進步與痛苦、自由與不幸的聯繫——也就是愛欲與死亡（Thanato）的終極聯繫，他強調被文明傳統所約束的原始生命力。痛苦的愛情，是精神苦悶最重要的標誌之一，常常產生於自我和社會的衝突中，不可避免地成為五四文學最流行的表現模式。

五四作家對廚川白村的理論和佛洛德的心理分析的採用，使得這一時期的主流敘述紛紛標榜「不幸的愛情」、挫折、孤獨、性的毀滅性力量、過分的感傷和頹廢——所有這些組成被壓抑的衝動，共同推翻傳統道德的支配地位。對中國作家和讀者來說，歌德的《少年維特之煩惱》有著致命的誘惑力，而這一誘惑力皆源於小說中悲觀的、消極的、多愁善感的表達方式。五四時期的作家，尤其是早期創造社的作家，每當寫到愛情，總是陷入感傷主義中，總是讓人看到他們模仿《少年維特之煩惱》的痕跡。然而，我們應該把這種消極的多愁善感的文學表達方式看成是一個歷史現象，是文學史中的一個瞬間，而不是像佛洛德的心理學理論所揭示的普遍存在的事實。這些性壓抑的表達，是特定歷史時期所產生的一種特殊的

[41] 李歐梵：《鐵屋中的吶喊：魯迅研究》（Voices from the Iron House: A Study of Lu Xun），印第安那大學出版社，1987，第33頁。

[42] 佛洛德：《文明的性道德與現代焦慮》（『Civilized』 Sexual Morality and Modern Nervousness）見《佛洛德論文集》，倫敦：Hogarth，1950，卷2，第82頁。

[43] 馬爾庫塞（Herbert Marcuse）：《愛欲與文明》（Eros and Civilized），倫敦：Sphere，1969，第33頁。

文學現象。在文學革命轉變為革命文學之後，兩性關係比前一個歷史階段更貼近社會關係。對愛情和性的表達也變得更加富有激情和更帶陽剛性和暴力性。

## 延續與中斷

1927年之後處於支配地位的、也更為政治化的傾向是馬克思主義與文學的結合。1927年蔣介石對共產黨的鎮壓加劇了知識份子對革命文學的偏愛，這種偏愛使得那段時間出現了大量的左翼出版物。如果文學期刊《新青年》代表了五四運動所製造的文化空間，那麼1928年由留日進步青年馮乃超、朱鏡我、彭康以及李初梨創辦的左翼期刊《文化批判》則大大地促進了中國文學運動對馬克思主義的認同與吸收。在晚清和民國初期，文壇中曾有過介紹馬克思主義的努力，但直到1928年馬克思主義才產生了迅猛的影響。依照左翼批評家成仿吾的說法，《文化批判》的創刊是為了批判資本主義社會和替代五四文學的主導地位。值得注意的是，五四運動和左翼文學的關係暗示了革命和現代性之間錯綜複雜的關係：革命文學的目標是批判資本主義的現代性，為了實現這一目標，它不惜將五四文學貶低為資產階級價值觀的代表，但與此同時，它又依賴五四文學所宣揚的現代性理念中的革新和進步等概念，藉以取得它在中國文壇中的合法性地位。因此，「革命文學」既是對五四文學的否定又是對五四文學的延續。

「階級」這一概念，好像是超民族的，全世界所有被壓迫者好像是沒有國界的，然而這一概念的出現，並不意味著民族國家的神話已經由解放被壓迫者的普世渴望所替代了。相反，由於民族處於危機之中，中國知識份子試圖用「階級」這一概念來抵抗帝國資本主義，這裡依舊包含了對民族——國家神話的認同。以往的研究者經常把「階級」和「民族」看成是兩個相互競爭與相互對立的概念。與這種看法相反，杜贊奇則認為「階級作為一種比喻建構了一種特殊的強有力的關於國家的表述」[44]。的確，將「放之四海」的馬克思主義放在中國語境中，中國左派接受了「階級鬥爭」的理論，可同時還保持著強烈的民族認同感。中國的左翼作家對表現小資產階級情感和無產階級集體主義之間的矛盾非常感興趣，他們不僅強烈地批判資本主義的生產方式——跨國帝國主義對被壓迫者的剝削，而且在民族主義的背景下重新思考個人與自我的立場。愛情在革命文學中不僅如同五四敘述那樣，是現代性的標誌，而且也是個體和民族群體的烏托邦理想的標誌。

馮乃超於1928年發表在《創造月刊》上的短篇小說《傀儡美人》，是一篇很值得研究者注意的小說，因為它標誌著「階級」的概念已經完全滲透到對性別的表述中了。類似魯迅的《故事新編》，馮乃超重新設計了著名的紅顏禍水褒姒的傳統形象。依據歷史學家司馬遷的描述，褒姒以驚人的美麗和魅力最終毀滅了周王朝。與傳統的紅顏禍水的觀念相對立，馮乃超把受祖國和敵國雙重剝削的褒姒描寫成被壓迫者的典型代表，極力強調階級意識的重要性。於是，性別關係和婦女問題被打上了革命文學中的階級關係的印記。

然而，在這一歷史階段，也就是革命文學的早期，雖然階級意識已經完全控制了對革命、愛情、性的表述，但它們仍然是開放的，充滿活力的。女革命者形象，有著放蕩的身體加上革命的精神，這成為左翼意識形態指導下最普遍的文學表述。在某種程度上，性解放也象徵著革命本身，它也是一種革命，與集體的革命激情並不矛盾。例如，在左翼作家洪靈菲的小說《前線》（1930）中，年輕的革命者霍之遠當女朋友答應了他的求愛之後，在他們的合影後面這樣題著：「為革命而戀愛，不以戀愛犧牲革命！革命的

44 杜贊奇：《從民族國家拯救歷史：民族主義話語與中國現代史研究》，第12—13頁。

意義在謀人類的解放；戀愛的意義在求兩性的諧和，二者都一樣有不死的真價！」[45]

上述對革命和愛情和諧關係的表述，可以說是1930年左右早期革命文學中最流行的主題之一。這個主題探索了彷徨的個體與自我，尤其是城市知識份子的自我，以及個人在1927年國民黨清黨後的動盪社會中的位置。像洪靈菲這樣的一位左翼作家，革命——集體的烏托邦目標——是個人的，因為只有通過集體的奮鬥，個人的幸福才能得以實現，才能有所保障。雖然其他的左翼作家，比如蔣光慈，喜歡表現小資產階級情感與集體革命運動的衝突，他們仍然將二者看成是互相可以置換的，互相等同的，因為二者皆產生於相同的力比多資源。用蔣光慈自己的話說：「浪漫？我自己是浪漫的，所有的革命者是浪漫的，沒有浪漫，誰會參加革命？……理想主義、激情、不滿現狀以及渴望創造新事物——這就是你擁有的浪漫精神。一個浪漫主義者就是擁有這樣一種精神的人」。[46]儘管「革命加戀愛」這一文學公式充滿了政治的意味，李歐梵還是認為蔣光慈和他的同伴們是秉承五四文化遺產中的主體精神的「浪漫的一代」[47]。與將個人情愛和主體性壓抑或者昇華為集體力量的毛澤東時代相反，蔣光慈的時代高度讚頌個人自由和革命激情。郁達夫也曾經指出，「革命事業的勃發，也貴在有這一點熱情。這一種熱情的培養，要賴柔美聖潔的女性的愛。推而廣之，可以燒落專制帝王的宮殿，可以到回白斯底兒的囚獄。」[48]郁達夫所強調的「小激情」，讓我們想起馬爾庫塞非壓抑條件的觀點，在這一觀點中，「性活動傾向於『變成』愛欲——也就是說，在持續的延展關係

---

[45] 洪靈菲：《前線》，上海：上海泰東圖書局，1928，第101頁。

[46] 轉引自夏濟安：《黑暗的閘門：中國左翼文學運動研究》（The Gate of Darkness: Studies in the Leftist Literary Movement in China），西雅圖：華盛頓大學出版社，1968，第60頁。

[47] 李歐梵：《中國現代作家的浪漫一代》（The Romantic Generation of Modern Chinese Writers），哈佛大學出版社，1973，第274頁。

[48] 轉引自夏濟安：《黑暗的閘門：中國左翼文學運動研究》，第185頁。

（包括工作關係）中自我昇華，而這種自我昇華能夠加劇和擴大本能的滿足感」。從「小我」昇華到「大我」，從「私人的愛」昇華到「集體的愛」，這都讓個體得到一種本能的滿足感。所以，這個所謂的「小激情」，成功地將愛情和革命、性活動和愛欲（性活動自身的延展擴充）連接起來，從而很好地解釋了為什麼創造社突然從個人情感的描述急劇轉向集體革命激情的描述，而這樣的一個突然轉向對於很多學者來說是難以理解的。

然而，在20年代末和30年代初，個人情愛與革命激情的和諧關係中也存在著分裂的人格，或者確切地說，在狂熱地追求革命潮流的作家中存在著分裂的現代意識。那些左翼作家，被建立富強中國的理想所驅使，雖然在小說中也在現實中熱情地擁抱革命和愛情，但是卻很快就感到沮喪與彷徨，因為他們發現自己處於理想與現實、自我和民族、進步和傳統、陽剛的革命精神與陰柔的感傷主義的兩難困境中。或者也可以說，他們對「革命加戀愛」這種寫作模式非常著迷，是因為這一模式提供了一個最佳的場所，讓他們徘徊在這些困境與矛盾中，讓他們的痛苦經驗得以具體地表現。雖然他們顯得相當浪漫，並且充滿了激情，但他們同時也是精神分裂的——典型的現代精神狀態——被個人幸福和國家理想的雙重痛苦追求所折磨。

在對左翼文學運動頗具洞察力的研究中，夏濟安指出魯迅時常體驗到「他的個人生活與中國的現代生活互相矛盾，希望與絕望互相衝突」，總是體驗到「陰影般的困境，這一困境的存在被光明與黑暗同時威脅著。」不過，他認為魯迅不是唯一的一位有這種感受的現代作家[49]；其他左翼作家比如瞿秋白和蔣光慈也都擁有「雙重人格」，他們既是情感豐富的文人也是目標單一的共產黨人。「革命加戀愛」的文學寫作公式，如同本書所試圖證明的那樣，是一個

[49] 夏濟安：《黑暗的閘門：中國左翼文學運動研究》，第161—162頁。

強調雙重人格的特殊的文學類型，以此來挑戰把現代意識看成是一個象徵性的整體的傳統觀點。雖然那些左翼作家帶著明確的目標來憧憬與追求進步、自由和烏托邦社會，他們同時也忍受著一種如同精神分裂般的症狀，在這一症狀中，他們作為一個個體對烏托邦與現實之間的差距感到巨大的困惑。通過製造和複製這一模式，個人不安的體驗，他或她的痛苦的掙扎與備受折磨的焦慮感被一遍又一遍地重複性書寫，而只有通過這種重複，焦慮感才能得以釋放。

王德威在他的著作《歷史的怪獸：二十世紀中國的歷史、暴力和小說》中對茅盾、蔣光慈、白薇的生活經歷進行了非常細緻的考察與研究，為我們勾勒了一個非常有意思的引人深思的畫面。他說「這些作家不僅僅是寫，而且也是親身演繹現代中國的虛構的現實主義」[50]。的確，「革命加戀愛」的模式決不僅僅是存在於文本中的文學結構；它也跟冷酷的真實的現實緊密聯繫，在這個現實中，像丁玲的第一個丈夫胡也頻這樣的進步青年就因為追求他們的完美理想而慘遭殺害。革命文學早期的作家常常把革命個人化，或者把浪漫的性冒險革命化，因為這些全都基於烏托邦願望。正因為此，他們能夠接受苦難的考驗，能夠沉迷於瘋狂的革命激情，同時也常常感到孤獨與焦慮。尤其是當革命與愛情之間的和諧關係受到現實的干擾與束縛時，他們不約而同地顯露出作為現代人所具有的雙重的分裂人格。

左翼作家的個人經歷讓人有一種驚心動魄的感覺。例如共產黨早期的領導人、在30年代主動投身左翼文學運動的瞿秋白，與丁玲的好友王劍虹戀愛，最終卻因為革命而離開她。據瞿秋白對丁玲的懺悔，王劍虹死於被他傳染的肺結核，所以他在臨死之前還非常懷念王劍虹，一直感到負疚，瞿秋白顯然由於政治信仰而背叛真實的

[50] 王德威：《不受歡迎的革命》（An Undesired Revolution）見《歷史是怪獸：二十世紀中國的歷史、暴力和小說》（The Monster That Is History: History, Violence, and Fictional Writing in Twentieth Century China）第三章。伯克利：加州大學出版社，2004。

內心[51]。在《多餘的話》中，他強調自己投身政治是一場「歷史的誤會」，這種自白使他的黨內朋友無法理解[52]。瞿秋白性格中無法調和的雙重性生動地出現在丁玲的小說《韋護》（1930）中，這篇小說是「革命加戀愛」模式的典型例證。

另一位著名的左翼作家茅盾曾經和瞿秋白一起批評「革命加戀愛」的寫作模式，但他自己的小說卻惹人注目地使革命與浪漫情愛故事發生碰撞。在他的個人生活中，經過一段艱苦的家庭鬥爭之後，他還是無奈地選擇了家庭包辦婚姻的妻子而不是他的浪漫的革命情人秦德君。作為一個典型的現代新女性，秦德君令人眩目的性歷險和政治興趣給予他豐富的創作靈感，激發他寫成了長篇小說《虹》（1930）。茅盾在傳統婚姻與性解放之間的動搖，以及他在1927年這個特定時期的猶豫，暴露了一個現代男人分裂的雙重人格，這一分裂也時時隱藏在他所寫的與「革命加戀愛」的主題相關的小說中，這些小說剛出現時引起了許多爭議。

「革命加戀愛」這一模式的始作俑者是蔣光慈，他既為愛情也為革命犧牲了自己。雖然他在傳播無產階級革命文學中扮演著重要的角色，然而卻因為迷戀小資產階級的生活方式而被中共除名。他的戀人宋若瑜得了嚴重的肺結核，但他仍然娶了她，於是戀人傳染給他的肺結核終於使他最終為浪漫激情而獻身[53]。他和中共之間頗為曲折的「愛情故事」成了他自己以及他筆下主人公的浪漫精神的反諷。《衝出雲圍的月亮》（1930）中就描寫了一位女英雄王曼英，她浪漫地把自己已經患有性病的身體當作武器與資產階級戰鬥。可是蔣光慈自己在現實中想浪漫卻總是受到集體主義精神的約

[51] 丁玲：《丁玲自傳》，許楊清、宗誠編，南京：江蘇文藝出版社，1996，第51—54頁。

[52] 瞿秋白：《多餘的話》，轉引自夏濟安的譯文，見《黑暗的閘門：中國左翼文學運動研究》，第45頁。

[53] 關於蔣光慈與宋若瑜愛情故事的細節見夏濟安：《黑暗的閘門：中國左翼文學運動研究》第55—100頁；也見李歐梵：《中國現代作家的浪漫一代》，第201—221頁；也見王德威：《不受歡迎的革命》。

束，最後他只能在浪漫精神與殘酷現實中掙扎。

左翼女作家有關革命與愛情的個人經歷也同樣令人驚心動魄，她們的經歷非常有趣地與男作家的相關經歷構成了一種對話關係。石評梅是以她與共產黨早期領導人高君宇的愛情故事而聞名的女作家，她一直都拒絕接受他的愛，但是在他為革命和愛情獻身後，她又悲痛不已，最終鬱鬱而亡。她對死亡的眷戀編織成了一個古怪而令人困惑的浪漫故事，這個曾經轟動一時的浪漫故事似乎與革命文學的宣傳目的是相矛盾的。在廬隱的《象牙戒指》中，石評梅對感傷主義和死亡近乎病態式的眷戀，以及她對烏托邦式的女性情誼的依戀和歌詠，成為男性建構的革命與愛情世界中的不和諧之音，而這些不和諧的聲音在石評梅自己的創作中也有所體現。

1930年，當丁玲的第一任丈夫胡也頻被國民黨處決後，丁玲完成了她一生中最重要的角色轉變，她從一位描寫現代女性的主體意識和性意識的女性作家轉變成了一位以馬克思主義作為指導思想的左翼作家。當丁玲在艱難的環境中努力學習和傳播馬克思主義時，她突然被國民黨秘密綁架，並在1933年至1936年間被軟禁。在被軟禁期間，雖然她知道自己的第二任丈夫、也是共產黨員的馮達已經叛變革命，但她仍然遷就妥協，與他同居並懷孕。她解釋說，「我是一個共產黨員，我到底也還是一個人，總還留有那麼一點點人的自然而然有的求生的欲望……我只能責備我的心腸的確還不夠硬，我居然能容忍我以前的丈夫，是應該恨之入骨的人所伸過來的手。誰知就由於我這一時的軟弱、麻木，當時，以後竟長時期遭受某些人的指責和辱罵，因為我終於懷了一個孩子。」[54]毫無疑問，丁玲經歷了革命與愛情之間最為尷尬的困境，她對叛徒丈夫的曖昧態度在延安時期以及「文革」期間被她的同志所批判。她性格中的兩面——一位有人性的女人和一位獻身共產主義的黨員——

[54] 丁玲：《丁玲自傳》，第142頁。

在她的雜文《三八節有感》（1942）和中篇小說《我在霞村的時候》（1941）中被強烈地表達出來，這兩篇作品都非常關注延安時期的女性命運。

另一個左翼女作家白薇的作品《打出幽靈塔》（1928）和《炸彈與征鳥》（1929）都強調革命運動中的女性問題。白薇本人與詩人楊騷同是進步的左翼作家，又同時承受失敗的愛情經歷。他們之間痛苦的愛情帶給白薇無法醫治的淋病，使得白薇無法縱情投身革命。在她的自傳體小說《悲劇生涯》（1936）中，白薇細緻地回憶她如何被病重的身體所囚禁，如何被排斥在革命和愛情之外，如何感到深深的絕望，而這一性病恰恰是現代愛情與性革命的產物，是追求個人的浪漫與幸福所付出的可怕的代價。[55]自傳小說中的白薇是歇斯底里的，而她的寫作語言也常常是歇斯底里的：她被進步的革命理想與殘敗的身體之間的矛盾所激怒。帶著一身的病痛，她痛切地表達出對激發革命與情愛的烏托邦願望的懷疑。

簡要地回顧這些左翼作家的愛情生活，使我們更多地瞭解到他們充滿矛盾的內心世界。作為進步和革命的代表，他們親身演繹自己的理想主義，在現實生活中勉強地犧牲自我而認同集體主義。於是，他們在「革命加戀愛」的文學實踐中充滿了矛盾和困境：他們猛烈地批判五四文學中流行的消極的感傷主義和個人主義，但他們自己的寫作又不能逃脫小資情調；他們嚴肅地批判資產階級的物質主義，但他們著作的銷售卻很大程度地依賴消費文化；他們對性大膽描述，把性解放和革命的行為緊密地聯繫在一起，但這一描述中又不可避免地保留了資產階級頹廢氣味。這些矛盾顯示革命與愛情之間的互惠關係（mutual enrichment）[56]（或者互通與互補關

[55] 關於白薇和楊騷愛情故事的細節，見孟悅、戴錦華：《浮出歷史地表》，鄭州：河南人民出版社，1989，第159—173頁；也見杜林（Amy Dooling）《欲望與疾病：白薇與三十年代左翼文學》（Desire and Disease: Bai Wei and the Thirties Literary Left）；以及王德威：《不受歡迎的革命》。

[56] 所謂「互惠關係」借用王斑的辭彙，見《歷史的崇高形象：二十世紀中國的美學

係）其實並不簡單；這種不簡單不僅僅造成了這些作家分裂的「雙重性格」，而且暗示了1930年前後的革命文學存在著複雜和多元的走向。其主題不厭其煩的重述，實際上是對整體化革命意識形態的一種抵制與反抗。

不管怎樣，在創造社、太陽社和左聯階段，左翼作家還可以從不同角度自由描述私人情感、性和愛情，而到了延安時期和共和國最初十七年可就不同了：革命與愛情的緊張關係開始了，作家們不得不在毛澤東著名的延安講話的壓力下小心翼翼地處理對這一主題的描述。毛澤東鼓勵革命浪漫主義，但浪漫精神只能將個人的性行為昇華為政治文化的更高目標。毛澤東堅決否定個人主義和主體性，給它們加上了負面的定義，因為私人情感和私人空間對純粹的革命理念是有威脅的。所以，學者們對這一歷史時期文學敘事中的性與政治之間的關係基本上採取兩種描述方式：個人情感、性別、性行為被政黨話語如階級、民族、國家所壓抑；或者，另一種說法是，政治被性本能所驅使和牽引。孟悅對《白毛女》（1942）和《青春之歌》（1958）的解讀顯示出，在這一歷史階段，階級勝利的神話與女性解放的神話緊緊結合，而有關私人的性生活問題、婦女的個性特徵、女性氣質的敘述紛紛被國家的政治話語所壓抑、限制和取締[57]。另一方面，王斑對在楊沫小說基礎上改編的電影《青春之歌》的解讀，借用馬爾庫塞有關「非壓抑昇華」（nonrepressive sublimation）的理論，來解釋為什麼被性本能所驅動的革命話語會對普通觀眾產生巨大的煽情作用[58]。除了這兩種截然對立的對於性和政治的解釋，我在本書中提出了第三種觀點，也就是，個人的性意識與更廣泛的政治中的性暗示有時會重

和政治》（The Sublime Figure of History: Aesthetics and Politics in Twentieth Century China），第151頁。

57 孟悅：〈女性形象與民族國家〉，見《現代中國的性別政治》，泰尼・巴羅編，第118—136頁。

58 王斑：《歷史的崇高形象：二十世紀中國的美學和政治》，第123—154頁。

合，會達到暫時的一致性，在這種時候，作家對個人情感的模稜兩可的處理會導致「模糊的多重性」（ambiguous pluralization）的結果[59]。這個觀點再一次說明了中國知識份子作為現代分裂人的一面，他們一方面希望能夠達到自我實現與自我滿足的目的，一方面又希望有一個穩定的集體環境來支援他們實現這一目的，於是只好在個人與集體之間痛苦地搖擺與徘徊。從這一角度來看，並非所有的私人空間與私人情感都被國家的政治話語所壓抑，也並非所有的個人激情和小資產階級情感都被昇華為政治熱情和集體的力比多滿足；許多中國作家在延安時期以及第一個十七年期間仍然在個人愛情與民族革命之間彷徨與掙扎。也就是說，分裂的現代意識從未完全被威力無比的毛話語所消除；相反的，它持久地存在於對「革命加戀愛」這一文學模式的重複中。例如，建國初的第一個十七年期間，蕭也牧、路翎、王蒙、歐陽山、宗璞以及很多作家，在他們的作品中都創造了複雜的個人空間，並借助這些空間暫時地避開了政治權力的控制。

不過，到了「文化大革命」期間，私人情感、性和個人愛情則成了文學表現的禁區，這些被政治權力機構認為是有害的因素被逐漸驅逐出文學作品。在楊沫的《青春之歌》中，作者描述了女英雄林道靜和她的同志江華之間的兩性關係，雖然隱含在「革命同志」和「革命友誼」的名義下，但還是存有性的曖昧。這種對性和個人愛情的描述策略在浩然的《金光大道》（1972）和著名的八個樣板戲中就完全消失了，或者被嚴格地監控與限制了。在這些作品中，妻子（或者丈夫）的形象是缺席的，就像在革命樣板戲《沙家浜》、《紅燈記》中一樣，被完全驅逐出舞臺，因為丈夫、妻子

59 克利斯托弗·瑞德（Christopher Read）：《革命俄國的文化與權力：知識份子以及從沙皇制向共產主義的轉變》（Culture and Power in Revolutionary Russia: The Intelligentsia and the Transition from Tsarism to Communism）紐約：聖馬丁出版社，1990，第94頁；這個詞也見巴克墨爾斯（Susan Buck Morss）：《夢幻和災難：東西方烏托邦的逝去》，第51頁。

形象象徵著私人空間、日常生活、情感和性關係。作為被壓抑者的象徵符號，女性的身體需要被純潔化，不能與性有任何關聯，因此喜兒被強姦的身體在革命芭蕾舞劇《白毛女》中被刪除掉了[60]。甚至連電影《紅色娘子軍》中雖然不明確但仍然看得到的吳清華與黨代表之間同志式的愛情，也被毛澤東的妻子江青在芭蕾舞劇的審查中刪除。異性間的愛情變得不能言說、不健康，不恰當。因此，在這一歷史階段，對集體革命和個人愛情的主題重述被中斷了，因為「個人意識不再是特別的，而是廣義的社會化和規範化的，是同質性的公有社會的局部標誌」[61]。愛情、性和生命的本能衝動被引導向或者轉化成更高程度的力比多滿足。用馬爾庫塞的話，就是「生理驅動變為文化驅動」[62]。也就是說，「愛欲的文化建構力量是非壓抑性的昇華；性意識既沒有被偏離也沒有被阻礙地實現其目標；而是在實現這一目標的過程中，它超越自身而達到另一個層次，尋求更高的滿足」[63]。對毛澤東的宗教般的膜拜，對革命英雄的誇張處理，以及「文革」的瘋狂都來源於這種被泛化的性本能和性刺激，然而對於個體意識而言，這絕對是災難性的。共產革命在創建早期許諾個人自我滿足、自我發展和自我實現，但在革命進程中卻似乎丟失了這個最原初的目標。壓抑限制個人情感和性意識與毛話語的民族建構神話相關，其目標是「清洗或者剝奪國家中不受歡迎的階級，努力用理想的無產階級形象來建構國家」[64]。毛話語始終帶有迫切的反帝國主義情緒，它所構制的民族國家神話並沒有給中國知識份子留下任何的空間，讓他們能夠繼續徘徊在其分裂的現代意識中。

---

60 孟悅：《女性形象與民族國家》，見《現代中國的性別政治》，泰尼・巴羅編，第118—136頁。

61 王斑：《歷史的崇高形象：二十世紀中國的美學和政治》，第217頁。

62 馬爾庫塞：《愛欲與文明》，第170頁。

63 同上。

64 杜贊奇：《從民族國家拯救歷史：民族主義話語與中國現代史研究》，第12頁。

從20世紀80年代早期開始，個人的愛情被重新發現，並且成為小說、詩歌、戲劇和電影中最普遍的主題。肩負著反思文革的社會責任，「傷痕文學」將愛作為解決社會問題的鑰匙。即使簡要地看看傷痕文學的標題，比如劉心武的《愛情的位置》，張潔的《愛是不能被忘記的》，張抗抗《愛的權利》和張弦《被愛情遺忘的角落》，就可以發現這一歷史時期的作家們對這一禁忌主題相當著迷。包含著一種政治無意識，這些作家筆下的愛情成為人性的旗幟，成為救世的良方，成為尋找丟失了的「自我」的渠道。然而，雖然這些作家用「愛」批判毛話語，譴責文革，他們仍然還沒有完全擺脫革命意識或者馬克思主義多年來對他們的影響。他們只是通過表現個人的愛情生活而試圖將革命話語變得更加人性化。在運用文學公式——「文學的產生＝X（指任何題目）＋創傷＋愛情」[65]的小說家中，張潔把女性問題放在社會主義的語境中，來質疑已經被接受的婦女解放的觀念。[66]她的女性主體聲音，顯示出明確地對性別關係問題的關注，揭示了女性在愛情關係中的苦澀經驗，而這些並不容易被現有的馬克思主義思想所解釋。

雖然傷痕文學承擔著社會責任的重負，雖然它對愛情的描寫還有非常嚴肅的道德感，但是過不了多久，隨著張賢亮的小說《男人的一半是女人》的出現，作家們開始越寫越開放，於是，誇張的性、色情和身體經驗的描寫逐漸佔據了文壇。習慣於用傳統的和

---

[65] 《提高社會責任，正確描寫愛情》，見《人民日報》1981年11月11日，轉引自路易（Kam Louie）《愛情故事：中國愛情與婚姻的意義》（Love Stories: The Meaning of Love and Marriage in China）載《文革後：中國文學與社會1978—1981》（After Mao: Chinese Literature and Society 1978—1981）傑弗・金克雷編（Jeffrey C.Kinkley），第63—88頁，哈佛大學出版社，1985。

[66] 對張潔小說的討論見劉禾：《創造與妨害：中國現代文學中的女性傳統》（Invention and Intervention: The Female Tradition in Modern Chinese Literature），見《現代中國的性別政治》（Gender Politics in Modern China），泰尼・巴羅編；也見佩雷斯尼亞克：《女性主義者的人道主義：張潔作品中的社會主義和新女性主義》（Feminist Humanism: Socialism and Neofeminism in the Writings of Zhang Jie），見《馬克思主義與中國經驗》（Marxism and the Chinese Experience），德里克編，紐約：M.E.Sharpe，1989。

革命的道德來衡量性意識與性行為的中國讀者，被這一新的文學潮流所震驚。作家們對男人和女人性感的身體、原始的激情、力比多能量和色情欲望的描寫比比皆是，幾乎到了「氾濫」的狀態。這一現象激起了巨大的爭議，因為批評家不再能夠運用他們所熟悉馬克思主義的方法來為其歸類。[67]對於中國作家而言，走入性和色情的禁區是對毛話語最有力的一種挑戰方式，通過這種方式，他們很快就找回了個人空間、個人語言和主體性。例如，先鋒作家莫言、李銳、劉恒、蘇童和格非等就把對性的描寫作為一種敘事策略，以此來解構關於民族神話、革命歷史和社會主義現實主義的宏大敘事。這些先鋒作家將性描述為原始的、肉體的、狂歡的生命盛舉，借此對抗政治話語中的崇高美學和革命理想等觀念。然而，即使他們超越政治，將更多的注意力集中於文學語言的革新和文學形式的革新，學習西方現代主義的表現方式，他們作品中性的象徵意義依然是非常政治化的，甚至是政治寓言。然而，到了20世紀90年代末和21世紀初，中國與全球化接軌，在更年輕一輩的文學實踐中，我們再也看不到先鋒派的這種隱含著政治寓言的敘述方式。以衛慧等美女作家的「女性身體寫作」為代表，被稱為新新人類的創作既不背負沉重的民族主義情感，也不在意對文學主體性的追求。她們肆無忌憚地描寫性，其目的不是為了反對官方的政治話語，而是為了商業炒作，為了能夠盈利。比如，衛慧對女性身體和性的描寫好像充滿了叛逆精神，在某種程度中肯定了女性對自身價值的把握，但是她對商業社會毫無批判的認同，以及她對身體快感的縱情描述，卻把女性重新推回了商品的行列。女性身體的商品化遠遠大於對女性自身的認同，它在俗世間的隨波逐流遠遠大於其社會叛逆性。有意思的是，曾經吸引中國現代文學想像近一個世紀的「革命加戀愛」模式最終在後社會主義者（postsocialist generation）那裡徹

[67] 這個論爭見張散和馬明仁編：《有爭議的性愛描寫》，延邊大學出版社，1988。

底失去了魅力。

## 表演式行為

到此為止，我已經簡單地勾勒了不同歷史時期革命和愛情的互動關係。雖然我努力描繪每個歷史時期的「精神」和「面貌」，但發現需要質疑的不僅僅是機械的社會決定論，還有線性歷史的傳統思維方式。我們需要考慮下列問題：基於單一的無縫隙的時代精神的歷史描述到底有多真實？其中都有哪些文本消失在歷史的長流中或者被主流文學邊緣化？革命與愛情的互動關係在不同歷史時期到底產生了多大的變化？我們應該如何處理斷續的、反復無常的、有時卻重疊共存的互動關係？如果用所謂的「時代精神」不能描述原初的真實可信的歷史，那麼我們應該怎樣來描述歷史？我們對歷史的「描述」到底可以有多少「厚重」？[68]

帶著這些理論問題，我對「革命加戀愛」的互動關係演變史，考察點主要集中在「複數的歷史」上，以此來判斷這一互動關係是連續的還是不連續的。通過考察不同的歷史時期，我質疑「整體性的歷史」，質疑那種「尋求重建文明的整體結構、物質的或精神的社會原則、一個時期所有現象的普遍意義、它們結合的規則——那被稱為時代『面貌』的隱喻，」[69]然而，我也瞭解，不論多樣性是否比整體性有價值，它都不是一個理論問題，而是一個依賴特定歷史時刻的問題。差異和統一、特殊和普遍、個人和社會、性別差異

[68] 見克利夫・吉爾茲在《文化的闡釋》（The Interpretation of Cultures）中提出的闡釋策略，紐約：Basic Books， 1973。對羅伯特・丹唐（Robert Darnton）來說，歷史的目的是「為意義——被當代人描述的意義」而閱讀，見丹唐：《法國文化史上的屠貓和其他事件》（The Great Cat Massacre and Other Episodes in French Cultural History），紐約：Basic Books，1984，第5頁。

[69] 福柯語「複數的歷史」（a plurality of histories）和「普遍的歷史」（a general history）是用以批評「整體性的歷史」（total history）的，見《知識考古學》（The Archaeology of Knowledge）紐約：Pantheon，1972，第8—10頁。

和超越性別的關係並不自動包含任何道德評判，在不同的語境中它們針對不同的批判物件。

中國20世紀20年代晚期和30年代出現的「革命加戀愛」的公式小說是一個特殊的文學現象，完全依據主題模式創作的現象。這個流行主題吸引著公開宣稱革命的作家和他們的追隨者。這一模式在小說創作的廣泛應用不可避免地被拔高或被貶低。很多批評者無法評價這一公式性的寫作，由於這一公式產生與製造了許多雷同的複製品，他們於是簡單地稱其為一個失敗的文學實踐，但是這種絕對性評價卻忽視了許多隱藏在這一寫作類型後面的更複雜的問題，尤其忽視了「革命加戀愛」模式努力想要把握的複雜的現實。雖然這一模式代表著當時現代化進程中的「新生事物」，它的目標卻是批判資本主義現代性，把中國人民也就是「民族的無產者」從西方資本主義的壓迫中解放出來。雖然它以批判資本的物質主義為目標，它在出版市場上的成功和營利卻獲益於資本主義的市場經濟。所以，這一文學模式與文學現象本身就充滿了矛盾，如果只是把它看成是合乎馬克思主義思想標準的簡單反映，就勢必會將這一錯綜複雜的文學實踐縮減為體現普遍的或者權威聲音的固定形式。在我對這一寫作模式的討論中，我努力避免受「革命」或者「愛情」的具體詞義所限制。對於它們複雜關係的各種表述告訴我們，不能把這些詞語的內涵看成是在社會的真空中固定不變的，也不能將它們縮減成只是受政治意識形態所支配的工具。相反，我將「革命加戀愛」的主題重述看作是一種表演行為（a performative act），在不同的文化和歷史語境內它們之間會產生不同的互動關係，於是，它們的定義在爭奪文壇話語支配權的鬥爭中在不停地變化著。

表演性（Performative）這個詞也許會使人聯想起奧斯丁（J.L.Austin）的說話行為理論和德里達對其的解構性閱讀。[70]我

[70] 奧斯丁通過區分陳述願望的說法和表演性的說法來批評舊的邏格斯中心主義，前者描述一種事件，它或者是真的或者是假的，後者則既不是真的也不是假的，只是它所描

對這一理論辭彙的用法當然也源於這一知識譜系，強調在各種嚴肅或不嚴肅的語境中的一再重複與可能發生的模仿，但是，我著重指出只有在具體的歷史條件下這種重述才可能實現。我對表演性的描述不是局限於一個語言學的模式，而是認為它與文學領域中被廣泛關注的權力關係是無法分離的。在充滿熱情的「革命加戀愛」的主題重述背後是產生幸福和痛苦、歡笑與淚水、愛與恨、狂喜與失望的烏托邦渴望和革命理想。烏托邦的理想與欲望可以最好地解釋為什麼眾多作者欣然接受、模仿和重複「革命加戀愛」的主題，以及為什麼他們的模仿和重述使他們的政治和性別身份成為問題。換一句話說，也就是革命與現實的關係，包括激情與絕望、犧牲和流血都不是表演性理論所能把握和概括的。追逐這一文學公式的作家們來自不同的文學社團，有著不同的政治信仰，但是他們都被烏托邦渴望所驅使，從而不斷地重複、重申和爭論不同道路下革命和戀愛的意義，這一現象證明沒有所謂固定的現代意識，如果有的話，那只能是人們的一種幻想。

本書的第一章關注革命文學時期的文壇。通過描述不同文學社團的作家、編輯和批評家對革命和革命文學的不同理解，我質疑以往文學史所勾勒的前後一致的「革命文學」的形式與革命認同。第二、第三和第四章主要考察1926年至1935年極其流行的「革命加戀愛」小說，質疑中國現代文學劃分經典文學和非經典文學的標準，而且探究一些被官方文學史所忽視的非經典的文學寫作。對「革命加戀愛」模式的複製和重述看上去簡單，但每一次模仿都難以預料地產生了不同程度的差異，這些差異改變或者延伸這一公式

述的行為的表演。見《如何對待文字》（How to Do Things with Words），哈佛大學出版社，1975，第1—12頁；德里達的解構式閱讀更進一步質疑了奧斯丁論述策略中的邏格斯中心，尤其是當奧斯丁排除了「不嚴肅」的陳述的時候。德里達強調的是語境而不是意義本身，見庫勒（Jonathan Culler）：《解構：結構主義之後的理論和批評》，（On Deconstruction: Theory and Criticism after Structuralism）紐約：康奈爾大學出版社，1982，第123頁。

寫作的原始初衷。以往的批評家則無視這一公式寫作的表演性，將革命文學理論及其文學實踐看作是浪漫的和聲，把所有的主題重複或公式的複製都視為同一的、完全一致的。事實上，歷史上參與運用這一文學公式的作家，例如左翼作家、女作家、早期新感覺作家，都從他們自己的角度和立場對其貢獻出不同的闡釋，於是擴充並且傳播了這一時髦的文學主題。我們應該注意到，來自不同團體的作家對「革命加戀愛」的模仿與重寫是非常不同的，有的強化了已有的權力體系，有的則削弱了革命文學的意識形態，注入一種「陌生」的不同的聲音。

由於革命與戀愛在不同的歷史階段表現出不同的互動關係，如果本書的前幾章偏重斷代史的研究的話，那麼第五和六章，則跨越幾個歷史時期，將女性身體看成是一個權力鬥爭的場所，借此來考察不同的歷史語境中的政治、性別以及寫作之間的複雜關係。我將女性的充滿誘惑力的具體的身體當作是社會與政治構成的實體，由此來探討情欲想像與象徵權力之間的聯繫。我的研究顯示女性身體在中國現代文學史中被不斷地重寫與刻畫，這些重寫在社會空間裡建立了各種不同的符號系統。通過分析新中國前十七年和20世紀最後十年女性身體與政治的關係，我力圖描畫出革命與戀愛之間變化的歷史圖景。

在追述女性身體是如何被文化和社會所構造的過程中，我拒絕接受任何關於女性身體只是超歷史的、先於文化的或是純粹屬於自然的簡單的論斷。女性主義批評家裘蒂斯・巴特勒（Judith Butler）反對性別的本體論，主張把女性身體放回普遍話語範疇中來討論。[71]正如她所言，「性別不應該被建構成一個固定的認同或者多種行為仿效的代理所在，相反，性別遲早是一種不牢固組成的認同，以行為的重複在外部空間組成」。我同意她的看法，把性別

[71] 裘蒂斯・巴特勒（Judith Buter）：《性別的困境：女性主義與認同顛覆》（Gender Trouble: Feminism and Subversion of Identity），紐約：Routledge，1990，第140頁。

看作是一個具體的歷史權力關係所構成的場所，但是我也同樣認同另一種強調女性經驗與女性語言的女性主義理論，比如埃萊娜・西佐斯（Helene Cixous）、露絲・蕊格萊（Luce Irigaray）和朱麗亞・克利斯蒂瓦（Julia Kristeva）等女性主義者都提倡一種記錄女性欲望的女性寫作。也就是說，我看到的是兩種理論的悖論關係，一方面女性身體是由社會生成的，帶有社會普遍性；另一方面女性身體的生理特點天然就具備了一種柔軟的如液體般的游離性，它常常會游離出企圖將其包含的權力結構和社會空間。[72]相對於男性身體的穩定性，女性身體象徵著各種無法控制的流動的形式；其自然性和流動性對男性的理性和先驗世界會造成一定的威脅和挑戰，所以表達女性欲望的寫作是一種反叛的寫作。[73]於是，我同時考慮到女性身體對政治話語的包容性與非包容性（containability and uncontainability），也考慮到女性身體的社會性與自然性，這樣一來，我便可以自由地穿越外部與內部、公共與私人、知識和欲望之間的邊界。也可以自由地追問這樣的一些理論問題：當我們仔細考查女性身體是如何被分配、被審查、被政治利用的時候，是否僅僅強調她們身體的被動性和透明性？我們應該如何看待那些游離於社會和政治結構之外的身體部分？如何看待那些在不同的歷史與社會空間中能夠解構與挑戰權威話語的女性身體？如何考慮女性身體對政治話語的包容性與非包容性？如何從女性身體的角度來把革命與愛情的關係歷史化？總之，我在本書經常使用的女性主義理論與視角，並不是一個簡單的反抗男權社會的姿態，而是一種用來考察從不間斷的政治與性別關聯的手段。

[72] 伊莉莎白・格羅絲（Elizabeth Grosz）：《反復無常的身體：指向肉身的女性主義》（Volatile Bodies: Toward a Corporeal Feminism）印第安那大學出版社，1994，第9頁。

[73] 露絲・伊利格瑞（Luce Irigaray）：《此性非一》（This Sex Which Is Not One），凱薩琳・鮑特（Catherine Porter）、卡洛林・布克（Carolyn Burke）譯，康奈爾大學出版社，1977，第9頁。

在過去的二十年或者更長的一段時間裡，有很多精彩的關於革命話語和浪漫想像的討論，但是還沒有一本學術專著系統地分析現代中國文學史上革命與戀愛的互動關係。在這本書中，我所關心的問題不僅僅局限於現在時髦的身體政治的概念或是愛欲的政治涵義，我更關心的還是我們應該如何重寫文學史的問題。我們應該如何突破傳統思維模式的束縛來重寫中國現代文學史呢？例如，文學經典化的過程常常把一些作家邊緣化，在主流文學的發展過程中對這些作家的研究總是被降低至註腳的位置。然而，如果我們挖掘出一些邊緣作家是否就足以對抗傳統的批評系統？當我們認為革命與愛情的相互作用與持續存在的中國現代性相關時，這個問題就變得非常迫切。經典與非經典的劃分不僅涉及到如何重寫文學史以及如何對待社會和文化遺產的問題，而且隱含著話語霸權的爭鬥和批評家的立場等更為複雜的問題。所以，雖然我的研究包納不同模式的尚未被文學批評界關注的邊緣寫作，但不是僅僅將它們當作經典作品的代替品。我更加關注的是在過去的文學史中所謂經典與非經典的劃分標準是如何被建立起來的，文學文本與其歷史語境後面有著怎樣的一種權力關係？考察經典與非經典的話語建構可以幫助我們追問創新、進步和革命這些顯而易見的統一性概念，將它們放回不斷重複的「革命加戀愛」的寫作模式中重新加以考察，從不同的層面來質疑這些概念的統一性。

## 革命話語的自我循環

文學中的革命思維是梁啟超在「詩界革命」和「小說界革命」中最初提出的，隨後為五四運動的「文學革命」所堅持，然後又被更為激進地鼓吹「革命文學」[74]的左翼作家所提倡。在民族危亡的

[74] 劉再復：《文學不可革命》，見《明報月刊》，1999年5月，第34—37頁。

壓力下，這種革命的思維模式一再地將文學降低為社會關懷、民族建構和政治意識形態的附屬物，結果造成了作家的個性和主體性被消除，中國傳統文學的遺產不被看重。劉再復的論文《文學不可革命》呼籲放下破壞性的思維模式，讓文學回到心靈活動中。作者對文學和藝術中的革命思維的批評，是他們這一代人在經歷文革浩劫和烏托邦夢想幻滅後的反思，當然他的這一批評也同樣適用於當前的後殖民時代，同樣為我們盲目追求創新的思維敲響了警鐘。雖然後殖民時代的作家們不再相信烏托邦，可是仍然沒有脫離追求社會功利的革命思維。他對文學之社會和政治功能的批評讓人不禁聯想起魯迅對文學與革命之關係的預言：「革命，反革命，革革命，革革革命，革革……」[75]。用魯迅的話說，「（有些人）恐怕總喜歡說文學和革命是大有關係的，例如可以用這來宣傳，鼓吹，煽動，促進革命和完成革命。不過我想，這樣的文章是無力的，因為好的文藝作品，向來多是不受別人命令，不顧厲害，自然而然地從心中流露的東西」。[76]不幸的是，只有到了20世紀末，中國知識份子才有了奢侈的空間來反省自我循環的革命話語和革命的思維模式[77]，反省中國知識份子對進步神話的信仰，反省文學對政治的屈從。

李歐梵曾經借用卡林奈斯庫（Matei Calinescu）對現代性的定義來討論中國知識份子在中國社會和歷史條件中對現代性的追尋。卡林奈斯庫認為西方的現代性包括兩個互相對立的定義：一是指理性的、進步的，與資本主義工業社會相合拍的；二是指內心的、美學的和文化的，是對前者的批判。[78]李歐梵從這兩個定義出

[75] 魯迅：《小雜感》，見《魯迅全集》，北京：人民文學出版社，1981，卷3，第530—534頁。

[76] 魯迅：《革命時期的文學》，見《魯迅全集》卷3，第418頁。

[77] 王德威語，見《被壓抑的現代性：晚清小說新論》，第31頁。

[78] 卡林奈斯庫（Matei Calinescu）寫道：「當現代性宣稱自己歷史化時，它在廣義上反映了兩個對立面的不可調和：一是有關資本主義文明的客觀的、社會可測量的時間（時間作為或多或少珍貴的商品，在市場上買賣），二是個人的、主體的、想像的時間，個人的時間由展開的『自我』所創造。後者對時間和自我的認同構成了現代主義文化的基本。從這個佔優勢的觀點上看，美學現代性揭示了從其他現代性中產生的危

發，認為中國的知識份子從未有機會發展第二種文化和美學的現代性，從未像西方知識份子那樣對第一種時間和進步的現代性進行深刻的批判。用他的話來說，就是「這些中國作家在追求現代意識和文學的現代形式時並沒有（他們也認為沒必要）區分歷史的和美學的現代性」。[79]相反，文化或者美學現代性「不僅與新的歷史意識不平等，而且最終處於次要地位」。[80]中國知識份子被深深地捲入進步的和世俗的現代化的過程和壓力中，失去了質疑和反抗這一狀況的能力。他們所有的努力都是在不斷地適應動盪的社會環境和回應迫切的社會需求。這一態度影響了所有的藝術形式。個人性的、主體性的和私人性的必須讓步於新的進步的意識形態，因為這一意識形態包含著一個明確的、連續的、摧毀舊形式、創建新的適應於迫切現實要求的表達形式的運動。於是，現實主義被認為是最能夠表達新的歷史意識的文學形式。其他的敘事模式，比如浪漫主義或者新浪漫主義均被描述成低等的，雖然它們「也是在現代歷史『潮流』的思想框架中被創造的」。[81]

通過分析西方現代性在中國的語境中的變化，李歐梵為我們提供了一個關於中國文學史的全景描述，在這一轉化的過程中，藝術成為達到政治和社會目的的工具。他的討論把握住了中國文學史普遍的傾向和潮流；然而，他並不認為中國文學史上從未出現過那種

---

機感和疏離感的一些原因，因為其所有的客觀性和理性，在宗教信仰轉變之後，缺乏任何道德或形而上的評判。但是，由被孤立的自我所創造，部分是對非神聖化的——因而是非人性化的——社會活動時間的反抗，反映現代主義文化的時間意識也缺少這樣的評判。兩種現代性的結局似乎是相同的無止境的相對論。」見《現代性的五幅面孔》（Five Face of Modernity），杜克大學出版社，1987，第41頁。

[79] 李歐梵：《現代性的追尋：對二十世紀中國歷史和文學的新模式的一些思考》（In Search of Modernity: Some Reflections on a New Mode of Consciousness in Twentieth Century Chinese History and Literature）見《跨文化的思考：紀念本雅明・斯克華茲之中國思想的論文》（Ideas Across Cultures: Essays on Chinese Thought in Honor of Benjamin I.Schwartz），保爾・科恩（Poul Cohen）、莫爾・戈德曼（Merle Goldman）編，1990，哈佛大學出版社，第125頁。

[80] 同上，第110頁。

[81] 同上，第126頁。

對不可避免的現代化潮流的抵制或是對新的歷史意識的模棱兩可的態度。我們可以在魯迅充滿矛盾的寫作中、在沈從文對現代化的超然態度中、在新感覺派的實驗性的現代主義手法中，以及在張愛玲關於蒼涼的美學概念和美學姿態中找到個體對於進步的意識形態的懷疑和叩問。即使從基於革命觀念的文學形式中，我們也可以找到不同程度的個體在現代化進程中的徘徊和動搖。值得注意的是，文學表現不可能是絕對透明的、沒有一點雜質的。正如弗蘭克・莫瑞替（Franco Moretti）所言：「文學也許是社會機構中最無所不包的，在滿足不同社會需求中最有可塑性的，在不承認自身表現範圍的限制中最野心勃勃的。我們無法讓這種異質性消失，只能（這並不是小小的要求）通過審查文本的目的和功能來看它是如何忠實地反映真實的多樣性」。[82]恰恰是由於表現與被表現者的分歧，符號與能指的分歧，延伸並且擴展了現實主義模式的領域，從而恰當地表達了中國知識份子對進步的現代性的追求。例如，克爾克・丹唐（Kirk A.Denton）在研究左翼作家路翎的作品時，指出有兩種話語可以概括中國知識份子對現代性的追求，那就是「浪漫的個人主義和革命的集體主義」。[83]因為路翎被這兩種互為矛盾的話語所纏繞，他的作品充滿了強烈的張力，常常逾越現實主義的模式，逾越革命的權威話語。所以，雖然中國的現代作家對歷史現代性的重視大大超過了美學現代性，我們仍然需要挖掘出那些被文學主流否認與抑制的「被壓抑的現代性」（王德威語）。

雖然劉再復和李歐梵批評的角度不同——一個反思革命另一個關注現代性——兩人都指出中國現代敘事中缺乏個人化表述和主體性表述。20世紀90年代出現的崇尚文學和藝術獨立的先鋒小說在某種程度上彌補了一直存在於中國現代文學中的缺陷。然而，在新

[82] 莫瑞替（Franco Moretti）：《疑惑者的標誌》（Signs Taken for Wonders）倫敦：Verso Books，1983，第27頁。

[83] 克爾克・丹唐（Kirk A.Denton）：《中國現代文學中成問題的自我》（The Problematic of Self in Modern Chinese Literature），斯坦福大學出版社，1998，第10頁。

出現的全球化語境中，自由主義與新左派的論爭顯示了中國知識份子對通過民族國家經濟的強有力的不斷擴張而實現資本主義現代性的懷疑。如果劉再復和李歐梵針對的是進步的革命和現代性對二十世紀中國知識份子所產生的「幻覺效應」，那麼新左派則將其矛頭指向新的歷史條件下的全球資本主義。正如本雅明所言，「資本主義是一個自然表像，使歐洲縈繞於擁有神話般的力量以重建輝煌的嶄新夢想」。[84]這個資本主義的「幻覺效應」成功地成為全球的夢想。新左派的觀點指出，建構在經濟市場上的夢想世界完全是幻覺，給人一種成功的新全球秩序的假像。他們批評先鋒文學過於沉迷於文學的形式和語言，好像失去了關注與批判現實的力量。於是，當新左派認真地揭示西方政治和經濟活動背後是全球的消費主義夢想時，他們再一次把文學與社會相聯繫在一起。在這個新的語境中，一些批評家，比如曠新年提倡應該重新研究20世紀30年代的左翼文學，研究社會主義與資本主義之間錯綜複雜的關係，研究中國知識份子對現代性既追求又抵制的愛恨交加的情結。依照曠新年的論述，現代主義和左翼文學都回應了與資本主義發展相關的現代性。然而，前者從未超越資本主義，即使其不斷地製造新事物；後者，則相反，傾向於完全摧毀資本主義結構。[85]很明顯，曠新年對30年代左翼文學的重新肯定代表了新左派對文學的態度，他們開始重新關注文學在日益加劇的全球化語境中的社會批評功能。

從劉再復和李歐梵對文學附屬於社會功利及民族事務的批評到曠新年對文學的社會功能的重新呼喚，我們發現革命話語的自我循環再一次使歷史回到了起點，這一現象使我們想起馬爾庫塞對革命的論述：

[84] 本雅明：《本雅明全集》（Gesammelte Schriften），法蘭克福：Suhrkamo Verlag，1974，卷5，第494頁；巴克莫爾斯（Susan Buck Morss）用本雅明的夢幻理論來描述蘇維埃革命的幻景，見《夢幻和災難：東西方烏托邦的逝去》（Dreamworld and Catastrophe: The Passing of Mass Utopia in East and West），第208頁。

[85] 曠新年：〈山重水複疑無路〉，見《讀書》，2001年第12期，第30—37頁。

每一次革命都有意識地努力以一個統治集團置換另一個；但是每一次革命所釋放的能量都過多了，超過了努力廢除統治和剝削的目標。如何能夠平心靜氣地對待他們所打敗的物件需要更多的解釋。無論是佔優勢的權力，還是生產力量的不成熟，或是階級意識的缺乏，都不能提供適當的答案。在每一次革命中，似乎都有一個與統治者戰鬥而獲得勝利的歷史時刻——但是這一時刻很快就過去了。自我擊敗（self defeat）的要素似乎捲入了這場變動（不用理會類似力量的不充分與不平等這樣的合法理由）。在這個層面上看，每一次革命也是一場對革命的背叛。[86]

馬爾庫塞對革命的描述與劉再復的討論是一致的：文學中的每一次革命都包含著自我擊敗的要素，革命並不一定能夠將文學帶入一個更進步的階段。不過，在馬爾庫塞理論的啟發下，我們也可以說，告別革命和對革命文學的重新肯定都是對革命的歷史性的批評建構。前者反抗官方的政治話語霸權；後者對抗全球資本主義的控制。但是二者反抗極權與霸權（無論是共產主義還是資本主義）的歷史時期與歷史目標最終都會成為過去，我們將來還會面對另外一個新的歷史時期與新的歷史目標。到那個時候，我們又應該如何重新闡釋二十世紀的「革命文學」呢？中國知識份子對現代性的追求是否是對革命激情和革命精神的肯定？革命的自我擊敗是否還能照亮對現代性和反現代性話語的反思？文學在反映社會變遷中應當承擔什麼樣的角色？雖然下面的章節不能給這些問題提供充分的答案，但它們至少重新考察了革命與現代性之間更為豐富辯證的關係。



[86] 馬爾庫塞：《愛欲與文明》，第83頁。

# 第一章

# 「五四」後的文壇風景

## 第一章
# 「五四」後的文壇風景

五四運動之後，文藝界緊接著進入了一個重新尋求主體位置的動盪時期，它不僅表現在積極的文學創作上，也表現在作家與他周圍的創作環境和廣闊的社會環境的相互作用上。這裡，我們必須注意到政治形勢的轉變突然引發的新概念：「革命文學」。1923年，國共兩黨開始合作。兩年後，英國警方殺害了十三名上海的遊行示威者（五卅血案），6月23日法國海軍陸戰隊在廣東又殺害了五十二名遊行示威者。接著是1926——1927年的北伐戰爭。所有這些政治事件都與公眾被不斷激發的革命願望相聯繫。中國作家目擊或經歷了革命所帶來的巨大的興奮、混亂和激情。這些事件過後，許多中國作家紛紛走出了文學的象牙塔，開始積極地投身於真正的革命鬥爭。1926年，創造社的郭沫若、成仿吾和郁達夫連同文學研究會的茅盾、王任叔一同出現在當時被稱為革命策源地的廣州。甚至連魯迅也於1927年繞道廈門來到了這裡。反帝浪潮和民族主義熱情吞沒了中國民眾和中國文藝界。隨後，由於1927年4月12日蔣介石突然發動政變，鎮壓共產黨——這一事件成為革命文學出現的巨大契機——知識份子隨之投身於一系列關於革命對文學意味著什麼的激烈討論中。文藝界這一戲劇性的變化不光是追逐「新」的邏輯和理念，而且促使現代中國作家尋找有別於五四一代的新身份，以回應政治和社會形勢的內在要求。

## 階級性民族認同

依據費正清（John King Fairbank）的說法，蘇聯積極地協助了中國革命。雖然在1923——1926年間，蘇聯與國民黨而不是與共產黨結成聯盟，但「他們千方百計地加速中國革命的雪崩」[1]。早在1898年，梁啟超就向中國讀者介紹了社會主義理念，但他沒有想到社會主義革命真的會在中國發生[2]。1920年李大釗開始在他介紹和實踐馬克思主義理論的著作中把中國展望成一個「無產者的國度」。正如邁斯納（Maurice Meisner）指出，李大釗的國際主義立場中有著強烈的民族主義暗示，「如果整個中國是『無產者的』，那麼民族鬥爭和階級鬥爭就是同義語，民族主義的要求和動機將成為中國革命加入世界革命的合法形式被認可」[3]。在李大釗的影響下，左翼作家們在20世紀20年代末也把階級鬥爭等同於民族和種族鬥爭。在這一歷史階段，大量的馬克思主義文藝理論經由蘇聯和日本被翻譯和介紹進中國。非常值得注意的是，那些被翻譯的馬克思主義文藝理論不是直接來自馬克思或者列寧，而是來自托洛茨基（Trosky）、普列漢諾夫（Plekhanov）、盧那察爾斯基（Lunacharsky）、藏原惟人（Kurahara Korehito）、弗雷克（Vladimir.M.Friche）、辛克萊（Sinclair）等。那些源自不同的翻譯理論毫無疑問會引發中國作家接受「革命」和「革命文學」時的混亂。雖然如此，大部分中國知識份子一下子就被馬克思主義所征服，因為他們相信馬克思主義能夠使中國擺脫資本主義的剝削，

1 費正清（John King Fairbank）：《中國大革命：1800—1985》（The Great Chinese Revolution: 1800—1985）紐約：Harper and Row，1986，第204頁。

2 李又寧（Li Yuning）：《將社會主義介紹進中國》（The Introduction of Socialism into China）紐約：哥倫比亞大學出版社，1971，第7—12頁。

3 邁斯納（Maurice Meisner）：《李大釗與中國馬克思主義的起源》（Li Tachao and the Origins of Chinese Marxism）坎布里布：哈佛大學出版社，1967，第188頁。

能夠提供一條救國之路。

那時，中國知識份子對階級概念的表述帶有一種國際語調，正如創造社的領導者成仿吾所言：「資本主義已經到了它的最後的一日。世界形成了兩個戰壘：一邊是資本主義的餘毒，『法西斯蒂』的孤城；一邊是全世界農工大眾的聯合戰線。」[4]在1928年的一篇重要的文章《關於革命文學》中，蔣光慈清晰地表達了他對中國文學落後的焦慮。在蔣光慈看來，這種落後是由於五四作家模仿歐洲文學造成的，由於這種天真的模仿，中國文學不可能變得出色，不可能趕超歐美文學。為了在世界文學中為中國文學爭取一席地位，蔣光慈試圖將中國文學與全球的被壓迫者和無產階級的文學並列在一起，因為在他看來，階級的語言沒有東方、西方或特定國家的限制。通過革命，特別是階級革命，中國文學將最終到達嶄新的、先驗的、全世界都在追求的理想之地。如蔣光慈所言：「近兩年來的中國革命的性質，已經不再是單純或民族或民權的革命了。倘若有人以國家主義的文學為革命文學，這也未免是時代的錯誤，根本與現代中國革命的意義相違背。」[5]然而，如此急迫地強調文學的世界性仍然源於西方壓制下的民族危機感和加速歷史發展的進步理念。如同德里克指出，中國的民族主義是馬克思主義本土化的重要部分[6]。所以，潛伏在蔣光慈所理解的階級概念核心的依然是民族主義。和李大釗一樣，雖然蔣光慈的表述包含著超越國界的全世界被壓迫者的解放運動，但他首先假設中國是一個被壓迫的無產者的國家，也就是說，中國的命運和前途才是他所真正擔憂的。所以，強烈的民族主義情感仍然是中國知識份子接受馬克思主義必不可少的因素。阿卜杜拉・拉洛伊（Abdullah Laroui）所描述的「階級



4 成仿吾：〈從文學革命到革命文學〉，見《革命文學論爭資料選編》，人民文學出版社，1981，第136頁。

5 蔣光慈：〈關於革命文學〉，見《革命文學論爭資料選編》，第138—146頁。

6 見德里克（Dirlik）：《革命之後：警惕全球化資本主義》（After the Revolution: Waking to Global Capitalism），漢諾威：衛斯理大學出版社，1994，第20—38頁。

民族主義」很好地解釋了為什麼在第三世界國家「階級」的概念總是被延展至民族[7]。把「階級」看作是建構民族主義話語中的一個隱喻性修辭有著非常重要的意義[8]，因為從這個角度，我們可以理解左翼作家試圖批判資本主義現代性不僅出自馬克思主義觀點，而且出自半殖民地國家的立場。中國的民族自我，被定義成──理想的無產階級，與「他者」──西方資產階級──相對立。恰恰是因為對「階級民族主義」的認同使得左翼作家極其迫切地想要否定五四時期的啟蒙話語，清除小資產階級和資產階級思想的影響，並且阻止中國文壇向西方文化傾斜。

於是，一系列與革命激情和欲望相關的問題隨著革命文學的出現而產生了：文學應該如何重新定義？革命與文學的關係如何正確認識？文學的社會作用是什麼？文學是否一定要體現階級意識？在促進無產階級文學發展過程中知識份子應扮演何種角色？誰有資格創作革命文學？知識份子在大革命背景下應該如何調整自己的位置？在著名的左翼文學雜誌《文化批判》中，成仿吾預見革命文學運動的歷史任務是：「它將從事資本主義社會的合理的批判，它將描繪出近代帝國主義的行樂圖，它將解答我們『幹什麼』的問題，指導我們從哪里幹起。」[9]通過重新定義文學以及文學與革命的關係，年輕一代的左翼作家對五四作家開始展開攻擊，在他們眼中，那些五四作家們已經成了資產階級、西方帝國主義和資本主義現代性的「代言人」[10]。然而，由於受到馬克思主義歷史觀的影響，他們仍與五四作家們分享進步的時間理念和歷史觀[11]。因此，這些左

7 見杜贊奇，《從民族國家拯救歷史：民族主義話語與中國現代史研究》第12頁。

8 同上。

9 成仿吾：〈祝詞〉，見《文化批判》第1期（1928年1月），第5—6頁。

10 杜衡：《文藝自由論辯集》，上海：現代書局，1933，第302—307頁。

11 如史書美所說：「後五四的左翼作家對五四時代的責難，雖然有批判帝國主義文化的印記，不過他們也承認五四遺產中的科學和科學方法有終結封建主義的積極的一面……最後，黑格爾的歷史目的論既支撐了五四啟蒙運動，也支撐了中國馬克思主義」，見史書美（Shih Shumei）：《現代的誘惑：半殖民地中國的現代主義書寫（1917—1937）》（Lure of the Modern: Writing Modernism in Semicolonial China,

翼作家們一面強烈地反對和批判現代性，特別是西方資本主義文化對半殖民地中國的擴張，一面卻接受擁有進步時間觀的現代性。這一矛盾——既反對又接受現代性——組成了革命文學的基調。

當布林迪厄（Pierre Bourdieu）討論文化實踐和文化生產時，他提出了代理人（agents）和場域（field）這兩個概念。「代理人」不僅把塑造了個人的社會關係納入理論範疇，也非常重視代表社會現實的個人經驗。對布林迪厄來說，文學界，或是文壇，是「一個力量場，但也是一個傾向於轉變或保存這一力量場的鬥爭場域」。佔據多種有利位置的代理人競爭力量場中的權威地位，並借助他們的策略以「保衛或改進他們的位置（也就是他們佔據的位置）」[12]。布林迪厄的理論為我們提供一個有趣的角度來考量革命文學的出現，借用他的理論，我們一方面可以分析這一歷史階段文壇內部複雜的權力鬥爭，另一方面可以考察有關個人與階級生存心態（habitus）所引發的鬥爭策略。然而布林迪厄這種法國中心式的對文學場域的研究實際上是以文化資本或象徵資本為基礎的，它並不能完全解釋烏托邦渴望、民族主義含義、半殖民地情感或隱藏在「革命文學」運動中的個人的感官刺激和身體經驗。左翼作家除了爭奪革命文學在文學界中的話語霸權之外，他們實際上也親身捲入了充斥著力比多的革命浪潮。他們身體力行，用自己的行為來闡釋革命，並且在「革命加戀愛」的文學實踐中不斷地挑戰著他們自己對左翼意識形態的理解和闡釋。

在這一章裡，我將特別關注作家之間、文學團體之間的關係，他們對文學與政治關係的重新定義，以及文學時尚的傳播。我不想假定一個與革命理論完全一致的文學實踐，而是試圖將文壇的動盪與變化理解成是一個進行中的包括不同社團的作家和批評家的歷史

1917—1937），伯克利：加州大學出版社，2001，第146頁。

[12] 布林迪厄（Pierre Bourdieu）：《文化生產的場域：藝術文學論》（The Field of Cultural Production: Essays on Arts and Literature），紐約：哥倫比亞大學出版社，1993，第30頁。

項目。通過研究文藝論爭，文本表述和文學期刊，我想呈現革命文學的這一歷史過渡階段。在我眼裡，它充滿了裂縫與重疊，層次與差異，互動與距離，因而不能將其看作是單一的、熟悉的、清晰的意識形態的遺產。我對革命文學的重新考察，並不是為了重新定義中國的現代性，也不是對左翼作家追求革命的否定，而是將「革命」看作是一個包含著中國知識份子的話語實踐的有爭議的概念。

## 理論準備不足的文藝論爭

從文學革命到革命文學的過渡標誌著左翼作家首次登上文壇。在大陸出版的很多教科書中，這段時期都被認為是成功的飛躍。甚至連毛澤東也高度讚揚左翼作家這一階段在文壇上所取得的勝利。很多批評家相信是共產黨於20世紀20年代末在左翼作家中發起了這些關於「革命文學」的論爭。然而，如果我們仔細考察當時的歷史狀況，就會發現所有的論爭實際上都源於那些作家對「革命」和「革命文學」的混亂定義。這種混亂說明新的革命文學在文壇中雖然獲得了一定的話語霸權地位，但是左翼作家們對革命和革命文學的理解仍是多元的。左翼作家們似乎佔領了文壇的主導地位，似乎過於突然，理論準備不足，因此，無論是對於革命還是革命文學都存在著完全不同的互相矛盾的理解。

從1923年到1928年，許多新的與馬克思主義理論和無產階級文學有關的術語——諸如資本主義、無產階級、意識形態和階級——被介紹進中國。新的知識結構開始重組並且逐步取代五四運動形成的知識結構。從蘇聯或日本翻譯和介紹馬克思主義理論成為文壇的新來者爭奪話語權的一種重要方式，也成為原本文壇中的權威人士確保他們的權威地位的一種手段。1924年8月，作為中共派往蘇聯的首批留學生之一，蔣光慈寫了《無產階級革命與文化》，宣佈無產階級文化的合法性。他強調無產階級應該擁有自己的文化，並且批評道：「現在資本主義制度下的文化非有害於無產階級，即與無產階級沒有關係。」[13] 1925年1月又發表《現代中國社會與革命文學》，強烈批判一些五四作家，如葉聖陶、郁達夫和冰心，並呼喚革命文學應鼓動革命情緒，引發暴力反抗[14]。與蘇聯文壇上的「崗位」派（On Guardists）、「無產階級文化」派、「拉普」等派別相仿，蔣光慈認為文學領域也和社會生活的其他領域一樣，應受階級鬥爭的法則所支配，「同路人」的文學是與無產階級革命背道而馳的文學，於是他試圖通過排斥資產階級文化和「同路人」文學（the fellow travelers）來建立無產階級文化的唯一權威。

在另一線上，茅盾則在1925年5月發出不同聲音，他在《論無產階級藝術》中指出，將藝術誤解為政治宣傳的工具是無產階級文化的弱點。雖然他支援無產階級藝術，可是仍然強調文學作品的藝術價值以及繼承五四文學遺產的重要性[15]。茅盾的觀點比較接近亞歷山大・沃倫斯基（Alexander Voronsky）的觀點，沃倫斯基認為藝術和政治並不是一元的，他強調藝術價值、審美要求和對文化遺產的繼承，主張團結「同路人」，也就是團結那些同情革命的作家們。在五四作家中，魯迅是位非常有意識地更新自己的作家，他對馬克思主義理論在中國的傳播做出了重大的貢獻。比如，1924年，魯迅曾經參與翻譯第一本被譯成中文的蘇聯文藝理論專著——托洛茨基的《文學與革命》，他譯了托洛茨基專論勃洛克的這一章，附入勃洛克的長詩《十二個》。1929年至1930年間，魯迅還曾大力支持馮雪峰編輯出版一套《科學的藝術論叢書》，其中又

[13] 蔣光慈：《無產階級革命與文化》，見《新青年季刊》，第3期（1924年8月），第16—22頁。

[14] 蔣光慈：〈現代中國社會與革命文學〉見《中國現代文學史參考資料》，中國人民大學新聞系文學教研室編，上海：上海教育出版社，1959，卷1，第208頁。

[15] 茅盾：〈論無產階級藝術〉，見《茅盾全集》，北京：人民文學出版社，1991，卷5第83—103頁。

有魯迅譯的聯共的《文藝政策》、普列漢諾夫的《藝術與社會生活》、盧那察爾斯基的《文藝與批評》。後來他還譯了盧那察爾斯基的《藝術論》，青野季吉的《藝術的革命和革命的藝術》、《關於知識階級》，片上伸的《階級藝術問題》、《現代新興文學諸問題》等，這些都是與無產階級革命文學有關的理論著作。[16]李歐梵在他的著作《鐵屋中的吶喊》裡仔細地研究了魯迅對馬克思主義美學和蘇聯文學熱情接納卻落入矛盾狀態。1928年以前，魯迅對蘇聯文學的瞭解大多來自支持沃倫斯基和同路人的托洛茨基。[17]受托洛茨基的影響，魯迅在〈革命時代的文學〉一文中認為「為革命起見，要有『革命人』，『革命文學』無須急急，革命人做出東西來，才是革命文學。」[18]借助托洛茨基的理論，魯迅強調「革命人」是革命文學的主體，以此質疑現階段出現的革命文藝的幼稚病。

一群創造社的年輕成員，包括李初梨、馮乃超、彭康、朱鏡我等，從日本留學後回到中國，受福本主義的影響，支持對那些還沒有完全認同馬克思主義的人採取「分裂主義」（排斥態度）而不是「統一戰線」（團結）的做法，這是比蘇聯的「崗位派」更加激進的一種策略。[19]這群年輕的左翼作家，通過徹底否定五四作家和他們建立起來的啟蒙話語，給文壇帶來了一場大地震。1927年，成仿吾的文章《從文學革命到革命文學》認為五四階段的文學革命屬於資產階級運動。這場運動借助一個忽視無產階級大眾的階級，滿足個人的興趣和享樂，卻遠離社會現實。他不但主張否定被他稱作

[16] 關於魯迅對馬列主義文藝思想的翻譯，請參見邵伯周，《中國現代文學思潮研究》中的第一章〈「無產階級革命文學」運動與馬列主義文藝思想的傳播以及蘇聯文學的譯介〉，上海：學林出版社，1993年，第228—269頁。

[17] 李歐梵：《鐵屋中的吶喊：魯迅研究》，第154頁。

[18] 魯迅：〈革命時代的文學〉，見《魯迅全集》，第三卷，第418頁。

[19] 關於福本主義對創造社的影響，艾曉明曾作過精闢的分析，見艾曉明《中國左翼文學思潮探源》，長沙：湖南文藝出版社，1991年。另外還可以參見劉柏青，「三十年代左翼文藝所受日本無產階級文藝思潮的影響」，《中國現代文學思潮流派討論集》，馬良春等編，北京：人民文學出版社，1984，第228—245頁；王野，〈「革命文學」論爭與福本和夫〉，《中國現代文學研究叢刊》1（3月）：第322—331頁。

資產階級的五四先驅們，而且要求他的革命同伴否定他們自己。他認為，中國社會要跟上歷史的進步就只能通過馬克思主義辯證法，在他的理解中，辯證法就是否定一切，甚至否定自己[20]。借用階級的概念，這篇文章在五四傳統和革命文學之間劃出了一條清晰的界限。1928年，李初梨在他的文章〈怎樣地建設革命文學〉中，把五四時期的啟蒙者們歸類為「資產階級意識的代表」，把五四時期的文學革命和文化運動歸結為封建主義與資本主義的衝突。在資產階級失去了其革命作用之後，無產階級將取而代之。於是，五四文學和所謂小資產階級文學一概被他列為打擊與排斥的對象。將文學重新定義為階級武器，李初梨聲稱文學的本質與辛克萊所說的拜金文藝（Mammon Art）相同：「一切的文學，都是宣傳。普遍地，而且不可逃避地是宣傳；有時無意識地，然而常時故意地是宣傳。」[21]在這篇文章中，李初梨混合了實用主義和馬克思主義決定論，表現出對完美的烏托邦目標的急不可耐。被民族危機和理想主義所激發，李初梨和他的朋友們輕易地將文學置於政治目的之下。具有諷刺意味的是，雖然那些年輕的左翼作家們批判資本主義現代性和西方文化，但他們不僅承認現代性是進步的，而且在努力獲得無產階級文化和文學的合法性時，深深地依賴西方文化資源——馬克思主義（特別是日本馬克思主義理論）。

正如布林迪厄所言，「在文學（或其他）的對抗中，爭奪的核心之一是文學合法性的專有權，也就是一種壟斷權，壟斷誰有權稱自己是作家（或其他），或者說誰是作家，誰有權力去說誰是作家；或者，如果你願意，可以說是對生產者和產品之『奉獻權』的一種壟斷。」[22]在革命文學的論爭中，最重要的爭端變成誰有權去

[20] 成仿吾：〈從文學革命到革命文學〉，見《革命文學論爭資料選編》，第130—137頁。

[21] 李初梨：〈怎樣地建設革命文學〉，第56頁。見《中國新文學大系1927—1937》，上海：上海文藝出版社，1987，卷2，第49—65頁。

[22] 布林迪厄：《藝術的規則：文學場域的起源和結構》（The Rule of Art: Genesis and Structure of Literary Field），斯坦福，加州：斯坦福大學出版社，1990，第224頁。

定義無產階級文學及其作家們。實際上，魯迅與激進的左翼作家們之間的分歧和鬥爭就是為了取得對革命文學合法性（包括威望、奉獻和認可）的控制。新來者，諸如創造社的李初梨、彭康、馮乃超、朱鏡我、成仿吾等，以及太陽社的蔣光慈、錢杏邨，不得不聲明他們與五四一代的魯迅等文化名流不同，這也是為了使他們自己在文壇中受到足夠的重視以爭奪革命文學的闡釋權和文壇的支配權。在這場文壇支配權的爭鬥中，知識份子都被追逐「新」的進步的意識形態所掌握，「更新」意識、「創新」意識很強。這些更新意識首先表現在他們對馬克思主義歷史發展階段論的強烈認同，認定資本主義比封建主義進步，社會主義又比資本主義進步。從這個歷史邏輯出發，激進的創造社成員是一定要排斥像魯迅這樣的「同路人」的。

雖然五四作家諸如胡適、郁達夫和郭沫若都很有成就，但魯迅卻是這一代文人的領袖人物。許多年輕的作者因為非常幸運地得到他的提拔而一舉成名。那些得到他認可的，比如柔石、蕭紅和蕭軍出現在文壇上要比那些沒有得到他認可的如端木蕻良順利得多[23]。然而，魯迅的舉薦權受到了許多年輕作家，如成仿吾、李初梨和馮乃超的挑戰，這些作家是從國際共產主義運動，特別是日本左派中接受了革命理論。起初，一些創造社和太陽社的成員仍然希望得到魯迅的幫助，比如1928年1月蔣光慈和鄭伯奇前去拜訪魯迅，計畫建立一個所有進步作家的聯盟，用以對抗國民黨。得到魯迅的贊同後，他們在報紙上發表了一個聯合聲明見鄭伯奇〈創造社與左聯的一些情況〉，根據鄭伯奇的說法，這個聯合聲明發表在《實事新報》上。[24]。然而，這個聲明遭到激進作家比如成仿吾的反對，他

[23] 見孔海立（Haili Kong）：《30年代文學舉薦對一個個人主義作家意味著什麼？端木蕻良的個案》（What Did Literature Patronage Mean to an Individualistic Writer in the 1930s? The Case of Duanmu Hongliang），見《現代中文文學學報》（Journal of Modern Literature in Chinese）2.1（1998年7月）第31—55頁。

[24] 見《創造社資料》，饒鴻競編，福州：福建人民出版社，1982，第71—73頁。

的戰略是令革命先鋒與魯迅的五四一代較量。所以，沒有給魯迅任何提示，創造社的部分成員突然在他們的新刊物《文化批判》上宣稱阿Q時代已經過去了，並突然給魯迅貼上了「封建餘孽」、「雙重反革命」等標籤，認定他必須被「無產階級文學」所代表的新的歷史進程所拋棄。

魯迅與激進的年輕左翼作家之間的一系列論爭是文壇權力之戰的具體表現。實際上，任何試圖將魯迅多種實驗性的現代寫作定義為極端前衛或落伍的文學現象都顯得過於簡單，都未看到魯迅的異常豐富性也未看到其作品中敘述形式與歷史潛文本之間的複雜關係。毫無疑問，創造社和太陽社的成員並沒有考慮文學價值；相反，他們只用「時代精神」的抽象尺度來否定魯迅。在《藝術和社會生活》中，馮乃超批評魯迅是個落伍者，「常從幽暗的酒家的樓頭，醉眼陶然地眺望窗外的人生」，「無聊賴地跟他弟弟說幾句人道主義的美麗的說話。」[25]按照馮乃超的批評，葉紹鈞、郁達夫和張資平都是「典型的悲觀主義者」，都墜入了反動的陣營[26]。這與成仿吾寫於1927年的《完成我們的文學革命》十分相似，在文章中，成仿吾也指責許多著名的作家，包括魯迅、周作人、徐志摩和劉半農都沉迷於閒適的有品位的資產階級的生活方式中，跟不上時代的腳步[27]。這種圍繞著革命和反革命的簡單邏輯而展開的嚴厲批判毫無疑問震驚了五四一代。雖然太陽社和創造社也為革命文學的領導權以及文學理念性爭吵，但他們基本上追隨相同的目標，他們相信舊的一代一定要被新的一代所代替。作為太陽社的創始人之一，蔣光慈表達了他對五四舊作家的不滿，他認為舊作家顯示出與舊世界千絲萬縷的聯繫，而且不能為革命文學提供新生的力量[28]。另一位太陽社的創建者錢杏邨，宣佈《阿Q正傳》「沒有代表現代

[25] 馮乃超：〈藝術與社會生活〉，見《革命文學論爭資料選編》，第116頁。

[26] 同上。

[27] 成仿吾：〈完成我們的文學革命〉，見《革命文學論爭資料選編》，第17—23頁。

[28] 蔣光慈：〈關於革命文學〉，見《革命文學論爭資料選編》，第142頁。

的可能，阿Q時代是早已失去了！」[29]他責難魯迅充滿小資產階級的惡習性，只懂得消極地彷徨，只看到黑暗的一面，「不是苦悶的人生，就是灰暗的命運；不是殘忍的殺戮，就是社會的敵意；不是希望的死亡，就是人生的毀滅」，「把人生變得悲慘的灰暗的陰森的了。」[30]錢杏邨文章的核心是斷定魯迅的黑暗，並相信魯迅反對革命的光明[31]。的確，死亡和黑暗的陰影以不同的形式投射到魯迅的作品中，從《狂人日記》中的同類相食到《野草》中鬼、墳墓和屍體的意象。正如夏濟安指出，魯迅「相信啟蒙並不能真正地驅走黑暗；但它們能成為抵擋黑暗所施加的危險的有吸引力的屏障」[32]。魯迅在希望與絕望之間的猶豫使他的文學作品充滿獨特的魅力，但是錢杏邨卻一點也不考慮文學的藝術特性，更不考慮魯迅作為一位現代啟蒙者所感受到的內心的焦慮和痛苦。令錢杏邨不安的是魯迅被黑暗所困擾，這對他來說是「一切的一切，都是引著青年走向死滅的道路，為跟著他走的青年們掘了無數無數的墳墓」[33]。跟這種論調相似，李初梨給魯迅起了個綽號——「中國的唐吉訶德」——用以描述五四一代啟蒙者面對的是盲目的、過時的以及荒謬的幻象[34]。

當魯迅從受到攻擊的震驚中平靜下來，他開始反擊。魯迅很難相信鼓吹「為藝術而藝術」的創造社能夠如此迅速地轉變為革命文學的代理人。他辛辣地諷刺那些剛剛離開藝術的象牙塔立即高舉革命文學大旗並保證革命作家最終勝利的創造社成員們[35]。很明顯，魯迅並不相信那些激進的左翼作家是真正的革命者，所以他將自己

[29] 錢杏邨：〈死去了的阿Q時代〉，見《革命文學論爭資料選編》，第192頁。

[30] 同上，第188—189頁。

[31] 同上，第189頁。

[32] 夏濟安：《黑暗的閘門：中國左翼文學運動研究》（The Gate of Darkness: Studies in the Leftist Literary Movement in China），西雅圖：華盛頓大學出版社，1968，第161頁。

[33] 錢杏邨：〈死去了的阿Q時代〉，見《革命文學論爭資料選編》，第189頁。

[34] 李初梨：〈請看我們中國的Don Quixotes的亂舞——答魯迅「醉眼中的朦朧」〉，見《革命文學論爭資料選編》，第288—300頁。

[35] 魯迅：〈醉眼中的朦朧〉，見《革命文學論爭資料選編》，第207—214頁。

爭論的焦點放在什麼是真正的革命文學這一點上。正如他在〈革命時代的文學〉中所表達的，無產階級文學將由無產階級自己來創作，而這也只有等到大眾真正覺醒之後：

> 在現在，有人以平民——工人農民——為材料，做小說做詩，我們也稱之為平民文學，其實這不是平民文學，因為平民還沒有開口。……現在的文學家都是讀書人，如果工人農民不解放，工人農民的思想，仍然是讀書人的思想，必待工人農民得到真正的解放，然後才有真正的平民文學。[36]

魯迅回應這些激進的創造社和太陽社成員的策略是非常機智的，他不僅積極參與關於革命文學的定義，而且將論爭轉向其代言人、代理人以及他們的合法性等問題。通過質疑對手們是否真正擁有革命文學的代理權，他保衛文壇中已經建立起來的新文學氛圍。通過重複托洛茨基的觀點，「無產階級文學不能存在於當前，而是存在於未來的共產主義社會」[37]，魯迅描述了革命和文學在三個階段的關係。第一階段是指大革命前，「所有的文學，大抵是對於種種社會狀態，覺得不平，覺得痛苦，就叫苦，鳴不平」；第二階段到了大革命的時代，「文學沒有了，沒有聲音了，因為大家受革命潮流的鼓蕩，大家由呼喊而轉入行動，大家忙著革命，沒有閒空談文學了」；第三階段發生在革命成功後，只有兩種文學存在：「一種是謳歌革命的，這是進步的文學家希望社會改變，對舊社會的破壞和新社會的建設很高興；另一種文學是輓歌，弔舊社會的滅亡。」[38]他指出在現今的革命階段，無論是他還是那些激進的左翼作家都不可能創作出真正的無產階級文學，這樣一來，他就顛覆了

[36] 魯迅：〈革命時代的文學〉，見《魯迅全集》，北京：人民文學出版社，1981，卷3，第422頁。

[37] 李歐梵：《鐵屋中的吶喊：魯迅研究》，第154頁。

[38] 魯迅：〈革命時代的文學〉見《魯迅全集》，卷3第418頁。

那些文壇的新來者所強加給文壇的新的等級制度，並質疑了他們關於革命文學的定義。

魯迅對那些年輕的左翼作家們的批評是很有力量的。所以，他們不得不起而捍衛自己創作無產階級文學的權力。當郭沫若迅速地得出魯迅的論爭是在進行反革命宣傳這一結論時[39]，李初梨進而爭辯說無產階級作家不一定要出生於無產階級，那些出生於無產階級的人們也不一定能創作出無產階級文學。按照他的說法，如果小資產階級作家有正確的動機和階級意識，也可以取得無產階級作家的身份地位[40]。李初梨的爭辯受福本和夫的影響，福本和夫認為有無產階級意識的知識份子先天具有啟蒙工人階級的歷史責任，福本和夫的理論因此吸引了許多年輕的左翼作家。然而，李初梨仍然不能提供充分的答案來解答誰有權力評判一個作家是否屬於無產階級作家階層。作為回答，魯迅誇張地描述了創造社的成員們：「從這一階級走到那一階級去，自然是能有的事……（但）不要腦子裡存著許多的殘滓，卻故意瞞了起來，演戲似的指著自己的鼻子道：『唯我是無產階級』」[41]。

魯迅並不是唯一批評創造社的作家，其他作家對創造社設定的革命特權和專橫標準也一樣提出了批評，比如茅盾就嚴厲批評了創造社成員過分狹窄的宗派觀念，批評他們的分離政策。[42]連太陽社的錢杏邨也抱怨創造社過分地尋求對文壇的控制權，抱怨創造社「只許州官放火，不許民家點燈」[43]。相似的抱怨和抗議也在其他作家中發生。如果革命文學的的關注點轉向誰是真正的代理人，那麼創造社的宗派情結和排他性則是問題的成因。創造社採取的「排

39 郭沫若：〈英雄樹〉見《革命文學論爭資料選編》，第74—80頁。

40 李初梨：〈怎樣地建設革命文學〉，見《中國新文學大系1927—1937》，卷2，第49—65頁。

41 魯迅：〈現今的新文學的概觀〉，見《魯迅全集》卷4，第136頁。

42 茅盾：〈讀倪煥之〉，見《革命文學論爭資料選編》，第847—867頁。

43 錢杏邨：〈關於現代中國文學〉，見《革命文學論爭資料選編》，第195—198頁。

中」的兩極立場——不是革命的文學就是反革命的文學，為中國文壇開了不允許第三個空間存在的先例，就像成仿吾所說的，「誰也不許站在中間。你到這邊來，或者到那邊去。」[44]郭沫若也宣稱：「我們現在處在的是階級單純化，尖銳化了的時候，不是此就是彼，左右的中間沒有中道存在。」[45]他們強烈的階級意識破壞了原本文壇中多元和開放的文學空間和文學氛圍。

有些臺灣學者認為，發生在魯迅與激進的左翼作家之間的論爭是由中國共產黨操縱的，但是王宏志對此進行了細緻的分析，駁斥了這種論點。[46]他認為，革命文學時期的大部分論爭都源於各派人士對西方馬克思主義理論不同的接受、挪用和改寫。他們的分歧更多的是為爭奪無產階級文學的話語霸權，而不是爭論這些關於革命的多種宣稱的真相是什麼。雖然魯迅及其五四一代扮演了反抗封建主義的先鋒角色，但是為了建立新的反抗資本主義話語的合法性，激進的左翼作家不可避免地把他們作為標靶。但左翼作家們也並非在所有情況下都團結一致，比如大多數都不是中共黨員的創造社成員就捲入了與太陽社成員關於革命文學的相關爭論，而太陽社的成員中則包括了許多中共早期黨員。如果如同一些批評家所指出的那樣，論爭實際上是由中共操縱的[47]，那麼這兩個社團就不會相互攻擊。1928年3月，代表太陽社的錢杏邨寫了一篇文章，題目是《蔣光慈與革命文學》，向創造社所把持的革命文學的領導權宣戰[48]。再者，中共不可能組織兩個社團同時向魯迅開戰，相反，中共命令兩個社團聯合魯迅並且於1930年成立中國左翼作家聯盟。在這裡

---

44 成仿吾：〈從文學革命到革命文學〉，《革命文學論爭資料選編》，第136頁。關於創造社的「排中」立場，艾曉明和王宏志都進行了詳細的論述。

45 麥克昂（郭沫若），〈留聲機器的回音〉，《革命文學論爭資料選編》，第215—217頁。

46 王宏志在他的〈革命陣營的內部論爭〉中反駁這樣的假設，見《現代中文文學學報》1.2（1998年1月），第37—69頁。

47 鄭學稼：《魯迅正傳》，臺北：時報文化事業公司，1978，第195—196頁。

48 錢杏邨：〈蔣光慈與革命文學〉，見《蔣光慈研究資料》，方銘編，銀川：寧夏人民出版社，1983，第267—291頁。

詳述中共沒有在文壇背後操縱整個論爭非常重要，是為了強調更準確地探查早期革命文學的思路。隨著定義革命文學的權力之爭繼續發展，不同代理人與不同社團之間的分歧變得日益清晰。概括地說，這種分歧集中在對「文學」的定義上。

激進的左翼作家認為文學可以作為政治的工具，魯迅並不同意這一看法[49]。總的來說，創造社和太陽社的成員都將寫作看作是政治宣傳的工具，將文學和藝術安裝在政治鬥爭的鏈條上。引述辛克萊的說法，一切藝術皆是宣傳。依照這個觀點，文學應當成為純粹的階級鬥爭的工具。魯迅反對這一論點，他強調文學對革命的無用。不像那些浪漫地稱頌文學與政治聯姻的激進主義者，魯迅揭示了這一聯盟的陰暗面——政治家經常壓制文學的表達：「文藝是不安於現狀的，但是政治家最不喜歡人家反抗他的意見，所以他們相信文藝界是製造社會混亂的」[50]。雖然歷史事實最後證明魯迅是正確的，但當時的人們並不能贊同他的理性分析。當激進的左翼作家們試圖把文學變成政治的傳聲筒時，他們也否定了自己。絕對服從政治的代價，不僅否認他們自己對文學的信仰，而且是否定知識份子自身的獨立精神。革命文學論爭之後，文學逐漸淪為政治的宣傳工具，最後連魯迅也容不下「第三種人」，容不下文人所選擇的「第三種空間」。左翼陣營成立後，魯迅和創造社和太陽社的成員於1930年攜手批評新月派的梁實秋，後來於1931年又一起對「民主主義文學運動」展開討伐，在1932——1933年又一起批評「第三種人」。魯迅不僅認同了階級文學，而且公開承認無產階級文藝運動是中國當時唯一的文藝運動。[51]所以革命文學論爭導致了後來整個文壇的「排中性」，不讓文學有更多自由的多元發展的空間，使得馬克思主義的文藝觀逐漸控制了文壇。

[49] 見成仿吾：〈全部的批判之必要——如何才能轉換方向的考察〉，見《革命文學論爭資料選編》，第172—179頁。

[50] 魯迅：〈文藝與政治的歧途〉，見《魯迅全集》，卷7，第113—122頁。

[51] 魯迅：〈中國無產階級革命文學和先驅的血〉，見《魯迅全集》，卷4，第285頁。

## 公式草創：蔣光慈現象

雖然來自創造社的激進的左翼作家們炫耀他們的「無產階級意識」，並且用它來反對所謂「資產階級代言人」的五四作家們，但他們很少能像蔣光慈那樣積極地投身普羅文學實踐。作為革命文學階段最有影響力和最多產的作家，蔣光慈創造了所謂光赤現象（光赤是他的一個筆名），吸引了許多愛國的年輕作者追隨他的風格。蔣光慈的寫作最明顯的特點是他將愛情引入革命，用簡單的、粗暴的、拜倫式的、陽剛的敘述語言來攻擊消極的感傷主義。[52]實際上，在蔣光慈發表他的第一部小說《少年漂泊者》（1926）之前，早期的共產黨領導人張聞天也在他的小說《旅途》（1925）中描寫了革命與愛情的主題。雖然張在這部小說中傳達了革命的激情和理念，但是他的敘述語言過於多愁善感，用感傷的筆調講述了一個中國革命者愛上了一個中國女孩和兩個美國女孩的愛情故事。由於缺乏蔣光慈那種拜倫式的姿態和與時代的貼近感，張聞天的小說沒有蔣光慈那麼有影響。

蔣光慈區別於五四作家的首先是他粗暴的、感情強烈的語言。在《少年漂泊者》的前言中，蔣光慈寫道，「在現在唯美派小說盛行的文學界中，我知道我這一本東西，是不會博得人們喝彩的。人們方沈醉於什麼花呀、月呀、好哥哥、甜妹妹的軟香巢中，我忽然跳出來做粗暴的叫喊，似覺有點太不識趣了」[53]。的確，蔣光慈剛開始寫作時，早期創造社的文學作品還停留在唯美的感傷的浪漫主

[52] 汪應果指出，「革命＋戀愛」的公式「本來並非我國的發明，當時翻譯得蘇聯作家柯倫泰的作品《赤戀》（開明書局發行）可以說是這個公式的源頭。由於受它的影響，這一時期的中長篇小說幾乎毫無例外地都出現了革命者和戀愛的糾葛。」見汪應果，〈左聯時期的中長篇小說〉，《左聯時期文學論文集》，南京：南京大學學報編輯部出版，1980，第149頁。

[53] 蔣光慈：《蔣光慈文集》，上海：上海文藝出版社，1982，卷1第3—4頁。

義階段，他就以「粗暴的叫喊」給人耳目一新，他對革命與愛情的大膽書寫一下子就跳出了當時流行的唯美的語境。然而，正是這種「粗暴」的書寫預示著革命文學時期對「愛情」重新定義，也預示對五四啟蒙時期的愛情話語將作出修正和否定。當蔣光慈有意識地尋求革命與愛情的結合時，他證明了愛情的語言是可以作為革命的修辭的。正如夏濟安所示，「幫助他（他們）的書暢銷的不只是革命的熱情，粗暴的描畫，而且是美味的伴有苦澀甜蜜的並以愛情為佐料的革命的出場」[54]。蔣光慈首先愛上了革命，充滿激情地記述了發生在1923到1928年之間許多重大革命事件，以及這其中的血腥、情欲和眼淚，他目睹五卅慘案、1927年前的上海工人起義、北伐戰爭以及1927年蔣介石清黨。他要成為第一個見證與記錄這些大事件的作家，記載下那個動亂年代中他和其他革命者的經歷、情感和想法。他的興趣在革命的浪漫方面，相信革命與男女之間浪漫的愛情故事是可以相互轉換的。文學對他來說不再被限定為被動角色——只是忠實而冷靜地反映社會和歷史；而是有目的地解釋和組織現實。他批評「純藝術」和「為藝術而藝術」，並且成為文學為革命服務的代言人，要求文學有教育價值和社會意義。通過浪漫地將革命與愛情聯繫起來，他為年輕的讀者提供了革命的「情感教育」。

他的第一部小說《少年漂泊者》（1926），如夏志清所評述的，「值得注意，不僅因為它是第一部有相當長度（125頁）的普羅小說，而且因為它所體現的很多主題後來成為共產黨小說的標準」[55]。這部小說是以懺悔式的信件的形式書寫的，主人公——曾經是乞丐、雜貨店學徒、紗廠工人，後來參加了鐵路工人罷工——代表著底層的人們。主人公和雜貨店主的女兒之間的愛情故事是個

[54] 夏濟安：《黑暗的閘門：中國左翼文學運動研究》，第82頁。

[55] 夏志清：《中國現代小說史：1917—1957》（History of Modern Chinese Fiction: 1917—1957），耶魯大學出版社，1961。

悲劇，女孩死於對生活缺乏期望，而她的死反映了社會的黑暗。這不僅包含了五四自由婚姻和反封建的概念，也引發了男女愛情關係中的階級意識。渴望著革命與愛情的主人公在女主角死後，參加了1923年鐵路工人罷工，目睹了共產黨領袖林祥謙的英勇就義，然後進入黃埔軍校，最終在北伐戰爭中犧牲。這部小說出版後讀者反應熱烈[56]。連八十年代的中共總書記胡耀邦也是蔣光慈的忠實讀者，他回憶說是《少年漂泊者》激勵他在年輕時代參加革命。其他著名的革命作家，比如陶鑄、田濤和陳荒煤，也紛紛在他們的回憶錄中記載，是這部小說讓他們走上了革命之路[57]。這部小說的流行之廣令人震驚，在1926—1933年間，它再版超過十五次[58]。吸引讀者的是將個人的性慾與暴力的革命並置，而這個令人興奮的結合從未被五四一代嘗試過，蔣光慈是始作俑者。

蔣光慈的另一短篇《鴨綠江上》（1927）講述了一個值得尊敬的朝鮮革命者和他女朋友雲姑的愛情故事。雲姑當了社會主義青年同盟婦女部書記，被日本人逮捕，屈死於漢城獄中。這個悲劇的愛情故事充滿了浪漫的情感，表達了強烈的民族主義感情，並且象徵著被西方和日本資本主義壓迫的全世界無產者的聯合。在他的另一個短篇《碎了的心》（1926）中，蔣光慈描寫了一位在反抗日本帝國主義的遊行中被殺的革命英雄，臨犧牲前，他把自己的愛人——一個善良的護士——從一個虔誠的基督徒改變為革命的信仰者，她最後也為愛而自殺。從身體的吸引到最後靈魂的交融，這對情人證明了革命與愛情之間的美妙關係。蔣光慈用反帝的旋律來表現革命的性質和內容，充分地展現了他的民族主義情結和積極參與革命的激情。

[56] 根據蔣光慈的妻子吳似鴻的回憶，即使在蔣光慈的書被國民黨查禁後，一些出版社仍想方設法賣他的書，見吳似鴻〈蔣光慈回憶錄〉，見《蔣光慈研究資料》，第113—171頁。

[57] 吳騰凰：《蔣光慈傳》，合肥：安徽人民出版社，1982。

[58] 王智慧：〈時代急流和作家之舟〉，見《東嶽論叢》，23.1（2001年1月）第86—90頁。

夏濟安和當下的學者不同，他不是把批評的注意力放在考察文本內部的權力關係和權力鬥爭中，而是注重對文學價值的評判。他認為蔣光慈的作品是「拙劣的寫作」，[59]「充滿著風格上的謬誤」[60]。對夏濟安來說，蔣光慈是一個「雇用文人，還需要證明自己能寫出簡單的好的句子，但是他卻假裝自己是一個偉大的『浪漫』作家，既能用天才激起公眾的崇拜，也能用天才宣佈其拙劣的寫法無罪。[61]在夏濟安的眼裡，蔣光慈的作品沒有什麼文學價值。其實，三十年代的其他左翼作家，比如茅盾，也同樣質疑過蔣光慈作品的文學性。夏濟安先生的這一文學批評與他在冷戰期間的反共立場是分不開的，冷戰的語境使他不能理解蔣光慈的作品藝術價值不高的原因。蔣簡單而粗暴的寫法直接源自他對文學的定義，即革命文學對社會生活應該有一種立竿見影的效果。他認為文學應該作為革命的宣傳工具，應該能夠馬上影響讀者的行為和道德觀。也就是說，蔣光慈更為關注的是文學的政治功能而不是其藝術價值。所以，雖然他的作品的文學性不高，可是卻成功地影響了整整一代人。在對蔣光慈的短篇小說集《鴨綠江上》的介紹中，錢杏邨指出蔣光慈的文學態度近似於蘇聯的烈夫派（LEF——left front of literature）：

> 在介紹本書之前，我要用新俄的「烈夫派」的藝術定義，來說明他的創作的態度。自然，我不能說光赤是受了這一派的影響，但是我以為他的正是如此：「藝術不是認識生活的方法，是創造生活的方法。不承認有寫實，不承認有客觀。反對寫實，提倡宣傳。否認客觀，經驗，標定主義，意志。除消內容，換上主張。除消形式，換上目的。反對死的，冷靜

[59] 夏濟安：《黑暗的閘門：中國左翼文學運動研究》，第71頁。

[60] 同上，第85頁。

[61] 同上，第63頁。

地，呆板的事實，注意人類的將來。目的是要創造無產階級的藝術，反對一切非勞動階級的文學。」所以，光赤的態度，的確和「烈夫派」的同人站在一個戰線上[62]。

蔣光慈與烈夫派在理念上是一致的，同樣強調革命的未來主義本質，把藝術當做鼓動和宣傳革命的武器，宣稱藝術「創造」生活而不只是反映生活。可以說，蔣光慈的寫作與現實主義是有距離的，他不可避免地走向烈夫派所維護的——「實用的、『有目的的』藝術，藝術被想像成『生活的建構』和『事物的產生』」[63]。甚至連他的困境——受到左派和右派的同時攻擊——也與烈夫派相近，烈夫派同時對立於「沃倫斯基的藝術是生活的認知論以及崗位派所強調的意識形態。」[64]蔣光慈在倡導普羅文學的過程中，不同意茅盾關於自然主義和客觀反映現實的現實主義的概念，尤其不認同他在革命失敗後的絕望情緒。然而蔣光慈也不像李初梨那樣，只注重日本福本主義所宣揚的意識形態和理論鬥爭。畢竟蔣光慈是位浪漫的歌者與詩人，他用文學來點燃革命激情。所以，他先是被比他更激進的李初梨批評[65]，接著又被茅盾批評，茅盾斥責他的寫作過於的口號化和概念化[66]。

蔣光慈的長文《十月革命與俄羅斯文學》，從1926到1927年被連載於《創造月刊》，1927年又被收入到他編輯的《俄羅斯文學》一書中。在這篇長文裡，蔣光慈通過詩人布洛克（Alexander Blok）揭示了革命與浪漫主義之間的完美關係。布洛克將革命看

[62] 錢杏邨：〈介紹鴨綠江上〉，見《文學週報》，第4期（1928年11月）第276—284頁。

[63] 斯特魯夫：《蘇俄文學：1917—1950》，第80頁。

[64] 同上。

[65] 李初梨：〈怎樣地建設革命文學〉，見《中國新文學大系1927—1937》，上海：上海文藝出版社，1987，卷2，第49—65。

[66] 茅盾：〈革命與戀愛的公式〉，見《茅盾全集》，北京：人民文學出版社，1991，卷20第337—353頁。

作「有益的精神風暴」[67]，他的詩《十二個》也被魯迅稱頌。「革命就是藝術；真正的詩人不能不感覺得自己與革命具有共同點。詩人——羅曼蒂克更要比其他詩人能領略革命些」[68]。在蔣光慈的眼中，布洛克是個名副其實的浪漫主義者，他能「捉得住革命的心靈」，能「從革命中尋出美妙的詩」，能「在革命中看出有希望的將來」[69]。蔣光慈對布洛克的拔高，當然是對他自己作為革命和浪漫的詩人作家的地位的自我辯解[70]，也是在詩學化和美學化的革命中尋求情慾的驅動力。被性慾所驅動的革命帶給藝術強烈的感官刺激，正因為此，蔣光慈喜愛的主題——「革命和愛情」——得以蓬勃發展。

在介紹其他蘇聯作家時，蔣光慈格外關注依利亞・愛倫堡（Ilya Ehrenburg）的兩部小說《庫爾波夫之生與死》（1926）和《冉娜的愛情》（1923）。這兩部小說都與革命和愛情的主題相關[71]。在《庫爾波夫之生與死》中，主人公庫爾波夫是個布爾什維克的秘密員警，他與「反革命女黨人」戀愛，並且「屈從於生命中不能克制的『生物』力量」。打動蔣光慈的是愛倫堡對庫爾波夫複雜的內心衝突的描寫。作為一個忠誠的布爾什維克，庫爾波夫還過於注重個人的存在和個人的情感。集體的革命任務與個人情感的衝突是這部小說的一個心理支撐點，而蔣光慈後來也將這一衝突作為自己小說的中心主題。除了革命與愛情的衝突，蔣光慈也被兩者之間的和諧關係所觸動，這在愛倫堡的《冉娜的愛情》中也有所表現。愛倫堡描述了冉娜這個值得尊敬的出身於資產階級家庭的法國女孩，並寫了她與俄國共產黨員之間的戲劇般的愛情故事。[72]雖然

[67] 斯特魯夫：《蘇俄文學：1917—1950》，第6頁。

[68] 蔣光慈：《蔣光慈文集》卷4第68頁。

[69] 蔣光慈：《蔣光慈文集》卷4第48頁。

[70] 見李歐梵：《中國現代作家的浪漫一代》第209頁。

[71] 斯特魯夫：《蘇俄文學：1917—1950》，第139頁。

[72] 根據魯賓斯坦（Joshua Rubenstein）：這三部小說《庫爾波夫之生與死》、《真相》、《冉娜的愛情》——都非常流行而且使愛蓮堡在西歐和蘇聯獲得了聲望。它們

認定愛倫堡是個同情十月革命、譴責資產階級文化的浪漫主義者，蔣光慈依然批評他作為知識份子的態度：

> 倘若愛蓮堡起初同情於十月革命，只是因為它是破壞者，只是因為它具有巨大的否定的能力。那愛蓮堡終久可以看出十月革命不僅能破壞舊的，而且能建設新的光榮的將來。不但能否定一切舊有的文明，而且能給我們以新的富有的生活。倘若愛蓮堡解決不了性與集體的關係，那他總可以慢慢地覺悟到個人與集體並沒有衝突。真正的光榮的個性不是僅僅犧牲自己為著集體，而且要在集體中發展起來[73]。

在這個階段，蔣光慈顯然關注的是革命的未來主義和浪漫主義，他對革命的態度比愛倫堡的樂觀得多。然而，我們可以在他後期引起爭議的小說中看出愛倫堡的影響，比如《最後的微笑》（1928）、《麗莎的哀怨》（1929）、《衝出雲圍的月亮》（1928）。雖然《最後的微笑》因其無政府主義熱情和陰暗的心靈被許多馬克思主義者攻擊，錢杏邨仍維護他：「中國的作家批評家很少看見過國外專門描寫心理性格拋棄其他的一切如Dostoevsky（陀思妥耶夫斯基），如Erenberg（愛倫堡）的大著作的。因此，光慈的《罪人》（另外一個名字是《最後的微

被廣泛地翻譯，不僅因為它們擁有自己的魅力和創造性，而且由於愛蓮堡對歐洲和蘇聯體制同時進行諷刺。他是蘇聯作家中的另類，既不遵循樂觀主義的模式，也不忽略新的革命秩序中令人煩悶的方面。在20世紀20年代，支撐他作品的是對他祖國命運的深廣的悲哀。魯賓斯坦也記錄了莫斯科期刊《崗位》（on guard）對愛蓮堡的批判：在1923年的創刊號上，後來成為蘇聯文化出版審查機構頭目的沃林（Boris Volin）認為「《庫爾波夫之生與死》是令人作嘔的文學，因為它歪曲了革命現實，誹謗、誇大了事實和模範，而且不停地，不受良心刺痛地誹謗，誹謗，誹謗革命、革命者、共產主義和黨」。由於正統的批評家的攻擊，這部小說被禁了一段時間，而且大部分遺失。見魯賓斯坦：《攪亂了的忠誠：愛蓮堡的生活和時代》（Tangled Loyalties: The Life and Times of Ilya Ehrenburg），紐約：Basic Books，1996，第90—91頁。

[73] 蔣光慈：〈十月革命與俄國文學〉，《創造月刊》1.7（1927年7月），第80—84頁。

笑》——作者注）遂不能不遭近視的作家批評家的更進一步的鄙棄了」。[74]有趣的是，處於革命的過渡階段的布洛克和像愛倫堡這樣的「同路人」反而成為影響蔣光慈的普羅文學創作最有力量和最重要的榜樣。

另一位屬於十月派（the Octoberist）的蘇俄作家李別金斯基（Yury Liebedinsky），以捍衛純潔的無產階級文學而著名，他的作品對蔣光慈的寫作也產生了巨大的影響。在《短褲黨》（1927）中，蔣光慈想要寫出一部上海工人為支援1927年北伐戰爭而鬥爭的偉大的無產階級小說。這部小說背負著沉重的政治教義，表現方法天真而粗糙，與李別金斯基的《一周間》（1922）非常相似。錢杏邨曾認為「像《短褲黨》的這種結構，事實上並沒有什麼奇怪，俄國Libedinsky的《一周間》就和《短褲黨》近似」。[75]《一周間》被一些蘇俄批評家看作是「第一部『無產階級小說』」，以及「蘇俄文學史上的一個重要事件」[76]。正如李別金斯基在《一周間》中所作的，蔣光慈描述了共產黨的內部工作，塑造了共產黨員生動形象。這些形象以真實的人物為原型，如瞿秋白和他的妻子楊之華。作為《一周間》的譯者，蔣光慈沿用李別金斯基的方式，試圖為共產黨和高漲的革命氣氛勾畫出一個縮影，但是，他的大部分人物缺乏李別金斯基的小說人物那種鮮明的個性。蔣光慈一處理共產黨員的主要事件，就自動地回到「革命加戀愛」的主題上，總要表現他的人物有人性的一面，像平常人一樣面對個人問題。儘管《短褲黨》的語言很粗糙，但是提供了一些歷史場景，如黨的會議、政治演講、群眾聚會等，並塑造了一些被認為具

[74] 錢杏邨：〈蔣光慈與革命文學〉，見《阿英全集》，合肥：安徽教育出版社，2003，第2卷，第94頁。

[75] 錢杏邨：〈新舊與調和——讀王任叔評《短褲黨》以後〉，見《阿英全集》第1卷，第11頁。

[76] 愛德華・布朗（Edward J Brown）：《革命以來的俄國文學》（Russian Literature since the Revolution），倫敦：Collier，1963，第143頁。

有史料價值的真實的共產黨員形象。用蔣光慈自己的話說，這是「中國革命史上的一個證據」。[77]

雖然蔣光慈顯示出對「革命加戀愛」的主題極度的偏愛，但是直到1927年，他的小說《野祭》出版，這個主題才成為他人追隨和模仿的公式。正如錢杏邨所說：「現在大家都要寫革命和戀愛的小說，但是在《野祭》之前似乎還沒有」。[78]再者，《野祭》的出現也標誌著蔣光慈創作的轉型，從粗暴的簡單的「光赤時代」進入了細膩委婉的「光慈時代」。由於蔣光慈前期創作的《少年飄泊者》、《鴨綠江上》和《短褲黨》均署名「蔣光赤」，所以這些小說常被評論家們稱為「光赤時代」的小說，自《野祭》之後的小說則被稱為是「光慈時代」的小說。從「光赤時代」進入「光慈時代」，作者更注重小說的心理描寫，在《最後的微笑》中甚至刻畫人物的變態心理。蔣光慈的小說《野祭》寫於蔣介石清黨之後，主人公是一個革命作家陳季俠，他力圖通過個人的愛情經歷來調整處於革命混亂時期的自我。季俠不平凡的愛情經歷讓我們看到革命是如何影響個人的生活。起初，季俠選擇了漂亮的小資產階級女孩鄭玉弦，而不是相貌平凡的女孩章淑君，可是，前者始終與革命保持距離，而後者被季俠的進步作品啟蒙後成長為真正的革命者。當季俠意識到自己做了錯誤的選擇已為時過晚，玉弦害怕革命的危險而離棄了他，但英雄的淑君卻為革命犧牲了自己，成為蔣介石清洗共產黨時的革命烈士。在這部小說中，「革命」所扮演的角色正如王德威分析的那樣：「在三個相愛的人中，革命可以作為他們浪漫決定的藉口和結論」，此外，「革命被描述成對這三個年輕人道德承受力的考驗，它起著一個『缺席的理由』的作用，通過它的置換，它的浪漫，年輕的人物與他們自己的力比多欲望不停地協商

[77] 蔣光慈：《短褲黨》的序言，見《蔣光慈文集》卷1，第213頁。

[78] 錢杏邨：《野祭》，見《蔣光慈研究資料》，第358頁。

著」。[79]

然而，我認為這篇小說還有更重要的一面，那就是蔣光慈對在革命潮流中的革命作家的位置進行了反省。革命作家季俠捲入革命的漩渦後，想要找到自己合適的位置，雖然他創作的革命小說很流行，也啟蒙了淑君——從中我們能感覺到蔣光慈的小說在讀者中的影響力——可是，季俠除了糾纏於愛情之中，好像什麼也沒做。當淑君忙於各種革命活動時，季俠卻躲在他的愛巢中，暴露出他的小資產階級弱點。直到「天使一樣的女勇士」死後，他才發誓要成為的一個真正的革命者，繼續完成了她的使命。季俠在覺醒前對革命的曖昧態度，與蔣光慈個人的生活經歷非常相似。由於拒絕參加黨要求的群眾運動，1930年蔣光慈決定脫黨。黨給他的結論是「叛徒」，「墮落的小資產階級」和一個「通過賣小說而有豐厚月收入，過著完全資本主義式生活的」膽小鬼，並且將他驅逐出黨。[80]現實生活中的蔣光慈，作為革命的宣傳者，就像他的主人公季俠一樣，在血腥的革命運動中顯得懦弱而無用。

在他的小說《菊芬》（1928）中，蔣光慈再次觸及了在暴力革命的年代裡，革命作家應該怎樣做的問題。主人公江霞是個著名的革命作家，他的作品鼓勵了眾多的青年獻身革命。他愛上了一個純潔美麗的年輕女孩菊芬，菊芬是他的崇拜者，非常愛讀他的小說，她也是一位女革命者，剛剛從蔣介石的清黨運動中逃脫出來。將菊芬看作自己的女神，江霞問她，他是應該繼續寫小說還是應該扛槍入伍？他同時也叩問自己：「我是一個革命文學家嗎？喂！在此需要拿槍的時代，我這個人有什麼用處呢？我真能對於革命有點貢獻嗎？」[81] 1927年大革命的失敗是這篇小說的大背景，但小說的中心是一位革命作家的內心衝突——在此我們彷彿看到了蔣光慈自

[79] 王德威〈不受歡迎的革命〉，見《歷史是怪獸》，第88頁。

[80] 〈蔣光赤反革命，開除黨籍〉，《紅旗日報》，1930年10月20日。引自夏濟安《黑暗的閘門》，第55頁。

[81] 蔣光慈：〈菊芬〉，見《蔣光慈文集》卷1，第408頁。

己矛盾的內心世界。作為革命的象徵，菊芬非常肯定地回答江霞：文學可以成為革命的宣傳武器。她的回答正好符合蔣光慈自己在這個黑暗時期對革命文學所提出的議程表。但是，在小說的結尾，革命作家的位置似乎再次成為問題：當菊芬暗殺國民黨官員失手而犧牲之後，江霞對自己的膽小感到羞愧，雖然自己是菊芬的革命啟蒙者，他反而非常崇拜她。

根據蔣光慈第二任妻子吳似鴻所寫的回憶錄，蔣光慈曾經抱怨過黨指派給他的實際的革命任務：「他曾說，他們（他的黨團同志——吳似鴻注）認為革命就是跟他們一起砸玻璃，搞暴動，但我是個作家，我只能以文學的方式鬥爭——文學是我的革命工具[82]。」如同他的主人公，蔣光慈徘徊在是做一個實際行動的革命者還是做一個革命作家之間——這是魯迅早已預見到的革命作家進退兩難的困境。具有諷刺意味的是，在黨的眼中，蔣光慈「從未投入任何艱巨的工作，也沒做任何接近群眾的努力，他保持著一種舒適而奢侈的生活方式，大概適合他作為作家的姿態。」[83]就象他的主人公季俠和江霞，每天更多地忙碌於與美麗女孩談情說愛的事業而不是革命事業之中，蔣光慈也忙於與吳似鴻充滿甜蜜苦澀的愛情和婚姻，並且不服從黨要求他去參加實際的革命工作的命令。[84]李歐梵特別指出蔣光慈自我矛盾的性格：「在革命的幌子背後，他的小說暗藏著雙重焦慮；他確實不願做黨指派給他的政治工作，卻又想證明自己作為革命者的價值；他渴望愛情、人間溫暖和一個不錯的家庭，卻為了這些小資產階級內涵而感到慚愧」。[85]在蔣光慈的現實生活和小說文本中，他都不願意讓個人的存在完全附屬於群眾運動，這種不情願與他想要推動群眾運動的意願相互矛盾。正如夏

[82] 吳似鴻：《蔣光慈回憶錄》第113—117頁；參見夏濟安《黑暗的閘門》，第99頁。

[83] 〈蔣光赤反革命，開除黨籍〉，引自夏濟安《黑暗的閘門》，第55—56頁。

[84] 夏濟安在《黑暗的閘門：中國左翼文學運動研究》中細緻地分析了蔣光慈和吳似鴻甜中帶苦的婚姻，第97—100頁。

[85] 李歐梵：《現代中國作家的浪漫一代》，第213頁。

濟安所言，蔣光慈的「革命和愛情」的模式化寫作「反映出作為個人的存在對他來說是非常重要的：他並不是照著意識形態來發明這一公式的」[86]。通過對革命與愛情衝突的綿綿思索，蔣光慈永遠地延宕了個人融入革命大集體的最終轉變。

1929——1930年間，蔣光慈的作品在青年讀者中影響越來越大，他的小說《衝出雲圍的月亮》「在出版第一年就重印了七次」，[87]可是，他的文學實踐在左傾的黨組織眼裡卻變得越來越成問題。《麗莎的哀怨》被黨組織命令停止發行，這篇小說寫於1929年，依舊的是「反革命＋戀愛」的模式，但是，蔣光慈無視這個命令，於是「黨甚至在那個時候就打算將他驅逐出黨」[88]。這篇小說講述了一個俄國貴族女人麗莎的悲劇生活，麗莎的丈夫服役於白黨的軍隊，被布爾什維克戰敗後他們流浪到了上海，為了維持生計，麗莎墮落成一個妓女。雖然這篇小說的本意是諷刺白黨，但蔣光慈把麗莎作為一個個體的心理歷程描寫得細膩纏綿，讓讀者對麗莎不由自主地產生同情心，與蔣光慈倡導的「藝術就是宣傳」有了距離，走向政治意願的反面，結果，小說引起了來自左翼批評家的嚴厲批判。華漢指出：「光慈的主觀，確確實實要想表現出俄羅斯貴族的必然沒落和蘇聯的無產階級必然興起，⋯⋯（但）客觀上，光慈這部東西是不是和他的主觀相適應呢？不錯，俄國貴族確然是沒落了，可是經過光慈的感情的組織所表現出來的貴族的沒落，卻是那樣地令人同情，卻是那樣地令人共感」[89]。這篇小說表達了蔣光慈對個體存在方式的觀察和反思，這種對個體生命的關注與對國家、階級、革命和反革命的關注發生了不可避免的衝突。可以說，《麗莎的哀怨》是蔣光慈充滿藝術探索性的作品，但是由於

[86] 夏濟安《黑暗的閘門：中國左翼文學運動研究》，第84頁。

[87] 同上，第66頁。

[88] 〈蔣光赤反革命，開除黨籍〉，引自夏濟安《黑暗的閘門：中國左翼文學運動研究》，第56頁。

[89] 華漢：〈讀了馮憲章的批評以後〉，見《蔣光慈研究資料》，第336—353頁。

疏離了文學是革命的宣傳工具的主張，受到批評家的批評，使他陷入煩惱和苦悶。蔣光慈需要面對的困境不僅是做一個革命作家還是做一個「革命人」的問題，而且是做一個優秀的作家還是做一個革命鼓動家的問題。

蔣光慈最熱銷的另一部小說《衝出雲圍的月亮》與茅盾的《蝕》描寫的是相似的主題和背景。《蝕》描述了蔣介石清洗共產黨之後，革命青年陷入了虛無和絕望的深淵，但蔣光慈顯然比茅盾樂觀多了。他的主人公王曼英，在革命失敗並淪為街頭娼妓之後，仍在尋找與資產階級鬥爭的道路，最後在她的愛人，一個領導工人運動的共產黨領袖的幫助下，她終於將自己轉變成一位無產階級份子，重新發現了革命的未來。然而，這部小說被認為並不比茅盾的好，因為它包含了太多的小資產階級情感。蔣光慈描寫到王曼英在革命失敗後離群的個人生活時，筆下充滿了無政府主義和虛無主義的色調。用王曼英的話說：「與其改造這世界，不如破毀這世界，與其振興這人類，不如消滅這人類」。[90]此時，蔣光慈也許已經忘記他自己對愛倫堡的批評了。

1930年，蔣光慈參與了共產黨領導的左聯籌備工作，後被選為左聯的候補常委。由於他反對「立三路線」的左傾錯誤，拒絕參加「飛行集會」等冒險活動，受到當時黨內的無情打擊。這一年秋天，他寫了「退黨書」，同年10月20日，在上海出版的中共中央機關報《紅旗日報》刊登了《沒落的小資產階級蔣光赤被開除黨籍》的報導。在這以後，蔣光慈既遭受國民黨的追捕，又脫離了共產黨的組織，經濟上又遇到困難，因為他的作品全部被查禁，最後又染上了重病。1930年離開人世時，他只有三十歲。他的「退黨書」證明他已經做好了個人的選擇：只做革命作家，而不做「革命人。」面對個人或集體的選擇，他最終還是選擇了浪漫的個人主

[90] 蔣光慈：《衝出雲圍的月亮》見《蔣光慈小說精品》，樂齊主編，北京：中國文聯出版公司，1997年，290頁。

義，不像他小說中的人物，在彷徨之後選擇投身集體和革命。

蔣光慈的最後一部小說《咆哮了的土地》寫於1930年，這部小說似乎標誌著蔣光慈打算揮別他所喜愛主題——「革命加戀愛」。不幸的是，蔣光慈在世的時候沒能看到這部書的出版，因為它在做廣告宣傳的時候就被國民黨查禁了。蔣光慈去世後，1932年錢杏邨將書名改為《田野的風》，此書才得以出版。楊義說，「在寫這部長篇之前不久，蔣光慈的文學趣味發生了一些積極的變化，即由喜歡蘇聯早期不甚成熟的革命文學作品《一周間》，轉而喜歡趨於成熟的革命文學作品法捷耶夫的《毀滅》。」[91]這一轉變說明他對「革命＋戀愛」的模式有所反省。在《咆哮了的土地》中，蔣光慈講述了一個地主的兒子李傑的故事，他在1927年大革命失敗後成為了一個真正的革命者，並且組織了一支農民的遊擊武裝。正是因為愛情，李傑才成為革命的造反者。當他的愛人蘭姑，一個農民的女兒，因他家庭的反對而殉情後，李傑參加了革命隊伍，並且回到家鄉領導土地革命。他在家鄉進行革命期間，有兩個女孩愛上了他，一個是毛姑，蘭姑的妹妹；一個是地主的侄女何月素，跟李傑一樣，雖然出身於地主家庭卻同情革命。在這部小說中，蔣光慈著重描述的是鄉村的革命活動而並非愛情故事，並且嘗試運用了現實主義的手法和細膩的心理描寫，與他早期的浪漫主義寫法有所區別。雖然蔣光慈努力清除小資產階級情感，為農民階級說話以證明他堅定的革命立場，但這部小說一直沒有得到批評界的認可，直到1949年，這部小說才得到很高的評價，他的名字也才漸漸被重新提及。但是，無論批評家如何看待蔣光慈的寫作，蔣光慈這個名字畢竟是中國現代文學史上「革命加戀愛」創作模式的代表。

[91] 楊義《中國現代小說史》，人民文學出版社，1988年，第二卷，第77頁。

## 「革命加戀愛」的模擬

在1928——1932年間，「革命加戀愛」的主題如何變成了作家們爭相模仿的公式呢？所謂「公式」毫無疑問包含著貶義，有忽視美學價值的言外之意。根據夏濟安的說法，「革命加戀愛」成為公式是因為「不論主題還是『衝突』總是被粗糙地處理，被千篇一律的有目的地標明，以至於看上去像是一個小說創作的『公式』」[92]。在茅盾的文章《革命與戀愛的公式》（1935）中，茅盾採用了「公式」這個詞，來清晰地列舉蔣光慈和他的追隨者們對藝術的忽視程度。他總結了「革命加戀愛」這一文學潮流的三種公式：

當作家最初使用這個公式，他們常常關注革命和戀愛的衝突，他們總結他們的作品是為了革命而犧牲愛情。緊接著個「衝突」公式的是「相因相成」公式，也就是說不是阻礙，革命成為革命者之間產生真正愛情的激勵。最後這個「相因相成」公式進步為「滋養」公式，人們看到愛情從革命者的志同道合和惺惺相惜中飄散開來。換句話說，革命不再是一個人追求愛情的敵對因素，革命就是戀愛。[93]

毋庸置疑，「革命加戀愛」的實踐者們不同程度地忽視藝術，常用政治口號和馬克思主義術語進行簡單而粗糙的文字表達。然而，美學偏差並不能充分說明為什麼在那個歷史時期讀者和作家都如此需要這個公式，就連茅盾自己的創作，如《蝕》和《虹》也類似地處理了革命與愛情的關係。這一主題的影響力如此之廣，讓人

[92] 夏濟安《黑暗的閘門：中國左翼文學運動研究》，第83頁。

[93] 茅盾：〈革命與戀愛的公式〉，見《茅盾全集》，卷20第337—353頁。這裡我採用的是王德威的概述，在〈不受歡迎的革命〉一章，見《歷史是怪獸》，第89頁。

們想知道這個公式是否抓住一個時代的普遍文化心理，是否投合了與公眾欲望、文學表達以及生產消費相關聯的文化政治。

儘管有模仿和重複的危險，許多左翼作家還是紛紛被這一寫作公式所吸引。最早開始熱情地追逐「革命加戀愛」的是太陽社和創造社的成員，如洪靈菲的《流亡》（1928），《前線》和《轉變》（1928），華漢的《兩個女人》（1930）和《地泉》三部曲（1930），戴平萬的《前夜》（1929）及孟超的《愛的印照》（1930），都促成了「革命加戀愛」的文學實踐的流行。其他處於這兩個社團邊緣的左派作家也在探索相同的主題，如胡也頻的《到莫斯科去》（1930）和《光明在我們的前面》（1930），丁玲的《韋護》（1930）和《一九三〇年春上海》（1930）及白薇的《炸彈與征鳥》。即使一些作家沒有直接沿用這個公式，公式的影響也處處顯示在他們的文本中，如茅盾的《蝕》和《虹》，葉紹鈞的《倪煥之》（1930），葉永蓁的《小小十年》（1929）以及巴金的愛情三部曲。「革命加戀愛」的風尚如此不可抵擋，以至於上海的現代派作家劉吶鷗、穆時英和葉靈鳳也加入到對這一時髦的流行模式的追求中。1928年，著名的左翼批評家馮雪峰總結歸納了知識份子與革命建立聯繫的三種類型：「第一種知識份子決然毅然地放棄個人主義和精英主義立場而投入社會主義，第二種嚮往革命但同時又反顧舊的，依戀舊的，這讓他有負疚感；第三種是機會主義者，牆頭草隨風倒」[94]。很明顯，這三種知識份子分別從不同的立場一致地捲入了對這一公式的傳播和再造。作為結果，「革命加戀愛」模式成功地塑造了這一歷史時期公眾心理和表達方式。它並不是簡單地傳達馬克思主義意識形態，它同時也製造了社會和文化認同，也開闢一種新的文化實踐，而這一實踐又反過來不斷

[94] 馮雪峰：〈革命與知識階級〉，載《無軌列車》（1928年9月25日）2：43—50頁，這裡我借用史書美對馮雪峰關於三種知識份子類型的概括，引自史書美《現代的誘惑》，第244頁。

補充或者改變馬克思主義啟蒙大眾的原初意圖。正如萊恩・亨特（Lynn Hunt）指出：「革命的語言不是簡單地反映革命變化和衝突的現實，而是自己轉變成政治和社會變化的工具。在這個意義上，政治語言不僅僅表達一種意識形態的立場，這一立場是被社會或政治興趣的所決定的。政治語言自身也幫助塑造興趣，從而幫助發展意識形態」。所以，愛情語言和革命語言的並存反映了社會和政治狀況，而且可以作為「一個勸說的工具，一種重組社會和政治世界的方式」。[95]

瓦爾特・本雅明談到機器複製時代時，用過「神韻的消失」（the loss of aura）這一重要的概念。這個概念有助於我們理解「革命加戀愛」的傳播和複製，在這一複製過程中，革命原始概念的「神韻」不可避免地消失了。[96]如果這個公式最初的目的是挑戰資本主義現代性和消費主義文化，那麼這原初的神韻在模仿、批發式的複製以及消費的過程中就已經被侵犯、被質疑甚至被毀滅。鮑德里亞的後現代概念「模擬」（simulacrum）——一個「空洞的能指」（the empty signifier），除了自身的現實之外，並不直接與「所指」（signified）相關——在某種程度上也能夠適用於闡釋「革命加戀愛」的傳播。與革命的原始意義相近的複製品和仿造品構成了一個模擬世界，這個模擬世界失去了革命的原始目標，並不能對資產階級文化提出理性的批判。蔣光慈在日記中記錄了一件令他極其憤怒的事情。根據他的朋友馮憲章和任鈞所說，一個中國作家（他的名字沒有被提及）給他在日本的朋友寫信，信中說：「你若要出名，則必須描寫戀愛而攙加以革命的線索。如此則銷路廣，銷路廣則出名矣」，這個作家還寫道：「名字頂好多有幾個，故作

[95] 見亨特：《法國革命中的政治、文化和階級》（Politics, Culture, and Class in the French Revolution），伯克利：加州大學出版社，1984，第24頁。

[96] 本雅明：《闡釋》（Illuminations），祖恩（Harry Zohn）譯，紐約：Schocken，1968，第217—251頁。

疑陣，使讀者疑你的某部著作，或系某重要人物之所作也」[97]。蔣光慈對這種機會主義的行為非常憤怒，然而事實上，他的名字在那段時期是如此的有利可圖，以至於許多出版商都非法地將他的名字用在一些仿作者的書上。例如，1930年愛麗書店出版了一本署名為蔣光慈的短篇小說集《一個女性與自殺》，但集子中的五個短篇小說——《一個女性》、《自殺》、《創造》、《曇》和《詩與散文》——實際上都出自茅盾之手[98]。唐弢在對假託蔣光慈之名而出版的仿造作品的研究中，發現在20世紀30年代，讀者幾乎不可能分辨出偽作，因為出版者總是在那些實際上是由不知名的作者寫作的偽作中插入部分蔣光慈真正的作品。蔣光慈的書在市場上的成功，不可避免地將「革命加戀愛」的主題轉變成商業上的媚俗。蔣光慈自己「奢侈的小資產階級」生活也變得依賴於消費量的擴大，使得黨組織質疑他作為革命作家的「真正」位置。

然而，鮑德里亞的後現代主義理論所產生的語境和「革命加戀愛」的語境是完全不同的，前者針對高度工業化的資本主義時代的社會結構，後者的大背景則是半封建半殖民地的中國，所以如果我們用鮑德里亞的理論來揭示「革命加戀愛」的類比所製造的特定的社會現實，就會發現這樣套用理論不僅有局限性，而且問題很大。我們不能忽視的是，「革命加戀愛」的生成與傳播與中國嚴酷的現實環境是分不開的，有感染力的革命的激情是這個公式快速傳播的主要因素。革命——這一連接著中國能夠超越西方資本主義國家的烏托邦夢想，並不只是吸引人的商品，而是意味著理想、信仰和真實意義上的流血犧牲——它才是作家紛紛模仿這一公式寫作而大眾競相購買的真正原因。莫納・奧佐夫（Mona Ozouf）在她的著作《節慶與法國革命》中，通過象徵性的形式來理解革命文化，認識到節慶是如何被賦予教育性的功能以喚起公眾的革命熱情的。正如

[97] 吳騰黃：《蔣光慈傳》，第132—133頁。

[98] 朱金順：《新文學資料引論》，北京：北京語言學院出版社，1986，第91—92頁。

奧佐夫所述，人們在革命中的表現與節慶的最初景象是相同的，處於其中的每個個體都被它魔法般的氣氛和魔法般的語言所催眠。也就是說，人們在革命中的表現被一種神秘的狂歡的氛圍和「一種魔法般的語言」所控制——這正是節慶必不可少的成分：「它存在於所有的藝術和所有體系之外。沒有人能提出建議，沒有人知道它是如何展開的，它就是一個奇蹟，是短暫的理性的一次無緣無故的勝利」[99]。奧佐夫關於革命和節日研究對我很有啟發，其實人們接受和傳播「革命加戀愛」的熱情也可以說是沉浸在一種有魔法般的氛圍中，這個文學公式就像是一個「有魔法的語言」，神秘地掌控著人們的想像力。換句話說，「革命加戀愛」在讀者和作家中的傳播就像是一種節日的幻象，它具有易於煽動革命群眾情緒的表達方式，而群眾也發現這一公式提供給他們一個完美的能夠釋放怨怒與焦慮的空間。這些「革命加戀愛」的文學作品，包含大量對革命集會、示威遊行和演講的描寫，這反映了革命期間像節日一樣的狀況，所有人都充滿了激情和欲望，所有人都脫離了日復一日的單調的日常生活。所以，蔣光慈的書和其他模仿他的風格的作品賣得很成功，跟「革命加戀愛」這種「有魔法的語言」有關係，不只是由於商業文化的運作與控制，雖然這一公式的傳播已經構制了一個商業性的模擬文化，這一模擬世界就像鮑德里亞所指出的，「其意義與背景與『真實』無關，只關乎自己」[100]。的確，在商業文化中能指和所指之間的關係被打斷和重建，但是那些標記、詞語、意義和所指物件仍根植於大的革命背景中。購買、消費和複製的欲望被富有感染力的革命激情所煽動，讀者與作者好像同時處於節日的氣氛

[99] 莫佐夫（Mona Ozouf）：《節日與法國革命》（Festivals and the French Revolution），舍瑞丹（Alan Sheridan）譯，坎布里布：哈佛大學出版社，1988，第17頁。

[100] 鮑德里亞（Jean Baudrillard）：《讓・鮑德里亞選集》（Jean Baudrillard Selected Writings），布斯特（Mark Poster）編，斯坦福，加州：斯坦福大學出版社，1988，第6頁。

裡，於是這個文學公式在無形之中達到催化革命的宣傳作用。

「革命加戀愛」的公式是大的革命背景和商業文化同時製造的產物，它充滿了感性的力量，因而刺激了許多作家的文學想像。對這一公式的多種模仿和複製行為相當於一種表演的行為，令我們不得不重新思考「革命」和「愛情」這兩個概念是否在傳播過程中衍生出不同的含義。依據喬納森・卡勒（Jonathan Culler）的說法：「在新的語境中嫁接詞語的可能性，或是在不同的背景中重複同一個公式的可能性，並沒有改變這樣的一個原理，那就是一般的語言風格力度（illocutionary force）是受語境而非意願所決定的。相反，它肯定了這一原理：在引用、重述或重構的過程中，是新的語境改變了一般的語言風格力度」[101]。就「革命加戀愛」這一公式而言，模仿和重複將「革命」的概念移植在多種新的語境中，而在這些新語境中一個固定的同一性是不可能的。「意義是有語境邊界的，但語境是無邊的。」[102]所以，「革命」的概念在多種闡釋和再闡釋中變得非常的不同。例如，在小說《前夜》裡，太陽社成員戴平萬將主人公趙楠描述成一個掙扎於兩個女孩的戀情中而難以做出選擇的人。兩個女孩，一個叫李若嫣，是個可愛而漂亮的資產階級小姐，她單純的心靈只專注於快樂和奢侈的生活；另一個叫董素因，她貧窮而受著壓迫，沒錢治自己的結核病。受盡情感折磨的趙楠開始產生了模糊的階級觀念。在董素因死於結核病而李若嫣離他而去之後，他想，只要與革命站在一邊，他才能獲得充分的自由。然而，從心理學的角度上來看，他的這一選擇並不具有說服力，突然轉變成一個真正的革命者也顯得過度戲劇化了。很像蔣光慈的模式，戴平萬的作品更傾向於憂鬱和悲觀；所以，整個小說瀰漫著極其消沉和頹廢的空氣，這正是當時大多數青年人對舊社會的典型看法。在小說的結尾，愛情的時代結束了，個人主義也破產

[101] 卡勒（Culler）：《解構：結構主義之後的理論和批評》，第123頁。
[102] 卡勒：《解構：結構主義之後的理論和批評》，第123頁。

了，作者宣稱：「啊！我完全變了！跟著時代變了！」[103]消沉頹廢中，革命成了唯一的出路。缺乏蔣光慈暴力的、粗糙的、陽剛的寫作風格，戴平萬的小說卻有少年維特般的消極感傷主義——這也是早期創造社占主導地位的風格，關於革命的描寫只占一小部分，而且只是概念和標語口號的堆積。[104]小說用更多的篇幅來關注主人公是如何被個人問題所困擾，而不是關注他所捲入的大革命運動，於是，根植於三角戀關係中的含糊的階級概念便被小資產階級情感所淹沒。戴平萬和洪靈菲、孟超和華漢等在書寫個人從小資產階級向革命者的轉變時，都無意識地受到了郁達夫頹廢感傷風格的影響而並非蔣光慈那種拜倫式的姿態。革命對他們來說，其實是五四運動愛與性的繼續，依然充滿了個體主觀的情緒。

葉永蓁的《小小十年》是一部由魯迅作序並介紹的小說，採用現實主義的方式，基於作者的真實經歷寫成。在小說中，敘述人——主人公「我」講述他個人在十年間發生的故事，這十年，革命逐漸成為改變社會的主導性因素。故事開始於主人公的年幼喪父以及包辦婚姻，然後再敘述他被廣州黃埔軍校招收，之後參加北伐戰爭。在蔣介石清黨之後，他對革命不再抱以幻想，於是沉浸在愛情中——與他中學時的戀人，茵茵，一個同樣與家庭包辦婚姻抗爭的女子，繼續兩人的情感之旅。當他們的抗爭失敗，他失去了茵茵，最終他又回到革命中來。在《小小十年》的序裡，魯迅表達了他對葉永蓁現實主義創作方法的讚賞，這有別于蔣光慈和其他左翼作家誇張浪漫的敘述。魯迅特別讚賞葉永蓁坦率地描述他自己在北伐戰爭中的那部分革命經歷，這段經歷映照了作家在革命的大浪潮中「無用」的一面。然而，對魯迅來說，這部小說依然是個人的感傷作品，愛情與偉大的社會變革之間的橋樑並沒有真正建立起

[103] 戴平萬：《前夜》，上海：上海亞東圖書館，1929，第210頁。

[104] 李歐梵將中國文學表述中的西方浪漫主義遺產分為兩大類型：少年維特般的（消極而多愁善感）和普羅米修士式（生機勃勃的英雄），見《現代中國作家中的浪漫一代》，第279—289頁。

來。[105]沒有這個橋樑，革命能否真正為個人提供出路就值得懷疑。在對葉永蓁小說的推介文字中，人們可以清晰地看到魯迅對這一時期的「革命文學」的態度。首先，基於魯迅對藝術價值固有的評判，相對於蔣光慈將藝術作為政治宣傳的工具，他更喜歡葉永蓁的寫實風格，把文學看作對生活的反映。雖然這種現實主義的基調是悲觀的，總是籠罩著黑暗和死亡的陰影，但是魯迅從不相信蔣光慈和其他人所指出的革命的樂觀的未來。第二，因為他對革命和文學的關係持懷疑態度，魯迅只審慎地推薦「革命人」而不是「革命文學」。[106]用魯迅自己的話說：「我以為根本問題是在作者可是一個『革命人』，倘是的，則無論寫的是什麼事件，用的是什麼材料，即卻是『革命文學』。從噴泉裡流出的都是水，從血管裡出來的都是血」[107]。因為《小小十年》是一個真正的「革命人」寫真正的革命經歷，所以魯迅支持它，而且也為他自己的革命文學定義提供了證據。然而，具有諷刺意味的是，英勇地參加了血淋淋的革命戰爭的「革命人」卻不能解決他自己的個人問題。這其中的自相矛盾由此被揭露：不僅文學無力來影響革命，革命也無力實現個人的幸福。

雖然茅盾非常嚴厲地批評「革命加戀愛」的模式，他早期的作品如《蝕》和《虹》卻與這個主題密切相關。他的《蝕》三部曲包括三部小說：《幻滅》（1927）、《動搖》（1927）和《追求》（1928），集中描寫了1923——1927年間，進步青年在革命大潮起落中的高漲激情和絕望徘徊。1927年夏，國民黨在武漢政府內部開始清黨，茅盾被國民黨通緝。他最初躲在廬山，後來用共產黨的公款賄賂了一個國民黨的調查員，才使自己在上海得以落腳。

[105] 魯迅給葉永蓁的序言《小小十年》，上海：春潮書局，1929，第1—3頁。

[106] 李歐梵對1927—1928年間魯迅提出的「革命人」和「革命文學」提供了令人信服的分析，見《鐵屋中的吶喊》第137頁；也見魯迅：《革命文學》，《魯迅全集》卷3，第544頁。

[107] 魯迅：《革命文學》見《魯迅全集》，卷3，第544頁。

由於失去與共產黨組織的聯繫，茅盾決定通過寫作來貼補家用[108]。迫於政治和經濟原因，茅盾開始了他的小說家生涯。他的三部曲瀰漫著悲觀主義、虛無主義和頹廢，對革命和愛情的處理顯得比較陰暗。他對革命和愛情主題的複製，不僅反映了他自己在革命失敗後的幻滅和動搖，也反映了他為了生計不得不依賴消費文化。他寫革命和愛情的部分原因是為了賺錢，這證明了消費已成為這一主題生產和複製的動力之一。

在《幻滅》中，小資產階級女子靜在新成立的武漢革命政府中任職，她努力在革命的激流中尋求新生活，不僅參加婦女運動的集會，並且為工會工作，但她對許多偽善的自稱革命者的人非常失望。調去醫院工作後，她愛上了養傷的強連長，但也很快地感到失望。靜對革命和愛情的懷疑和幻滅，反映了茅盾與喜歡將革命看作個人出路的蔣光慈及其左翼追隨者不同。茅盾的《動搖》描繪了一個革命者方羅蘭在左派與右派的權力鬥爭中的猶豫，以及在他的妻子和浪漫的革命女性孫舞陽之間的動搖。茅盾充滿自然主義的描述，傳遞出革命時期混亂的氣氛，無論是領導人還是群眾對「革命」的理解都很含混，個人在危機重重的革命運動中無所適從，搖擺不定。這篇小說彷彿揭示，革命是風雲變幻的政治運動，並沒有辦法給個人指出光明的出路。在《追求》中，茅盾寫了一群小資產階級知識份子，他們不願接受革命失敗後的憂傷和絕望，繼續努力地追求理想，但是徒勞無功，還是沒有找到出路。苦悶與絕望，伴隨著這群年輕人歇斯底里和頹廢的行為，怪異地將革命與頹廢等同起來。在對茅盾作品的研究中，吳茂生（Mausang Ng）指出，那些被現實挫敗的男主角和墮落的女主角被茅盾塑造得極其惹人注目，與安特萊夫和阿爾志跋綏夫在俄羅斯文學史上的「頹廢時代」所創造的虛無主義英雄非常相似。「他（茅盾）早期失意的人物類

[108] 茅盾：《蝕》第439頁，北京：人民文學出版社，1954。

型是本土元素——許多中國知識份子對生活所持的虛無主義和失敗主義觀點，加上作者自己天然的悲觀主義——和從二十年前或者更早描述相同情況的俄國的前輩那兒借鑒來的東西的混合物」[109]。雖然客觀地表現出革命的混亂年代中知識份子複雜而敏感的內心世界，茅盾的《蝕》引起了創造社和太陽社的激進左派的嚴厲批評，因為它不能為讀者指出通向美好未來的道路。[110]

為了回應那些批評，茅盾在他著名的文章〈從牯嶺到東京〉中，指出蔣光慈及其追隨者們關於「革命加戀愛」的模式化寫作太多政治宣傳和標語口號。[111]雖然激進的左派們立刻以宣稱茅盾是站在小資產階級立場上發言來反擊，但他們也承認茅盾所提出的實際問題是需要解決的[112]。隱藏在茅盾觀點背後的，也許是受左拉自然主義和托爾斯泰歷史觀影響的思考方式在〈從牯嶺到東京〉中他承認自己受託爾斯泰和左拉的影響。根據王德威的說法，「當茅盾描寫那些生活在前革命時期土牢中的人們的意識形態局限時，左拉的決定論赫然高聳；而當這位中國崇拜者描述共產黨的啟示錄降臨到他的人物周圍時，托爾斯泰的宗教頓悟又會出現。」[113]。相反，蔣光慈和激進左派則傾向於革命浪漫主義，這種浪漫為政治美學帶來了力比多能量和感染力，更能煽動革命激情。錢杏邨在批評茅盾的《追求》時，對茅盾的客觀主義寫法非常不滿意：「在全書裡到處表現了病態，病態的人物，病態的思想，病態的行動，一切都是病態的，一切都是不健全的，作者在客觀方面所表現的思想，也仍舊的不外乎悲哀與動搖，所以這部小說的立場是錯誤的。」

---

109 吳茂生（Mausang Ng）：《中國現代小說中的俄羅斯式主人公》（The Russian Hero in Modern Chinese Fiction），香港：中文大學出版社，1988，第176頁。

110 伏志英：《茅盾評傳》，上海：現代書局，1931，第159—216頁。

111 同上，第159—216頁。第689—693頁。

112 克興：《小資產階級文藝理論之謬誤》，見《革命文學論爭資料選編》，第747—763頁。

113 見《二十世紀中國小說的現實主義：茅盾、老舍、沈從文》（Fictional Realism in Twentieth Century China: Mao Dun, Lao She, Shen Congwen），紐約：哥倫比亞大學出版社，1992，第35頁。

被日本馬克思主義者藏原惟人的文學理論所武裝，錢杏邨鼓吹「新寫實主義」，主張建設無產階級新現實的積極態度[114]。但是對茅盾來說，歷史觀才是需要被重點表達的。穿梭於左拉的自然主義和托爾斯泰的宗教狂熱中，茅盾在馬克思主義和共產主義的啟發下形成了自己客觀的現實主義觀念[115]。雖然茅盾也願意擁抱即將到來的無產階級革命，也願意看到資本主義的滅亡，但是他相信現實主義作家的任務是明確地忠實地記錄歷史過程中所發生的一切，所以他並不回避客觀準確地暴露革命失敗後的病態、墮落和蕭條。在對葉紹鈞的長篇小說《倪煥之》的讚揚中，茅盾這樣寫道：

> 如果我們能平心靜氣地來考量，我們便會承認，即使是無例外地只描寫了些「落伍」的小資產階級作品，也有它反面的積極性。這一類的黑暗描寫，在感人——或是指導，這一點上，恐怕要比那些超過真實的空想的樂觀描寫，要深刻得多罷！在讀者的判斷力還是很薄弱的現代中國，反諷的作品常常要被誤解，所以黑暗的描寫或者也有流弊。但是批評家的任務卻就在指出那些黑暗描寫的潛伏的意義，而不是成見很深地斥為「落伍」，更無論連原作還看不清楚就大肆謾罵那樣的狂妄舉動了。[116]

作為大革命的見證者，茅盾並不認同或肯定以蔣光慈為代表的「革命加戀愛」模式，因為它「太脫離現實」。堅持冷靜的觀察和客觀的描述，茅盾強烈地反對創造社和太陽社的浪漫，在這兩個社團看來，文學是純粹用來煽動大眾革命熱情的傳聲筒和宣傳工具。

[114] 錢杏邨：〈中國新興文學中的幾個具體的問題〉，見《革命文學論爭資料選編》，第915—946頁。

[115] 見王德威對茅盾吸收左拉和托爾斯泰現實主義觀的討論，《二十世紀中國小說的現實主義》，第25—110頁。

[116] 茅盾：〈讀《倪煥之》〉，譯文來自丹唐，《現代中國文學思潮》，第304頁。

由於茅盾對文學與政治關係的不同理解，他的小說是加強而非消解頹廢與革命之間的張力。他的意識形態話語被深深地掩埋在他的敘事中，而他對黑暗和病態的現實進行客觀的描述，不急於作任何價值判斷，在小說文本中為讀者留下了許多想像的空間，這些空間中充滿了不確定性、裂縫和矛盾。

茅盾對《倪煥之》的讚譽源自他對五四文學遺產的重視，而這些遺產恰恰已經被激進左派宣佈為是落後的。《倪煥之》，講述了一個年輕的教書匠倪煥之的故事。他起初堅定地相信一切的希望懸於教育，在教書育人的生涯中，他與一個新女性結合，不久卻在理想的新式婚姻中初次感到幻滅。五卅慘案後他放棄教育投身政治運動，但1927年大革命的流產又將他推向最後的幻滅和死亡。即使革命的車輪推著倪煥之向前奔跑，他對革命的理解依然打著「五四」啟蒙話語的烙印。小說饒有興趣地討論著教育與革命的關係，認為如果教育者不懂革命，那麼他們所有的努力終將白費，如果革命者不重視教育，他們也將無所依託[117]，這說明葉紹鈞想通過「教育」這個中介來連接五四的啟蒙運動和新生的革命文學。在革命的巨潮中，倪煥之所做的唯一一件最有意義的事是擬定被革命者忽視的鄉村教育計畫。正如安德森（Marston Anderson）指出，「在每一個個案中，葉紹鈞都明顯地不能超越五四小說中人物的局限性，特別是，葉紹鈞將自己局限於個人的主觀興趣，他只關注如他的主人公那樣苦惱的資產階級青年和知識份子的惰性，令他的小說成為表達個人異想天開及挫折苦悶的媒介，這使葉紹鈞表現出歷史想像的失敗」[118]。雖然葉紹鈞似乎也對「革命加戀愛」的主題發生興趣，但是這部小說仍然徘徊於五四啟蒙思想的框架裡：在革命的浪潮中，一個教育者的位置變得全然無用。考慮到葉紹鈞的五四身

[117] 葉紹鈞：《倪煥之》，北京：人民文學出版社，1978，第236頁。

[118] 安德森（Marston Anderson）：《現實主義的局限：革命時代的中國小說》（The Limits of Realism: Chinese Fiction in the Revolutionary Period），伯克利：加州大學出版社，1990，第125頁。

份，茅盾用《倪煥之》來支撐自己的觀點，即無產階級文學不能排除小資產階級，小資產階級對他來說是革命文學的主要讀者。[119]茅盾為小資產階級辯護，他寫道：「主人公倪煥之雖然『不中用』，然而正可以表示轉換期中的革命的知識份子的『意識形態』。」[120]顯然，茅盾注重探討知識份子在革命中的位置，以及藝術與意識形態之間的關係問題。他不接受創造社和太陽社成員所持的極端激進的觀點，不認為革命作家必須成為無產階級趣味的有意識的發言人與宣傳家。

如果創造社和太陽社的成員將革命看作個人的出路，那麼茅盾則把革命看得充滿悲觀和矛盾；葉紹鈞則將革命看作是一個教育者的夢想和幻滅；巴金則將革命看作無政府主義。作為20世紀20年代一個重要的無政府主義者，巴金在他的小說《滅亡》（1929）、《新生》（1933）和愛情三部曲，包括《霧》（1931）、《雨》（1932）、《電》（1933）中將「革命加戀愛」作為主要的表現主題。在類似於蔣光慈的暴力的拜倫式姿態的散文體中，巴金將革命描述成毀滅的力量，一條「把整個黑暗社會打得粉碎的」的「鞭子」。[121]缺乏蔣光慈那種認為革命能建立新生活的樂觀主義態度，巴金所崇尚的破壞性力量催生了無政府主義和虛無主義。德里克（Arif Dirlik）說在20世紀20年代，巴金仍然「在無政府主義的英雄傳統中包括俄國的虛無主義」，[122]批評家說《滅亡》中的主人公杜大心，是「『一個無政府主義者』、『一個個人虛無主義者』、『一個克魯鮑特金式的無政府主義，托爾斯泰式的人道主義，阿爾志跋綏夫式的虛無主義的典型』」。[123]《雨》中的男主人公吳仁

[119] 茅盾：《從牯嶺到東京》，見《革命文學論爭資料選編》，第684頁。

[120] 茅盾：〈讀《倪煥之》〉，譯文來自丹唐，《現代中國文學思潮》，第305頁。

[121] 巴金：《愛情三部曲》，北京：人民文學出版社，1995，第228頁。

[122] 見德里克：《中國革命中的無政府主義》（Anarchism in the Chinese Revolution），伯克利：加州大學出版社，1991，第72頁。

[123] 吳茂生：《中國現代小說中的俄羅斯式主人公》，第197頁。

民，被巴金描寫成一個「墜入情網」而不是投身社會運動的理想主義的革命者，感到孤獨並如此地高喊著：「動呀！起來動呀！只要一分鐘的激烈的活動就毀掉自己的一生也值得。爆發吧，像火山那樣地爆發罷，毀滅世界，毀滅自己，毀滅這矛盾的生活。」[124]當巴金《電》中的男女主人公們忙於革命和愛情時，他們運用虛無主義者個人的政治手段，而不喜歡用集體主義的政治運動，比如他們常用暗殺的方式來表達無政府主義。雖然無政府主義是中國早期馬克思主義「同路人」，但正統的馬克思主義批評家總是害怕無政府主義狂熱，比如不服從集體的胡來和蔑視秩序。[125]巴金和蔣光慈的寫作之間有極其相似之處，都充滿了暴力的、粗獷的、浪漫激情的語言，這證明了20年代末30年代初關於革命與無政府主義有著密切的關係。

由於這些原因，在「革命與愛情」的公式表達及再表達的過程中，革命的概念有時甚至可以解釋為「政治上的不正確（politically incorrect）」。這也許是後來左聯正式地建議終止這一文學實踐的原因。1931年，中國左翼作家聯盟在《中國無產階級革命文學的新任務》中對「革命加戀愛」公式提出了嚴厲的批評。[126]在這個由馮雪峰起草的決議中，「新任務」是促進文學大眾化和削弱小資產階級的影響。實現這一任務的方式是「現在必須將那些『身邊瑣事』的小資產階級知識份子式的『革命的興奮和幻滅』，『戀愛和革命的衝突』之類等等定型的觀念的虛偽的題材拋去」[127]。在方法論方面，文章強調否定機械論、主觀主義、浪漫主義、錯誤的客觀主義和口號主義。具有諷刺意味的是，「革命加戀

[124] 巴金：《愛情三部曲》，第169頁。

[125] 德里克：《中國革命中的無政府主義》，第1—46頁。

[126] 馮雪峰：〈中國無產階級革命文學的新任務〉，見《1927—1937中國新文學大系》，卷2，第423—424頁。

[127] 馮雪峰：〈中國無產階級革命文學的新任務〉，見《1927—1937中國新文學大系》，卷2，第423—424頁。

愛」的失敗也被貼上相同的標籤——「小資產階級」——這個激進左派一度強加於五四一代的罪名。

## 文學時尚的傳播

雖然時尚並不總是侵犯現存的社會行為準則，但它卻時常不拿越軌越界當回事兒。在某種程度上時尚和社會規範好似孿生，其互補的本質源於相同的資源：一個完全在於創新，另一個則來抑制它；一個僅僅想刺激觀眾的眼睛，另一個則想對觀眾重新塑造；一個打破規則；另一個設置界限。實際上，它們常常互相糾結，形成部分權力關係，帶著支配與反支配、權力與反抗權力之間恒久鬥爭的印記。

在20世紀30年代前後，革命文學非常流行並且成為審查制度的主要標靶。雖然有來自政府審查制度的強大壓力，出版商和書商仍熱衷於經營與革命有關的書。一個主要的原因是其巨大的商業價值。正如魯迅所言：「他們也知道禁絕左傾刊物，書店只好關門，所以左翼作家的東西還是要出的。而拔去其骨骼，但以漁利。」[128]根據錢杏邨的說法，當時大部分的書店老闆會建議小說家去寫革命背景下關於女人和愛情的故事，這是因為1930年前後的暢銷書都在熱中「革命加戀愛」的主題。[129]不但出版商和書商意識到革命文學擁有巨大市場，一些政府官員也因為他們是書店的股東而讓革命文學鑽了空子。於是，正如賀麥曉（Michel Hockx）在對上海審查制度的研究中所指出的，國民黨政府的審查制度「不是簡單的一個帶有壓抑性質的政府審查制度，而是協商和相互作用的結果」[130]。

[128] 1933年11月5日魯迅給姚克的信，見信NO.504，魯迅全集，卷1，第431頁，譯文自劉禾《跨語際實踐：文學、民族國家和被翻譯的現代性（1900—1937）》，第219—220頁。
[129] 錢杏邨：《地泉・序》，見華漢：《地泉》，上海：上海湖風書局，1932，第23頁。
[130] 見賀麥曉（Michel Hockx）：《為審查官辯護：上海的文學自由與官方權力（1930—

控制文學作品生產的1930年出版法並沒有規定出版前要對內容進行審查[131]。而出版後才進行審查的制度使革命文學的繁盛成為可能。只有到1934年之後，中央書刊審查委員會才要求所有計劃出版的作品送審。[132]這就是說，在1930年出版法發佈之前審查制度還相對寬鬆一些，許多關注無產階級革命文學的進步雜誌突然湧現出來並且非常流行，與這種「寬鬆」有關。雖然這些雜誌最終被國民黨查禁，如：《創造月刊》、《太陽月刊》、《萌芽月刊》、《拓荒者》和《無軌列車》[133]，但它們實際上已經影響了大量的讀者。此外，即使那些進步雜誌被查禁，編者也會很快地用新的名字重新辦一份內容相同的刊物。比如，1928年10月《太陽月刊》被禁後，蔣光慈和他的同志們又立刻創辦了另一份雜誌《時代文藝》，《時代文藝》僅印行了一期，他們又於1929年3月將其改名為《新流月報》，刊行四期後於1930年1月它又成了中國左翼作家聯盟的核心刊物《拓荒者》。

誠如賀麥曉指出，如果僅僅將政府審查制度看作壓抑的體系，就會限制我們對1930年前後革命文學盛況的研究視野。[134]然而，把官方的審查制度看成是一個壓抑系統可以讓我們重新考察運行在壓制者與被壓制之間的革命文學的定義。1928年，因非法宣傳無產階級文學而被國民黨查禁的《創造月刊》、《太陽月刊》和《無軌列車》代表了追求革命潮流的不同方式。這三個雜誌分別代表了三個不同的文學組織——創造社、太陽社和後來被貼上新感覺派標

1936）》（In Defense of the Censor：Literary Autonomy and State Authority in Shanghai, 1930—1936），見《現代中文文學學報》，2.1（1998年7月），第12頁，也見劉禾《跨語際實踐》中〈中國現代文學概要〉（The “Compendium of Modern Chinese Literature”）。

[131] 見賀麥曉：《為審查官辯護》中對國家審查制度轉變的分析。

[132] 張靜廬：《審查制度》，見《中國現代出版史料》，北京：中華書局，1955，卷2，第50頁。

[133] 見《中國現代出版史料》中1929—1931年被國民黨查禁的報紙雜誌一覽表，卷4，第153—176頁。

[134] 賀麥曉：《為審查官辯護》，第1—30頁。

籤的一些都市現代派作家。時尚對這三個雜誌的編輯意味著什麼？他們如何理解所謂無產階級文學和共產主義？即使《無軌列車》有助於無產階級革命文學的傳播，為什麼一些文學史家還是非常努力地想要把這個雜誌從革命文學史中抹去？雖然來自政府審查制度的查禁並沒有對這三個雜誌的方向區別對待，但這並不意味著被壓制者是團結一致的。甚至，由於時尚總是一個受爭議的區域，我們必須重新思考中國知識份子的現代意識，並且追問這種時尚是如何在不同的文學組織中製造與傳播的。

這三種雜誌，如前所示，都力圖宣傳馬克思主義意識形態和普羅文學，所以三種雜誌皆被國民政府審查機構所禁。它們之間本質的不同在於他們對革命話語不同的理解，以及他們表現無產階級意識形態不同的方式。創造社從一開始對各種西方時尚和潮流的關注，轉變到只重視一個而且是唯一的一個新事物——普羅文學——這是從日本引進的；與晚期的《創造月刊》相似，《太陽月刊》將所謂時尚看作是實現其政治目標的隱秘所；《無軌列車》則帶著無產階級的面具，其真正目的是追求現代時尚的新奇和多樣化。很明顯，前兩種雜誌因為追隨時尚而在大眾中獲得巨大反響；後者則將革命文學編織成富麗而無實際內容的浮華錦緞，只是一個時尚的空架子。這三種雜誌對革命文學這一時尚不同的處理方式，說明我們應該對革命文學產生的歷史語境做更細緻的考察，它不是一種單維的文學運動，而是那個歷史時期知識份子對現代性和革命的多元認同。

《創造月刊》是記錄革命經驗的文化產品之一，特別是記錄下了革命經驗中不一致的一面。作為最早鼓吹革命文學的雜誌，《創造月刊》是創造社「突變」的重要見證。這個雜誌從第二期開始介紹蘇俄文學。然而除了一些如郭沫若、蔣光慈和成仿吾寫的炫耀新的革命術語和理論的文章，雜誌仍然並置了多種寫作風格，包括印象主義、感傷主義及現代派的詩歌和小說。雜誌中葉靈鳳的繪畫反映出他對重要的頹廢派畫家比亞茲萊（Aubrey Beardsley）的濃厚興趣。比亞茲萊在19世紀末為著名的頹廢雜誌《黃面志》設計了封面。在《創造月刊》的第二期，葉靈鳳的畫《醇酒與婦人》更帶浪漫主義和頹廢派的藝術特色，突出色情的誘惑力。畫中的女人被葡萄酒瓶所環繞，穿著帶有孔雀圖案的西式長裙。她的頭髮，和葉靈鳳其他畫作中的女人頭髮一樣，給人一種神秘感和典型的頹廢表情的錯覺。雖然從《創造月刊》第三期起，郭沫若、蔣光慈和成仿吾開始發表他們的革命言論，可是與此相關的文學實踐還不多見。雜誌刊載的是諸如張資平的符合大眾口味的三角戀故事，陶晶孫實驗性的頹廢文字，以及王獨清、穆木天和馮乃超傾向於印象主義的詩歌。

從《創造月刊》第9期開始（1927年12月），雜誌裡風格不同的內容才被革命言論和剛剛浮出水面的「革命加戀愛」小說所代替。然而，這一期不僅包括成仿吾的《從文學革命到革命文學》、蔣光慈的小說《菊芬》，還包括穆木天對法國詩人維尼（Alfred de Vigny）的介紹，這位詩人著迷於死亡、腐朽和鬼魅般的女人。值得說明的是，前面提到的一些文章的插圖也被替換成了裸體女人。在很大程度上，女人裸露的身體象徵著藐視所有的傳統道德的姿態，是革命的符號。從這一期開始，雖然雜誌中關於現代主義詩歌、小說或理論的介紹已經變得很少，但不同風格的普羅小說卻展示出對革命的理解具有很大的差異性，顯然，這些小說不能建構一個統一的革命認同。裸體女人的畫像在《創造月刊》隨後的卷冊中被重複使用，一直延續到雜誌被查禁。《創造月刊》後期的大多數革命小說都喜歡用女性的身體來表現政治權力鬥爭。例如第12期華漢的小說《女囚》將女性身體與暴力聯繫在一起，通過描寫一個共產黨女性被敵人所強暴來刻畫國民黨施虐狂般的殘忍形象。意識形態的概念由此被納入作者對性暴力沉重而黑暗的想像中。雜誌中許多普羅小說都模仿「革命加戀愛」公式，然而他們的「浪漫」不僅傳達積極的革命的含義，而且鋪排大量的感傷頹廢的描述，如眼淚、酒醉和女人等細節。《創造月刊》的案例顯示，把文學分析僅僅建立在社會的因果關係上是不夠的，因為在「革命加戀愛」的寫作中，其傳播、分裂、消失和重複的相互作用既有社會和政治的因素，也有文化生產和文化接受的因素。

由共產黨員蔣光慈、錢杏邨、楊邨人發起，《太陽月刊》在一個熱情激昂的小圈子裡被培育，成為主要的政治宣傳和表達革命熱情的陣地。在那一階段所有的文學團體中，太陽社與共產黨的關係最密切，中共總書記瞿秋白直接領導太陽社的工作，太陽社的組織關係屬於上海閘北第三支部。蔣光慈和他的同志們以直率而浪漫的方式宣稱他們對革命的熱情擁抱。在創刊號的卷首語中，蔣光慈用詩歌的形式寫道：

倘若我們是勇敢的，
那我們也要如太陽一樣，
將我們的光輝照遍全宇宙。
太陽是我們的希望，太陽是我們的象徵——
讓我們在太陽的光輝下，
高張著勝利的歌喉：
我們要戰勝一切，
我們要征服一切，
我們要開闢新的國土，
我們要栽種新的花木。

相對於明亮的太陽，與資本主義同道的國民黨政府被看作黑暗的象徵。這種強烈的對比表達了一種打翻舊世界、創造新世界的願望。蔣光慈和他太陽社的同志們通過這誇張的口吻和英雄浪漫式的幻想，決定以非常時尚的方式創造革命文學。欲望和暴力——這些是《太陽月刊》中的小說常常重複的主題，也是作者們努力令他們擺脫五四一代的方法，他們同時也過分誇大地稱讚作者們對無產階級革命的認同。蔣光慈和他的朋友們用性的驅動力來包裝革命文學，令此刊物有效而迅速地風靡起來。他們用狂熱的語言和強烈的欲望來宣傳革命口號和革命理念。許多作品處理異性戀與革命的矛盾，這成為那段時間最著名的主題。整個雜誌充滿了性衝動的革命激情或力比多緊張感。

所以，除了「革命加戀愛」的模式之外，其他在《太陽月刊》中出現的普羅小說的模式基本上都是表現壓迫者和被壓迫者之間的鬥爭，充斥著暴力和性欲的描寫。反映壓迫與被壓迫的主題把政治意識形態一下子推到了時尚的前沿。強烈的性欲並不局限在異性戀中，而是推廣到更廣泛的範圍和意義中，可以轉化為革命的激情和動力。如同後期的《創造月刊》，《太陽月刊》也用女人的身體來表達權力關係。例如楊邨人（1901—1955）發表在《太陽月刊》（1928年1月號）上的短篇小說《女俘虜》，描述的是國民黨官員如何對女共產黨員進行性虐待以及女俘們如何強烈地反抗。強烈的政治欲望吞沒了女性的身體和感情，或者說，連性虐待的行為本身都帶著政治的符號，女性的身體只是傳達這些政治符號的中介。非常有趣的是，華漢發表於《創造月刊》（1928年8月號）的《女囚》與這個更早一些的文本非常相似。在《太陽月刊》的其他無產階級小說中，女共產黨員或女工人被施虐被強姦的場景一再出現。以這種方式戲劇化地將壓迫和反抗一分為二，將欲望和暴力轉變成革命的積極性，這是太陽社成員販賣給他們的讀者的新時尚。

當時不同的文學組織對革命文學的理解並不像我們想像的那樣一致，即使在左翼作家中，關於馬克思主義理論和無產階級文學的爭論也時常發生。魯迅一代與創造社太陽社中激進的新成員的聯盟很容易就瓦解了。《創造月刊》和《太陽月刊》刊載了大量文章支持革命文學的論爭。但激進的革命作家也面臨困境，夏濟安舉例說明共產黨如何批評蔣光慈的小資產階級風格及他對浪漫主義的著迷。[135]實際上，早在蔣光慈1931年死於肺結核之前，他已經陷入了政治和經濟的困境，他退黨並且最終因為習慣於「浪漫奢侈的生活方式而不適應黨的鐵一般的紀律」[136]，另一方面，由於他所有的著作都被國民黨查禁，他也失去了生活的經濟來源。[137]。他的個案顯示，即便左派和共產黨也並非一致地支持過於浪漫的革命文學的表達形式。

其他作家如劉吶鷗、施蟄存、穆時英和葉靈鳳也並不堅定地承認自己是革命者，他們把革命當作現代主義的產物之一。例如劉吶鷗對所謂前衛藝術的定義就雜糅著蘇聯的無產階級文學，日本的新感覺派和佛洛德的心理分析。[138]將革命化入舶來的現代主義，這也是時尚。劉吶鷗和施蟄存的書店，第一線書店和水沫書店，及他們的雜誌《無軌列車》、《新文藝》都表現出了普羅文學和現代派寫作的奇特融合。從穆時英模仿的普羅小說到戴望舒的詩，從著重於翻譯馬克思主義文藝理論的叢書到大量對法國印象主義和日本新感覺派的介紹，這些雜誌包含了各種不同的新事物。

劉吶鷗和他的朋友急切地擁抱所有的「新」事物。《無軌列車》比後期的《創造月刊》和《太陽月刊》更強調文學的表現形式，而不是政治的概念。雜誌的封面是一個男人雙腳分開，踩在一個巨大的球上，毫無目的。因為整個圖像是顛倒的，坐著的樣子看上去顯得非常怪異。這個設計象徵著現代性的速度和時尚的不定性以及震驚的效果和自由的精神。這個形象也承載著無產階級革命的思想，但無軌的球狀物減緩了意識形態的理性色彩，暗示了現代性的差異。《無軌列車》的實際內容不只是介紹蘇俄無產階級文學，也關注西方現代主義文學，與雜誌封面的這個視覺形象形成了有趣

[135] 夏濟安：《黑暗的閘門》，第55—100頁。
[136] 被開除黨籍這則聲明發表於1930年10月20日的《紅旗日報》，該報是中共在上海刊行的機關報。
[137] 見吳騰凰：《蔣光慈傳》，第152—154頁
[138] 施蟄存：《沙上的腳跡》，瀋陽，遼寧教育出版社，1995，第13頁。

的對話。

《無軌列車》成為中國知識份子如何借用西方現代主義並將其納入現代中國語境的典型範例。除了介紹一些無產階級小說和作家，比如蘇俄作家高爾基，劉吶鷗也對法國現代主義作家、詩人保爾・穆杭（Paul Morand）特別關注。穆杭的作品探討了現代都市生活的孤獨感和異化感。劉吶鷗是如此喜愛穆杭，以至於他用《無軌列車》第四期的大部分篇幅來介紹穆杭，不但翻譯了本雅明・克裡莫斯（B.Cremieux）的文學理論，而且還有兩則對穆杭小說和小品文的翻譯。最吸引劉吶鷗的是穆杭小說中意識流的描寫，還有異國情調和城市中亂交的性生活，以及給人狂喜緊張的現代速度、色彩和燈光。於是《無軌列車》成為連接普羅文學所描述的進步觀念和現代派寫作中的頹廢氛圍的橋樑。它與各種不同勢力競爭誰領導時尚和新潮流的權力，而這些競爭不能用簡單化和本質化的對現代性的理解來解釋。史書美曾指出《無軌列車》這個刊物的曖昧姿態：「既著迷於批評資本主義頹廢的左翼，同時又崇拜頹廢自身」[139]。根據馮雪峰對革命中三種知識份子的分類，她寫道：

《無軌列車》於是成為馮雪峰所描述的第二類主體的典型，模糊不清地把社會主義（同情但不願是教條的）和資本主義（批評但不願放棄其城市誘惑）放在互為對立的立場上。翻譯成文學術語，這個主體有左派傾向，但它對純美學公式主義著迷，而拒絕嚴格的左翼規範；它批判資本主義，但喜歡它的舒適。[140]

的確，如果蔣光慈和其他激進左派的目標是批判資本主義現代性，以及為無產階級代言的話，那麼劉吶鷗和他的朋友們則從未打算推翻資本主義文化和放棄城市享受。通過自由地在革命與頹廢之間來回擺動，他們為自己找到了一個曖昧的位置，在這個位置上，他們既對革命有所回應，但同時又與革命保持一定的距離。

---

[139] 史書美：《現代的誘惑》第245頁。

[140] 同上，第245頁、第246頁。

《無軌列車》所顯示的是，這些現代派作家提供了一種另類的對「革命加戀愛」的表現方法，他們將心理分析和印象主義吸納進他們創作普羅文學的方式中。例如，施蟄存的《追》和劉吶鷗的《流》，都是通過描寫性意識和異國情調來傳達模糊的政治意識的作品。現代派作家對普羅文學的模仿完全不同於左派的創作，他們更注重對城市對感受和對城市文化的描述。他們不是用女人的身體來表達革命話語，而是創造一系列顛覆性的紅顏禍水的形象，以代表新的現代都市文化。雖然這些形象反映了男作家對現代新女性的臆想，但是它突破了一個傳統文化的禁區，對感官的刺激和性意識進行大膽的探索。《無軌列車》耽於對城市風景和「有致命的誘惑力」的女性的描寫，給讀者一種頹廢的感覺，分散了整個刊物對普羅文學的注意力。通過非常奇怪地在革命的時尚中加入異國情調的風尚，劉吶鷗和他的朋友面臨一系列圍繞著中國現代性的問題。他們將作為科技進步的現代性與作為美學概念的現代性並置，將流行的革命作為美學風格來表現與傳播，而並非太陽社和創造社所描述的真正的暴力革命。

此外，國民黨對《無軌列車》、《新文藝》、第一線書店和水沫書店的查禁，也同樣證明了當時對革命的理解雜亂無章。審查規則對所謂無產階級文學雜誌的定義很寬泛，規定凡是以狡猾的方式反對現行社會體制（也就是資本主義）的雜誌都會被查禁。那些被查禁的雜誌都被認為是故意地用隱蔽的方式來做無產階級的宣傳工作。[141]既然是隱蔽的，那麼色情文化也可以是個幌子。於是國民黨將劉吶鷗及其朋友的色情文學和新感覺派寫作等同於普羅文學，查禁他們的書店和雜誌。從官方審查局的角度來看，這些不同的文學流派有一些共同點：他們都暴露資本主義社會的黑暗和頹廢，並展示光明未來。[142]新感覺派的普羅文學嘗試，對資本主義的頹廢是既

[141] 張靜盧：《中國現代出版史料》，卷2，第171頁。

[142] 見劉吶鷗關於《色情文學》的序言，也見張靜盧《中國現代出版史料》，卷2，第88頁。

批評又迷戀，與左派文學對資本主義的態度雖然不同，但是也同樣暴露了資本主義黑暗的一面。雖然劉吶鷗將色情文學與社會批判聯繫在一起的努力看起來有些奇怪，但這種聯繫顯示了當時多元的文化背景，革命文學理論和普羅文學實踐就是在這種背景下產生的。「革命加戀愛」寫作公式的出現和繁盛證明，所謂公式也並非只是一種，而且運用公式的方式也並非是一成不變的。相反，「革命加戀愛」的文學現象充滿了異質，是無法用簡單的因果邏輯來解釋的。

# 第二章

# 左翼作家的眼中和筆下

## 第二章
# 左翼作家的眼中和筆下

以往傳統的文學史，例如唐弢主編的《中國現代文學史簡編》，總是用政治的因果關係來解釋「革命加戀愛」這一寫作模式的出現和繁衍，對政治的過度關注往往代替了對文化語境和文學文本的分析。[1]將文學看作社會因果關係的單純反映，必定會忽視一個事實，即：文學或許有可能建構超越社會決定論的多方面不同的意義。歷史已經證明，「革命加戀愛」的文學實踐並未完全遵守激進左派所認同的無產階級文學的革命理論，這個公式被一再地重複與重寫，於是革命理論與文學實踐之間的裂縫也一再擴大與加深。與因果邏輯和反映論不同，夏濟安與李歐梵的批評則指出五四一代與20年代末30年代初的左翼一代之間的密切聯繫，以此來揭示革命文學實踐內部的矛盾。[2]馬克思主義文學史家在描述這兩代人時，比較喜歡用「斷裂」的眼光，認為「文學革命」與「革命文學」之間存在著本質上的差異，而夏濟安和李歐梵則喜歡用「延續」的眼光，看到這兩代人之間共同與相通的一面，比如，李歐梵用「浪漫的一代」來縫合這兩代作家，描述出作家主體的精神氣質。

在此，我打算既用「延續」的眼光又用「斷裂」的眼光，進一步理解「革命加戀愛」寫作公式的出現與五四啟蒙運動之間的關係。因為反抗資本主義現代性，這個寫作公式一開始就充滿了階級

1 唐弢編《中國現代文學史簡編》，北京：人民文學出版社，1984，第305—322頁。
2 相關論述見夏濟安《黑暗的閘門》和李歐梵《中國現代作家的浪漫一代》。

意識，試圖用五四時期引進的西方文化拯救民族與階級危難。同時它也追隨五四的浪漫傳統，不但將現代性具體地理解為進步與革命，而且繼續以主體精神顯示現代人的特性。資產階級和無產階級、個人和集體、舊與新的衝突在「革命加戀愛」的公式中並置，不可避免地在革命與現代性的糾纏關係中引起有趣的對話。作為歷史轉變時期的產物，這個公式將那些從五四一代殘留下來的愛欲與仍然模糊地存在於被啟蒙的青年人心中的革命熱情融合為一。這個新與舊的結合體通過文學在同一時間滿足了個人和社會的雙重興趣。

沉溺於革命化的浪漫和浪漫化的革命，左翼作家力圖將小資產階級色調的愛情轉變為無產階級的革命英雄主義。然而，這一轉變僅僅在政治概念和標語口號層面上實現，而在愛和欲的敘述中則是失敗的。在這一歷史時期，愛情的概念，即使被用來傳遞反資本主義的意識形態，也仍舊包含著濃厚的小資產階級趣味。左翼批評家錢杏邨生動地總結了這個問題：

> （孟超的）小說《愛的映照》就是這一映照，外面在暴動了，我們的男英雄正在亭子間裡，擁抱著女志士熱烈地親嘴呢。革命的青年一面到遊戲場去玩弄茶女，一面不斷地咒詛資本主義社會要求革命呢。至於那些因戀愛失敗而投身革命，照例的把四分之三的地位專寫戀愛，最後的四分之一把革命硬插進去，和初期的前八本無聲，後二本有聲的「有聲電影」一樣的東西。[3]

這種愛情與革命口號的機械聯合，最終不僅在社會上也在文學上以失敗告終。但惹人注目的是，中國知識份子對「革命加戀

[3] 錢杏邨：《地泉・序》，見華漢《地泉》，上海：上海湖風書局，1932，第21—26頁。

愛」公式的熱情重複，反映了他們由小資產階級轉變為無產階級的焦慮，由個體存在方式轉變為集體存在方式的焦慮。用批評家王一川的話說，這是一種「再生焦慮」[4]。一系列的矛盾——個人與集體、浪漫與紀律、傳統的餘緒與革命的未來——全都根植於這一寫作公式內部，令中國知識份子能夠反復不斷地流連於他們自身痛苦掙扎的形象裡，這些形象暗示著他們與過去有著千絲萬縷的聯繫，就如同他們與未來的烏托邦夢想有著千絲萬縷的聯繫一樣。由此，我們也許可以推斷，正是那些作家分裂的個性，衝突的內心，預先阻止了從個體主義向集體主義的完美轉變。個人情感與革命概念之間的不協調，導致其他左派比如瞿秋白和茅盾批評這一公式寫作在美學上屬於巨大失敗，然而，這種不協調卻恰恰表明，這些作家很難在革命的洪流中找到個體的位置。在「革命加戀愛」的公式中反復出現的「分裂的現代人」正是這些現代作家最好的寫照。即使一些著名作家，由於這一寫作公式缺乏美學價值而擯棄它之後，它的主題仍在抗戰時期、延安時期，以及建國後第一個十七年時期的文學描述中延續著。這個主題重述顯示了一種巨大焦慮，這種焦慮源於現代人的內心分裂，源於個人興趣與國家需要、革命理想與殘酷現實之間的矛盾。這種不間斷的重複和焦慮顯示出眾多中國知識份子內心的掙扎，他們為了革命、為了崇高事業、為了中國的烏托邦夢想而放棄了自我、個性和主體性，但很勉強，常常動搖。

左翼作家在「革命加戀愛」的作品中創造了許多新女性和問題青年的形象，這些形象與「再生焦慮」是緊密相連的。性與政治在各種條件下相互補充、喚醒或是表達了這種焦慮。於是，在某種程度上，「革命加戀愛」的公式組合了政治權力與性權力。從蔣光慈開始，革命被許多左翼作家想像成陽剛與暴力，這樣的想像把「男人的陽剛性」轉變成一種隱喻，象徵著支配權、群眾、集體、

[4] 王一川：〈「革命加戀愛」與再生焦慮〉，見《戲劇》，1990年2月，第30—50頁。

鐵的紀律以及不可抗拒的革命運動。然而，當茅盾和蔣光慈用「新女性」的形象來表達革命的意識形態時，女人性感的身體卻時常超出這種陽性的控制。「新女性」開放而放蕩的性行為，總是被用來比喻現代欲望及革命的毀滅性力量，這樣一來，它與革命意識形態的純粹性不可避免地產生矛盾，並進而要質疑左翼男性作家的主體性位置。除了這些備受爭議的「新女性」形象，左翼作家還創造了許多「有問題」的青年形象。如果理想的革命者是堅定的、強壯的、陽剛的、有力量的、有紀律的、有鐵一般意志的，那麼洪靈菲哭泣的男主角、頹廢的男主角、猶豫徘徊的男主角與這種陽剛男性的「理想人格」便有很大的差距。那些「問題青年」是柔弱的、女性化的、頹廢的、動搖的，但渴望陽剛的男性理想人格，這正是社會變動時期男性焦慮症狀的具體體現。當然，無論是「新女性」形象，還是「問題青年」形象，都離不開當時激昂澎湃的大時代背景，離不開當時的所謂「時代病」。所以，華漢試圖捕捉的「時代病」充滿了性驅動力。當個人的性欲被提升或轉化到大「崇高」的革命衝動時，男人和女人都非常焦慮地尋求新的性別主體性。考察這些早期的普羅文學的代表性作品，我們會發現這些作品既關注政治也關注性愛，這些左翼作家從未真正地完全剔除小資產階級認同，從未真正地完全轉變為革命者，從未真正地再生。

## 蔣光慈與茅盾：新女性的性感身體和政治

蔣光慈這個被認為是「革命加戀愛」寫作公式的始作俑者，悲劇性地結束了他作為革命者和作家的短暫一生。雖然他因為介紹和傳播馬克思主義理論及無產階級文學而獲得巨大的聲譽，也因創作「革命加戀愛」的小說而被看作是非常重要的作家，但他於1930年被開除黨籍，而且他的文學實踐也被茅盾和瞿秋白認為是過於簡單化的。[5]即使他是那個時期最多產的中共職業作家，創辦了《太陽月刊》、《新流月報》和《拓荒者》，身兼革命宣傳家，但他仍然被中共開除（這之前他已經寫了退黨書）；與此同時，他的書也最早被國民黨查禁。雖然在20年代末期他的書銷量很好，但是1931年在國民黨嚴格的審查制度下，他已經不能通過寫作獲得足夠的收入，同年他死於肺結核，臨終時身邊僅有很少的幾個朋友。

根據批評家、作家夏衍的說法，蔣光慈在1929年被處以黨內警告處分有兩個原因：一是由於他的小說《麗莎的哀怨》，二是由於他不能遵守黨的鐵的紀律。[6]蔣光慈後期的小說更有意識地追求文學性，於是在表達上不像以往那麼直接，反而有了一種模糊性，無法純粹地宣傳革命的意識形態，這導致他與中共的關係越來越疏遠。1930年中共內部報紙《紅旗日報》刊登了一則「蔣光赤被中共開除黨籍」的聲明，聲明特別指出了《麗莎的哀怨》在黨內的惡劣影響。[7]正如對蔣光慈小說反覆的批判所顯示的那樣，政治與性別之間的聯繫遠比中共批評家所預想的要複雜得多。即使蔣光慈對女人身體的描寫比茅盾更多地參與了政治宣傳，它仍然提供了多層不同的含義，缺少黨要求的純潔性。

也就是說，情慾身體和政治意識的結合總是含混的、令人憂心的、動搖不定的。「革命加戀愛」公式試圖陳述的意識形態總有被多層含義所顛覆的可能性，所以過於簡單的閱讀是難以揭示文本的複雜性的。在中國歷史上，女人的身體常被道德家視為不祥之物。「現代」這一概念出現後，女人身體的象徵意蘊不同了。她們可以代表進步也可以代表頹廢，可以代表新秩序的活力，也可代表舊秩序的腐朽。在蔣光慈的《衝出雲圍的月亮》和《麗莎的哀怨》中，

[5] 見茅盾：〈關於創作〉，《蔣光慈研究資料》，第202—206頁；也見瞿秋白：〈學閥萬歲〉，在《亂彈》，引自夏志清：《中國現代小說史》，印第安那大學出版社，第三版，1999，第609頁。

[6] 哈曉斯：〈夏衍同志談蔣光慈〉，見《蔣光慈研究資料》，第175—176頁。

[7] 《紅旗日報》，1930年10月20日，引自夏濟安：《黑暗的閘門》，第55—56頁。

女人的身體在權力的傳輸中扮演著不同的角色，一個是革命，另一個則是反革命。然而，這樣借助女性身體的表達方式，不可避免地將蔣光慈陽剛的或者說暴力的寫作方式放置在流動的、陰柔的、充滿爭議的背景中，而流動的女性特質完全可以重塑或是質疑男性的邏輯體系。這裡借用伊利格瑞（Luce Irigaray）用「流動的液體」來分析女性表達或女性氣質。我也認同將女人性感的身體的表述看作是其意義不能被凝固成靜止的隱喻的流體。

在《衝出雲圍的月亮》中，新女性王曼英愛上柳遇秋的同時也愛上了革命的理想。她帶著巨大的熱情加入革命隊伍，像一個女戰士那樣戰鬥並且經歷真正殘酷的戰爭，如同謝冰瑩在《女兵日記》（1936）中描述的那樣。但是在1927年大革命失敗後，王曼英沮喪失落，離開了革命軍隊，然後在上海開始了新生活。為了生存，她淪落成妓女，和不同的男人睡覺，而這些男人基本上都屬於資產階級。雖然王曼英的舉止行為很像一個普通的妓女，但她從來沒有為自己的行為感到羞恥，因為她將自己的賣淫看作是繼續反抗的方式，如同先前投身革命。當她懷疑自己得了性病之後，更是把性病當成與舊社會和資產階級鬥爭的武器。只有在她遇到了李尚志這個仍然保持革命信仰並為中共工作的愛人之後，她才意識到自己陷入何種境地。在小說幸福的結局中，王曼英不但獲得了真正的愛人，而且回到了正確的革命道路上。

小說非常值得關注的是，女革命者的身體包含著多元的、生機勃勃的、有破壞作用的女性本質（female sexuality），這些全都被描述成能夠與革命並駕齊驅的力量。性、性別、革命認同在這裡相互融合而不是彼此衝突，結果彙成了奇怪的和聲，將革命神話導入歧途。蔣光慈對王曼英在城市中賣淫的描寫充滿了浪漫和無政府主義色彩，居然把「賣淫」與反抗社會的革命視為同質行為。這裡提出了一個尖銳的問題，那就是現代的頹廢的革命女性到底意味著什麼，女人色慾的身體如何傳達和扭曲革命的話語。

馬克思主義批評家很難對付王曼英這種對黑暗舊社會所採取的令人匪夷所思的反抗舉動。錢杏邨指出蔣光慈描述這個新女性的缺點：「第一，關於曼英的浪漫行動，在轉變以後，批判得不很充分。第二，曼英對於革命的認識是從英雄主義的個人主義轉變到集體主義，關於曼英的集體化的意識，蔣光慈君沒有把它充分的指出⋯⋯」[8]批評家總是很困惑，為什麼蔣光慈的普羅文學作品充滿了王曼英性事的細節，卻缺乏對集體精神的敘述。郁達夫認為：「光慈的作品，還不是真正的普羅文學。他的那種空想的無產階級的描寫，是不能使一般要求寫實的新文學的讀者滿意的」[9]。有意思的是，王曼英革命的浪漫方式與蔣光慈的小資產階級天性相似，用他自己的話說，就是：「革命越激烈些，它的懷抱越無邊際些」[10]。王曼英作為新女性的性格特徵和浪漫精神，這在蔣光慈心中是可以與其他大概念，比如「進步」、「革命」和「大眾」相輝映的。浪漫精神與革命精神的結合揭示了在這個早期普羅文學的舞臺上「文化政治」曖昧的一面。小說的「幸福」結局，傳達了作者本人對這一歷史舞臺理想化的解釋。

將敘述設置在上海，設置在這個最恰當的現代化象徵，這個充滿欲望、金錢和女人的地方，作者賦予王曼英以雙重人格。她是一個有堅定革命信念的充滿魅力的現代女人。雖然像其他妓女一樣在街頭遊蕩拉客，王曼英其實代表著擺脫男性束縛而具有毀滅性的女性性本質。她沒有變成性的玩物，反而控制了菲勒斯權力並且用它猛烈地攻擊資產階級男人。作為一個妖媚女子，王曼英引誘、嘲笑和玩弄男人，把男人變成了她的性工具。敘述者說她「強暴」男人，而不是被男人掌控、被男人侮辱小說以此事實來強調王曼英身

---

[8] 引自馮憲章：〈《麗莎的哀怨》與《衝出雲圍的月亮》〉，《蔣光慈研究資料》，第333頁。

[9] 郁達夫：〈光慈的晚年〉，見《蔣光慈研究資料》，第106—110頁。

[10] 蔣光慈：〈十月革命與俄羅斯文學〉，見《蔣光慈文集》，卷4第68頁。這裡我使用王德威對這個句子的翻譯，見《不受歡迎的革命》。

體的顛覆性力量。她對男人身體的凝視說明了她在性遊戲中的主體位置：

> 曼英將房門關好，將他拉到自己的懷裡，坐下來，好好地端詳了他一番。只見他那羞怯的神情，那一種童男的溫柔，令人欲醉。曼英為慾火所燃燒著了，便狂吻起來他的血滴滴的口唇，白嫩的面龐，秀麗的眼睛……她緊緊地抱著他，儘量地消受他的童男的肉體……她為他解衣，將他脫得精光光地。[11]

通過這個細節描述，我們面對的是一個色情的被物化與被「凝視」的男人身體，作者用通常適用於描述男人窺視女人身體的語言展開。在「妓女」與「嫖客」的性遊戲中，王曼英反而扮演了控制性的角色，顛覆了男性以往所擁有的權力。也就是說，她危險的身體變成了有效而且有力的攻擊男權統治的工具。角色置換後，整個敘述充滿了解放「被壓迫」女性的呼聲。用馬爾庫塞的話說：「馬克思理論將性剝削看作是首要的、原初的剝削，婦女解放要為把女性降級為『性玩物』而戰」。[12]通過將王曼英從「被動接受的女性」轉變為「男性式的侵略型」的新女性，「女人接受」（female receptivity）與「男人侵佔」（male aggressiveness）都是馬爾庫塞的術語。正如他說，「正是在兩性關係的自然狀況下，男性和女性同時既是客體也是主體，色情和侵略的能量在兩者上聚焦。男性過量的侵略性是社會條件決定的——正如女性過量的被動性也由社會條件決定一樣。」[13]作者創造了一個嶄新的形象，一個陰性的

---

[11] 蔣光慈：《衝出雲圍的月亮》，見《蔣光慈文集》，上海：上海文藝出版社，1982，卷2，第64頁。

[12] 馬爾庫塞：《反革命與叛亂》（Counter Revolution and Revolt），波士頓：培根出版社，1976，第76頁。

[13] 見《反革命與叛亂》，第76頁。

反抗力量和一個解放的女人，她的戰地從沙場轉到了床上，她的武器是自己有魅力的身體，而不是她從前曾經拿過的槍。有趣的是，當蔣光慈保留王曼英肉體的柔弱、接受性、感官享受和被壓抑等女性身體特徵時，他也讓她用自己危險的身體去爭奪侵略性的本由男性控制的位置。然而，這個對男性權力的篡奪仍然被相同的性別等級制度所決定：僅僅由革命意識形態來取代封建的男權制度，男人和女人位置的調換僅僅是一個女性接受新的男性原則（階級意識）的新形態，是一個利用女性身體來傳達的關於革命的男性想像和男性解釋。

通過引誘那些資產階級或拒絕革命的男人，王曼英將自己與普通妓女區別開來。在一段心理描寫中她評判自己的行為：

> 但是曼英是不是妓女呢？是不是最下賤的人呢？曼英自問良心，絕對地不承認，不但不承認，而且以為自己是現社會最高貴的人，也就是最純潔的人。不錯，她現在是出賣著自己的身體，然而這是因為她想報復。因為她想借此來發洩自己的憤恨。當她覺悟到其他的革命的方法失去改造社會的希望的時候，她便利用著自己的女人的身體來作弄著社會。[14]

這段內心獨白顯示了她性格中的矛盾。她在「最下賤的女人」和「最高貴」、「最純潔的人」之間動搖。她的身體因交易而骯髒，還有感染梅毒的危險，但她的心靈是健康的、高貴的、純潔的，能夠將性和女人的身體經驗昇華到更高的層次。當遇見她的舊情人，那個背叛革命信仰，成了一個富有官僚的柳遇秋之後，她藐視並譴責他：「我現在是在賣身體，但是這比賣靈魂還要強幾萬倍。……你是將自己的靈魂賣了的人，算起來，你比我更不如

[14] 蔣光慈：《衝出雲圍的月亮》，第14頁。

呢。」[15]然而，這種身體比精神次要的等級規劃，恰恰貶低了女性價值的身體經驗，忘記女性身體也是精神的載體。當身體變得墮落時，精神、靈魂或意願也應該同樣負有責任。可是，依照作者的價值邏輯，王曼英的身體也許是有罪的、無序的、墮落的，但它在恰當的精神和意識形態的控制之下卻呈現為另一種質。但是，這種精神和意識形態是否恰當呢？王曼英色欲的身體真的能被純潔化嗎？真的能被昇華嗎？真的能夠完完整整地負載與傳達男性的革命想像與革命話語嗎？

其實，小說中的女性身體不是被動和沈默的。相反，它在色情的狂亂中分裂和混淆了男性所持有的信念、靈魂和精神。在小說敘述中，作者最初安排了身體對心靈的從屬，以及女性話語對男性精神和階級意識的從屬，而且試圖將女性身體純淨化，甚至試圖昇華到「崇高」的位置。然而，當女性身體被賦予頹廢、墮落、淫蕩等反叛特徵後，它游離出了作者的控制，游離出了革命意識形態的界限，不可避免地與革命理想相衝突與相對抗，拒絕被昇華到「崇高」的超驗高度，反而將革命的意義轉變為自我毀滅和虛無主義。小說中，王曼英懷疑自己得了梅毒，起初她是陷入絕望的，但隨後又決定將她有病的身體當作武器來反擊社會。「如果從前曼英不過利用著自己的肉體以侮弄人，那麼她現在便可以利用著自己的病向著社會進攻了。讓所有的男子們都受到她的傳染罷，橫豎把這世界弄毀壞了才算完了事！曼英既不姑息自己，便一切什麼都不應當姑息了」[16]。傳染性的性病導致王曼英以虛無主義的方式來理解革命，這也說明革命與無政府主義的界限在早期的普羅文學中是模糊的。梅毒成了反抗社會的工具，但它扭曲了革命話語的嚴肅性：革命在此被等同於女性肉體的細菌。巧合的是，破壞毀滅的傾向恰恰是現代革命的特徵；而且梅毒象徵著現代的疾病和所有墮落的起

[15] 蔣光慈：《衝出雲圍的月亮》，第87—88頁。

[16] 蔣光慈：《衝出雲圍的月亮》，第135頁。

點。然而，崇高的進步的革命理想與「低級」的、肉體的、感官的和危險的女人身體聯繫在一起後，被帶到了「昇華」的反面，直接指向腐爛、墮落和死亡。

最令左翼批評家困惑的恰恰是這種墮落、虛無和幻滅的無政府主義傾向。色情頹廢的女性身體所引起的不安像是一場揮之不去的噩夢，總是縈繞在革命的烏托邦和集體紀律之中。蔣光慈安排了一個幸福的結局：王曼英最後從一個妓女變成了一個無產階級勞動者，從一個虛無主義者變成了一個革命者，不僅身體，而且精神和靈魂都得到了純化。然而，促成她轉變的是愛與激情，而不是抽象的革命口號和革命的意識形態。王曼英說：「親愛的，我不但要洗淨了身體來見你，我並且要將自己的內心，角角落落，好好地翻造一下才來見你呢。所以我進了工廠，所以我……呵，你的話真是不錯的！群眾的奮鬥的生活，現在完全把我的身心改造了。哥哥，我現在可以愛你了」[17]。

左翼批評家比如華漢，不滿意蔣光慈對王曼英浪漫虛無主義和無政府主義行為的大量描寫，也不滿意小說沒有提供足夠的理由來說明為什麼女主人公會從一個進步妓女一下子轉變成一個共產主義者[18]。顯然，蔣光慈對王曼英混亂的性生活的描述大大壓倒對革命的敘述。這種不平衡的敘述，使讀者相信淫蕩、尋歡作樂與追求革命是殊途同歸，是相互呼應的。敘述者並沒有譴責王曼英淫亂的色情生活，卻為她的性行為合理化提供了充分的解釋。毫無疑問，這種處理方法反映了作者對浪漫主義與共產主義理想的雙重追求。正如夏濟安所言：「對他的讀者來說，顯然他（蔣光慈）有兩種東西要販賣：共產主義和感傷主義」[19]。蔣光慈既用浪漫來刺激革命激情，又用革命理想來點燃愛情。兩者的和諧以弔詭的方式傳達了革

[17] 同上，第151頁。

[18] 華漢：〈讀了馮憲章的批評以後〉，見《蔣光慈研究資料》，第349—353頁。

[19] 夏濟安：《黑暗的閘門：中國左翼文學運動研究》，第82頁。

命話語，借助於此，我們能察覺到當時混亂的現實，以及作者面對浪漫故事與集體紀律的矛盾衝突時所採取的曖昧態度。

茅盾，作為當時的另一個重要的左翼作家，雖然嚴厲地批評「革命加戀愛」的寫作公式，卻也描繪了一系列頹廢而革命的「新女性」形象，通過女性的陰柔氣質來定義革命。比較一下茅盾和蔣光慈，可以使革命文學語境下性與革命的複雜關係更加清晰地顯現出來，同時也能夠挑戰現有的性別研究，因為現在流行的一些性別研究往往過於依賴對男性作家籠統性的批評，即批評他們在描寫女性時所犯的「男性臆想」的毛病，但是這樣的批評往往會抹煞那些作為女性代言者的男性寫作。一個持女性主義觀點的讀者，也許能很容易就能斷定，茅盾和蔣光慈都利用女性身體來表達男性化的意識形態，然而，這一判定所遺漏的是，在文學表現的區域裡性別常常是流動的、不安定的。所以，我試圖探討在蔣光慈和茅盾不同的文學表現中，性別實際上呈現出不同的、複雜的面貌。男性作家對女性的「凝視」，常常被女性性本質中的游離性所騷擾與打斷，於是建構了蔣光慈與茅盾充滿矛盾與曖昧聲音的文本。我的目的並不是為了尋求一個男性語言之外的世界，而是希望能夠揭示，在特定的歷史文化語境下所形成的性別與政治之間的相互關係遠遠比我們想像的更為複雜。

茅盾於1919年發表了他的第一篇鼓動婦女解放的文章，並且在20年代繼續從事婦女研究，他的處女作小說也是關於女人或新女性的。在20年代初期，茅盾通過介紹西方女性主義理論，如夏洛特・吉爾曼（Charlotte Perkins Gilman），瑪利・沃爾斯通拉夫特（Mary Wollstonecraft）和艾倫・凱（Ellen Key），積極投身婦女運動。對他來說，婦女解放是社會解放的先聲，但它並不是要取代男人的權力。雖然茅盾堅決支持婦女運動，但對於婦女運動可能對男權社會產生的過激行為，他也表現出關注與憂慮。他對女性運動者的期許是這樣的：「希望他們現在盡力增高自己一邊的程度，放十二分精神去扶助無識的困苦的姊妹，不要白費精神來空爭」，以及「希望他們的活動不出於現實社會生活情形所能容許的範圍之外」[20]。從他矛盾的思想中，可以看出他仍然用男性話語小心地建構他的女性觀。

茅盾早期小說的策略，是將新女性公眾的、政治的、進步的生活與她們私人的、浪漫的、情欲的生活相互融合。這樣的設置，使他能夠排遣自己處於中國混亂的政治現實中所感受到的挫折感。出現在《蝕》、《野薔薇》（1929）和《虹》中的新女性形象，被認為比早些的作家所描述的女性形象更寬廣、更明確。在五四時期作家的作品中，女人幾乎只關注愛情，很少關心革命與國家的命運。茅盾所描寫的一系列突出的女性形象，如靜女士、慧女士、孫舞陽、章秋柳以及梅，都開始表現出革命對於新女性的正面影響與積極意義。對照五四文學中被描繪成舊社會的受難者或與舊社會決裂的女人，比如像衝出家庭但還未在社會上找到自己位置的子君和「娜拉們」，這些革命新女性已經在男權中心的社會中獲得了一定的權力和自主性。雖然深陷於男性的女性主義話語的矛盾中，茅盾所刻畫的一大批新女性還是為我們提供了一幅生動的婦女運動繁榮發展的圖畫。這是第一次在中國小說中，男性作家以明確的方式讚頌中國女性的性本質與性特徵。相對於傳統的被封建家長制束縛的女性形象，這些新女性性感的身體，特別是她們的豐乳酥胸成為那個時代的新標誌，象徵著進步與革命的權力。最典型的例子，如《動搖》中的孫舞陽、《追求》中的章秋柳、《虹》中的梅，都擁有不可抗拒的誘人的身體，她們渾圓的高聳的乳房，毫不畏懼地驕傲地挑戰著公眾的眼球。

對新女性性感身體的大量描寫，明顯地與茅盾所強調的客觀的、自然的現實主義敘述手法相關聯。這些新女性的性感身體似乎

[20] 茅盾：〈解放的婦女與婦女的解放〉，見《茅盾全集》卷14第69頁。

成了被男人全神凝視的對象。人們也許想知道，為什麼這些進步女性的身體一定得是誘人的？她們的性本質是伴隨著她們的政治認同而確定的嗎？這些被男人所凝視的充滿魅力的身體難道不是暗示著另一種物化女性的陷阱嗎？她們的身體和她們的政治責任難道不是僅僅反映出茅盾在革命的高潮和低谷中的焦慮嗎？周蕾在分析茅盾對女人乳房的迷戀時認為：「在『女性』作為自省的『思想』和『女性』作為性慾的『身體』之間存在著裂縫」[21]：

> 在中國文學語言發生最根本的改變，即小說寫作中插入了分析性的開放態度時，我們卻要面對另一個事實，那就是女性作為傳統和視覺上的物化對象這個角色，又返回歷史舞臺。儘管女性正經歷嶄新的「智力」發展，這個傳統角色依然魅力無窮。這種魅力，非理智所能言喻，也超越分析！假如不能在腦袋中「看到」或「感覺到」乳房，我們也就不能形成乳房的概念；於是，對現實的「知性」掌握，也就因感官感受而變得搖晃不定。[22]

確實，這些新女性的性感的身體再一次成為「傳統和視覺上的物化物件」，與真正的女性精神和主體性有一定距離。當茅盾描述頹廢的、興奮的、妖豔的孫舞陽和章秋柳時，他難以進入這兩個女人的內心世界。他一方面被這些新女性的性開放所吸引，但另一方面又不知道應該如何劃定一個範圍，使得這些女性的性本質獲得合法性；他一方面為自己所塑造的大膽的女性所著迷，但另一方面也被她們所驚嚇。可以說，茅盾似乎缺乏熱情或是勇氣去完全瞭解她們。

在《動搖》中，茅盾對頹廢而開放進步的女人孫舞陽的矛盾態度，被男主人公方羅蘭徘徊動搖的舉止透露出來。方羅蘭一直都

[21] 周蕾：《婦女與中國現代性》，第107頁。

[22] 周蕾：《婦女與中國現代性》，第107頁。

在徘徊，在舊與新、保守與進步的勢力中徘徊。雖然方羅蘭聽到一些關於孫舞陽亂交的傳言，甚至在她的房間裡看到了避孕藥，他依然回避這些事實，依然將孫舞陽看作是那種有著「潔白高超的靈魂」[23]的人。通過男性對新女性的高貴靈魂的幻想，他試圖掩蓋一個事實：他不能抵制孫舞陽妖媚迷人的身體的誘惑——她纖細的腰、豐滿而圓潤的乳房和甜美的笑容。換句話說，是孫舞陽妖媚的身體而不是她反傳統的精神吸引著他。在孫舞陽向他袒露自己僅僅是玩弄男人而從不愛他們的人生哲學之後[24]，他被這個美麗女人的「內心世界」嚇壞了。茅盾寫道：「（方羅蘭）心中異常擾亂，一會兒想轉身逃走，一會兒想直前擁抱這可愛又可怕的女子」。[25]這段引文非常清晰地反映了茅盾在許多作品中所顯示的對新女性的矛盾態度。他似乎過分美化女人的乳房、腰、臂和腿——相當多的身體元素進入他對可愛又可怕的女性他者的塑造中，對於男權父權的傳統，對於進步的男作家，這些新女性恰恰是「他者」。令茅盾感到困惑的是應該如何定義這些新女性。在孫舞陽充滿毀滅性的力量面前，方羅蘭顯得有點性無能，所以他選擇在永恆動搖的狀態中尋找自相矛盾的穩定性。

對《追求》中的新女性章秋柳的塑造，也體現出茅盾對女性解放和超越男權中心世界願望的幻想和恐懼。在那些因為革命失敗而變得消沉的同志們中間，章秋柳如同一個勇敢的戰士那樣挺身而出，她的性能量顛覆了傳統女性的被動性。然而，在她從前的愛人曼青的眼中，她什麼也不是，只是一個「怪人」，不但歇斯底里而且享樂至上，唯我獨尊。[26]他最終選擇了一個平凡的女人做妻子。在曼青的選擇中暗含的是茅盾對性獨立的女人的恐懼，她們有強烈的意願想要超越傳統邊界。在現實生活中，茅盾同樣也選擇了他傳

[23] 茅盾：《蝕》，第177頁。
[24] 茅盾：《蝕》，第219頁。
[25] 同上。
[26] 茅盾：《蝕》，北京：人民文學出版社，1954，第338頁。

統的妻子孔德芷，而最終放棄了他的情人秦德君。跟小說中的新女性形象非常相似，秦德君也是一個典型的性開放的革命新女性，大革命失敗後，她陪伴茅盾去了日本，兩人同居了一年多，而在這之前，秦德君與許多男人都有過愛情故事。[27]

然而，不像蔣光慈只是看到新女性浪漫革命的一面，茅盾在《追求》中還看到新女性的生存困境和人性困境。即使是以一種非常有限的方式，他仍然力圖呈現女性豐富的內心世界，並提出了許多嚴肅的現實問題來對女性本質重新定義：當一個新女性因為高尚的原因而淪為娼妓時，革命與頹廢的界限在哪里？當新女性的身體充滿了破壞性和顛覆性的力量，這對男性社會意味著什麼？在《追求》中，三個女性形象——章秋柳、王詩陶和趙赤珠——在渴望光明未來的同時卻過著一種頹廢的生活。在遭遇了大革命失敗的絕望之後，趙赤珠和王詩陶都因現實的原因而淪落成妓女：王詩陶需要扶養犧牲了的丈夫留下來的孩子；趙赤珠必須養活自己和丈夫。小說中有一段關於章秋柳和王詩陶之間的長談，探討到賣淫對於新女性意味著什麼的問題。在長談中，她們對新的女性意識有著不同的意見。章秋柳相信，新女性的賣淫可以顛覆男性玩弄女性的傳統，她對自己的身體十分自信，認為借助於賣淫，女人可以報復男性，而且如果是為了正當的原因，她們不需要對賣淫感到羞恥。王詩陶則缺乏章秋柳的浪漫精神，她看到的是女人所必須面對的現實：懷孕、生產、撫養孩子、為生存而出賣身體。王詩陶最終也淪落成了妓女，但不是出於報復男性的原因，也沒有任何崇高的「革命」目的，僅僅是因為她需要錢來撫養自己的孩子。通過章秋柳和王詩陶的爭論，茅盾有意識地揭示新女性本質的複雜性：即使在相同的革命陣營中，女性對性的認同仍然是有差異的。小說的結局說明，茅盾看到了新女性所必須面對的艱難生活：她們性感的身體並不是萬

[27] 沈衛威：《茅盾傳：艱辛的人生》，臺北：業強出版社，1991，第103—134頁。

能的，更不能成為純粹的無感覺的革命工具，女性必須承擔她們使用自己身體的後果。在小說的結尾，章秋柳以自己的身體為工具，試圖挽救自我毀棄的朋友史循，但最終失敗，不幸染上了梅毒。

不像茅盾在處理這些事件時會考察女性困惑的心理，蔣光慈僅僅沉溺于將女人性感的身體作為革命的武器時的浪漫想像。蔣光慈並不追問他的主人公們的心理，只是關注王曼英的階級意識。雖然相對於激進左派，王曼英還存在著根深蒂固的「小資產階級」意識，但蔣光慈仍然小心謹慎地安排她與來自敵對階級的男人們睡覺，用以實現她的革命目標。此外，隨著故事的演進，他讓王曼英經歷了一個從個人主義者到無產階級集體主義者的戲劇性轉變。通過她的新戀人，一個工人運動的領導者，共產黨員李尚志，王曼英性感的身體成功地被導向一個高尚的目標——無產階級革命。她的身體，曾被懷疑從男人那兒感染上了梅毒，此時也突然變得純潔化了。所以，在蔣光慈的小說中，女性的性本質和欲望完全被革命話語所劫持：新女性的性本質與政治目標緊緊相連，這使她沒有任何時間空間像一個平凡女人那樣去思考，去感覺。

雖然蔣光慈從未因革命的集體主義目的而完全犧牲個人的愛情和願望，但他的確打算將西方化的女性氣質昇華為無產階級性質的。與此不同，在茅盾的小說中，這些新女性的女性意識要複雜得多，在階級意識的範圍內並不容易被理解。茅盾沒有在階級意識的遮掩下隱藏女性的性本質，他的小說散發著一股頹廢的充滿情欲的氣味，與新女性的進步意識和重新定義女性的意識息息相關。茅盾似乎不急於把新女性的毀滅性和顛覆性力量直接昇華到革命的「崇高」地位，而是讓他的女主角不停地在無法言說的欲望之海中飄蕩，在破碎的生活中沉浮，在放縱的欲望、裝飾品和愛情之中穿梭。例如，孫舞陽就拒絕跟任何一個男人過固定的生活，她強烈的欲望和放蕩的性行為遠遠超過了她作為女革命者的角色；章秋柳從未經歷過一個所謂心靈的淨化過程，也沒有認同理性的政治策略，而是墜入了欲望的騷亂與性病的恥辱的陷阱中；即使在茅盾的長篇小說《虹》中，雖然女主人公梅最終找到了她的政治認同——共產主義革命，逐漸接受了意識形態的啟蒙，然而她對精神超驗的嚮往還是與她對肉體歡愉的渴望相衝突，還是沒有忘記自己是一個一個充滿欲望的新女性。所以，在茅盾關於新女性性別意識的描述中，沒有最後的定論，沒有完全昇華到崇高的美學層面：新女性的性本質和女性意識最終還是不能輕易地被革命同志兄弟般的情誼所置換。

茅盾沒有簡單地將新女性本質提升到崇高的革命意識的高度，並非由於他認同小資產階級意識，一如創造社和太陽社所指責的那樣，也並非他的女性主義意識已經超越了男權話語的表達形式，而是因為他一直主張要客觀地表現現實，而當時具有複雜的心理狀態的新女性正是現實的生命景觀。所以說，使他沉迷於揭示新女性性別認同的是他的現實主義需求，這與蔣光慈誇張的想像不同。當然，茅盾也承認，他的小說《蝕》僅僅描繪了一個沒有為即將到來的無產階級革命做好準備的小資產階級的「負面教材」。[28]然而，他對大革命失敗後的客觀描寫，為性與政治的爭論留下了記錄。在他的辯證思索中，新女性對性歡愉的渴望與她們對革命意識的嚮往存在一定的落差，這個落差使他的寫作出現不和諧的聲音。當他通過新女性的心理和觀念的成長來描繪社會和政治事件時，他的政治觀念和文學理念也出現了不協調。雖然他在性革命與政治革命之間假定了因果關係，但他小說中的女人並不是簡單的革命工具，也許，對他來說，害怕女性的解放欲望是正確的，因為女性難以被控制的欲望已經將他的敘述拖入了頹廢和黑暗的陷阱中。所以，當我們回頭看在那個特定的歷史年代，政治如何與性本質以及性別糾結在一起時，我們應當記住它們的關係是多變的。茅盾和蔣光慈的例

[28] 茅盾：《從牯嶺到東京》，見《革命文學論爭資料選編》，第683—695頁。

子已經證明，將性別與政治革命並置起來的文學描述可以展現出多種不同的表達方式。

總的來說，在「革命加戀愛」的公式中，新女性的身體作為現代化和革命激情的標誌，扮演著特殊的角色。左翼作家對新女性形象的描寫並沒有拋棄個體認同與主體精神。作為革命實踐的產物，新女性的身體在巨大的男性話語中，被設計成從個體位置向革命群體轉變的比喻。然而，蔣光慈和茅盾對女性身體的表現，說明當時的左翼作家仍然在私人空間和公共空間、個人認同與集體認同之間動搖與徘徊。從性別政治的角度來看，當左翼作家將女性身體與政治聯繫在一起時，雖然新女性的身體常常被用來傳達政治的含義，但是她們性感身體的曖昧性最終超越了她們被限定的邊界，與陽剛的革命話語展開了對話。

## 洪靈菲：哭泣、頹廢、徘徊的青年

正如我們已經看到的，在20世紀30年代，小說中的愛與性、主體性與個人主義的傳統經歷了一個歷史轉變的重要過程。當討論到西方文學對中國浪漫主義的影響時，李歐梵指出了兩種意向：少年維特型（消極——多愁善感的）和普羅米修士型（生機勃勃－英雄的）。至於分別被其俘獲的特定的時代對象，前者可以以早期創造社為代表，他們的典型形象是「往往消極而順從，有獨特的女子似的性格」[29]，後者的代表則是革命文學期的創造社，還有太陽社，他們理想的英雄的最終願望是「把自己的性格加諸於世界，引導世界——甚至創造世界」[30]。人們或許想知道，早期創造社的成員都崇尚消極感傷的寫作風格，後來是怎樣戲劇化地轉變成熱烈而



[29] 李歐梵：《中國現代作家的浪漫一代》，第280頁。

[30] 李歐梵：《中國現代作家的浪漫一代》，第280頁。

高昂的對革命和愛情的表達方式？消極的感傷和積極的英雄主義之間的內在聯繫到底是什麼？

從表面上看，「革命加戀愛」的寫作傾向於陽剛的普羅米修士型的美學模式。然而，這並不意味著少年維特型的美學模式在這一歷史階段完全消失了。事實上，維特型和普羅米修士型在「革命加戀愛」的公式中是並存的，是彼此補充與相互界定的。這兩種寫作風格——消極的感傷和積極的激情——的並置與相互作用，代表了文學發展過程中的一個富有意味的時期。眾多的對左翼文學的研究，總是忽視或者貶低消極感傷的維特型，而抬高積極的普羅米修士型。如果討論到維特型的寫作風格，也只是把它當作是否定的物件，當作反面的教材，以映襯出陽剛的暴力的革命英雄主義的魅力。瞭解感傷主義被貶值的原因，能夠幫助我們理解為什麼某些特定的價值會被長期埋葬在歷史的塵埃裡。由於消極的感傷主義不能刺激大眾的革命熱情，革命者總是將它看作是不健康的，是要被革命的理由所征服或放棄的。然而，值得注意的是，仍有許多消極的感傷主義描寫存在於左翼作家關於政治運動或暴力革命的書寫中。

許多「革命加戀愛」公式的左翼書寫，大多涉及青少年的成長主題，其中包含著大量的由消極情感向積極情感轉變的描寫。根據弗蘭克・莫瑞替（Franco Moretti）的說法：「青年被新世紀『選擇』為『特殊的物質標誌』，它從其他眾多的可能的標誌中被選擇出來，因為它能夠強調現代性的動盪和穩固性。青年，也就是說是現代性的『本質』，是世界尋求其未來意義而非過往意義的標誌」。[31]在五四時代的文學革命中，對青年的描述集中於作為個體人的意識的覺醒，以此來對抗壓制個性存在的封建主義。但是，中國知識份子對西方人道主義和個人主義的譯介、引進和同化，總是立足於現代中國更為廣闊的民族和社會背景。作為對傳統的反叛，

[31] 莫瑞替（Franco Moretti）：《世界的方式：歐洲文化中的教育小說》（The Way of the World: The Bildungsroman in European Culture），倫敦：Verso，1987，第5頁。

「個人」的存在也同時容納了消極性。[32]也就是說，對個人主義的強調與對自我位置的懷疑緊密相連。郁達夫的《沉淪》（1921）所描述的消極的感傷主義，以及早期創造社的一些小說，都反映出彷徨的青年們的思想狀態，他們掙扎在對不完全的自我和衰弱的民族的絕望之中。當左翼作家轉向馬克思主義之後，他們試圖將自己從邊緣的彷徨的個人轉變成佔據時代中心的無產階級分子，於是，尋求強有力的男性認同的願望，不可避免地出現在「革命加戀愛」的寫作公式中。換句話說，革命重新定義了理想的男性氣質：在革命的激流中，強壯、陽剛、有力量的男性才能建構普羅文學的男性主體性。然而，正是在這個歷史轉折時期，愛哭泣的、女性化的、頹廢的、彷徨的青年仍然沉溺於眼淚、酒精和情欲中，而這些消極纏綿、為革命所不屑的感傷行為反過來糾纏與干擾剛剛崛起的陽剛的革命話語。顯然，在這一轉變的過程中，當「有問題的」革命青年在個人與國家、愛情與革命、理想和現實之間痛苦而反復地掙扎與徘徊時，他們同時也在焦慮地重新定義男性的性本質。

洪靈菲早期的小說《前線》、《轉變》和《流亡》中都有這種年輕的、生機勃勃的，充滿野心卻模棱兩可的男主人公。這三部小說中的相似之處，就是作者主要描寫大革命背景下的年輕主人公矛盾的內心世界。正如弗蘭克・莫瑞替討論到19世紀歐洲教育小說時所說的：「（男主角的）永不停歇的模糊性使他自然地代表了一個時代，在那個時代，存在狀態真正地變成了《小說理論》所說的『有問題的』。在這裡，他的興趣與理想衝突，他嚮往那種帶有幸福渴望的自由，嚮往那種具有詞語最高意義的『職業』的愛情（如盧卡契在他研究福斯特〔Faust〕的論文中所寫到的）。一切都被切割成兩份，每一份的價值都與有著相同重要性的另一份價值相

[32] 見汪暉在「五四的概念」中的討論，《無地彷徨》，杭州：浙江文藝出版社，1994，第33頁。

對抗」。[33]儘管洪靈菲的主角們都有政治追求，但他們全都是些模稜兩可的形象，他們的不成熟造成了他們的問題。洪靈菲並沒有一味地對「革命烏托邦」歌功頌德，倒是更為關注人的主體困境。敘述的重心也是困境的表現，而不是解決困境的辦法。也許正因為如此，洪靈菲的寫作風格與郁達夫的風格非常相似，充滿了大量對性本能、男人的主體性、自我意識以及潛意識的心理描述。早期洪靈菲被郁達夫賞識並引入文壇，不過後來他試圖革新郁達夫感傷的寫作風格，將男人的力比多能量轉向革命。[34]

洪靈菲1924年加入中國共產黨，1927年大革命失敗後為了躲避國民黨的追捕而流亡香港和新加坡。1928年回到上海後組織了「我們社」，連同他的左翼朋友林伯修、戴平萬一起創辦了《我們月刊》。1930年他加入了中國左翼作家聯盟，成為七個常任理事之一。洪靈菲是一名真正的共產黨員，1933年被國民黨殺害，他的作品代表了早期的普羅文學實踐，帶有鮮明的「革命加戀愛」公式的寫作特色。然而，比起蔣光慈旨在區別於五四一代的作品，洪靈菲的作品更多地繼承了五四文學的遺產，並且更為關注他的主人公們的內心世界。

洪靈菲《轉變》中的青年基本上都被置於與封建家長制的矛盾衝突中，這是20世紀20年代文學革命中的普遍主題。故事圍繞著主人公李初燕所遇到的問題展開。他起初愛上了他的嫂子秦雪英，隨後又愛上了另一個女學生張麗雲，可是卻在他父親的強制下娶了一個陌生的女人。在小說的結尾，李初燕最終擺脫了悲觀主義的深淵，參加了革命運動。除了充滿生機和光明的革命結局，洪靈菲的《轉變》與五四文學中的尋求個人解放與婚姻自由的主題極為相似。受迫害的年輕人與邪惡的家長制相衝突，傳統的包辦婚姻與現

33 莫瑞替：《世界的方式：歐洲文化中的教育小說》，第76頁。

34 見楊義：《中國現代小說史》，北京：人民文學出版社，1993，卷2，第87—94頁。也見吳福輝：〈用時代之火點燃生命的文學——讀洪靈菲的流亡〉，載《十月》，1984年第2期，第242—247頁。

代愛情相衝突，以此來象徵歷史的發展和個人主義的崛起。但是，值得重視的是，在父子衝突的過程中，代表著「新生的、年輕的、浪漫的、背叛的、破壞性的」青年一代的主人公李初燕被設計成一個重感情的、具有女性氣質的、愛哭泣的英雄。敘述者將他描述成一個柔弱的雌化的男人：

> 李初燕不知道在那個時候，變成一個多感善哭的孩子。他時常給他父親痛罵，當前不敢則聲，背後總是偷偷地抽咽，一抽咽就是好幾個鐘頭；或者更在被窩裡灑了通宵的眼淚。因此，他在他的父親面前總是嚇得變成一個呆子，由他的父親擺佈……
>
> 他的眼淚把枕頭濕透了，但他不敢做聲。他把他的手，緊緊地按在他的胸上。他鼻孔裡只是酸了一陣，辣了一陣。……月亮淒寒得怕人，她的臉一點兒血色都沒有，白得像銀一樣。她高高的站在天宇上，俯視萬戶千門，把她輕紗一般的銀光灑遍大地。李初燕像幽魂一般的，在這月光下踱來踱去。他的胸上像火一樣的在燃燒著。他只是覺得憤恨，但不知恨誰？恨世界？恨宇宙？恨人生？恨他的父親？恨他自己？恨他的嫂嫂？都不是！然而他恨！
>
> 已是夜深時候了，村裡的人們都已熟睡。他越哭越傷心，終於獨自一個人逃到村外去。在哪兒，林木蔥鬱，鬼火溜著，荒墳橫躺著。他放聲大哭，覺得他是天地間最孤獨、最不幸的一個人！
>
> ……
>
> 她自認識李初燕第一日起截至現在，他們住在一處的時間，約莫是三個月的光景。（除開別離時間不說。）這三個月中，她幾乎沒有一天看見他沒有哭過。她是個農家女，她所看見的男人，都是一些粗健魯莽的農夫，一生也未曾滴過

一點眼淚的農夫；像他這樣好哭的男人，實在把她嚇呆了。她時常想勸慰他，向他說一些在她鄉里間所看到的舊戲，或者從鄰家唱曲時所聽到的一些故事給他聽。他聽到那些愚蠢的，迷信的，俗不可耐的舊戲和故事時，反而更加大聲的哭起來。後來，她終於發覺她自己的不擅於詞令了，便用著簡單的言語說：

「不要哭呀！不要哭呀！……啊！你為什麼哭呢？你為什麼哭呢？……啊！啊！不要哭呀！不要哭呀！……」

有時，她更帶惱帶笑向他說：

「咦！你比我們女人還好哭哩！」[35]

這是個令人驚訝的革命英雄，他可以哭泣得如此頻繁，可以哭泣得像個女人。哭泣的英雄形象直接源自清代的小說，如魏子安的《花月痕》（1872），徐枕亞的《玉梨魂》，滿篇是感傷的四處橫溢的淚水。這些元素在其他小說中得到了回應，如劉鶚的《老殘遊記》，吳趼人的《吳趼人哭》（1902）。在王德威對晚清小說的研究中，他指出晚清文學和文學批評中理性與濫情的對話關係。從他的觀點來看，「對主題，晚清作家不是頌揚就是唾棄，不是誇大就是瑣屑化，他們無法克制逾越體制的衝動，畫蛇添足卻還樂此不疲」，所以，濫情賦予晚清的作品奇特的可能性。[36]洪靈菲與郁達夫──感傷主義和主觀浪漫主義的代表人──極其相似，兩人都繼承了維特式的誇張的自我憐憫。有趣的是，哭泣英雄的形象也受到其他一些左翼作家的偏愛，如戴平萬、孟超和葉永蓁。在嚴酷的政治語境中，這種比女人還頻繁還動情地哭泣的英雄，給理性的意識形態帶來了不協調的聲音，哭泣的女性化的姿態和自我折磨的沉溺與暴力的革命運動完全不相宜。

[35] 洪靈菲：《轉變》，上海：亞東圖書館，1928，第11，45，174—175頁。

[36] 王德威：《被壓抑的現代性──晚清小說新論》，第33頁。

沒有能力解決情感和理智之間的矛盾，洪靈菲哭泣的英雄陷入了困境。在父與子，舊式婚姻與新式浪漫、傳統與進步的衝突中，李初燕不能鼓起勇氣與他的父親及其所代表的家長制對抗，只能哭泣、悲傷、在新與舊之間動搖。他從未完全與他的家庭決裂，因為傳統已經深深地根植於他的身體和血液。具有諷刺意味的是，哭泣英雄的形象竟然宣稱要打碎所有舊時代的枷鎖，認為自己比五四一代更加進步更加革命。小說中，李初燕被理想和現實冷酷地撕裂，在隱喻的意義上變成一個現代的分裂人。他沉溺於頹廢的生活空有宣言，卻沒有勇敢的行動：

從那個時候起，他便害起神經衰弱症起來了。他差不多天天都是恣意哭泣。他覺得家庭對待他尚且如此刻薄，將來到社會去所受的待遇一定愈加慘酷。所以，他對於「人生」便根本上起了懷疑。他覺得做人真是沒有什麼意義啊。有時，他亦想振作一番，去和萬惡的舊社會，舊制度作戰，但他的毀滅的傾向實在是太厲害了，他更提不起作戰的興趣來。他極端的羨慕死，但他所羨慕的死，是一種Easeful Death；而不是一種劇烈橫暴的死；因此，他便決心實行他的緩性自殺了……

他每一想起她時，便更加使他悲痛，更加使他決意沉淪。他在命運之前，只是戰慄著，不能夠把它改造。他不能因愛她而把她攬在懷裡，做出惡魔般的行為來。但他也決不是一個清教徒，他決不能夠忘記了她；因此他便進退兩難，走投無路了。在這種走投無路的環境中，他想尋出一條出路來，那便是酒的沉湎，和死的擁抱了[37]。

自五四時期至30年代的眾多小說，革命背景中頹廢的青年形象比比皆是。這樣的人物原型，不僅常常出現在「文學革命」時期的小說中，如郁達夫的《沉淪》，也常常出現在「革命文學」



[37] 洪靈菲：《轉變》，第75、79頁。

時期的「革命加戀愛」的作品中，如洪靈菲的其他小說《前線》和《流亡》，戴平萬的《前夜》，葉永蓁的《小小十年》，以及華漢的《地泉》等。酒吧或妓院，成了這些頹廢而進步的青年最常光顧的場所。在這些地方，極端的感情能夠自由表達，性可以被直截了當地描繪。出入於這樣極端的環境中，這個哭泣的青年形象緊密地與淚水、酒精和性體驗相聯繫。許多批評家將革命文學中的這種四處蔓延的頹廢空氣和消極感傷歸因於1927年大革命的失敗，忽視在政治原因下潛伏著的關於追問個體存在意義的複雜問題。為了找出這些問題的答案，我們必須將這個青年的原型與現代意識聯繫起來。頹廢其實屬於現代美學的範疇，是現代性的另一面，對立於「進步」與發展的一面。頹廢英雄總是有一種自我間離的反抗姿態，包括反抗資產階級文化觀。但是頹廢英雄出現在左翼文學中，對於正統的馬克思主義批評家來說，總是一件頭疼的事。因為哭泣、沮喪、女性化的男主角不容易被導向革命政治，相反，他代表了一個個人的自我纏繞的內心世界，一種深刻而真實的現代危機意識，以及在惡化中突然出現的渴望烏托邦的秘密力量。即使一些作家試圖將諸如民族主義或者革命政治理想強加於這類人物的行為中，這些哭泣青年色情而頹廢的表現也直接與他們的政治意願相抵觸。

許多左翼作家都竭力排斥資產階級個體的頹廢生活，強調由無產階級集體帶來的革命的幸福結局。當敘述人將英雄描述成一個頹廢個體，小說就會像「成長小說」（Bildungsroman）那樣被建構。[38]他是「有問題的，因為個體行為所發生的世界變得不可預料，被剝奪了超驗的意義」。[39]但是，當英雄被「積極」的意義所

[38] 根據盧卡契（Lukacs）的說法，這是「問題個人」的傳記，盧卡契（Georg Lukacs）：《小說理論》（The Theory of Novel），布斯托克（Anna Bostock）譯，麻省理工學院出版社，1973，第97頁。

[39] 蘇依曼（Susan Suieiman）：《專制的小說：作為文學類型的意識形態小說》（Authoritarian Fiction：The Ideological Novel as a Literary Genre），紐約：哥倫比亞

喚醒，並從消極性轉向革命行動之後，「革命加戀愛」公式就從成長小說轉變為主題小說（roman à thèse），它將個性簡化並且使之不成問題。現代的、墮落的、不可救藥的問題人物突然徹底地消失了，個人僅僅作為集體的一部分而存在，並且服務於邏輯論證式的說教式的政治目標。許多「革命加戀愛」的左翼作品沿用相同的方法——將成長小說與主題小說並置——為了宣傳的作用。將這兩種小說形式組合起來，看似簡單，其實並不簡單。正如莫瑞替所言：「當我們想起成長小說——一種比其他形式更能有效地描繪和促進現代社會的象徵形式——同時也是一種最為矛盾的現代象徵形式時，我們意識到，這個社會化的世界本身最初就是由內心矛盾所構成的」。[40]所以並不奇怪，成長小說中的矛盾、混雜和妥協的本質使「革命加戀愛」的作品中的說教內容變得不穩定，使主題小說變成一個不純粹而自相矛盾的類型。

洪靈菲的《前線》也是一部將成長小說與主題小說混雜的作品。由於作者所描述的革命與頹廢不可分割，這部小說的矛盾性與問題便是不可避免的。在小說的開始，我們被告知男主角霍之遠已經參加了革命。就像那時候的許多進步青年，「他本來很浪漫、很頹廢，是一個死的極端羨慕者」。但是「近來他也幹起革命來，不過他對於革命的見解很特別：他要把革命去消除他的悲哀，正如他把酒和女人、文藝去消除他的悲哀一樣」。[41]將革命看作類似美酒、女人和文藝可帶來的快樂的東西，使英雄參加革命的崇高目標變得可疑。這種功利主義的「現實原則」，其實是「快樂原則」：以革命的名義保障與捍衛個體的舒適與快樂。

按照佛洛德的說法，現實原則「不能放棄最終獲得歡愉的意願，但它要求並且實行對滿意的拖延，放棄大量獲得滿意的可能

大學出版社，1983。

[40] 莫瑞替：《世界的方式：歐洲文化中的教育小說》，第10頁。

[41] 洪靈菲：《前線》，上海：上海泰東圖書局，1928，第2頁。

性，暫時忍受不快樂，以此作為邁向長遠的通往歡愉的曲折之路的一步」。[42]霍之遠在革命事業中所扮演的「現實原則」的角色，不僅不是「快樂原則」的對立面，反而是「快樂原則」的輔助品。在洪靈菲對「革命加戀愛」的描述中，勝利從來都不是完整而安全的，快樂原則被當作「一種很難『教育』的被性本能所雇用的方式」，成功地「戰勝了現實原則」。[43]我們的英雄並沒有為了延遲、遏制或確保共產主義烏托邦的快樂而學會忍受暫時的痛苦，學會放棄不確定的毀滅性的快樂。有趣的是，他們反而總是表現出對快樂原則過於留戀，最終深陷於無目標的色慾激情中。

《前線》中的故事把性本質和革命理想融合在一起，以此來協調快樂與革命紀律、承認與否認、認同與焦慮之間的矛盾。頹廢英雄霍之遠跟他的情人林妙嬋同居後，戲劇性地變成了一個革命者。在紀念愛情照片背後，他們寫道：「為革命而戀愛，不以戀愛犧牲革命！革命的意義在謀人類的解放；戀愛的意義在求兩性的諧和。兩者都一樣有不死的真價」。[44]在愛情與革命的和聲中，革命的組織紀律被拋之腦後。然而，英雄很快由於他與林妙嬋的關係而被黨領導批評，因為林妙嬋並沒有做出加入黨組織的保證。受到領導批評而感到痛苦之後，霍之遠最終找到了解決辦法，說服林妙嬋為了愛情而與他的政治信仰融為一體。其間，他也被幾個富有魅力的女革命者所吸引，捲入了愛情糾葛的迷宮。在小說的結尾，這個令人眼花繚亂的「革命加戀愛」的遊戲在蔣介石屠殺共產黨的結局中結束。整部小說混合了由性快樂所引發的逐步升級的焦慮與革命熱情，讓人感到頗為困惑。可以說，它是消極感傷與積極熱情的並置。實際上，小說給讀者帶來的困惑反映了作者所處的年代，當時對革命的理解相當膚淺，革命者夾雜著太多幻想與奇想。

[42] 佛洛德：《快樂原則之外》（Beyond the Pleasure Principle），斯塔內（James Strachey）編譯，紐約：W. W. Norton，1961，第7頁。

[43] 佛洛德：《快樂原則之外》，第7頁。

[44] 洪靈菲：《前線》，第101頁。

雖然霍之遠將革命與戀愛之間的關係看作是和諧的，他的同志們卻無情地告訴他，愛情已經變成了他繼續革命的障礙。於是，他經歷了主體分裂的內心鬥爭。紀律和革命的理性也許可以被暫時擱置一邊，但它們不可能消失，相反，它們不斷地支配或干預個人對愛與性的處理。為了履行他對烏托邦理想和完美的性愛的雙重承諾，霍之遠倉促地奔波於革命工作與浪漫愛情之間。敘述首先從現實中「大我」與「小我」之間的殘酷分歧展開，「大我」意味著必須獻身於集體，「小我」則指自由地沉湎於愛欲的個體，當然這個分裂是公共空間與私人空間相互衝突的主要結果。霍之遠被他的同志們說服不要陷入與林妙嬋的情感糾葛中，因為她是否能與革命融為一體仍然是含混不清的。可是，敘述者又總是處於自相矛盾的狀態：在充滿性衝動的描寫中，讀者彷彿覺得主人公並沒有必要只是選擇遵守革命紀律。於是，霍之遠的內心世界充塞著各種矛盾對立：公共空間與私人空間，革命與情欲，似乎永遠處於不穩定的摩擦狀態。

後來，被描述成花花公子的主人公不但成功地維繫了與林妙嬋的愛情，而且吸引了許多性感的女革命者。在革命工作的名義下，霍之遠和許多有魅力的現代女性過著放蕩的生活。敘述人不斷地提醒讀者霍之遠是獻身革命的，但敘述語言又充滿著性幻想。這樣過度的情愛描述不可避免地將崇高的革命帶入物質性的、肉體的、感官存在的陷阱中。例如，當霍之遠與他的一個革命同事褚女士談話時，敘述者揭示了他的性幻想：「哎喲，我如果能夠倒在她的懷裡躺一忽，是多麼舒適啊！我的頭便靠著她的心窩，我的額和整個的臉部便都藏在她的盈握的一雙乳峰之下，我的手便攬住她的腰，我的身體便全部都掛在她的大腿上。啊！要這樣能夠讓我躺一會兒啊！……」[45]

[45] 洪靈菲：《前線》，第201頁。

王德威曾指出，左翼作品中的「花花公子的風格或行為」（dandyism）值得特別的關注，因為它是「背叛與自我背叛的藝術」。就像敘述中的流行病，花花公子的風格總是很容易「使人物的意識形態和心理定位變得混亂，模糊了有藉口的調情與承擔的義務之間的界限，以及時尚和責任之間的界限」[46]。甚至連霍之遠的愛人林妙嬋在嫉妒之餘，也感到很困惑，禁不住批評道：「革命！什麼是革命！你們不過是掛著革命的招牌，在鬧你們的戀愛罷了！……革命，時髦得很，我也跟著你們幹起革命的勾當來了！」[47]敘述者對英雄的主體性和內心世界的持續的關注，將革命轉換為個人的浪漫事件，充滿了個人的性幻想和性幻滅、性本能和種種令人困惑的想法。崇高而莊重的革命事業被這個富於想像力的花花公子演繹成一出鬧劇，混雜著愛情遊戲和他對馬克思主義幼稚的理解。實際上，他的行為在文本的意義上模糊了革命與頹廢之間的邊界。但是，對這個英雄的塑造遠遠超出了文本的意義，從他的身上，我們可以間接地感受到左翼知識份子所處的社會政治語境：他們深深陷入現代自我與革命理想的兩難困境。在這些作家的眼中，最完滿的可能實現的自我是最大限度的革命熱情與浪漫激情的雙重獲得，這種雙重收穫既分裂也滿足了內在的自我。

《流亡》的主人公沈之菲，被作者洪靈菲描繪成一個在1927年大革命失敗後四處流浪的共產黨員。如果《轉變》的李初燕代表的是革命前有著女性氣質的憂鬱進步青年；《前線》的霍之遠代表的是革命中即感性又理性的革命青年；那麼在《流亡》中尋求自我和革命意義的沈之菲則代表整個革命進程中進步青年的經歷，在外部現實與個人內心方面都作了苦苦摸索與掙扎。沈之菲的流亡提供給敘述者一種反觀與反省現實和理想的形式。像郁達夫一樣，洪靈菲雖然以第三人稱敘述，但他密切地關注個人的主體聲音。這種形

[46] 王德威：《二十世紀中國小說的現實主義：茅盾、老舍、沈從文》，第92頁。

[47] 洪靈菲：《前線》，第177，179頁。

式增強了敘述者和主人公、人與自然、人與其自身的聯繫，它明顯地有別於那些帶有權威聲音的革命小說，為讀者展示的是大革命背景下的孤獨的個體。這種重視私人空間的敘述形式將英雄置於一種聽天由命的孤獨中，突出表現革命的浪漫理想與血腥現實之間的不協調。

雖然沈之菲因政治原因而流亡，但他的旅程也包含著自我放逐的因素。正如在西方浪漫主義的傳統中，為了給英雄的個人夢想提供發揮的空間，作者有意地將他從社會中孤立出來，從家庭和故鄉中流放，讓英雄變成了一個沒有庇護所的無根之人，一個生活在理想中卻流浪於現實的多餘人。他不再是任何事物的重要組成部分，在他的故鄉、社會或現代世界的任何地方都找不到精神家園。流亡的主題於是將小說的敘述重心從群眾運動轉向個人內心，從集體英雄主義轉向孤獨的個體，從政治啟蒙轉向個人覺醒，從拯救大眾轉到個人自救。有時，主人公悄無聲息地回到他的家或者故鄉，但是他還是沒有回家的感覺，即使在自己的家裡，愛情與正統的家族制度之間、社會現實與他的烏托邦理想之間的固有矛盾仍然壓抑著他的主體性。正如主人公沈之菲的情人，曾跟隨他流亡的黃曼曼在信中所言：「家于我何有？國于我何有？社會于我何有？我所愛的唯有革命和我的哥哥！」[48]沈之菲不能在家園和社會中找到自我，只能在無盡的、艱難的、曲折的放逐之路上彷徨，只能在浪漫的愛情中暫時地找到一個「家」。他一半立足於流亡的現實，一半立足於浪漫化的夢想，在這二者之間，革命與愛情似乎組成了和諧的存在。這種和諧使他的個性充滿活力，激發他從事艱苦的鬥爭與危險的事業，激發他追尋自我最根本的需要，並將革命的意義轉變成個人的感受。實際上，流亡文學自身建構了一個流動的話語，借助於此，流亡可以與堅固的政治的或地緣的中心保持一定距離。在我關

[48] 洪靈菲：《流亡》，上海：現代書局，1928，第150頁。

於流放文學的文章中，曾指出女性話語和流亡寫作方式的聯繫，並且討論了兩種寫作皆建立在流動的話語之上。（見《共悟人間——父女兩地書》，香港：天地圖書，2000。）於是，洪靈菲的敘述不斷地在自我和國家民族之間徘徊流動，而這種永久的徘徊把革命也同時放在「流亡」的路上，並沒有把「革命」當作真正的「家園」。

洪靈菲在這三部「革命加戀愛」的小說中所採用的敘述模式，將莫測高深的內心世界與恒久的不確定性相連。「革命加戀愛」的和諧為他提供了一個帶有爭議性的場所，在那兒，革命的陽性的語言反復被男性柔弱的、難以名狀的感官存在和過多的淚水、酒精和性欲所消融。所以，他的寫作風格迥異於後期無產階級文學著重於集體的革命運動而非個人化的描述。可以說，洪靈菲獨特的敘述方式減緩了內心向外部世界的轉變，也減緩了個人向集體的轉變，創造了革命與愛情、大我和小我相互依存、緊緊纏繞的另一空間。捉摸不定的「有問題的」青年，身上傳遞出複雜的現代意識。由於他的矛盾而焦躁不安的天性，他在愛情與革命，在狹小的個人世界與廣大的公眾世界之間動搖並努力地尋求二者的協調關係。而二者暫時的協調，又反映了當時的社會政治語境，在那個語境中，代表個人時間觀的現代性和代表歷史進步觀的現代性倒是達到一定程度的和解。

洪靈菲的普羅文學充滿了模糊性。在他所塑造的那些女性化的男人或者哭泣的英雄、頹廢的英雄、流浪的英雄身上，我們總是能看到矛盾、分裂與張力。雖然這些英雄都信仰革命，可是非常不同於理想的男性——一個強壯的男人、積極的英雄、或者無產階級群眾——這些後期「成熟」的無產階級文學的代表人物。通過哭泣、墮落、動搖和流浪所表現出來的男人的脆弱與焦慮，顯示出中國知識份子從小資產階級自我轉變成無產階級大眾的一員這一過程中的艱難。「問題青年」不僅從個人層面，也從一代人的層面上，成為幫助我們理解革命文學中諸多自相矛盾的現代意識的中介。這之後，革命的權威聲音完全支配了左翼創作，在典型的無產階級小說那裡，青年則確定無疑地獲得了成熟，並與理想的男性氣質融為一體，他們不再流浪、動搖和猶豫，也沒有流動性與焦躁不安。所以，在30年代以後，作為現代性象徵的「問題青年」逐漸被革命小說中的「革命大眾」所置換。

## 華漢：時代病與性衝動的革命現實

華漢（陽翰笙的筆名）的《地泉》三部曲也延續著「革命加戀愛」的公式，但它力圖更關注無產階級運動而不是小資產階級個人主義。當他的三部曲於1932年再版時，華漢加入了瞿秋白、鄭伯奇、茅盾、錢杏邨和他本人的序言。在瞿秋白看來，進步的無產階級藝術家「不能走浪漫主義的路線」，不能「蒙蔽現實，不能捏造一些英雄主義，以此作為時代精神的號筒」。他們也不應該走包括膚淺描述的「庸俗現實主義的路線」。[49]不幸的是，瞿秋白認為《地泉》走入了革命浪漫主義的歧途，甚至沒有達到庸俗現實主義的要求。雖然這部小說持有改變現實的理想，但它的膚淺的流水帳式的描述不僅沒有闡明現實，更不用說改造世界。

根據安德森（Marston Anderson）的說法，「想要理解瞿秋白的現實主義觀點，必須將其放回到他批評20年代支配中國文學的歐洲影響的語境中」。與20年代早期崇尚自然主義和客觀寫實主義寫法的茅盾不同，瞿秋白相信「現實主義和浪漫主義都像它們在西方的文學實踐中那樣有著曖昧含混的方面」，他想「從它們中提取積極的品質，以描畫出更適合中國需要的新的文學模式」。[50]賦予文學以革命意識形態的功利主義需要，瞿秋白看到的是浪漫主

[49] 瞿秋白：〈革命的浪漫諦克〉，見華漢：《地泉》，上海：上海湖風書局，1932，第1—8頁。

[50] 安德森（Marston Anderson）：《現實主義的局限：革命時期的中國小說》，第56頁。

義和現實主義不足的一面，比如說，浪漫主義無法令主體成為革命意識的透明載體，而現實主義則由於其過於忠實於客觀現實而缺乏足夠的激情以刺激讀者。瞿秋白不僅尋求中國現代文學擺脫西方文學模式的方法，而且尋求中國現代文學傳達馬克思主義意識形態的方法。他的文學理論基本上是建立在把文學當作政治工具的基礎上的，主張文學應該適應中共意識形態的需要。然而，根據夏濟安的研究，就連瞿秋白自己的文學實踐也總是自相矛盾的，沒有辦法完全服從政治的需要。[51]

讓我們來看看華漢對瞿秋白批評意見的反應。華漢回應道：

> 易嘉（瞿秋白）說：「《地泉》的路線是革命的浪漫諦克的路線，不肅清這一路線，新興的文學是不會走到正確的路線上去的」，這句話非常正確，可以說《地泉》的失敗處，易嘉看得最明白，最透徹。只不過我還覺得易嘉在批評文中他還沒有進一步的指明：為什麼我們那時幾乎無例外的大都去走浪漫諦克的路線，而不在創作方法上去走唯物辯證法的現實主義的路線。因此，他也就沒有更深刻地告訴我們究竟要怎麼樣才能走到唯物辯證法的現實主義的路線上去了。[52]

即使華漢承認革命小說有必要採用唯物辯證法的現實主義表現手法，他仍然對這種寫作方式存在一定程度的疑問。在對革命和愛情的描述中，他的興趣和目標是傳達政治資訊和意識形態，但其結果卻總是被扭曲。這說明政治與文學表現之間的關係總是不穩定的。從階級意識形態的角度出發，華漢和他的同志們都認為「革命加戀愛」的公式是一個「失敗的」文學表現手段，因為它是以歐洲的浪漫主義為基礎的，是與小資產階級趣味相合拍的。但困擾他的

[51] 見夏濟安在《黑暗的閘門：中國左翼文學運動研究》中論述瞿秋白的章節，第3—54頁。

[52] 見華漢為《地泉》所作的序言，第32頁。

是，為什麼他這一代的作家在革命文學的早期階段不約而同地選擇了同樣的寫作方式？正如他寫道：

> 至於《復興》，如果要去追問它的所謂時代背景，那正是丁玲女士的《一九三年「夏」上海》，那時有好多人都在這一「復興」時期中發了狂，說大話，放空炮，成了這一時期的時髦流行病。我那時蹲在上海，大概也多少受了些傳染，這在《復興》中是深深的烙印得有不少痕跡的……現在我回想，假如那時我沒有傳染著那種發狂般的情緒，我實在不能夠戰得勝酷暑蚊子和疲倦的三面環攻而把這部不成樣的東西寫成的。[53]

雖然當時，許多左翼作家已經有意識地對他們寫作的主要內容做一些調整，努力地從內心或精神的個人世界轉向外部的群眾運動，但是他們仍然陷入浪漫主義的陷阱，或者更確切地說，陷入「時代病」——節慶般的革命狂熱的陷阱中。這種時代病是一種充溢著性衝動的革命現實，在這種革命現實中，作家們又被革命的浪漫激情所左右，因此距離現實主義寫作方式所能把握和領會的東西異常遙遠。但是，華漢和其他左翼作家選擇革命的浪漫主義形式時，他們完全忠實於自己的社會歷史位置，忠實於他們自己，忠實於他們對愛情和革命的情感，以及對真理的執著追求。雖然他們的敘述風格違背了現實主義模式，可是在華漢的心中，浪漫主義能夠最好地反映那個特定的歷史年代的「真正」現實。

然而，所有的馬克思主義批評家都認為「革命加戀愛」的失敗是由於包含了過多的浪漫主義色彩，即使這類小說大量地描寫了小資產階級向無產階級的轉變，批評家們仍將浪漫主義看作是危險

[53] 同上，第30—31頁。

的、不真實的。從瞿秋白、鄭伯奇、茅盾和錢杏邨對《地泉》的批評中，我們可以看到浪漫主義和無產階級文學之間的關係成為爭論的中心。[54]因為華漢誇張的浪漫風格，他對「革命加戀愛」的書寫缺乏堅固的「真實」的基礎，而這一「真實」恰恰是現實主義的靈魂。再者，華漢所表現的充滿性衝動的現實，還沒有完全把個人情感或者異性戀昇華到「泛化」的政治衝動中，所以讀者仍然可以感受到個人在理想與欲望之間、崇高意識與本能之間進行選擇、妥協和協商。

對比洪靈菲所繼承的五四作家典型的個人主義式的「向內轉的敘述」，華漢提供了一種「向外轉的敘述」，它代表了更為「成熟的」普羅文學的敘述模式。[55]《地泉》包括三部曲，是在兩種不同的背景中展開：第一部分《深入》，故事發生在郊區，作者提供了一幅生動的群眾運動的圖畫；第二部分《轉換》，在城鎮，在那裡個體知識份子面對嚴酷的政治和個人選擇；最終，城市與鄉村的兩個不同的背景、個人的主觀敘述和群眾敘述、現實和虛構在第三部分《復興》中融合。用華漢自己的話說，他籌畫這個作品的結構是以他在1928、1929和1930年間所目睹並參與的歷史為基礎的。

《深入》不以單個人物形象為小說表現的主體，而是以整個被壓迫階級為其表現主體，暗示無產階級小說的基本結構是以階級意識為基礎的。《深入》的主題與「革命加戀愛」的主旋律無關，完全聚焦於鄉村農民革命的「現實主義反映」。《地泉》的第二部分《轉換》，現代青年成長故事的典型模式，故事中的青年在蔣介石清洗共產黨之後變得極度頹廢，然後又沒有任何充分理由戲劇性地轉變為革命英雄。《轉換》以主人公的幻滅和動搖開始，這是左翼作品中一個非常普遍的主題，就像洪靈菲的《轉變》和《前線》，

[54] 見華漢《地泉》，第1—38頁。

[55] 見楊義在《中國現代小說史》中對洪靈菲和華漢的比較研究，北京：人民文學出版社，1993，第89頁。

戴平萬的《前夜》，以及茅盾的《蝕》所描寫的一樣。在這些作品中，作者總是描寫主人公的疏離、焦慮和危機的現代感受，以此來反映無序的混亂的外部世界，而且敘述模式往往不可避免地陷入與頹廢氣氛相關聯的感傷主義。這種具有現代疏離感的美學表達，常常直接或間接地與無政府主義或浪漫主義原初的頹廢風格相通，不僅高度個人化，而且暗示著進步與頹廢之間複雜的辯證關係。雖然作者對頹廢的描述是基於他預先假定的善與惡的道德座標——革命英雄通過腐朽和墮落而獲得重生，但是，過多的對頹廢的描寫不可避免地與革命的鐵的紀律發生衝突。於是，善與惡、理想與幻滅、進步和頹廢之間的界限也因作者對愛和性的曖昧態度而變得模糊。

以華漢的小說作為座標，錢杏邨在他給《地泉》的序言中總結了「革命加戀愛」作品中的四種傾向：個人主義的英雄主義傾向、浪漫主義的傾向、才子佳人英雄兒女的傾向以及幻滅動搖的傾向。[56]實際上，在華漢的三部曲中，這四種傾向倒是完整地構成了革命化和浪漫化現實。在《復興》中，敘述策略由消極感傷的描寫轉向積極誇張的戲劇性的描寫，因而從「向內轉的敘述」變成了「向外轉的敘述」，試圖為革命和愛情的衝突提供一個解決方法。但是，這個解決方法仍然把重心放在愛情的角色上，讓個體努力地調和幻想與現實之間的矛盾。正當敘述策略從內向外轉變時，個體在充滿了力比多驅動力的現實中顯得有些迷失，需要重新找到自己的位置。

毫無疑問，無論是消極的感傷主義還是積極高昂的誇張手法，都離不開描述革命與愛情的相互作用。雖然情節與手法不同，但表達的語言都擁有勢不可擋的力比多能量。還有一點也不能忽視，消極感傷的敘述轉變成積極誇張的敘述常常是由歷史和社會原因所決定的。對積極誇張敘述的採納，是為了服務於對不斷增加的由底層



[56] 錢杏邨：《地泉》序，見華漢：《地泉》，第21—26頁。

革命者組成的群眾運動的描述。用誇張的語言來表現充溢著力比多驅動力的群眾，可以達到猛烈地影響和刺激小資產階級知識份子的效果。安德森曾經指出二十年代小說中知識份子與大眾的關係，「出現在20年代小說中的作家認可的革命群眾，是完全通過不受影響的知識份子的眼光來描寫的，這些知識份子也許被喧鬧和奔忙的群眾所暫時地刺激，卻最終感到極度的疏離」。[57]對照20年代的小說，安德森又指出：「30年代小說中真正的戲劇性的地方就在於此，五四知識份子有意識地擺脫掉他們的疏離感，大膽地闖出去面對——以及去創造——這個新的群體，也就是大眾」。[58]在三十年代出現的無產階級小說中，比如丁玲的《水》，作為個體存在的知識份子在面對大眾時，已逐漸丟失了自我，逐漸被群眾所淹沒。然而，由於《復興》還沒有擺脫「革命加戀愛」的寫作公式，它突出的還是個人英雄主義而不是集體英雄主義，這種個人英雄主義與時代病緊密相關，依賴於浪漫化和誇張的表現手法。雖然華漢試圖傳達理性、紀律和意識形態，但他的敘述語言仍然被那種誇張的姿態、狂熱的行為、無法形容的激情、強烈的情緒和重複的字詞所覆蓋。這種充滿激情的、冗長的語言，混合著個人的欲望，完全無法被革命理性所控制。而且，個人英雄主義誇大浪漫的自我，把集體和黨的命令放在次要的地位，例如，雖然英雄懷秋與女英雄夢雲之間的愛情好像被政治所規範，可是它並沒有超出塗抹了英雄色彩的個人主義範圍。懷秋頹廢，夢雲便離開他；懷秋轉變，重新成為革命英雄，夢雲也立即變化，不僅愛他而且崇拜他。在這個故事裡，愛情不再由自然情感所驅動，而是被政治前提所決定。然而，決定男女英雄愛情的個人英雄主義感覺仍然源於與集體主義相衝突的小資產階級意識。

---

57 安德森：《現實主義的局限：革命時期的中國小說》，第183頁。

58 同上，第182頁。

在洪靈菲的小說中，愛情保持相對獨立的位置，並不由政治思想意識所評判——例如，女主人公並沒有被設計成一個絕對的革命者，她只是一個為了愛情才追求進步思想的女子，而且這之前首先必須擁有性感而魅人的身體。不同於洪靈菲，華漢卻將愛情置於政治之下。例如《復興》中的女主人公就經歷了一個除去女性性特徵的過程。在夢雲參加無產階級運動之前，她衣著時尚，還帶著時髦的配飾。但是當她投身工人群眾運動之後，衣著就和其他人一樣，完全失去了其性感而富有魅力的特徵。然而，華漢並不「徹底」，我們發現他小說中的小資產階級的女性特徵還是和無產階級的「無性」特徵並置一起。比如，敘述者仍然賦予夢雲兩種不同的女性形象，一個是在公園中談戀愛場景，一個是在街頭的群眾運動中搞革命。當夢雲準備跟重生的英雄懷秋去公園約會時，她這樣穿著：

今早晨，她的打扮和往天有些兩樣：上白下青的短襯褲已經不見了，換上身來的是一件粉底紅花的薄紗旗袍，從前穿的線襪布鞋，也改成了肉色的絲襪和半高跟的革履，就是頭髮，也由枯松的朝後梳改為了光潤的半邊月，昨天還是一個女工，今天儼然又還了原——變成一個漂亮的女學生去了[59]。

夢雲在參加街頭的無產階級活動之前，她又換上了工人的衣裳，連懷秋都幾乎認不出她來了。借助懷秋的凝視，我們遇到了夢雲的另一個形象：「他粗魯地笑了，他怎麼不笑呢？不久以前在公園裡的夢雲，還是那樣的細膩，那樣的溫柔，那樣的剛健多姿，今天，上身穿著一件污痕點點的白布短衫，下身繫著一條烏光光的青布褲子，這是多麼的不雅觀，多麼的粗俗啊」[60]！

夢雲的雙重形象揭示了革命與愛情之間的矛盾和衝突，二者不像以前那麼和諧了。然而，對愛情話語的眷戀阻礙了這部小說成為單向度的無產階級文學話語。對夢雲性別特徵的描述看起來與革命

[59] 華漢：《復興》，見《地泉》三部曲，上海：上海湖風書局，1932，第84頁。
[60] 同上，第168頁。

的描述很不協調，夢雲的女性氣質是令人困惑的：它成為女性性本質有爭議的空間，這個空間由小資產階級性感的身體和無產者「無性」的身體所結合。一方面夢雲在尋找一種符合無產者身份的女性認同，但另一方面，出於女人愛美的天性，她又不能舍去小資產階級新女性的動人外表。敘述者在這雙重形象和它們所暗示的不同意義之間左右搖擺，將革命意識形態的「真理」放置在模棱兩可與自相矛盾的層面上。當然，這樣的雙重形象也反映了華漢作為無產階級作家的內心矛盾，他為處於群眾中的小資產階級知識份子最後再爭取一點屬於自己的私人空間。

革命的整體意識也被不確定的、屬於愛與欲望的無意識的個人夢想所瓦解。懷秋成功地戲劇性地轉變成英雄，這裡面包含了許多虛構誇張的成分，顯得並不真實，而並非作者所宣揚的歷史主義的表現方法。夢雲希望懷秋成為群眾中一個突出的有影響力的英雄的夢想，代表了個人的主體意識、內心世界和快樂原則的蘇醒。瀰漫在懷秋與夢雲的愛情故事中那種虛構的浮誇的氣氛，顯示出作者試圖調和夢想與現實之間矛盾衝突的努力。然而，這種努力背叛了以客觀地描述現實為目的的現實主義原則。

在殘酷的現實面前，愛情顯得非常脆弱。懷秋和夢雲彼此相愛是在他們擁有共同的政治目標之後，但愛情的幻想立即被革命的迫切要求所打斷：

> 因此，他心裡感到了無限的狂喜，也感到了難言的壓迫。懷秋，他，他是正在磅礴著生命的熱力的青年啊！青春的火，在他的血流裡燃燒，他需要異性的安慰，和迫切的需要異性來充實他自己的生命。從前他所熱烈追求著的女性，現在是那樣剛健那樣婀娜的占在他面前來了，從前他是被她拒絕過的擯棄過的，現在她是掉轉來愛慕他崇敬他的了。他自信：他現在總有資格能夠博得她的歡心，能夠引起她的熱

愛，她成為他的情侶大概是沒有多大的問題的了，然而，環境不容他，他自身還負得有偉大的使命，十天以後，他又要重上征途，又要軍鼓營幕，在彈雨槍林中過那種血戰肉搏的戰爭生活，他又那能有那種幸運來享受這有希望而又沒可能的甜蜜的愛情生活呢！

那，那不是小資產階級的甜蜜的幻夢嗎！？……

懷秋很痛苦的緊咬著嘴唇，臉色在嚴肅中變來有些青白，這時，若有人去看他走過的淺草，一定是已經被他踩成了泥醬！

不知怎的，在沉思中的夢雲，也像是有些呼吸不勻，彷彿心中也有一些難言的苦痛。[61]

當懷秋和夢雲面對幻想和現實、主體精神與集體使命之間的衝突時，他們都感到了極度的壓抑。這種壓抑的感受，暗示了作者將愛情置於革命之下、將自我置於集體之下的勉強態度。顯然，從五四一代繼承下來的浪漫的個人主義與突然出現的集體或群眾的權威聲音之間的緊張，是不容易消解的。於是，小說敘述中籠罩著一種彷徨不安的感覺，個體在尋找新的性別特徵時優柔寡斷，瞻前顧後，在認同無產階級大眾時還無法忘掉自我，不能完全融入大眾中。實際上，「革命加戀愛」公式的大量複製與重寫，不僅反映了中國知識份子在政治與意識形態的壓力下強迫自己與群眾融為一體的焦慮和矛盾心態，而且反映了這些知識份子作為無產階級大眾代言人的尷尬身份。

華漢浪漫的敘述方向使得《地泉》最終帶上了所謂「庸俗現實主義」的帽子。瞿秋白對他小說的批評，象徵著「革命加戀愛」公式黃金時代的衰落。左翼作家的作品幾乎都感染上了這個時代病，

[61] 華漢：《地泉》，第103—104頁。

也都沒有找到治癒它的良方。雖然華漢主觀上想擁抱瞿秋白說的無產階級現實主義，但他所犯的時代病卻說明他還是接近錢杏邨和蔣光慈的那種現實主義，也就是作家主體浪漫精神滲入其中的現實主義。作為一個作家，華漢個人的充滿活力的革命經歷——他對革命浪漫而主觀的看法——是賦予現實以意義的源泉，所以在對個人最後轉變為革命群眾中的一分子的描述中，他更重視是英雄個人的主觀經歷，而不是面目雷同的無產階級大眾的影響。所謂時代病，其實也是不能放棄個人的主觀精神的小資產階級的病症。這種病症，讓馬克思主義批評家不得不質疑華漢和其他左翼作家作為革命意識代言人的角色問題。由於追逐「革命加愛情」公式寫作的左翼作家大多犯了同樣的時代病，中共後來並不鼓勵這一寫作公式繼續發展。

# 第三章

# 女性化政治

## 第三章
# 女性化政治

新女性形象的出現，具體地顯示出1930年前後中國社會中政治與性別之間的親密關係。男性作家們在處理性角色時，比如蔣光慈，總是用性關係來明確地表達權力場。為了服務於革命的烏托邦目標，即便是不真實的，他們仍將性別認同等同於階級差別。這種在政治藍圖上預先設定的方式，依舊是本質化與總體論的做法，依舊把女性重新固定在男女性別的二元體系中的被壓迫的地位上。這種本質化和整體性的設定，要求女性有依附政治的認同，而這種認同又是基於與其他被壓迫群體的聯盟，並浪漫地掩蓋了所有的差異。然而，如果「女人」這一概念本身象徵著閹割、匱乏和喪失，或者帶著虛幻的投入和許諾，那麼這一概念的意義能夠達到最終的完全的整體性嗎？如果女人的主體位置從未在性別差異的象徵秩序中存在，這一認同還能夠穩固和連貫嗎？

一些左翼的男性作家創造的新女性形象，比如蔣光慈《衝出雲圍的月亮》中的王曼英、茅盾《蝕》中的孫舞陽和章秋柳，都是妖媚女性氣質與乾癟革命理念的結合體。通過將新女性性感的身體作為傳達革命意識形態的工具，這些男性作家試圖反抗占統治地位的壓抑的父權體制。在傳統的男權父權社會裡，屬於自然的、有魅力的女性身體往往被認為是先於她們的性別而存在的，也就是先於其性角色的文化和社會的建構而存在的。這種將男性氣質與文化、思想相連，將女性氣質與自然、身體相連的做法，實際上加強了性別等級制度。到了左翼的男性作家的寫作中，雖然新女性既有自然的身體，也有革命的思想，可是她們的身體被壓制在她們的革命思想之下，屈從陽性的菲勒斯中心的語言，所以還沒有找到真正屬於女性的真相。當這些新女性自信地控制著她們性感的身體以達到浪漫的革命目標時，她們的性包含著露絲·伊利格瑞（Luce Irigaray）所說的無法表述性[1]。換句話說，在單一的男性意義的語言中，女人不能說話，她是語言的缺席。所以，女人作為左翼男作家處理「革命加戀愛」主題時空洞的能指，只能表達男性的幻想，在異性的、菲勒斯的文化慣例中起著作用。不過，我們應該進一步提出這樣的問題：男性作家是否能夠創造出不屈從於菲勒斯中心政治的女性形象？如果我們假定男作家將女性身體與她們內在固有的意義分割開來，那麼女作家是如何處理性別和權力的關係的呢？她們能以更為可信、更為真實的方式為女人的性角色說話嗎？有更為可信的、更為真實的方式來談論性別嗎？

在創作「革命加戀愛」題材的作家中，一些女作家，如白薇、廬隱和丁玲提供了她們對女性性別及其真相的解釋。白薇的《炸彈與征鳥》充滿了焦慮，體現了她對女人身體和政治之間複雜關係的困惑態度。在廬隱的傳記體小說《象牙戒指》中，石評梅與高君宇著名的愛情故事和感傷主義的修辭重塑並限制了革命意識形態。丁玲的《韋護》和《一九三年春上海》（之一、之二）描述了都市中新女性與革命大眾之間的矛盾衝突，呈現革命話語中新女性所形成的性別認同，以及她們的困境和敏感的內心。雖然這些女作家不可避免地重複了「革命加戀愛」的公式，但她們的作品迫使我們去重新思考性別與權力之間的關係，去考察她們與男作家在處理相同題材時的相同點和不同點。然而，如果我們相信女作家比男作家更真實更原創地建構了性別，可能會落入自己設定的男／女性別差異的圈套。如果按照伊利格瑞的觀點，女人永遠不能被理解為「主體」

[1] 伊利格瑞：《此性非一》，第23—33頁。

或「他者」，因為她已經被男性主流的傳統語言排除在外[2]，那麼這些女作家有可能重新定義她們的性本質嗎？顯然，這是非常難以回答的，因為我們不得不首先追問，是誰賦予了依利格瑞看穿性別政治的特權。所以，也許我們永遠都找不到這些問題的答案：白薇令人傷感的關於「女子無真相」的宣言到底意味著什麼呢？是女子本來擁有真相，而她只是在男性支配的語言中找不到真相，還是無論在女性或男性的寫作中女人根本就是沒有真相可言？

我對女作家參與「革命加戀愛」主題寫作的閱讀，主要考察女作家如何通過「表演性行為」在複雜的左翼意識形態的文化背景中建立和質疑新女性的形象。我並不是將女性的主體位置看作是預先存在的，與女性主義的反抗性緊密相連的，而是將其作為永遠需要重新協商、重新清晰表達的話語建構的一部分。正如裘蒂斯・巴特勒所討論的，「主體是個性不連貫的流動的認同，它在其表演的重複中，通過表演而繼續。在重複中，使其製造的真實規則變得合法或者非法。」[3]借助裘蒂斯・巴特勒（Judith Butler）的性別理論，巴特勒的性別操演理論拒絕認同任何本質性的位置，比如性的自然性或者性本質的前文化構造。相反，它暗示性本質是通過一種「操演向度」來建構的，這種「操演向度」既不是一種自由表演，也不是自我表現，而是對規則的被迫性重複。我借助這個第一世界女性主義理論來研究中國的女性作家的寫作，並不意味著我不考察中國女性寫作的語境，而是揭露在這種重複的強制之下，她們的性本質已經被重新建構了。我想討論父權制和左翼意識形態如何推動和控制這些女性作家的性別寫作；女性身體和女性性別認同的邊界如何通過表演行為而變得不穩定；以及這些女作家如何質疑男性創造出來的新女性，她們對新女性的模仿和置換如何打開了一個新的

[2] 伊利格瑞：《此性非一》，第23—33頁。

[3] 見裘蒂斯・巴特勒《不可忽視的肉身：關於「性」的限制的討論》（Bodies That Matter: On the Discussion Limits of "Sex"），紐約：Routledge, 1993，第131頁。

語境和新的意義空間。

## 命名與再命名

「女性」這個概念，作為一個話語標誌和反傳統的主體符號，是在現代革命的語境中被建構出來的。正如泰尼・巴羅（Tani Barlow）指出，「『女性』一半是西方的、排他的、本質上的、男／女二元中的一部分」，而且「永遠不會是畸形的、失敗的、維多利亞時代女人的複製品，她總是在半殖民地語境中，在性別的性建構方面成為現代話語的一份記錄」。[4]建立在歐洲人道主義的背景上，「女性」在反儒家思想的男性話語框架中扮演著具有特殊意義的角色。按照巴羅的說法：

> 當中國翻譯者們援引達爾文的性別二元論時，他們通過參照這些「真理」在歐洲社會科學主義和社會理論中的位置，提升了女性的被動性、生物的劣等性、智力的無能、器官的性徵以及社會的缺席等概念。於是，中國女人只有當她們成為維多利亞式的二元結構中男人的他者時才成為「女性」。當女人變成「男性」的他者時，女性才有根基。[5]

所以，雖然相對於婦女在中國傳統中被安置的卑微低下的角色，「女性」這個新詞表露出現代社會對女人的新定義，可是「女性」仍然必須符合社會對性的普遍規定，並且需要通過重複既定的女性／男性二元框架去完成。當「女性」這一詞語進入文化的循環

4 泰尼・巴羅（Tani E. Barlow）：《理論化的女性：婦女、國家、家庭》（Theorizing Woman: Funü, Guojia, Jiating），見《中國的身體、主體和權力》（Body, Subject and Power in China），巴羅、安吉拉・斯塔（Angela Zita）編，芝加哥：芝加哥大學出版社，1994，第266—268頁。

5 同上，第267頁。

後，它最終變成了一個人們可以在那個歷史階段談論女性主義或女性氣質的語境。換句話說，她成為一種命名方式，一種可以由性別差異的等級制所產生的權力特定形式。

其實，早在晚清時期，中國知識份子就開始了關於「女性」的重新命名活動，也就是說，女性話語的出現實際上可以追溯到晚清。十九世紀末期，伴隨著民族話語的提出，女性問題成為關於社會變革爭論中最具爭議的中心問題之一。一些傑出的男性知識份子在他們從事民族建構的過程中，例如譚嗣同和梁啟超，都曾經激進地鼓吹過女性主義議程[6]。梁啟超對新小說推動的同時，也推動了發表女性主義話語所表達的一系列不同的政治見解。然而，晚清時期的女性主義話語更多地集中於民族敘事而不是個性和主體性的主題，後者是五四運動對「女性」命名的重要部分。

五四運動注重個人自由和婦女解放，女性們紛紛效仿易蔔生《玩偶之家》中的娜拉，毅然走出束縛自己的封建家門，這是中國女性第一次發現自我。但是，當魯迅的《傷逝》（1926）為解放婦女提供了一個悲劇畫面之後，「女性」的問題又被再次提了出來。人們想知道，一個從家庭中逃脫之後的自由了的女人能做些什麼。在1918年《新青年》上登載了對易蔔生著名的喜劇《玩偶之家》（1879）的翻譯後，「娜拉的故事」刺激了公眾來討論女性的壓迫和解放。胡適的《終身大事》是「娜拉故事」最著名的中文改寫。雖然魯迅的女主角子君受過良好的教育，而且也獲得了自由，但她在頑固的父權制和經濟法則面前仍不能生存。這種新「女性」，借助基於西方人道主義的知識將自己與傳統女性區別開來，到頭來還是回到了她最初反抗的被壓迫的境遇中。但是，在魯迅表達了對她們境遇的同情的同時，他對受傷害、受剝削、受壓迫的女性的強調也不經意地將「女性」置放在被動的位置上。[7]

[6] 夏曉虹：《晚清文人婦女觀》，北京：作家出版社，1995，第56—129頁。

[7] 見周蕾：《德性的交易:閱讀凌叔華的三個短篇小說》（Virtuous Transaction: A

在從文學革命向革命文學的轉變階段，新女性中最著名的形象是那些不再將自己束縛在愛情、婚姻和家庭中，而是走出去，站在革命前沿的女人們。與被動的、軟弱的傳統形象相反，在這個舞臺上的現代新女性被強大的意願和力量所鼓舞，熟練地操控著她們誘人的女性身體，以達到革命的烏托邦的理想。「女性」和「新女性」都屬於社會和文化生成的產物，代表著不同歷史時代對女性的不同命名。換句話說，「女性」的命名使新女性這一理論產物得以傳播。雖然女性被看作是一個普遍的被壓迫的群體，「女性」和「新女性」的命名卻不能被簡單看作是女性這一性別群體的被動的複製品。「女性」是對傳統女人範疇的超越，而「新女性」又是對「女性」的超越。新女性沒有成為「女性」毫無生氣的複製品，她們開始超越傳統社會範疇的限制。

新女性最有趣的超越是對女性身體邊界的超越。一些著名的左翼小說中的新女性，比如王曼英、孫舞陽、章秋柳等，都有肉體的欲望、誘人的乳房、美麗的面容，並且穿著現代而時髦。她們代表新思想、都市化、西方化，她們又負載革命意識形態。在這個意義上，這些妖媚女子有力的性感的身體並不帶有不正當的意義，反而具有積極的、進步的含義。她們也傳遞出由五四運動向革命文學轉變時男性內心的焦慮。[8]也就是說，這些新女性的身體不僅不可避

---

Reading of Three Short Stories by Ling Shu hua），載《中國現代文學》（Modern Chinese Literature）4.1—2(1988年春秋)，第71—86頁。也見陳清橋（Ching kiu Stephen Chan）：〈絕望的語言：五四知識份子關於「新女性」的意識形態描述〉（The Language of Despair: Ideological Representations of the "New Woman" by May Fourth Intellectuals），載《中國現代文學》4.1—2（1988年春秋），第19—28頁。也見杜林（Amy D. Dooling）研究楊絳的文章〈尋找笑容：楊絳的女性主義喜劇〉（In Search of Laughter: Yang Jiangs Feminist Comedy），載《中國現代文學》8.1—2(1994年春秋)，第41—68頁。

8 在新女性形象中關於男性焦慮的細節分析，見陳清橋：《絕望的語言》，也見林麗君（Sylvia Lichun Lin）：〈不受歡迎的女主角：茅盾、郁達夫創造的新女性〉（Unwelcome Heroines: Mao Dun and Yu Dafus Creations of New Chinese Woman），載《現代中文文學學報》（Journal Modern Literature in Chinese）1.2（1998年1月），第71—94頁。

免地捲入權力漩渦之中，而且與男作家對社會和政治變動的多種反應和表述密切相連，即使有時這些反應和表述顯得矛盾而混亂。在1927年大革命失敗後，一些中國男性作家對新女性身體的描述與他們五四意識形態的幻滅相符，但並不是每一個作家都對如何表達他們所投身的新的意識形態有著清晰的想法。所以，一些新女性的形象揭示了男作家對那個時期政治形勢和女人的矛盾態度。例如，茅盾對新女性的描述就比蔣光慈的態度更為矛盾。男作家用以描述這些新女性身體的敘述語言結合著窺淫癖的方式和讚賞的氛圍。對女人身體解放的讚美並非是自然形成的，而是通過左翼作家的凝視，通過革命話語與中國父權制的協商，通過對可視的物化對象的替換和再造而產生的。

新女性不穩定的地位造成了性感的身體與進步的思想之間永久的分裂，這種分裂剝奪了女性對自己身體的感覺。新女性彷彿處在兩個歷史階段的連接點上：既從五四運動中繼承了西方現代意識，又傳遞了「新」的馬克思主義意識形態。然而，兩種不同的話語意識也在新女性的身體中撞擊、衝突，並產生矛盾，作為結果，這些被西方物質文化所塑造的性感的物化的身體纏繞、妨礙、甚至顛覆了革命話語。[9]周蕾用細節來分析茅盾對女性心理的描述，特別是對女人乳房的描述，她說，「他的敘事文字可以長驅直進女性的『思維』，但卻不可以同樣深入女性那因物化而被情慾化的身體形象。這個方面的無能，一直叫包括茅盾的新文學語言在內的那些追求自由解放的革命修辭耿耿於懷」。所以，女人的身體並非一個簡單的或不變的客體。她們的不穩定性為我們打開了一個批評空間，讓我們得以重新檢驗女性主義以及女性身體與革命話語的關係。雖然新女性的身體是由權力關係和對性別規則的重複所創造的，但是規則的支配力量也不是固定而永恆的，女性身體的被動表像並沒

[9] 見周蕾在《婦女與中國現代性》中對茅盾小說的分析，第103—107頁。

有被性別和權力所局限。政治規則與性別規則之間充滿了裂痕和分歧，這使得女性的身體可以逃脫或超越它們。在「革命加戀愛」的主題中，一些女作家對性別和權力的表述與男性作家有很大的差異。通過閱讀她們的不同表述，我將討論革命話語如何使女性身份的構成發生變動，女作家如何在革命話語的裂縫和分歧中重新挑戰世俗標準和範疇的邊界，重新界定所謂新女性。

我不想在這些女作家中假定一個整體性的女性認同，相反，我把敘述者和作品人物放回到性別與權力的互動關係中去理解，由此觀看女性作家之間的差異。就像裘蒂斯・巴特爾所指出的，性別的表演理論「不是通過一個研究對象產生他／她命名的行為，而是作為話語的重述權力來創造、控制和約束的現象」。[10]女作家並不能為女性性別決定原初的真相，相反，所謂真相也只能產生於性別表演的複雜過程中，這一過程牽涉著一系列權力鬥爭。我把這些女性書寫看作是在重申和置換「象徵秩序」的鬥爭中的一個批評資源。這些女作家用性別去描述和解釋革命話語的方式，為我們提供了一個案例，可用以公開質疑第三世界女性擁有的固定而連貫的認同的神話。於是，通過考察革命話語和女性主義觀點之間的互動關係，我們將描繪出一幅權力如何塑造和抹煞女性認同的動態圖，在這張動態圖中，革命話語也同樣被女性主義的表達方式所限制。

## 白薇：歇斯底里的女性寫作

雖然白薇的戲劇和小說反映了20、30年代青年們對進步和革命的信仰和追求，但無論是中國學者還是西方學者都尚未給予白薇及其作品足夠的關注。[11]白薇於1931年加入中國左翼作家聯盟，但

10 巴特爾：《不可忽視的肉身：關於「性」的限制的討論》，第2頁。

11 上一個十年對白薇的研究出現在孟悅、戴錦華：《浮出歷史地表》，鄭州：河南人民出版社，1989。杜林：《中國二十世紀初女性寫作中的女性主義與敘述策略》（Feminism and Narrative Strategies in Early Twentieth Century Chinese Womens

她在1922年就開始創作，發表了三幕話劇《蘇斐》，只是一直不被文學界認可，直到1928年在魯迅主編的《奔流》上發表了她的劇本《打出幽靈塔》後，才真正跨入文壇。陳西瀅在1926年4月的《現代評論》上介紹了兩個女作家，「幾乎誰都知道的冰心女士」和「幾乎誰都不知道的白薇女士」。在魯迅與1928年第1、2、4期上發表了她的劇本《打出幽靈塔》後，她變成了「文壇上的一流人物」。[12]尖銳的女性聲音是白薇寫作的主要特徵，她的寫作有著深切的女性關懷，從未屈服於傳統社會對女性角色的規定。不像茅盾和蔣光慈所描寫的女革命家那樣，新女性僅僅是中國現代性的轉喻，僅僅是革命的寓言，白薇所描寫的女子是革命語境中女性（womanhood）的典型代言人或代理人。最有意思的是，當白薇的身體感染了性病之後，她作為新女性真正代理人的角色以及她的革命資格最終被瓦解和取消了。

白薇寫於1936年的《悲劇生涯》雖然是一部暴露隱私、書寫自己身體的長篇小說，但她是用心靈在寫作，用自己的全生命在寫作。

> 我是含著淒淚，抱著痛楚，在疾病拖疲了身體後，在病篤危險中，躺在病床，稿子擺在膝上，墨水瓶掛在頸上寫的。有些是在三等病房裡，高燒退去時勉強坐在滿房是人的病床上寫的。也有些是在臨去開刀的數小時前，掙扎生死垂危的一口氣寫的。[13]

這就是白薇的身體寫作狀態。她的所謂身體，並非只有欲望的軀殼，而是全生命，蘊藏著不屈靈魂的全生命。《悲劇生涯》這

Writing），博士論文，哥倫比亞大學，1998；劉劍梅：《革命與情愛》，博士論文，哥倫比亞大學，1998；王德威：〈不受歡迎的革命〉見《歷史是怪獸：中國二十世紀的歷史、暴力和小說書寫》第三章。

[12] 見白舒榮、何由：《白薇評傳》，長沙：湖南文藝出版社，1983。

[13] 白薇：《悲劇生涯》序，上海：生活書店，1936年，第6頁。

部長達九百多頁的長篇小說是她自1925年到1935年痛苦愛情的記錄，是一部自傳性的小說。她之所以寫這樣一部暴露隱私的小說，主要由於她從男朋友——詩人楊騷那裡染上了淋病，多年來一直無錢醫治，常常受著病體的折磨，於是非常需要這部書的稿費來支付昂貴的醫療費；還有一個原因是，她生怕「書不成身先死」，沒有辦法把自己的「真相」寫出來，而楊騷趁她在重病之中，改寫她的日記，已有了另一個版本。在《悲劇生涯》的序中，白薇寫道：「說法，看法，既然各種各樣，那麼，到底哪些才是她底真相呢？在這個老朽將死的社會裡，男性中心的色彩還濃厚的萬惡社會中，女性是沒有真相的！」[14]為了揭露關於自己的「真相」，白薇不惜大量地引用自己多年的日記、書信，暴露自己的愛情生活、性生活，暴露自己的淋病，暴露自己貧窮、艱苦而孤獨的人生。可是，她的這種暴露，並沒有任何「身體」或性的快感，而是像墨西哥的女畫家弗里達一樣，把女性身體的痛苦解剖給觀眾——血淋淋的，滿是令人震驚的傷痕，在撕心裂肺的苦楚中讓讀者讓觀眾去理解她們深刻的靈魂。讀者看到的，自然也不僅是身軀之傷，而是令人揪心慘目的靈魂之傷。

說實話，比起現代文學史上的其他著名女作家，如張愛玲、丁玲、蕭紅等，白薇算不上是一位成績卓著的小說家。就拿她的《悲劇生涯》來說，其文字、結構和敘述手法，都顯得很粗糙、很幼稚。她和楊騷十年的情感糾葛總是以同樣的模式重複出現，反反復複，雖然洋洋灑灑九百頁，可是許多細節極為雷同。男主人公展（楊騷的化身）是個極不負責任的浪漫詩人，每每在愛女主人公葦（白薇的化身）的同時還與別的女人廝混。把淋病傳染給葦之後，常常置她於病中不顧，依舊在外面尋花問柳。葦雖然早已看清展的本質，可是卻一次次地陷入情網，無法自拔。同樣的癡迷，同樣的

[14] 同上，1936年，第5頁。

怨恨，同樣的爭吵，同樣的負心，同樣的寬恕，同樣的醒悟，同樣的不可自拔，一次又一次，反復出現，讓讀者感到乏味。不過，在這反復的情節裡，白薇卻寫出了一個「真實」的自我，一個離家出走的娜拉麵對社會、面對愛情、面對革命所遇到的生存困境和心靈困境。

白薇自己就是一個典型的「娜拉」。從小出身於父權十足的家庭，在父母逼迫下很早就出嫁了。被丈夫和婆婆百般虐待後，毅然出逃，做了一個勇敢的「娜拉」，隻身留學日本（考入東京女子高等師範學院），陷入痛苦的戀情，回國後任職於武昌革命政府總政治部國際編纂委員會和武昌中山大學，參加過創造社，不幸從楊騷那裡染上性病，從此受著無休無止的病痛的煎熬。如果魯迅在《傷逝》中提出了「娜拉出走後怎麼辦?」的問題，那麼白薇在《悲劇生涯》中則以自己的親身經驗切實地做出了回答：

> 這篇東西，是寫一個從封建勢力脫走後的「娜拉」，她的想向上，想衝出一切的重圍，想爭取自己和大眾的解放、自由，不幸她又是陷到什麼世界，被殘酷的魔手是怎樣毀了她一切，而她還在苦難中掙扎，度著深深地想前進的長長的悲慘生活。[15]

雖然《悲劇生涯》是一部關於「私人生活」的女性自傳體小說，可是正如白薇自己所指出的，它同時也是「時代產兒的兩性解剖圖」。白薇基於自己的親身體驗，不僅對「五四」以來的「個性解放」、「愛情解放」提出質疑，而且對「五四」之後的政治也同時提出了質疑。離家出走後的「娜拉」，很快就發現愛情不是出路，政治也不是出路。在那個時代裡，以寫作為職業的女性，到底



[15] 白薇：《悲劇生涯》序，第1頁。

有沒有出路？在閱讀的過程中，我發現白薇的寫作常常「歇斯底里」，彷彿在寫「女狂人日記」，周遭的一切都變得陰冷而恐怖，愛人棄她於不顧，而她曾參與過的政治團體也一樣棄她於不顧。從小說一開始，她就常被留學日本的同學們稱為「怪物」，沒有任何人真正理解她——父母不理解她，情人不理解她，朋友不理解她，革命文藝團體的戰友們不理解她，醫生也不理解她。她只能歇斯底里地自說自話，歇斯底里地與情人爭吵，歇斯底里地在工作中與同事們衝突，歇斯底里地面對自己的病痛。到小說結尾，她在貧窮、孤獨、絕望中，好像完全變成了一個「女狂人」：

> 她猛對桌上一拳，撕破書和衣服……
>
> 狂眼凸出，拳拳擊胸……
>
> 瘋瘋擺擺，拳拳搥腦……
>
> 捏住頭髮，髮絲一把把扯下……
>
> 大笑，跛走，眼光四射……[16]

《悲劇生涯》的最後一章題為「她的笑」，寫了無數的笑：苦笑、冷笑、狂笑、大笑、爆笑、寂笑、慘笑、哈哈笑、一路笑、不能制止的笑、無聲的笑、淒慘而悠長的狂笑、接不上氣的笑，「她猛烈地狂笑，狂笑，幾十個哈哈連續著，邊笑邊狂跳狂擺，抽抽顫顫骨髓中的傷痕都被笑了出來」。[17]很清楚，白薇這個出走的「娜拉」，想把「寫作」作為人生避難所，但是，她最後發覺這裡也無可逃遁，於是，她又把這個避難所撕碎給人們看，一片一片撕碎時，還發出從心底冒出的古怪的、可怕的笑聲。

這些歇斯底里的笑聲和歇斯底里的語言構成了白薇獨特的女性寫作。蜜雪兒・福柯（Michel Foucault）在《性史》中曾極其

[16] 白薇：《悲劇生涯》，第845—846頁。

[17] 同上，第748頁。

簡略地提到過「歇斯底里的女性身體」，但並沒有多加論述。而女學者伊莉莎白・格羅絲（Elizabeth Grosz）則尖銳地批評福柯忽視了「歇斯底里的女性身體」，因為它可以成為女性對抗社會的一種策略，它能夠挑戰社會和文化對女性所規定的性角色。[18]的確，白薇就是用「歇斯底里的女性身體」作為一種話語策略來對抗男性中心的社會的。在反對傳統觀念對女性的壓抑時，她歇斯底里；在感歎自己的身體無法正常地戀愛、正常地工作、正常地生活時，她歇斯底里；在嚮往革命而沒有資格革命時，她歇斯底里。可以說，她在歇斯底里中救援著自己，在歇斯底里中避免被外界的黑暗所吞噬。對我來說，《悲劇生涯》最有意思的地方，就在於白薇「歇斯底里的女性身體」。這一身體佈滿創傷，有如殘骸，徘徊於腐爛和死亡的邊緣。作為一個進步的左翼女作家，最荒謬的莫過於自己的身體與她所嚮往的革命對立，也與快速前進的現代性對立。一面是「時代巨大的輪子飛滾著，無數引擎車輪的人海、人群，勇敢地，高呼著，前進，前進」，[19]一面是她染上了性病和「時代病」的身體，「倒在床上像一具僵屍」。[20]她寫道：

> ……前進的全體，是顧不了躺在死線上的病人的。團體好像一陣遠飛的雁群，把病得飛不了的她丟在後面，不管她落在平沙或落在湖沼裡。她離開了團體！病結束了她一切的希望，孤獨的悲哀永遠跟著她……[21]
>
> 時代的巨輪，搖紗間的小輪中輪，巨輪小輪中輪，一晃一閃地相輝映，軋軋軋飛滾，飛滾，使她看得眼花，頭暈，哈哈笑，淚涔涔，哈哈笑，淚涔涔……時代的巨輪號鳴，大



[18] 伊莉莎白・格羅絲，《反復無常的身體：指向肉身的女性主義》，伯明頓：印第安那大學出版社，1994年，第157—158頁。

[19] 白薇：《悲劇生涯》，第900頁。

[20] 同上，第746頁。

[21] 白薇：《悲劇生涯》，第738頁。

輪小輪中輪高速度地飛滾，飛滾，一晃一閃地，跟著前進的長群，普羅列答里亞的長群，她不配做一個前導，不配做一個普羅列答里亞，殘敗地落在千里遙，萬里遠的後背，落淚，傷心。[22]

然而正是白薇自己殘敗的身體使得她對「時代的巨輪」有一種深刻的懷疑。當其他左翼文人都在拼命地追逐著進步與革命時，她卻被自己的身體所囚禁——而這一身體又何嘗不是「現代性」的產物？「戀愛的苦悶，病的苦悶，時代的苦悶，構成她這部多色多樣的悲劇，壓在她身上。她微弱的軀體，怎能敵得住那波濤洶湧，賓士而來的大悲劇呢？」[23]十年中，她經歷了「愛的春風」、「革命的春風」、「文藝勃興的春風」，但是這三重春風體現在白薇的身上卻成了「三重厲雨」、「三重絕望」。她的身體先是被父親出賣，然後又被情人出賣，最後又被革命的團體拋棄——所有這些痛苦的身體經驗，讓她獲得了一種真正屬於女性的視角來看待「五四」以來宣揚的「個性解放」，革命文學時期浪漫的「革命加戀愛」，以及更加激進的普羅文學等等。

這一視角恰恰是當時左翼的男性作家所缺乏的。比如普羅文學的先驅者蔣光慈，在其小說《衝出雲圍的月亮》中塑造的新女性王曼英，在大革命失敗後淪為妓女，可仍不失革命精神。當得知可能得了性病後，她決定把自己的身體當作武器，報復資產階級，於是專門跟資本家、買辦、官員睡覺。直到遇到愛戀自己的工人階級的領導時，她才醒悟自己以前犯了個人主義和無政府主義的錯誤。即將重新加入革命隊伍時，她突然發現自己並沒有性病——精神變得高尚後，身體也變得純潔了。在蔣光慈的筆下，女

[22] 同上，第900頁。

[23] 同上，第746頁。

性的身體只是傳達意識形態的工具，作者根本無法理解女性身體的痛苦和心靈掙扎。

茅盾在《蝕》中也塑造了一些性感的革命女性，如孫舞陽和章秋柳等。章秋柳為了拯救頹廢的同仁史循，居然不惜犧牲自己的身體與其同居，史循死後，她住進醫院檢查有沒有從史循那裡染上梅毒。雖然最後在醫院裡，俏媚的章秋柳的笑已帶了些苦澀，可是她仍然不失浪漫情懷與幻想色彩，仍然要追求不平凡的人生。在《追求》中，茅盾顯然是用章秋柳的身體來傳達他在大革命失敗後的焦慮、頹廢和彷徨，但是他無法像白薇那樣深刻地理解時代狂潮和戀愛情欲給女性身體帶來的痛苦。

女性的身體賦予了白薇獨特的女性書寫。在《悲劇生涯》裡，白薇不厭其煩地提到她病痛的身體：她曾得過鼻炎、腹膜炎、傷寒症、胃炎、丹毒，還有就是令她痛苦不堪的淋病。整部《悲劇生涯》充滿疾病、醫院、垂死掙扎的景象。可以說，她對這些病的絮絮叨叨和重複性的描寫，只是再一次證明了她的「歇斯底里」的身體症候。在魯迅著名的小說《藥》裡，疾病象徵著病態的中國，是一種隱喻性的敘述策略；而在白薇的筆下，病痛的身體，尤其是有性病的身體，是她每日必須面對的現實。於是，她非常詳細地記錄下每天對性病的自我療法，病發時的苦痛，到處借錢時的尷尬，沒有錢付房租、醫藥費、住院費及伙食費的無奈；詳細地記錄下朋友們一點一滴的幫助與支持，情人的無情與負心，勢利小人的白眼。所有生活的艱難，所有「娜拉」出走後必須面對的困境，她都通過病痛的身體實實在在地表現出來，沒有半點虛假。雖然她對革命和愛情都有熱烈的嚮往與憧憬，但那浪漫的色彩全被病痛的身體無情地粉碎了。身體就是她的現實，身體就是她的希望與絕望。當最後有一位醫生建議她摘除卵巢時，她因為瞭解卵巢對女人的生理、心理及神經都很重要而拒絕動手術。「假如割掉了卵巢，就沒有情熱，沒有欲望，沒有野心，沒有一切的希望了。但這些情熱、欲望、野心、希望，就是我最重要的生命。」[24]卵巢——女性的特徵，是白薇不願割捨的，即使這意味著她將永遠被囚禁在病痛的身體裡，即使這意味著她將永遠歇斯底里，永遠不被他人所理解。總之，我們在白薇的悲劇裡，感受到的人間困境，不是一般一處的困境，而是愛情、寫作、革命全都無法拯救的女性困境。在此絕境之中，她實際上提醒是否要尋找自救的可能。這也許正是《悲劇生涯》的意義。

女人有沒有真相？白薇其實早已做出了回答：她的身體就是她的真相。在這殘骸般的身體裡，她仍然是一個自強自立、心靈豐富的女性，她仍然有情欲、有追求、有理想、有創造，她的心靈、生命和她的身體是密不可分的。這一飽受病痛與戀情折磨的身體，是她的情人楊騷所無法編造與篡改的，也是男性作家所無法模仿的，更是任何意識形態所無法控制的。它不承載任何他人的語言，也不承載任何男性的語言，它只屬於白薇式的獨特的女性寫作。

白薇對革命和愛情的懷疑態度可以追溯到她早期的長篇小說《炸彈與征鳥》。這篇小說發表在《奔流》時，由於政府對期刊的檢查制度，小說的第二部分丟失了。雖然它不是《悲劇生涯》那樣的自傳小說，但故事仍包含了許多白薇的個人經驗。《炸彈與征鳥》寫了一對姐妹花，余玥和余彬，她們的父親是個革命者，但他卻遵循那些限定女性身份角色的封建倫理道德。姐姐玥陷入了父親包辦的可怕婚姻，然後又戲劇性地逃出了這個活地獄，這一事件與白薇第一次婚姻的痛苦經歷相似。彬就幸運一些，她去了武漢，成了社會上的交際花，與一個又一個男人玩著性遊戲。玥在逃出了婚姻的牢籠之後加入了武漢革命政府，選擇投身革命而不是愛情，結果卻陷入了國共兩黨之間嚴酷的政治鬥爭中。白薇自己的經歷——1927年3月進入武漢國民政府，做一名日語翻譯——使她能從一個

[24] 白薇，《悲劇生涯》，第891頁。

女作家的視點來描述1927年的動盪。白薇沒有直接敘述國民黨對中共黨員的屠殺，她用玥的身體作為象徵，說明這兩個黨派沒有任何一個能對女性問題做出令人滿意的回答。

受五四傳統的影響，白薇的《炸彈與征鳥》探討女人在離開父權制家庭後能做些什麼以及革命與婦女解放之間的錯綜複雜關係。小說中的兩姐妹象徵著新女性在走出大家庭後的兩種不同的處境。雖然她們都渴望自由和革命，但是妹妹彬漸漸墮落成一個可愛又可怕的女人，她喜歡玩弄男人，同時也依賴男人。彬沉溺於欲望、激情、安逸、幻想和輕薄無聊的生活中，她的身體與權力、金錢、縱欲、資產階級意識形態、殖民思想甚至漢口這一色情化的都市緊密相連。彬在她的性生活中獲得了自由，擺脫了父權制對她的控制，但是她的新的性意識卻是由資產階級意識形態所規定的。與彬相反，姐姐玥在克服了許多困難最終逃出了封建家庭包辦的痛苦婚姻後，選擇投身革命，卻以幻滅告終。在白薇對「革命加戀愛」公式的書寫中，她的主人公玥更傾向於革命而不是愛情。因為在那個時期的愛情話語中，女性的主體位置已經被固定了，只有通過革命，她們才有機會找到新的空間。[25]玥的選擇是有意識地反抗由男性中心社會預先指派給她的角色。

相對於彬由資產階級意識形態預先假定的「女性的」、消極的一面，玥表現出更為「男性化」、更為積極的一面。在《炸彈與征鳥》的意識形態層面上，這兩個看似對立的主人公代表著滲透在小說中的二元對立：頹廢的、殖民的、淫蕩的資產階級意識形態和進步的、愛國的、禁慾的革命意識形態。在文本的表面，白薇肯定後者否認前者。然而，她從心底深深地懷疑女性是否能在這兩種意識形態中找到「女子的真相」。在小說的結尾，彬和玥都在絕望中崩潰：一個被頹廢而空虛的生活弄得筋疲力盡，另一個在國共兩黨之

[25] 孟悅、戴錦華：《浮出歷史地表》，第164—167頁。

間的政治鬥爭中被傷害得心灰意懶。不像茅盾和蔣光慈筆下的新女性，能夠平靜地為了革命目標而犧牲自己的身體，並絲毫感覺不到痛苦，茅盾的個案與蔣光慈不同。在茅盾早期的小說比如《蝕》和《虹》中，他的女主人公也感受到了革命的不確定。[26]玥對女性身體的政治物質化感到不確定和困惑，而彬則對革命或男人不再信任。

在彬變成一個沉溺於愛情遊戲和淫蕩的生活方式的危險的女人之前，她像許多進步青年一樣渴望參加革命。但是，她很快發現她只能做一個裝飾品。她內心的聲音揭示了革命和女人之間的關係問題：

> 彬很不安了，感到自己底一點靈光，將在陰霾的黑夜會被暴雨打滅了，她驚懼，她懷疑了。她懷疑革命是如此的不進步嗎？革命時婦女底工作領域，是如此狹小而卑下嗎？革命時婦女在社會的地位，如此不自由，如此盡做男子的傀儡嗎？哼！革命！……把女權安放在馬蹄血踐下的革命！……女權是這樣渺小麼？我彬是這樣渺小麼？哦，我知道了！我彬簡直是極渺小的動物！要闊步闊步而只在蠕行蠕行的笨蟲！……彬愈加不安了。將欄杆上剛發過來剩餘的傳單撚成紙團，將明天就要插在男子中遊街的幻想在腦中急轉。她無聊地越想越歎息：啊，這樣的革命！這樣的革命！把我底奮鬥去點綴男子犧牲得街心！我炸彈一般的力和心喲，這樣將澌滅殆盡！[27]

雖然彬是一個空虛的女子，但她對革命的懷疑態度卻源於她的女性意識。正是看到女性只是革命的裝飾品，彬開始意識到女性主義與革命之間巨大的差距。為了使她的「智慧、力量和心靈的微弱光芒」不被熄滅，不被男人的理性和認同所壓抑，她選擇沉溺於色

[26] 見王德威：《二十世紀中國小說的現實主義：茅盾、老舍、沈從文》，第25—110頁。
[27] 白薇：《炸彈與征鳥》，上海：北新書局，1929，第29頁。

情的生活，以為在這種生活中她能夠表達自我（ego），不過後來她又發現這一選擇也並非出路。

玥雖然狂熱地愛著革命，卻始終追問革命的意義，追問革命對女人的意義，以及對於她自己的意義。玥始終感到困惑，因為她所渴望和想像的革命理想與現實中的革命運動嚴重脫節。在抗議遊行的隊伍中，她看到的並非英雄，而是蠢婦和無賴漢等烏合之眾，她忍不住問：

> 這是民眾底精神嗎？這是所謂革命的表現麼？……看他們拖拖遝遝的，不是提不起腳勁，便是喘息的樣子，頭低低而垂下，無神的眼皮……他們還哪里有革命的熱，力？他們哪里懂得革命的意義？革命、革命、是烏合之群僅僅在街上喊的？……她看了很傷心，起這麼一陣反感。然而她什麼內容也不知道，如何去建設革命，她更不知道。……革命，……中華民族的革命是什麼？我不知道！[28]

作為一個典型的現代「新女性」，玥對階級意識和集體力量的看法有別於左派，這也使她遠離群眾。不像彬那樣，輕易地就放棄了她最初的目標，玥始終堅持在革命話語中尋找自己的位置。不幸的是，玥捲入了國共兩黨的政治鬥爭中，甚至同意把她自己的身體當作實現政治目的的工具。當她的同志馬騰勸說她去色誘國民黨G部長以盜取情報時，她居然同意了。然而，白薇畢竟是一個女性意識很強的女作家，她對新女性的描述有意識地不同於茅盾和蔣光慈。當玥的身體經受性的暴力和血腥的政治鬥爭的摧殘之後，她還有能力思考，有能力感受，有能力批判。雖然茅盾也意識到這一點，但他對清晰地將其表達出來非常猶豫。當然，他在1927年之

[28] 白薇：《炸彈與征鳥》，第143頁。

後的動搖對他的敘述產生了很大的影響。玥並不是積極地去色誘部長，而是在一個漆黑的雨夜被部長所強暴，從那以後，她拒絕再為這樣的「革命」任務而獻身。在此，白薇關注的是女革命者苦痛的身體而不是政治意識形態。玥陷入男人們的政治鬥爭中，她註定是要失敗的，她為革命犧牲的不僅僅是她的身體，還有她的自我（self），她的愛情，她的一切。在小說的結尾，玥被監禁在黑暗潮濕的牢獄中，似乎被國共兩黨拋棄並且遺忘了。她真誠的追求和她的失敗，是對現代的革命女性的警示，讓我們不得不思考革命帶給女性什麼命運的問題。由於玥的主體位置是由民族話語和革命話語的男性化框架所預先假定和預先設計的，她永遠都不可能在其中找到她真正想要的位置。

在語言層面上，由於白薇採用與女性神經官能症相對應的歇斯底里式的表達方式，相對於男作家描述女人的敘述語言，因此，白薇的敘述語言給讀者一種怪異且陌生的感覺。例如，她的敘述語言總是採用極端感性的表達方式，事件之間缺乏基本的合情合理的邏輯關聯，常常自由地從一個主人公跳到另一個主人公，從內心獨白跳到外部顯示，從興奮的極點跳到消沉的低谷。讀者要跟上她的敘述節奏是很困難的。彬和玥的神經質性格，總是讓讀者聯想起西方哥特派小說中瘋女人的笑和哭。這兩個女主人公毫無節制的瘋瘋傻傻的行為，以獨一無二的女性聲音表達了她們對男人對革命的絕望。這種女性的聲音威脅著男性中心社會的虛假狀態。白薇的敘述語言似乎是粗糙的不成熟的，但是她的語言源於她強烈的女性主義意識。借助歇斯底里的敘事語言，無節制的重複，怪異的詞語誤用，民族和革命話語變得可疑而成問題，而女性寫作卻找到了新的操作的可能性。在《炸彈與征鳥》中，作者揮舞著一些大的詞語，比如「工農運動」、「無產階級解放」，「婦女運動」、「民族主義」和「革命」，但她卻常常強調它們與主人公的距離。使我們可以在這個距離中重新思考革命和女性的問題。

在革命話語中探尋女性的命運，並顛覆男作家對新女性的基本描述方式，這正是白薇作品的意義。白薇對「革命加戀愛」的重寫，以懷疑的態度質問了愛情和革命話語對現代女性的塑造，通過對現代愛情和革命進行雙重的追問，挑戰了公式本身，並挑戰了社會對「新女性」的定義，這更是白薇的特別處。她有意識的女性主義寫作強調的不是現代的浪漫愛情，也不是狂熱的革命浪潮，而是在這些浪漫的熱情掩飾下的女性傷痕累累的身體與心靈，是女性無所皈依的迷惘，和幻滅後痛苦的尖叫，這是屬於女性的真實的體驗，是白薇在中國的現代化進程和革命道路上苦苦追尋女性自我和女性真相的見證。

## 廬隱：超驗的女性愛和死亡迷戀

廬隱是五四時代傑出的女作家，不過到了20年代末和30年代初，她的寫作也涉及到一點關於「革命加戀愛」的話題。在《曼麗》（1928）中，廬隱的主人公是個新女性，她帶著極大的熱情投身革命，最終卻帶著受傷的身體和心靈躺在醫院中。以懺悔信的形式，曼麗對她的女朋友莎吐露心聲，對革命本身的荒謬、革命對女人身體和性別認同的控制感到失望和灰心。像白薇一樣，廬隱也極其關注革命中的女性角色。她的短篇小說《曼麗》表達了革命對新女性的定位與新女性對這個被指派的位置的重新審議之間的張力。在故事的結尾處，正如主人公所指出的，曼麗的病是心病，是神經衰弱而不是其他疾病。廬隱對心病——作為被社會傷害的象徵——的強調，是重新定義「女子身份」的必要的政治策略。在廬隱的小說世界中，新女性的內心世界或精神狀態是細膩而敏感的，遠遠比男作家對新女性的描述複雜得多；而且，她所重新界定的女子身份中那種純粹的、坦誠的、超驗的愛，暗示了在民族和政治鬥爭中存在一個有爭議的地帶。廬隱對女性私生活的強調，是為了駁斥革命、現代性和民族國家在公眾生活中對女性的利用。她的關於女子身份的模式，勾勒了一種理想化的女性認同和柏拉圖式的女性愛，抵制了建立在男尊女卑不平等框架上的男性化的對女性的解釋。

廬隱的《象牙戒指》是以著名的革命情侶高君宇和石評梅真實的愛情故事為基礎的，他們短暫而絢麗的生命成為「革命加戀愛」在現實中的典型範例。按照官方的說法，高君宇是早期中共的創立者之一，他去世於1925年。他的愛人石評梅是一個著名的女作家，死於1928年，在有生之年創作了許多進步文學作品。他們合葬在北京陶然亭公園，在那兒，他們的墓碑變成了一個特別被大眾所喜愛的愛情象徵。因為周恩來認為他們的愛情故事象徵著革命和愛情的和諧關係，可以對新中國的青年起到教育和宣傳的作用，所以1956年他們的陵墓被政府接管。顯然，在「革命加戀愛」的迷人故事的遮蔽下，高君宇和石評梅之間悲劇和令人感傷的愛情真相被官方歷史抹煞了。

石評梅自己的文學創作和她的密友廬隱的《象牙戒指》，為她和高君宇的浪漫愛情提供了與官方歷史不同的另一種版本。在石評梅所留下的文學作品中有一個短篇小說《匹馬嘶風錄》，也同樣涉及到「革命加戀愛」的主題。女主人公何雪樵和男主人公吳雲生因為革命的需要而分手。小說採用抒情的敘述語言，混合著英雄主義和感傷主義。起初，當何雪樵向愛人提出分手時，她看起來並沒有吳雲生傷感，畢竟，是她決定將個人情感服從更高的目標——革命。然而，當她得知吳雲生被敵人殺害之後，她卻讓感情吞沒了理性。在小說的結尾，她的革命目標變成了為吳雲生的死進行個人復仇。相對於何雪樵，吳雲生將他的感情平等地分為浪漫愛情和革命熱情。在給何雪樵的信中，他宣稱：「我生命中是有兩個世界的，一個世界是屬於你的，願把我的靈魂做你座下永禁的俘虜。另一個世界，我不屬於你，也不屬於我自己，我只是歷史使命中的一個走卒」。[29]吳雲生清楚地看到個人在革命中的位置，所以他尤其珍視愛情，並且允許自己沉溺於傷感的情緒中。有趣的是，雖然石評梅比她的人物何雪樵更敏感更易動感情，小說中的男主人公吳雲生的形象卻與高君宇酷似——石評梅在日記中，在給朋友的信件中，在散文中所描述的高君宇也是一個多愁善感的人。甚至連吳雲生所描述的兩個世界：一個屬於愛人，一個獻身於歷史使命，也是高君宇給石評梅的信中的原句。[30]被省略的只是高君宇不能控制的對情愛的沉迷。

廬隱的《象牙戒指》發表後，這個感傷而浪漫的故事讓成百上千的青年前往陶然亭悼念高君宇和石評梅。作為石評梅最好的朋友之一，廬隱努力採用石評梅的觀點，努力站在石評梅的立場上講話。這部長篇小說包括了許多石評梅的日記，給愛人和朋友的信件，以及她已經發表過的文章。大量的原始材料模糊了小說人物和生活原型之間的差別。通過石評梅最好的朋友陸晶清（她在小說中的名字是蘇文）和廬隱（她在小說中的名字是露莎）的敘述聲音，以及石評梅在她的日記、跟女性朋友的私人對話中的聲音，這個美麗而憂鬱的浪漫故事的真相被揭示出來了。敘述者對女性聲音和女性私人空間的強調，把這個「革命加戀愛」的故事引導到女性主義話語的方向上。石評梅非常自然地被敘述者看作是那種經過重新定義的新女性的最重要的體現，她尤其代表了廬隱烏托邦的女性世界中的典型形象。實際上，廬隱建立在女性烏托邦基礎上的性別表演創造了一種特殊的女性認同，這種女性認同超越了異性戀的框架，並且建立了它自身的話語優先權。正如廬隱在《海濱故人》中描述的那樣，這些女主人公之間和諧而親密的關係再現了廬隱、石評梅、陸晶清和其他女朋友之間非同尋常的緊密關係。廬隱所描寫的

29 石評梅：《匹馬嘶風錄》，見《石評梅選集》，屈毓秀、尤敏編，西安：陝西人民出版社，1983，第296頁。

30 見石評梅：《夢回寂寂殘燈後》，見《石評梅作品集》，楊楊編，北京：書目文獻出版社，1983，第104頁。

女性之間的友誼和女人之間的純粹愛情，無論是虛構的，還是真實的，都不可避免逾越了異性戀的邊界。通過這種重新界定性別差異的方式，廬隱對「革命加戀愛」的重述尖銳地挑戰了這一公式中的男性話語。

一些批評家批評廬隱的《象牙戒指》歪曲了高君宇和石評梅愛情的真實性和重大意義，因為小說將積極健康的故事拖入了感傷主義的悲觀陷阱。[31]然而，在給廬隱的信中，石評梅寫道：

> 〈靈海潮汐致梅姐〉和〈寄燕北諸故人〉我都讀過了，讀過後感覺到你就是我自己，多少難以描畫筆述的心境你都替我說了，我不能再說什麼了。一個人感到別人是自己的時候，這是多麼不易得的而值得欣慰的事，然而，廬隱，我已經得到了。假使我們的世界能這樣常此空寂，冷寂中我們又這樣彼此透徹的看見了自己，人世雖冷酷無情，我只願戀這一點靈海深處的認識，不再希冀追求什麼了。[32]

石評梅是幸福的，因為她不能表達的感受被她的女友完美地表達了出來。廬隱是如此地貼近她的精神、心靈和情感，她對廬隱的愛在某種意義上是不能用語言表達的。石評梅、廬隱、陸晶清之間的往來信件包含著非常類似於異性愛的語言表達方式，此外，她們的語言包含一種完全區分於法律規定的異性戀的特殊關係，是一種身心相通相契的同性之間的精神戀愛。這種關係，被描述成「我感到你就是我自己」或者「能這樣彼此透徹的看見了自己」，是男人和女人之間的異性戀難以達到的境界，它也超越了女人之間姐妹關係的標準。

[31] 鄒午蓉：〈兩部描寫早期共產黨人愛情生活的小說〉，見《江海學刊》，1994年第2期，第180—187頁。

[32] 石評梅：〈給廬隱〉，見《石評梅作品集・散文》，楊楊編，北京：書目文獻出版社，1983，第41頁。

廬隱通過她和陸晶清閱讀石評梅的日記展開了小說的敘述。在《象牙戒指》的前半部分，廬隱聽陸晶清敘述石評梅的秘密戀情，在後半部分，她們調換了位置。於是，以朋友閒聊的形式，有關石評梅生活資訊的第一手的原始材料向公眾敞開。我們發現，石評梅授權她的朋友審閱和整理她的私人物品，比如日記和信件，即使是在她不在場的情況下。當廬隱和陸晶清進入並且瞭解了石評梅的私人生活和內心世界，她們獲得了某種感受神韻的快樂，這種神韻來自石評梅的自我表達。因為是私人信件和日記，她尤其大膽地表達自我，藝術而感傷地表達自己的痛苦和悲傷。這種女性之間互相溝通和互相理解所帶來的快樂，讓廬隱和陸晶清也看到了自我，看到了自己的痛苦，自己敏感的內心。因為沒有被世俗的規範所污染，這幾個女友分享的快樂源自她們超俗的女性愛，而這種女性愛在高君宇和石評梅的愛情故事中不斷地質疑著「革命加戀愛」主題的真實性。

確認《象牙戒指》是一部重要的作品，不僅因為它是一部反映女性如何看待現代愛情與革命的小說，而且因為在小說的傷感美學中，突出了一種對死亡的迷戀。這部小說可以說是女性主義寫作的先驅。小說中的女性友誼和女性意識的敘述形式，是屬於廬隱自己的一種性別表演性語言，在革命文學的語境中具有特殊的意義；而且，那種與死亡和毀滅性的感傷主義緊密相關的敘述語言，給「革命加戀愛」的主題寫作帶來了極其不同的聲音。

在廬隱的小說中，讀者只能模糊地知道共產黨領導人高君宇從事某種英雄的事業。在令人傷感的浪漫故事發生之前，他的革命背景已經從敘述場景中淡出。雖然他深愛著石評梅，但是只有到他死後，才獲得石評梅真正的愛情。石評梅被她的初戀情人，一個操控她感情的已婚男人所傷害，所以不能從痛苦中復原，也不能接受高君宇真誠的愛。她始終拒絕他，高君宇最終死於這種無法獲得的愛。只有在高君宇死後，石評梅才發誓以她的青春和愛情來祭奠他，差不多有三年的時間，她常常去他的墓地緬懷，而她最終也因憂傷過度而香消玉隕。按照廬隱的敘述，高君宇的生和死都是為了愛情，而並非是為了他偉大的革命工作。帶著深深的懊悔，石評梅說：「你為什麼不流血沙場而死，而偏要含笑陳屍在玫瑰叢中，使站立在你屍前哀悼的，不是全國的民眾，卻是一個別有懷抱，負你深愛的人？」[33]「革命加戀愛」的公式在這兒被偏向愛情話語的設計所攪亂，雖然這個傷感的「情」的傳統在五四的文學想像中非常流行，可是在革命文學階段卻變得很成問題。李歐梵寫道：在1920年代末和1930年代初新的政治環境下，愛情看來已成為奢侈而不負責任的昔日的殘餘痕跡了。按照丁玲的說法，那個浪漫世界已經過時了。1928年，詩人朱自清也表達了類似的看法：「幾年前，浪漫是一個好名字，現在它的意義卻只剩了諷刺與詛咒，『浪漫』是讓自己蓬蓬勃勃的情感儘量發洩，這樣擴大了自己。但現在要的是工作，蓬蓬勃勃的情感是無訓練的，不能發生實際效用；現在是緊急的時期，用不著這種不緊急的東西」。[34]

廬隱選用《象牙戒指》做小說的題目有深刻的意義，象牙戒指是高君宇和石評梅之間愛情關係的象徵，它同時也帶有貫穿小說的迷戀死亡的主題。石評梅在自己的散文集《濤語》（1931）中收錄了一個短篇故事《象牙戒指》，非常詳細地說明了象牙戒指的歷史。在這個故事中，她也收錄了高君宇寄給她戒指時寫的那封信。他寫道：「願我們用『白』來紀念這枯骨般死靜的生命」。[35]當她的朋友晶清建議她丟掉這個白色的冷冰冰的也許是凶兆的戒指時，石評梅堅定地拒絕了，她寧願選擇讓她的「一個光華燦爛的命運，輕輕地束在這慘白枯冷的環內」。[36]即使石評梅知道這個象牙戒指

[33] 廬隱：《象牙戒指》，北京：盛景書店，1933，第190頁。

[34] 見《中國現代作家的浪漫一代》，第273頁。

[35] 石評梅：《象牙戒指》，見《石評梅作品集・散文》，楊楊編，北京：書目文獻出版社，1983，第80頁。

[36] 同上，第80頁。

充滿了死亡的暗示，她仍然將她年輕而美麗的生命與它緊緊地綁縛在一起。當高君宇因石評梅拒絕他的愛而深受打擊，吐血而死時，正是這個象牙戒指深深地銘刻在她的記憶裡；高君宇死後，石評梅在醫院裡看到他的遺體時，也正是這個象牙戒指首先進入她的眼簾。通過對石評梅深刻的瞭解，廬隱清醒地選擇了這個象徵符號作為一個線索，串起她小說中傷感的珠子。

20世紀30年代左翼作家的大部分「革命加戀愛」的作品，雖然也有大量的感傷主義的描寫，但最終都是為了轉向革命的英雄主義作鋪墊，都強調從頹廢到革命的轉向，可是《象牙戒指》中的愛情和死亡話語卻不帶有明確的政治轉向。廬隱似乎在相同的感傷主義的情緒中反復地訴說，這種感傷主義深深地得益於中國的情愛浪漫傳統，這是由曹雪芹的《紅樓夢》、魏子安的《花月痕》、徐枕亞的《玉梨魂》所建構的。在現實生活中，石評梅喜歡偷偷地把自己想像成林黛玉，甚至她的筆名，夢黛和林娜，也出自林黛玉的名字；而且，廬隱有時候也叫她「顰」，這是寶玉給黛玉取的綽號。我們可以注意到，在《象牙戒指》中，廬隱特意集中描述了石評梅的自戀、自憐和自毀，這些特徵都與林黛玉相似。滿紙皆是流不完的淚水，對病和死的過度癡迷，廬隱眼中高君宇和石評梅的愛情故事看起來像是與理性相衝突的中國小說「情」的傳統的另一個版本。[37]然而，這個感傷傳統的複製品有著現代的意義。受五四運動的影響，廬隱也努力重溫西方式的浪漫。主人公高君宇從斯托姆（Theodor Storm）的《茵夢湖》（Immensea）中援引主人公的名句，反復地說，死時候啊死時候，我只合獨葬荒丘。這個誇張的維特式的感傷主義瀰漫著痛苦、多情和憂鬱的情緒，顯然符合當時大眾的接受心理，所以《象牙戒指》出版後，石評梅和高君宇的愛

[37] 參閱王德威在他對晚清被壓抑的現代性的定義中，舉例說明理性和濫情的辯證關係，以及他對《花月痕》的文本細讀。見《被壓抑的現代性——晚清小說新論》，第72—83頁。

情故事在那個時期變得異常流行。

東西方感傷傳統的混合給廬隱創造了一個機會，使她能夠把石評梅的形象改造成一個現代新女性。按照敘述者的說法，主人公石評梅是一個受過良好教育的現代女孩，一個技藝嫻熟的冰上舞者，一個舞會上的美妙的寵兒，還總是吸煙和喝酒。通過陸晶清的故事講述，廬隱告訴我們，當石評梅被她的初戀情人傷害後，她對異性愛的浪漫故事非常懷疑。雖然她花時間跟高君宇相處，但是在高君宇健在的時候從未愛過他。她的一個藉口是，高君宇是個有家室的人。所以，她寧願將他們關係中的痛苦和悲傷看作是一部小說，她僅僅是在這個悲傷而美麗的戲劇中扮演一個角色。石評梅以情景劇的態度對待生活，而且忍不住被自己的表演所深深感動。她曾經告訴陸晶清，當她表演的時候，她很清楚地知道這只是一場戲，但同時她也感到煞有介事地出演這場真人秀是如此的荒謬滑稽。[38]

> 曹（高君宇）我相信他現在是真心愛我，追求我。——這也許是人類佔有欲的衝動吧！——我總不相信他就能為了愛而死，真的，我是不相信有這樣的可能——但是天知道，我的心是鎖在矛盾的圈子裡，——有時也覺得怕，不用說一個人因為我而死，就是看了他那樣的悲泣也夠使我感到戰慄了。一個成人——尤其是男人，他應當是比較理智的，而有時竟哭得眼睛紅腫了，臉色慘白了，這情形怎能說不嚴重？我每逢碰到這種情形時，我幾乎忘了自我，簡直是被他軟化了，催眠了！在這種催眠狀態中，我是換了一個人，我對他格外的溫柔，無論什麼樣的請求，我都不忍拒絕他。呵，這又多麼慘！催眠術只能維持到暫時的沉迷。等到催眠術解除時，我便毅然否認一切。當然，這比當初就不承認他的請求，所

[38] 廬隱：《象牙戒指》，第141頁。

給的刺激還要幾倍的使他難堪。但是，我是無法啊！可憐！我這種委屈的心情，不只沒有人同情我，給我一些慰安。他們——那些專喜謗責人的君子們，說我是個妖女，專門玩手段，把男子們拖到井邊，而她自己卻逃走了。唉，這是多麼無情的批評，我何嘗居心這樣狠毒！——並且老實說就是戲弄他們，我又得到些什麼？[39]

小說中有一些石評梅在女友面前私下的坦白，這些坦白顯示了她對男人和由五四運動而產生的現代浪漫故事的批評態度：

尤其是有了妻子的男子。這種男子對於愛更難靠得住。他們是騎著馬找馬的。如果找到比原來的那一人好，他就不妨拼命的追逐。如果是在追逐不到時，他們竟可以厚著臉皮仍舊回到他妻子的面前去。最可恨，他們是拿女子當一件貨物，將女子比作一盞燈，竟公然宣言說有了電燈就不要洋油燈了。——究竟女子也應當有她的人格。她們究竟不是一盞燈一匹馬之類呵！

不，我覺得為了我而破壞人家的姻緣，我太是罪人了。所以，我還是抱定為了愛而獨身的主義。[40]

因為五四運動鼓勵男人拒絕包辦婚姻，追求性和情感的解放，許多知識份子，比如魯迅、郁達夫、郭沫若和茅盾都捲入了與他們的原配夫人和新女性的三角戀中。當時一個普遍的現象是，傳統的女性別無選擇，只能成為封建道德和現代浪漫故事的雙重犧牲品。被這樣一種普遍情況所困擾，石評梅表現出對女性問題的深刻關注。她也有意識地挑戰被新的父權文化所界定的新女性的角色：

[39] 廬隱：《象牙戒指》，第147—148頁。
[40] 同上，第149、152頁。

像我們這種女子，誰甘心僅僅為了結婚而犧牲其他的一切呢？……他為人也不壞，我雖不需要他作我的終身伴侶，但我卻需要他點綴我的生命呢！

但是當你太替別人想得周到，就忘了自己。你想一個女孩子，她所以值得人們追求崇拜的正因是一個女孩子。假使嫁了人！就不啻一顆隕了的星，無光無熱，誰還要理她呢？所以我真想不嫁呢！

其實對於他們這些男人，高興時不妨和他們玩玩笑笑，不高興時就吹，誰情願把自己打入愛的囚牢？[41]

通過揭示主人公石評梅秘密的內心想法，廬隱對新女性的重新定義與男性的左翼作家是多麼的不同，她不僅關注現代新女性的困境，也關注傳統女性的困境。石評梅深深地懷疑男人的愛情和異性愛婚姻，她表現得像個現代女孩，把持著權力和意願，與男人調情並且玩弄男人。她想維持這種支配地位，不為男人、愛情、婚姻或者任何一種男性中心的意識形態犧牲自我。帶著自己的傷痛，石評梅拒絕接受異性愛的標準，拒絕接受現代男性為新女性所指派的位置，並且決定在虛幻的冰雪友誼的基礎上建構各種愛情、異性愛婚姻和烏托邦女性關係。她的自我否認、自我毀滅和自我放逐是一種理想化的美學姿態，與現實保持一定距離。將現實生活看作一齣戲劇或一部小說，將她自己看作戲劇小說中的女演員，在戲劇化的表演中，她使用迂回的態度和充沛的情感，這都是將生活美學化的方式。通過這樣的表演，她按照自己獨特的女性主義觀點重新定義了現代新女性。她寧願將自己的生命變得悲劇化，寧願自己是一出悲劇的女主角，寧願傷痕累累，寧願沉浸在殘淚寒夢中，也不願意接

41 廬隱：《象牙戒指》，第104—105、160頁。

受由男性話語控制的羅格斯中心社會所界定的女性位置。石評梅這種自戕式的反抗精神成功地破壞和扭曲了男性化邏輯的權力關係。通過不再相信男權社會所規定的女性性本質，石評梅得以穿越由社會關係，比如婚姻，所描畫的路線。然而，我們不能簡單地把她所界定的冰雪友誼歸納為同性戀，它其實包含著背離強制的異性愛框架的標準等一系列意義。

讀者也許想知道，這個以獻身革命而聞名的現實中的石評梅到底是什麼樣的，她是否真的像廬隱在《象牙戒指》中描述的女主角那樣傷感而自戕。也許廬隱版的石評梅太過忽視她追求革命的一面。石評梅的小說，如《歸來》、《紅鬃馬》、《流浪的歌者》、《白雲庵》、《匹馬嘶風錄》等等，都寫到了有關革命的故事，也許廬隱忽視了她革命積極的一面。不過，我們可以說，石評梅的日記、散文和信件證明廬隱確實揭示了一個真實的人，揭示了石評梅最隱秘的一部分，儘管她的公眾形象是一個積極的革命者。雖然石評梅的寫作常常游離在男權社會所規範的性本質之外，但她卻不得不仍然生活在充滿了男性話語和壓抑女性主體的現實社會裡。和她的許多的女性朋友一樣，現實生活中的石評梅的生和死都源於矛盾。她在理智與情感、新與舊、死亡與愛情、女性的指定角色和她自己對這一角色的想像性超越之間動搖和彷徨。她矛盾的存在讓她過分地沉迷於死亡，眷戀死亡美學帶給她的詩意：她不愛活著的高君宇，卻深深地愛上了死去的他。在〈腸斷心碎淚成冰〉中，石評梅描述她向高君宇的遺體告別時的經歷，讓人感到她對頹廢美學和死亡美學的眷戀：

> 他的面目無大變，只是如臘一樣慘白，右眼閉了，左眼還微睜著看我。我撫著他的屍體默禱，求他瞑目而終，世界上我知道他再沒有什麼要求和願望了。我仔細的看他的屍體，看他慘白的嘴唇，看他無光而開展的左眼，最後我又注視他左

手食指上的象牙戒指；這時候，我的心似乎和莎樂美得到了先知約翰的頭顱一樣。我一直極莊嚴神肅地站著，其他的人也是靜靜悄悄的低頭站在後面，宇宙這時是極寂靜、極美麗、極慘澹、極悲哀！[42]

在她自己怪異的敘述中，石評梅變成了一個典型的西方化的頹廢的女人，她沉湎於死亡、病態和屍體的美麗，她有著危險的力量，能夠誘惑男人去死。有意識地將自己等同於西方著名的莎樂美，她向讀者展示自己對頹廢和死亡美學的認同，這一認同使她和革命、進步和民族主義等這些崇高的概念產生一定的距離，走向了一種現代的疏離和異化感。高君宇在世的時候，她讓自己捲入愛情遊戲，卻婉辭男權社會對女性規定好了的角色和位置。在她的內心深處，正如她在私人信件中向自己的女朋友所坦白的那樣，她有著玩弄別人的危險想法並且變得自我放縱。[43]這種遊戲的態度實際上充滿了對男性社會的不信任，石評梅無法相信高君宇真誠的愛情，反而獻身於死神，與死神達成了永久的承諾。

我在天辛的生前心是不屬於他的，在死後我不知怎樣便把我心收回來交給了他。所以我才和W君斷絕友誼，便是防備我心的反叛。如今我是一直沉迷著辛的骸骨，雖然他是有許多值得詛咒值得鄙棄的地方……

不幸，天辛死了，他死了成全了我，我可以有了永遠的愛來安慰我佔領我，同時可以自然貫徹我孤獨一生的主張，我現在是建生命在幻想死寂上，所以我沉迷著死了的天辛，以安慰填補我這空虛的心靈，同時我報了這顆心去走完這段

42 石評梅：〈腸斷心碎淚成冰〉，見《石評梅作品集・散文》，楊揚編，北京：書目文獻出版社，1983，第102頁。

43 石評梅給她的女朋友袁君珊的信。見袁君珊，〈我所認識的評梅〉，《石評梅作品集・戲劇，遊記，書信》，楊揚編，第273—275頁。

快完的路程……

我一直寫《濤語》的緣故，便是塹壁深壘地建造我們的墳，令一切的人們知道我已是這樣一個活屍般毫無希望的人。

我最愛處女，而且是處女的屍體，所以我願我愛的實現！從前我不敢說這樣大話，我怕感情有時不聽我支配，自從辛死後我才認識了自己，我知道我是可以達到我素志的。[44]

石評梅常常為自己寫作，建構她那錯綜複雜的異乎尋常的愛情墳墓——死亡激情。她身上所展現的渴望腐朽和死亡的衝動行為，將她從現代革命的新女性中分離出來，而這些新女性誘人的身體常常被男性作家用來傳達進步的意識形態。石評梅對各種頹廢和枯竭的象徵的沉迷，反射出她堅定的個人信仰，同時也反射出一種女性困境，一種拒絕男性對女人欲望的規定，卻在男權社會中找不到完全滿意的位置和角色的困境。死亡和頹廢似乎是石評梅表達自我、戰勝性別歧視的唯一工具。以她們寫作和存在的感傷方式，石評梅和廬隱顛覆並替代了男性的欲望與認同，這種顛覆和替代並沒有被虛構的美學模式所局限，而是轉化成一種女性的文學實踐，在其中，她們的聲音尖銳而真實，悲傷卻洪亮，並且很難被男性所接受。

為自己，為彼此而寫作，廬隱和石評梅創作了獨特的顛覆父系規訓的女性觀。通過獨一無二的女性語言和私人交流，她們不斷地重新定義新女性，不斷地爭論著現實的、真實的、政治的和革命的新女性到底應該是什麼樣子。這樣的重寫把女性話語放在了命名的表演模式中，提供了一種不同於男性界定的新女性的定義。借助於石評梅死前為好友所提供的第一手材料，也借助於女性間的「冰雪友誼」，廬隱用石評梅和高君宇的故事重新闡釋了「革命加戀愛」

[44] 在石評梅給袁君珊的一封信中，石評梅接著說：「如果我死了，而你要寫一些文章來分析我的生活，這封信可以成為很好的證據」，見袁君珊，〈我所認識的評梅〉，《石評梅作品集・戲劇，遊記，書信》，楊揚編，第273—275頁。

的公式。在迥異於革命文學的構架中，廬隱替自己的女友道出了真相，這個真相建立在一個非傳統非正常的性角色的基礎上，建立在女性之間的精神戀愛和友誼的基礎上，更重要的是，這個真相是用真正屬於女性自己的語言傳達出來的。

## 丁玲：重塑新女性

在丁玲涉及「革命加戀愛」主題的小說中，新女性不像石評梅所表現的那麼憂鬱感傷，也不像白薇所表現的那麼歇斯底里，更不像左翼男性作家筆下的既頹廢又革命的女人，浪漫地用她們魅人的身體去實現革命目標。相反，她們面臨一個新的政治環境，隨著左翼作品中「大眾」這個形象的出現，這些新女性開始處於尷尬的地位，因為她們大多都象徵著現代和西方的女性觀念，還帶著濃厚的小資產階級色彩。早在一九二八年，女作家丁玲就以她的小說《莎菲女士的日記》而聞名，小說通過第一人稱敘述者的聲音，大膽、開放、坦率地訴說了一個現代女性的欲望、身體、性本質和困境。正如劉禾所指出的，《莎菲女士的日記》「通過堅持採用女人和女人之間的親密交談的方式，她以性別化的詞語，重新界定了閱讀和寫作」，並且「這樣一種女性間的交談使得才子佳人（本土的）以及中世紀的歐洲騎士（舶來的西方理想）都成為冗贅之物」。[45]不像石評梅和廬隱那種極端隱秘的帶有詩意的談話，莎菲的坦率不僅談論內心的一切，而且勇敢地表露女人的欲望，特別是身體的性的欲望。丁玲並沒有建造一個超驗的、藝術的、審美的烏托邦式的女性聯盟，她的《莎菲女士的日記》把一個覺醒了的女人放回到世俗的世界中，孤獨而病態，並讓她大聲地說出自己真實的欲望和作為現代女性的痛苦。五四運動之後，女人能夠如此敏銳地意識到她們

[45] 劉禾：《跨語際實踐》，第33—60頁。

自己的身體、欲望和性本質是意味深長的。然而，雖然丁玲是表現女性主體性的先鋒，但她的寫作卻在1931年之後發生了戲劇性的變化，那一年，她的丈夫，共產黨員胡也頻被國民黨殘酷地殺害了。從那以後，她的文學寫作就開始緊緊地與共產主義意識形態聯繫在一起。先不說她的意識形態寫作，還是分析她的《韋護》和《一九三年春上海》（之一、之二）。這三篇小說都寫於胡也頻死前，屬於「革命加戀愛」的類型。雖然後來丁玲承認她「陷入戀愛與革命的衝突的光赤式的陷阱裏去了」，[46]可是正如梅儀慈（Yi-tsi Mei Feuerwerker）所說的，這三篇小說「顯示出丁玲已經解決了從愛情到革命、從聚焦於內心體驗到關注政治現實的外部世界的艱難過渡」[47]。作為一個前衛的女作家，一個擅長以女性的眼光來揭示現代的性別關係的女作家，丁玲不得不處理新女性與革命的象徵——大眾之間的衝突，比如現代女性在自由、革命和無產階級解放等話語中扮演的是怎樣的角色？當丁玲逐漸地為了革命紀律而犧牲現代的新女性，她與自己的身體、性本質和寫作的關係是怎樣的呢？

丁玲的小說《韋護》，表現的也是「革命加戀愛」的主題，是以她的好朋友王劍虹和中共的傑出領導人瞿秋白之間真實的愛情故事為基礎的。瞿秋白有著雙重性格，他為共產主義運動而獻身，但同時也很浪漫，這一點被夏濟安注意到並且進行了仔細討論。[48]1922年，丁玲、王劍虹和其他女性朋友在上海同居一室，一起在由中共領導的普通女子學校學習，在那兒，她們從老師如陳獨秀、李大釗和茅盾那裡學到了社會革命的思想。1923年，丁玲和王劍虹去南京後，遇到了瞿秋白，他剛從蘇俄回來。給這兩個女孩

46 此為原文。梅儀慈（Yi tsi Mei Feuerwerker）將此句譯為「以蔣光慈的方式陷入了愛情和革命相衝突的陷阱」，見梅儀慈《丁玲小說：中國現代文學中的意識形態和敘述》（Ding Lings Fiction: Ideology and Narrative in Modern Chinese Literature），坎布里奇：哈佛大學出版社，1982，第53頁。

47 梅儀慈：《丁玲小說：中國現代文學中的意識形態和敘述》，第53頁。

48 夏濟安：《黑暗的閘門：中國左翼文學運動研究》，第3—54頁。

子印象極深的是他對蘇俄小說的淵博知識，而不是他所掌握的馬克思主義思想。在瞿秋白的鼓勵下，這兩個女孩子轉到了上海大學，許多著名的教授都曾在那裡教過書，比如茅盾、田漢（1898——1968）和俞平伯，當時瞿秋白被丁玲等譽為上海大學「最好的教員」。[49]在這段時間，瞿秋白和王劍虹深深地相愛了。這對情人很快地同居了，與他們同住一棟公寓樓的丁玲是他們浪漫愛情生活最直接的見證人。按照丁玲的說法，瞿秋白是個浪漫的熱情似火的人，他想要日日夜夜陪伴著王劍虹，甚至在開學之後也是如此。瞿秋白每天都給王劍虹寫情詩，把他熱愛的詩歌刻在石頭上，還喜歡吹長笛，唱昆曲，喜歡跟她們談文學。[50]丁玲對瞿秋白的文學天賦和浪漫天性的描述，讓我們不禁想起瞿秋白的《多餘的話》，這篇文章寫於他犧牲前：「因為『歷史的誤會』，我十五年來勉強做著政治工作——正因為勉強，所以也永久做不好，手裡做著這個，心裡想著那個。」[51]夏濟安刻畫瞿秋白的性格是「一個患有憂鬱症的革命者，一個帶有社會主義思想的唯美主義者，一個憎恨舊社會的感傷主義者，一個在莫斯科受過教育的佛陀，一個為不能忍受黑麵包的饑餓的人尋找家園的流浪者，或者，用一個詞來說，是一個軟心腸的共產黨員」。[52]丁玲的小說人物韋護很好地再現了原型瞿秋白的性格，他在自己的政治信仰和小資產階級生活方式的衝突中飽受煎熬。

丁玲在表現自己最親密的朋友王劍虹與瞿秋白的愛情故事時，最關心的是在革命的背景下一個新女性的位置。丁玲去北京繼續她的學業之前，告訴王劍紅，如果她的朋友「完全只是秋白的愛人」[53]的話，便不是她理想的朋友。她為劍虹過於依賴瞿秋白、過

[49] 丁玲：《丁玲自傳》，第39—40頁。

[50] 同上，第45—48頁。

[51] 引自夏濟安：《黑暗的閘門：中國左翼文學運動研究》，第45頁。

[52] 夏濟安：《黑暗的閘門：中國左翼文學運動研究》，第44頁。

[53] 丁玲：《丁玲自傳》，許楊清，宗誠編，南京：江蘇文藝出版社，1996，第48頁。

於沉湎於現代的性愛而深感不安，因為這樣的話，新女性獨立的個性將會消失。丁玲離開後不久，王劍虹死於結核病，這病是由瞿秋白傳染的，而他在劍虹死前已經因為革命的原因而離開了她。丁玲為這個意外的消息所震驚，她不能原諒瞿秋白，她認為瞿秋白應該為她朋友的死負全部的責任。「我像一個受了傷的人，同劍虹的堂妹一同坐海船到北京去了，」她寫道，「我一個字也沒有寫給秋白，儘管他留了一個通信地址，還說希望我寫信給他。我心想，不管你有多高明，多麼了不起，我們的關係將因為劍虹的死而割斷，雖然她是死於肺病，但她的肺病是從哪兒來的，不正是從你那裡傳染來的嗎？」[54]。瞿秋白經常給丁玲寫信，在每封信中都責備自己，卻沒有對所發生的事情做出清楚的解釋。瞿秋白在寫給丁玲的一首詩中表現得極為悲痛，丁玲說，「而他的心現在卻死去了，他難過，他對不起劍虹，對不起他的心，也對不起我」。[55]在這些信中，丁玲只是模糊地感到瞿秋白受到了中共的批評，因為他悲傷地對她說，除了劍虹，沒有人能真正理解他。[56]雖然瞿秋白將革命置於愛情之上，但他始終被這種信念所折磨，這有違他真實的內心。經歷了現實生活中革命與愛情的衝突，瞿秋白顯示出自己比理想的、鐵一般意志的共產黨員更複雜更孤獨的一面，實際上，人們發現他「是充滿深情的、感傷的、沉思的、理想主義的，能夠為自然美景所著迷，能夠對自己內省的，並且時刻被孤獨感所縈繞的」。[57]

後來，丁玲發現瞿秋白離開王劍虹是因為他的妻子楊之華，她也是他的革命同志，也是一名共產黨員。這個發現激怒了丁玲：「我的感情很激動，為了劍虹的愛情，為了劍虹的死，為了我失去了劍虹，為了我同劍虹的友誼，我對秋白不免有許多怨氣」。[58]瞿

[54] 同上，第50頁

[55] 同上。

[56] 同上，第51頁。

[57] 夏濟安：《黑暗的閘門：中國左翼文學運動研究》，第51頁。

[58] 丁玲：《丁玲自傳》，第52頁。

秋白在被國民黨殺害之前沒有再寫信給丁玲。在《多餘的話》中，他寫了幾句話給他的妻子，請求她的原諒，「他對於她也終究沒有徹底的坦白，但願她從此厭倦他，忘記他，使他心安」。[59]丁玲最後終於理解了，劍虹是唯一一個可以讓瞿秋白向她吐露內心的人，所以，在她的小說《韋護》中，她不僅強調了一個共產主義者分裂的性格，而且探查了一個現代女性如何在愛情中承受痛苦，即使這種愛情是與革命緊密相連的。

在對《韋護》的評論中，梅儀慈敏銳地指出，「通過加重其對愛情方面的描述興趣，《韋護》沒有對革命的將來進行積極的肯定，而是懷舊式地徘徊在已經或者很快將要失去的和過去的東西上」。[60]的確，對照著真實的事件來閱讀這篇小說，我們也許會懷疑丁玲是否真心肯定韋護將革命置於愛情之上的最終選擇。在某種程度上，《韋護》這部小說是丁玲在新的「革命加戀愛」的語境中探查女性困境的繼續。通過她對革命語境中很成問題的女性性本質的關注，丁玲再次證明了一種堅定的女性主義意識。即使她的寫作經歷了根本的政治轉變，她仍然拒絕將女性經驗變成革命的寓言。像《莎菲女士的日記》一樣，《韋護》抓住了性別化詞語中現代女性的問題，但是這一次是中立的敘述聲音。不像那些用寫作來頌揚革命與浪漫結合體的作者，丁玲在小說中直接抓住了新女性在她們選擇將愛情與革命相連時所面對的困境。在這個故事中，雖然小說的結局是在浪漫故事中維持了群眾革命的價值，但是新女性的困惑依然存在。其實丁玲自己不僅在她的寫作中，而且在她的真實生活中，也同樣是一個現代的、都市化的被解放了的新女性，也同樣在新女性的女性意識和新的模糊的共產黨員認同之間徘徊，同樣面臨著進退兩難的困境。

[59] 同上。

[60] 梅儀慈：《丁玲小說：中國現代文學中的意識形態和敘述》，第55頁。

《韋護》這個故事一開始就寫主人公韋護從蘇俄回到國內參加中國革命，並且受朋友慫恿去見幾個現代新女性。起初，韋護拒絕這樣的機會，因為「他目前的全部熱情只能將他的時日為他的信仰和目的去消費」，而且他以前也見過各式各樣的女人，不管是中國傳統的知識女性，還是有異國風情的勇敢的浪漫的女人。但是，介紹給他認識的新女性跟他所想像的完全不同，她們既不傳統，也不像俄國女人那樣自負。沒想到，見了幾次面，他就控制不住自己，愛上了這些新女性中的一個：麗嘉。在丁玲的筆下，麗嘉和她的這群新女性女友對男人都懷有敵意，並且喜歡玩弄他們，或者給他們製造麻煩。這些新女性是驕傲的，並且崇尚西方的知識、自由和女性主義，即使她們還沒有進入大學或者出去工作，她們也拒絕融入任何一種社會已經為她們設定好了的角色。為了迎合這些新女性的興趣，韋護不停地談論她們喜歡的話題，比如西方文學、女性、愛情和自由，但他避免提到馬克思主義或者社會主義，因為麗嘉從一開始就拒絕這些乾巴巴的概念。

類似於廬隱所描述的一個超驗的烏托邦的女性聯盟，丁玲也創造了一種固定的、可靠的、美麗的、女人與女人之間的關係，這並不是為了強調男女性別的差異，而是為了探查如何思考性別與權力的關係——性別、性本質與民族、階級的複雜關係。當麗嘉和她的朋友們開始尋找不同的前程後，麗嘉和她最好的朋友珊珊結伴去了上海。在上海她們的關係是非同尋常的，她們爭吵時就好像一對情人。丁玲投入大量的個人情感來描述這種親密的女人之間的友誼，因為這與現實生活中發生的一模一樣，在瞿秋白進入她們的生活之前，丁玲和劍虹就已經共度了兩年和諧快樂的日子。小說中，這兩個女孩在上海再次遇到了韋護，後來麗嘉和韋護逐漸相愛並同居在一起。丁玲以非常曖昧的方式描述珊珊對麗嘉的愛：珊珊表現得像個母親、像個情人、像個女朋友。在麗嘉與韋護同居前，珊珊拒絕跟韋護說話：「『我只不願他，韋護，來佔領我們整個時間。我看你從轉來到現在，他的影兒都沒離開你的腦子的』，說到這裡她便笑，用手去撫摸麗嘉，『這真不值得』」。[61]在敘述中，珊珊不僅扮演著麗嘉的「守護神」的角色，而且常常表露出激進的女性主義的觀點。當麗嘉對珊珊吐露並描述韋護從前的俄國戀人時，珊珊立刻就被這個放蕩的女人所吸引了，因為她羨慕她的獨立和勇氣，而這些品質很難在中國女人身上找到。此外，珊珊質問新女性與社會規範的性角色之間的聯繫，即使這種性角色包含了革命、進步和其他崇高的理想。可以說，珊珊對麗嘉和韋護浪漫故事的不滿，其實揭露了敘述者對「革命加戀愛」的和諧聲音的質疑，以及敘述者對革命大眾和革命男性看待新女性的態度的質疑。

甚至連韋護都能說出珊珊對麗嘉的感覺，他說，「你有這麼一個好朋友，而我卻沒有。她真愛你呀。簡直像個母親」，麗嘉回答說，「你嫉妒我嗎？我相信她也愛你呢，因為她太愛我了。而且她不會，永遠不會丟棄我的，而你呢？韋護，你也能使我如此深信不疑嗎？」[62]具有諷刺意味的是，韋護最終因為他的革命理想背叛了麗嘉，但珊珊，一如麗嘉所預言的那樣，仍舊和從前一樣愛她支持她。丁玲將女人對女人的愛（不僅僅是同性戀），與異性戀關係中潛藏的問題相聯繫與比較，看來有她深刻的用意：通過烏托邦式的女性關係，女性遭受性別壓迫的真相被揭露，社會上所謂理想的男性和女性的關係被質疑。

像麗嘉和珊珊這樣的新女性實際上象徵性地代表了一套彙聚了性別、種族和社會關係的歷史模式。新女性們糾纏於西方現代的價值觀念和第三世界無產者的價值觀念之間，一面是通過接受西方人道主義的資產階級意識形態而獲得了女性的自由活動空間，另一面又代表著被壓迫被損害的中國無產者。在丁玲寫作《韋護》的時候，新女性實際上更多地代表了西方的現代價值觀念。這樣一來，

---

[61] 丁玲：《韋護》，見《丁玲小說選》，卷1，第53頁。

[62] 丁玲：《韋護》，見《丁玲小說選》，卷1，第146頁。

新女性和無產階級形象很難一致，反而有了越來越大的落差。比如在《韋護》中，韋護的同志們將他與麗嘉的關係看作是陷入了「墮落的、奢靡的銷金窟」。[63]新女性麗嘉建構的愛情空間成了象徵著小資產階級思想意識的「銷金窟」。然而，作者並不認同這種對新女性的定義，所以在處理新女性的角色和位置時顯得有些困難。由於丁玲自己也是新女性的一員，她也崇尚新派、進步和自由，就像麗嘉和珊珊所做的那樣，所以，她對新女性的態度是曖昧的，即使新女性代表了西方化的資產階級的頹廢的思想，她也不願意譴責她們。借助麗嘉之口，丁玲批評了這些共產黨員：

> 那是你誤解了。我固然有過一些言論，批評過一些馬列主義者，那是我受了一點別的影響，我很幼稚。還有，就是你們有些同志太不使人愛了。你不知道，他們彷彿懂了一點新的學問，能說幾個異樣的名詞，他們就越變成只有名詞了；而且那麼糊塗的自大著。[64]

這種對膚淺又自大的共產黨員的批評遍及整部小說，說明丁玲在《韋護》中仍然選擇站在新女性的立場來看待革命，仍然從性別化的角度來接納革命。在小說的結尾，當丁玲處理到革命與新女性之間的衝突時，她並不認同韋護最後的選擇：為了追求革命而拋棄麗嘉，反而指出韋護和麗嘉愛情悲劇的發生是因為麗嘉有著不堅定的女性主義態度，是因為「韋護終究是物質的，也可以說是市儈的，他將愛情褻瀆了」。[65]

特別值得注意的是，丁玲在這部小說中還非常關注新女性在現代兩性關係中的位置。通過敘述者的聲音，她批評新女性麗嘉把自

[63] 同上，卷1，第151頁。

[64] 丁玲：《韋護》，見《丁玲小說選》，卷1，第155—156頁。

[65] 同上，卷1，第161頁。

己的命運交到韋護的手中，而使自己屈服於男性的權威之下，即便韋護是一個值得尊敬的革命者，麗嘉也不應該為他而犧牲自己的主體性。在描寫麗嘉時，丁玲重視的是她的女性自主意識，而不是她的階級意識，強調的是新女性在面對大眾和階級認同問題時所處的困境。在小說結尾處，通過對比韋護的缺席和珊珊的忠誠，丁玲質疑男性對待愛情的功利態度，質疑他們在神聖的名義下犧牲和拋棄愛人，質疑革命對新女性的背叛，再次強調在男權中心的社會裡女性一定要保持自己的獨立精神和主體性。通過認同新女性的價值，丁玲批評革命對女性主體性的蔑視。當表現革命與戀愛的衝突時，丁玲同時也注意到男性意識與女性意識的對立和衝突。雖然小說深受馬克思主義的影響，但是丁玲借助女人之間真誠的友誼，作品中卻表現出相當自覺的女性主義。在當時大量的左翼文學中，女性形象經常被意識形態化，被賦予階級的含義，而其作為女性本身的價值常常被忽視，但是丁玲卻注意到新女性令人不安的尷尬位置，尤其在革命與戀愛衝突時的尷尬位置，她拒絕為了意識形態而犧牲女性主義立場。

不過，隨著丁玲對馬克思主義更加深入的接受，她的這種對新女性的維護和堅定的女性主義立場逐漸動搖了。如果說在寫《韋護》時丁玲還嘗試在革命話語中創造一種表達女性性別的語言，那麼在《一九三年春上海》（之一、之二）中，她則有了明顯的轉變，從肯定新女性的主體性轉變為批評新女性性感身體所指涉的頹廢的資產階級情調。為了努力認同和採用革命的合理性語言，丁玲不斷地調整她的寫作立場，逐漸犧牲自我意識和她獨特的女性主義觀點。當然她的轉變與這個時期左翼寫作中所倡導的階級意識和大眾意識有非常緊密的關係。

《一九三年春上海》（之一、之二）是由兩個獨立的故事組成，每一個都能被讀作娜拉離家出走的主題的變奏。第一部分的女主角美琳是個受過教育的新女性，她對小資產階級家庭不滿，所以在故事的結尾投身了群眾運動。美琳的出走是對帶有資產階級色彩的新女性的否定，是一種自我改造的行為，是對大眾的擁抱和認同。第二部分的資產階級小姐瑪麗拒絕追隨革命的歷史潮流，拒絕接受大眾而否定自我，代表的是一種與美琳相反的話語。很明顯的是，通過肯定美琳而否定瑪麗，丁玲已經有意識地與帶有資產階級意識的新女性劃清界限。不過，雖然這兩個女人都帶有強烈的政治符號，但她們的行動——走出限制她們的家庭——仍然保留著丁玲曾高度評價的女性主體性的痕跡。對比丁玲和胡也頻對娜拉主題的探討，夏濟安發現，「借助丁玲的保留，你至少可以看到一個不革命的人生活中的美麗、問題和意義」，但是胡也頻「對革命的熱望使他不可能對這樣的瑣事、或者註定被歷史的巨浪沖走的任何事和任何人進行詳細敘述」。[66]在他對《一九三年春上海》（之一、之二）細緻的研究中，唐小兵注意到「這種不革命的人的生活」反映了丁玲自己的狀況，1930年丁玲因懷孕而使工作受到了限制，而她的丈夫胡也頻卻仍然積極地投入到大量的政治活動中。「通過把這種不革命的生活歸咎為女人的身體，丁玲既承認她自己性別的肉體存在，更重要的是，也創造了一種轉喻，借助於此來想像和描述她的轉變」。唐小兵繼續說，「因為這個原因，作品中瑪麗的形象是模棱兩可的」。[67]然而，無論丁玲多麼努力地繼續她對新女性困境和命運的探查，她的政治信仰要求她將新女性的身體寓言化。

在《一九三年春上海》（之二）中，瑪麗和她的男朋友望微之間的愛情故事看起來很像《韋護》中的愛情故事，望微是一個獻身革命的革命者，瑪麗是一個典型的小資產階級女性，不過這次，丁玲不再替小資產階級女性說話，而是認同無產階級意識，貶低現代的都市化女子瑪麗，在革命和愛情的衝突中毫不猶豫地倒向革命。因為女性的解放與被壓迫階級的解放是等同的，瑪麗，一個沉迷於

[66] 夏濟安：《黑暗的閘門：中國左翼文學運動研究》，第183頁。
[67] 唐小兵：《中國現代：英雄與凡人的時代》，第109頁。

資產階級生活方式的女人，不可避免地被所謂婦女運動和無產階級運動排除在外。雖然瑪麗和麗嘉一樣，都耗費時間在愛情上而沒有投身革命，可是丁玲對麗嘉的同情態度在瑪麗身上卻蕩然無存了，相反的，這類女性毫無疑問地代表著墮落、空虛和退化。

丁玲將瑪麗刻畫成一個現代的性感的女子，她喜歡物質享受，缺乏革命興趣。當她與革命愛人望微同居時，她帶來了許多精美的瑣碎的東西。這些女性化的裝飾品和小玩意兒象徵著墮落的資產階級趣味。正如諾米・紹爾（Naomi Schor）指出，「頹廢的風格天生就充滿了裝飾品。頹廢是一種細節的病態：或者轉移或者過度生長，或者兩者兼有」。[68]通過這些裝飾品，丁玲描寫瑪麗的頹廢，以此來區分所謂健康與病態，革命者與資產階級。作為一個擁抱物質主義的女孩，瑪麗「不愛任何人除了她自己」。她不但沉迷於小玩意兒和裝飾品而且也喜歡她自己迷人的身體：「她向自己半裸的身體投射著愛慕和玩弄的眼光，欣賞那白的頸項和臂膀好一會兒，她才將那件棉袍罩上來」。[69]雖然《韋護》中的麗嘉缺乏革命意識，但是丁玲將她性感的身體當作一個重要的形式，通過它來重新考慮「後五四時期」現代女性的性角色，但是這裡，丁玲對意識形態的認同大大壓過的她的女性主義認同。

通過將瑪麗性感的身體政治化——即使對照望微受紀律約束的身體，它仍然在小說中保留了感官享受和女性氣質——丁玲努力把瑪麗減弱為一個典型的物質的女子形象。然而，瑪麗獨立的個性仍然頑強地不斷地從她「墮落」的性感身體裡跳出來，獨立的個性代表了為自由而奮鬥的受「五四」精神影響的一代新女性。雖然瑪麗愛望微，但她更喜歡他們之間的關係是那種自由戀人而不是婚姻中的夫妻。當望微去參加革命會議，把她一個人留在冷清的房子裡

[68] 紹爾（Naomi Schor）：《細節閱讀：美學和女性》（Reading in Detail: Aesthetics and Feminine），紐約：Methuen, 1987，第43頁。

[69] 丁玲：《一九三年春上海》（之二），見《丁玲文集》，香港：彙文閣書店，1972，第293頁。

時，她最終表現得像《玩偶之家》中的娜拉那樣，逃離了革命愛人為她安排的孤獨。在《莎菲女士的日記》中，丁玲的立場和近似資產階級女子的莎菲相一致，她肯定女性的欲望和追求，但是在《一九三年春上海》（之二）中，她堅決地否認女性主義立場和以前所追求的個性。在她的新理念裡，瑪麗對娜拉行為的重複已成為抵制歷史潮流——革命意識形態的一個標誌。從此以後，在新女性與大眾的衝突中，丁玲最終站在大眾即站在革命意識形態的一邊，通過放棄她自身的主體性而使自己臣服於政治。

白薇、廬隱和丁玲的寫作都致力於表現性別與政治關係的歷史轉變，都探討女性的性別主體性與革命意識形態之間的矛盾和衝突。通過這些女作家對「革命加戀愛」的模式的重複使用，我們可以看到這幾位女作家有意識地不斷地與她們所處的社會位置進行協商。雖然她們的社會位置常常被以進步和革命為名義的社會規則所安置和固定，可是她們不同的性別表演顯示，在權力關係中出現的女性主義認同不是簡單的對男權主義的複製，也不是簡單的對被壓迫群體的聯盟。相反，這些女作家的女性主義認同是流動的，多樣的，這正是我們考察女性作家如何揭露和替換男性中心的性權力關係的重要場所。

第四章

# 上海變奏

第四章
# 上海變奏

1923——1927年間的一系列政治事件，引發了著名的「革命文學」運動，這一運動將馬克思主義帶入文壇，目的是批判資本主義現代性。作為革命文學最重要的文學實踐之一，「革命加戀愛」的公式化寫作表達了中國知識份子在這一歷史時期的焦慮感與緊迫感。激進的左派知識份子試圖從西方資本主義文化的控制中解救出民族主義，並將「五四」一代看作是西方資本主義文化的代言人。由左翼作家蔣光慈首創，「革命加戀愛」的公式化寫作吸引了不同政治和文化背景的追隨者，當然，這些追隨者並非全部都忠於共產主義信仰。以往的學者們只將關注點放在左翼作家對這一寫作類型的追求上，而忽視了上海其他派別的作家對「革命加戀愛」關係的那種重疊而矛盾的形象表達。正是在上海這一特殊的歷史地理空間，「革命加戀愛」的公式得以產生、繁衍並發生變化，所以我們不能忽視上海這個城市的多元文化背景。作為第三世界的現代都市，上海既有「重」的關於國家民族主義、殖民主義和左翼革命的社會政治文化的想像，也有「輕」的關於娛樂、消遣、頹廢等都市日常文化的想像。上海的各派作家從不同的文化和政治立場出發，共同演繹「革命加戀愛」這一公式，在不斷的重複和重寫中映照出上海都市包羅萬象的文化景觀。

都市現代派作家的名字，比如施蟄存、劉吶鷗、穆時英、邵洵美和葉靈鳳，以前總是被馬克思主義文學史家有意識地從許多中國現代文學的教科書中抹去。不過到了80年代之後，嚴家炎和李歐梵對新感覺派的介紹和研究，重新喚起了學者們對上海及其文化實踐的研究興趣。[1]西方漢學家和一些中國學者對都市現代派的研究成果，已經基本改變了左翼作家和批評家人為劃分的中國現代文學的經典界限，在這之前，只有屬於革命浪漫主義、批判現實主義、社會主義現實主義和許多充滿了政治功能的文學作品才被視為主流文學。以往的馬克思主義批評家，總是有意地冷落上海現代派，或者將他們歸為「資產階級頹廢派」；而如今大量對上海現代派的研究已經證明，通過對色欲和上海的都市景觀的沉迷，以及通過實驗性的現代主義敘述技巧，上海新感覺派作家創造了一種有助於「文學的現代主義發展」的有趣的文學現象，而這一文學現象「已經在近半個世紀的學術遺忘中被重新發現」[2]。然而儘管如此，那些都市現代派對「革命加戀愛」這一公式化寫作——源於左翼擁護無產階級文學的一種文學實踐——的追求和模仿，仍然在很大程度上沒有被考察。

雖然嚴家炎、李歐梵和張英進已經討論了明顯地貼著「革命加戀愛」標籤的劉吶鷗的《流》和穆時英的《Pierrot》，但是，他們並沒有將這兩部作品解讀成這一公式的衍生品。李歐梵和史書美

1 由於嚴家炎和李歐梵促進的結果，新感覺派的作家們自20世紀80年代以來已經獲得了逐步上升的批評關注。學者對上海以及對都市現代派，比如：施蟄存、劉吶鷗、穆時英和葉靈鳳的學術興趣體現在下面一些研究中：張京媛：《精神分析學在中國：文學的轉化1919—1949》（Psychoanalysis in China: Literary Trans formations，1919—1949），東亞出版計畫，Ithaca，N.Y.康奈爾大學出版社，1992；弗洛哈夫（Heinrich Fruehauf）：〈中國現當代文學中的都市異國情調〉（Urban Exoticism in Modern and Contemporary Chinese Literature），見《從五四到六四：二十世紀中國的小說和電影》（From May Fourth to June Fourth: Fiction and Film in Twentieth Century China），艾倫・韋德莫（Ellen Widmer）、王德威編，劍橋：哈佛大學出版社，1993，第133—164頁；柏右銘（Yomi Braester）：〈場景中的上海經濟：劉吶鷗和穆時英小說中的上海賽馬俱樂部〉（Shanghais Economy of Spectacle: The Shanghai Race Club in Liu Naous and Mu Shiyings Stories），見《中國現代文學》（Modern Chinese Literature）9.1（1995年春）；張英進：《中國現代文學中的城市與電影：空間、時間和性別的佈局》（The City in Modern Chinese Literature and Film: Configurations of Space, Time, and Gender），斯坦福，加州：斯坦福大學出版社，1996；史書美：《現代的誘惑：半殖民地中國的現代主義寫作1917—1937》；李歐梵：《上海摩登：一種新都市文化在中國1930—1945》。

2 李歐梵：《上海摩登：一種新都市文化在中國1930—1945》，第191頁。

都指出，劉吶鷗主辦的雜誌《無軌列車》將進步的短文與帶有頹廢感傷色彩的法國作家保爾・穆杭（Paul Morand）和日本新感覺派（shinkankaku-ha）作家的翻譯小說並置，雖然是一個奇怪的結合體，但是對於劉吶鷗和他的現代派同仁們來說，這卻是一個和諧的和聲，因為這兩者都代表著最顯著最突出的新生事物。不過，李歐梵和史書美在對《無軌列車》的討論中，忽略了該雜誌對促進「革命加戀愛」主題的繁盛所做出的貢獻，而該主題的繁盛是1930年前後文壇的重要事件。在我看來，考察在革命文學的語境中都市現代派對「革命加戀愛」主題的早期模仿是很有意義的，因為它不僅指出了1930年前後文壇——並非必然地被激進的左派所嚴格控制——的複雜性，而且，它也暗示了當時作家理解的所謂現代的「新生事物」在概念上是含混的，最終，這些都市現代派作家在進步與頹廢、嚴肅與放浪的二元對立中達成妥協。更重要的是，它證明了這一公式的複製和循環構成了一個虛擬世界，在這個虛擬世界中，左派原初的目標——激進地批判資本主義——受到上海都市各種不同文化的牽制，與頹廢的資本主義都市生活構成了一種有趣的對話關係。

像王瑤和唐弢這樣的文學史家在談到這一時期的革命文學作品時，曾假定投身「革命加戀愛」寫作公式的作家們都有一個共同的革命認同[3]。這個認同不僅包括馬克思主義的目標和關懷，也包括一個追求政治表達的進步主題。這個假設是借助「總體歷史」（total history，福柯語）或總體敘述的可能性而產生的，它將所有的事件與所謂世界觀或時代精神相聯繫。[4]於是，這些現代文學史家所刪去的是上海都市作家，如施蟄存、劉吶鷗、穆時英、葉靈鳳和張資平等對「革命加戀愛」的反諷性重寫與復述。在對蔣光慈文學作品的研究中，夏濟安認為，「革命加戀愛」的左翼寫作有令

[3] 見王瑤：《中國新文學史稿》，上海：開明書店，1951，第62—66頁；也見唐弢：《中國現代文學史》，北京：人民文學出版社，1979，卷1，第196—205頁。

[4] 福柯：《知識考古學》，第10頁。

人感到混亂的一面，因為那些左翼作家不斷地在革命意識形態和資產階級生活方式之間搖擺。[5]然而，夏濟安忽略了上海都市現代派作家對這一公式化寫作的模仿，他們的模仿被馬克思主義批評家詆毀為「資產階級腐爛的不道德的產品」，有著更加令人感到波動不安和混亂的一面。正如史書美所言，當劉吶鷗和他的現代派同仁們面對國際的無產階級文學作品時，「所謂『資產階級文化的腐敗墮落』，對於他們，反而「成為誘惑和色情的場所，從而把原先假定的社會主義批評色彩減弱成一種虛空的、時尚的姿態」[6]。在追求時尚的「革命加戀愛」的公式寫作時，那些都市現代派作家毫不猶豫地去誇耀他們對「腐敗墮落的」資產階級的批判，而與此同時又深深地沉溺於上海充滿誘惑的都市環境，這種情況已經成為一個事實。在當時，追求革命的潮流已經證明是不可抵擋的，可是這些作家卻把革命描述成詼諧的文學遊戲，如同性欲一樣炫目而流動。他們的小說將令人興奮的革命景象轉變成心理符號和充沛的色情幻想。雖然這些都市現代派作家有不同的寫作風格，但他們都將革命看作是一個展覽品或者一道色情的街景，喧囂而誘人，他們所譜出的華美樂章僅僅是為了滿足現代讀者的嗜好。在某種程度上，他們在上海都市的文化語境中重寫「革命加戀愛」的主題，是將革命語言用作他途——通過改寫早期的普羅文學，構畫出新的關於都市文化的想像性邊界。

我在本章將要討論的模仿「革命加戀愛」公式化寫作的五個都市作家中，施蟄存、劉吶鷗和穆時英常常被歸類為受西方現代主義影響的新感覺派作家，因為他們對西方的現代主義文學非常著迷，而張資平因為迎合大眾口味和商業化，常常受到左翼作家的批評，葉靈鳳則處於這兩個極端之間。1934年，文壇上發生了著名的京派與海派的論戰，雖然這些都市作家大部分的公式化實踐開始

5　夏濟安：《黑暗的閘門：中國左翼文學運動研究》，第55—100頁。

6　史書美：《現代的誘惑：半殖民地中國的現代主義寫作1917—1937》，第287頁。

於此前的兩年，但這五位作家整體上仍可以被歸入海派的小說景觀中。將他們並列在一起，不僅挑戰了把海派僅僅看成是粗俗的、基於消費的、低級的都市文學這一傳統觀念，[7]而且超越了典型的已經成為西方學界研究20世紀30年代上海文學的核心的新感覺派的範圍。換句話說，在海派文學中，我們不應該刻意地去尋找所謂曲高和寡的現代主義和低俗的大眾文化之間的分界線，這樣清晰的分界線是不可能存在的。在這樣的語境中，我們需要提出下列問題：如果海派作家不能被簡化為一個簡單的完整的群體，我們如何能將關於「革命和愛情」的上海變奏歸類？他們對這一公式的模仿是否僅僅是他們的一個反革命的策略——借助於「不道德和腐敗墮落」的資產階級文化而重寫革命文學，還是他們的模仿確實是以政治化的感覺來體現一種真正的革命精神？他們是否僅僅試圖通過迎合大眾口味來促銷他們的作品，還是想借助採納實驗性的文學技巧以獲得精英般的先鋒姿態？他們是否試圖批判作為歷史進步的現代性理念，還是他們自己就是這一現代性的製造者之一？[8]

在這一章中，我通過考察海派作家是如何追逐「革命加戀愛」這一寫作公式，來探索以上的問題。這些邊緣化的寫作為我們打開了一個小小的視窗，讓我們看到了一些很少被主流文學史認可的文學實踐。更為重要的是，這樣的努力使得我們可以重新考察革命文學階段，重新考察以前的一些文學史描述與假設。正是因為這些作家以不同的寫作方式創造了同樣的想像（比如民族、階級和欲望客體），我們才需要重新考察上海文化背景中革命話語與色情潛流之

---

[7] 沈從文：〈郁達夫、張資平及其影響〉，見《沈從文文集》，廣州：花城出版社，1984，卷11，第139—145頁。

[8] 正如李歐梵所討論的，在中國，作為文化和美學的現代性從未像在西方所發生的那樣，對作為進步的教義的現代性發起嚴肅的批評。「然而，差異的關鍵點是，這些中國作家在他們追求現代意識和文學的現代形式的過程中，沒有選擇（或者他們認為沒有必要）分離歷史和美學的現代性的兩個向度」，相反，文化和美學的現代性「與新的歷史意識並不相等，而是最終屈服於它」。見李歐梵：《上海摩登——一種新都市文化在中國1930—1945》，第109—135頁。

間複雜的關係。觀察這些作家如何以多種新的形式來表達「革命加戀愛」的流行主題，不僅幫助我們理解他們對現代性的界定，也幫助我們理解他們與政治的關係，同時也讓我們瞭解到，在對這一公式單調的模仿和重複中，並沒有一個原初的、單一的、穩定的認同。這些都市作家表演性地將「革命加戀愛」的公式移植進色情化的都市語境中，組成了中國現代性的另一個層面，拆解了進步與頹廢的二元對立。

## 施蟄存：性心理政治

施蟄存是《無軌列車》、《新文藝》和著名的《現代》雜誌的主要編輯者，這些雜誌的風格明顯地與西方現代派的經驗貼近，介紹並採用了新浪漫主義、心理分析、表現主義和象徵主義等西方現代主義的表現方法。當創造社和太陽社年輕的成員們忙於革命文學的論爭時，施蟄存、劉吶鷗以及他們的朋友卻通過《無軌列車》介紹蘇俄的革命小說，以此對革命文學現象做出回應。對李歐梵來說，施蟄存和他的朋友們對革命小說感興趣，是因為他們認同世界主義和前衛寫作的傾向：

> 按照施蟄存的說法，「前衛」這個詞最早出現在1926—1928年左右，由日本的論蘇聯文學的文章而被譯介進中國的。施蟄存和他的朋友最初很為這個激進的革命喻象所吸引，因為他們相信20年代蘇聯的最好作家——馬雅可夫斯基、巴別爾等——都屬於前衛派，他們當時把「前衛」等同於歐洲文學藝術中的「現代」潮流。換言之，他們視自己為世界「第一線」上的革命和美學的雙重叛逆。[9]

[9] 李歐梵：《上海摩登——一種新都市文化在中國1930-1945》，第134頁。

不像創造社和太陽社的左翼作家強調文學的社會功用，施蟄存被蘇俄文學所吸引是因其新的形式和技巧。在施蟄存的早期作品中，有一短篇小說《追》，很少引起批評家的注意，這篇小說呈現了「革命加戀愛」的主題，寫於1928年。在這一年裡，他與左翼批評家馮雪峰成了朋友。《追》被認為是受到了希什柯夫、塞弗林娜和卡薩特金（Shishkov, Seifulina, Kasatkin）等人編寫的《飛翔的奧斯彼：新俄羅斯小說》的英譯本的影響。[10]正如施蟄存自己所寫的：「《追》是我的仿蘇聯小說，試圖用粗線條的創作方法來寫無產階級革命故事。這本小書居然被國民黨中宣部所重視，列入禁書目錄，著實抬高了我的身價」。[11]雖然《追》不同於施蟄存後期的更為著名的小說，比如《將軍的頭》（1922）、《石秀》和《梅雨之夕》（1933），但是《追》已經開始了心理分析小說的探索。這部小說應該受到關注，因為在小說中施蟄存虛構了一個建築在社會現實主義話語及其意識形態之上的心理世界。通過故事中平行的衝突——貧窮與富有、性與政治、個人與集體——作者揭示了革命認同如何被性衝動所驅使。

不像蔣光慈及其追隨者們所寫的「革命加戀愛」，《追》既不被誇張的浪漫激情所支配，也沒有過多的標語口號和革命理念。施蟄存選擇從男主角鑫海的性心理方面來描述階級認同的話題，遠離那些被革命文學及其相關的意識形態框架所限定的概念。題目顯然具有雙重的含義：鑫海追求的是革命目標，還是資本家性感的女兒？表面上，這個故事似乎是傳統的：一個革命的無產階級工人受到一個資產階級女孩子的引誘，因為他愛她，所以在工人和革命

[10] 見施蟄存：〈最後的朋友馮雪峰〉，載《新文學史料》1983年第2期，第199—203頁；希什柯夫、塞弗林娜和卡薩特金（Shishkov, Seifulina, Kasatkin）：編《飛翔的奧斯彼：新俄羅斯小說》（The Flying Osip: Stories from New Russia），紐約：Ayer Co Pub，1925。

[11] 施蟄存：《沙上的腳跡》，瀋陽：遼寧教育出版社，1995，第15頁。

者接管了城市的時候，他讓她逃走了。當他意識到那個反動的女孩子背叛了他並且隻身逃走以後，鑫海氣得發了狂，他報名參加敢死隊——為保衛城市而炸橋。《追》或許可以看作是一部標準的共產主義小說：它建議革命者警惕來自資產階級的腐蝕。然而，革命所釋放的被壓抑的色情幻想潛藏在每個革命者的心裡，使男性的性本質產生危機，威脅到男性所代表的政治道德，跨越了原本的革命意識形態所劃分的純潔與非純潔的界限。

在這個故事中，施蟄存混合了階級意識、性壓抑、性渴望和性心理。在由底層工人組成的民兵組織控制了城市的這樣一個場景中，敘述者創造了一個充滿暴力、死亡、恐怖、陌生以及不斷發生暴力事件的黑暗的鬼蜮般的世界，並把男性欲望和革命幻想混合在一起。在這個孤立的革命城市中，只有解放了的被壓迫者可以稱之為人，其他人，男人和女人，都是「反動的狗」。現代城市本來繁華而喧囂的標誌，比如市場、舞廳、酒店、資產階級和妓女，全都被冷酷的階級鬥爭和革命戰爭所覆蓋。這個場景更像是革命自身恐怖的寓言，而不像是對1928年現實情況的記錄。它將革命的未來寓言化了，有趣的是，當代讀者也許會在文革期間找到這種恐怖和鬼蜮般的城市。在這個孤立的城市裡，革命者的面目是沒有個人特徵的，但是他們暴力的衝動和模糊的焦慮卻滲透了每個角落。

正是在這個特殊的場景裡，鑫海遇到了那個「反動的雌狗」，一個資本家的女兒，鑫海在過去為她父親做事時就已經偷偷地愛上了她。這個資本家的女兒利用她對鑫海的性吸引而得了他的幫助。為了服務於醜化資產階級的政治目的，施蟄存把女孩刻畫為一個膚淺的、偽善的、色情的紅顏禍水，一個在被革命者和工人佔領前非常墮落的城市的隱喻。因為女孩做出了性感的邀請的姿態，鑫海被她誘惑而引起了感情上的波動。原本的主僕關係和階級意識更加刺激了鑫海的肉體欲望。雖然故事延續了無產階級文學的風格，但它與施蟄存後期小說中對男性性心理和色情主義的探索相類似。施蟄存明顯地受到佛洛德心理分析的影響，他塑造了鑫海沉溺於奇怪的色情幻想的心理現實。當鑫海突然意識到他有機會成為這個資產階級小姐的情人時，他覺得要感謝革命：「今天我可樂了。你瞧，別的都不去管它，我就從來沒有瞧見這樣惹人憐惜的姿勢。沒有革命，我不會交這一步桃花豔運，我的天。」[12]鑫海被壓抑的性本能與階級意識變成了一種因果關係，他的色情幻想也與階級復仇的行為聯繫在一起。然而，雖然施蟄存頗有技巧地將被壓抑的性本能與被壓迫階級的地位並置在一起，但更大的興趣卻在於探索男性的心理世界，而不是傳達政治的意識形態。

由於資本家女兒的形象是一個典型的上流社會的代理人，她的誘惑力暗示腐敗墮落的力量能夠與革命的力量相抗衡，並且，性有可能比軍事力量更具潛能。鑫海的男性欲望和他那點可憐的階級鬥爭知識，最終被資本家女兒的誘惑力和他自己的性幻覺所戰勝。施蟄存用複雜的性關係來表達底層人民想要迫切反抗上流社會的願望，然而卻內含反諷的意味。在故事裡，當鑫海受到資本家女兒的誘惑時，資產階級和工人之間的鬥爭因為鑫海的性幻想而被暫時地擱置了，在那個瞬間，他找不到任何理由與資產階級鬥爭。不過，他的心上人作為壓迫者的一員的政治地位，引起並增強了鑫海對她的佔有欲望，在此階級意識只是男女欲望的催化劑。只有到了小說的結尾，當鑫海發現那個女人欺騙了他之後，資產階級與被壓迫者之間的性心理的戰爭才變成了真正的政治戰爭。在他蒙羞的那一刻，鑫海的階級認同被再次引燃。從某種程度上，施蟄存通過在階級鬥爭的地圖上插入性心理的場景，描述了性欲望和政治欲望之間微妙的相互轉換的關係。

主人公鑫海性欲望和政治欲望的混亂，在小說中與空間閉合與空間限制的想像是分不開的。這座被革命佔領的城市與其他的現

[12] 施蟄存：《追》，上海：水沫書店，1929，第35頁。

代城市的割裂，暗示著革命意識形態如何界定內部和外部、資產階級和工人、墮落與革命，也同時暗示著保持那些概念被明確界定的困難。在作者對性心理政治的描述中，性和政治的聲音相遇並混合，由兩個對立階級的代理人來演繹，當鑫海與上流社會女人陷入荒誕的性遊戲時，政治和意識形態成了性遊戲和性心理描寫的補充。一個被革命封閉的城市，在不知不覺中有了許許多多對邊界的跨越——對階級的跨越，對革命紀律的跨越，對城市邊界的跨越等等。這樣的描述，加入實驗性的敘事技巧和寫作的戲仿方式，將「革命加戀愛」的公式推入一個看似簡單實則複雜且棘手的境地。

## 劉吶鷗：混雜的認同

新感覺派的另一個著名作家劉吶鷗於1928年創辦文學雜誌《無軌列車》，[13]1929年開辦前線書店，這個書店出版了大量進步的文學書籍，包括《馬克思主義文藝論叢》以及他自己翻譯的蘇聯理論家弗雷克（Vladimir M.Friche）的《藝術社會學》。劉吶鷗與另一個傑出的新感覺派作家穆時英，「因為城市不但是他們唯一的生存世界，而且是他們創作想像的關鍵資源」[14]而著名。劉吶鷗的生命以悲劇告終，當他在汪精衛偽政權治下的一份報紙做主編時，被青幫或是國民黨特工暗殺了，[15]而穆時英後來也死於同樣的結局。

根據施蟄存的回憶，劉吶鷗向中國介紹了來自日本的多種新的文學潮流，在1928——1931年期間，對將西方現代性翻譯和轉化進中國做出了很大的貢獻：



[13] 按照施蟄存的說法，《無軌列車》被政府以「赤化」為名所禁，見施蟄存：《最後的朋友馮雪峰》，載《新文學史料》1983年第2期，第202頁。

[14] 李歐梵：《上海摩登——一種新都市文化在中國1930—1945》，第191頁。

[15] 嚴家炎：《中國現代小說流派史》，北京：人民文學出版社，1989，第132頁。

> 劉吶鷗帶來了許多日本出版的文藝新書，又當時日本文壇新傾向的作品，如橫光利一、川端康成、谷崎潤一郎等地小說。文學史、文藝理論方面，則有關於未來派、表現派、超現實派和運用歷史唯物主義觀點的文藝論著和報導。在日本文藝界，似乎這一切五光十色的文藝新流派，只要是反傳統的，都是新興文學。劉吶鷗極推崇弗里采的《藝術社會學》，但他最喜愛的卻是描寫大都會中色情生活的作品。在他，並不覺得這裡有什麼矛盾，因為，用日本文藝界的話說，都是「新興」，都是「尖端」。共同的是創作方法或批評標準的推陳出新，各別的是思想傾向和社會意義的差異。[16]

從施蟄存的描述中，我們可以看出通過翻譯這一媒介的轉換，現代性和現代主義這些概念從一種文化被傳播到另一種文化時，已經不可能完整地保存原有的內涵與外延，而是在中國的語境中被重新定義與組織，變得更加混雜與多樣化，而且，這種翻譯的知識不能自動地發展出一個擁護或者抵抗「歐洲中心主義」的場所。[17]甚至，由於這些知識非常之新，它們不同的新詞和知識形式相互混雜，在「上海世界主義」[18]的文化語境中構成了現代性與傳統、反抗和接納之間的複雜聯繫。正如李歐梵所言，「儘管上海有西方殖民存在，」但是劉吶鷗和他的現代派同仁們的中國認同感「卻從未出過問題」，正因為如此，他們才能「如此公然地擁抱西方現代性而不必畏懼殖民化」。[19]當史書美談到劉吶鷗小說中西化的「摩登女郎」時，她進一步談到上海的性別和種族的半殖民地模式，並指

---

16 施蟄存：《最後的朋友馮雪峰》，載《新文學史料》1983年第2期，第202頁。

17 在這兒，劉禾的《跨語際實踐》可以很好地解釋劉吶鷗翻譯進中國的現代性。

18 在「上海世界主義」方面，李歐梵指出「不說殖民化戲擬，我更願意把這種景象——上海租界裡的中國作家熱切地擁抱西方文化——視為是一種中國世界主義的表現，這也是中國現代性的一個側面」，見李歐梵：《上海摩登——一種新都市文化在中國1930—1945》，第313頁。

19 李歐梵：《上海摩登——一種新都市文化在中國1930—1945》，第313頁。

出：「在西方模式中尋找『文明』，並不需要被在中國的西方帝國主義的存在所牽制」。[20]換句話說，劉吶鷗所翻譯的混雜的西方知識不能簡單地按照殖民主義或者後殖民主義的西方理論來分析與歸類。甚至，他挪用西方知識的方式也揭示了在殖民者與被殖民者、民族主義和帝國主義的二元之外的中國現代性的複雜方面。

劉吶鷗不僅對「新」或者「創新」感興趣，而且力圖發現或發明一種新的形式用以傳達他內心的危機感：中國傳統的文化危機、民族危機、現代人的危機感等等。在這種新的形式中，他並置了前衛和頹廢、革命和色情這些明顯矛盾的概念。可以說，將這些矛盾的概念並置在一起，是劉吶鷗個人所採用的將西方現代性引進中國的一種方式，是他心目中所理解的現代性。比如，他翻譯了一套日本現代派的作品《色情文化》（1928），這其中包括七篇日本新感覺派作家的作品和無產階級小說，試圖在都市色情文化與革命文化之間找到一個平衡點。他說那些日本作家「都是描寫著現代日本資本主義社會的腐爛期的不健全的生活，而在作品中表露著這些對於明日的社會，將來的新途徑的暗示」。[21]顯然，他對「革命加戀愛」的重寫也是出於這一考慮，把色情與革命，資本主義之腐朽與未來之光明統統放在一個調色盤裡，但是，在這個名目下，革命的含義不知不覺就被色情感覺所改造了。

因為劉吶鷗在日本長大，因此，他作為「中國人」的認同似乎比其他土生土長的中國人更成問題。他寫作中的「非中國式」特點和他的民族認同，曾經是30年代左翼批評家攻擊的靶子，但是，這些特徵「一開始就成為上海現代派小說的部分代表性的美學特徵」。[22]他對民族危機或其他文化危機的態度，其實與中國知識份子對中國的眷戀不同，混雜著異國情調的意味。雖然他也不可避免

[20] 史書美：《現代的誘惑：半殖民地中國的現代主義寫作1917—1937》，第277頁。

[21] 劉吶鷗：《色情文化・譯者題記》，上海：第一線書店，1928。

[22] 史書美：《現代的誘惑：半殖民地中國的現代主義寫作1917—1937》，第286頁。

地被捲入外國與中國、新與舊的矛盾衝突中，但是他並沒有我們想像的所謂「認同危機」，也沒有因為文化認同的混雜而痛苦掙扎，而是像一個典型的「世界主義者」，能夠跨越民族和文化的邊界，沉醉於描述都市的時尚特徵、現代的快速節奏和潛意識流動。

在《都市風景線》（1930）這部有趣的短篇小說集中，小說《流》顯示出他追求「革命加戀愛」時尚的傾向。故事中的人物隱匿在現代都市擁擠的人群中，他們對自身的政治認同是曖昧的模棱兩可的。這些小說人物的革命意識和色情意識相互結合，在充滿異國情調的大都市文化中形成了令人難忘的景象。柏右銘（Yomi Braester）指出：「上海現代性的經驗，處於劉吶鷗和穆時英短篇小說的中心，它依賴於將『現代』看作一種正在上演的景觀，在其中，人物看見了城市和郊區，與此同時自己也成為景象的一部分」。[23]事實上，劉吶鷗將「革命加戀愛」的主題也看作這一景觀的一部分，他對資產階級文化的腐敗給予了大量的批判，但同時卻不能抵制它的誘惑。

這篇小說特別值得注意的是劉吶鷗的敘事策略，他抓住了光、色彩和感覺的流動，這樣便為讀者造就了一個令人炫目的背景，背景中現代男人和現代女人的生活是緊張而富有戲劇性的。《流》的敘述語言是誇張的，它穿越歐洲語言和中國本土語言的界線，這種敘述語言完美地表達了色情的和令人興奮的都市景觀，使讀者在閱讀的過程中覺得愉快和刺激，彷彿迷失在現代汽車、閃爍的霓虹燈、電影明星和感官幻想的排列組合中。故事開始於電影院，在電影院裡，從外國引進的新科技設計生產了異域的令人震驚的經驗和視覺享受。當劉吶鷗描述電影院裡的氣氛時，他將這個真實的空間與銀幕幻象的流動等同起來：

[23] 柏右銘（Yomi Braester）：〈場景中的上海經濟：劉吶鷗和穆時英小說中的上海賽馬俱樂部〉見《中國現代文學》9.1（1995年春），第40頁。

忽一回，不曉得從什麼地方出來的桃色的光線把場內的景色浮照出來了。左邊的幾個麗服的婦人急忙扭起有花紋的薄巾角來遮住了臉。人們好像走進了新婚的帳圍裡似的，桃色的感情一層層律動起來。這樣過了片刻，機械的聲音一響，場裡變成黑暗，對面白幕上面就有了銀光的閃動，尖銳的視線一齊射上去。[24]

劉吶鷗的敘述戲劇性地從桃色的光轉向桃色的感覺，從凝視真人到凝視銀幕。通過從劇場到空想的視覺享受，他順利地帶著讀者進入醉人的世界。劉吶鷗喜歡電影，也在30年代做過電影評論。他提倡「軟性電影」——電影的主要功能是娛樂——這一電影理論被左翼電影評論家猛烈攻擊，因為在他們的眼裡，電影和文學一樣都應該起到教化社會的作用。[25]在《流》中，劉吶鷗表面上似乎通過強調電影的軟性物質及其娛樂功能，來批判奢侈的墮落的資產階級生活方式，然而，與此同時，他的敘述卻陶醉並且淹沒在這些軟性的流動的形象中。主人公鏡秋為一家紡織廠的老闆工作，並且有機會成為老闆的女婿。有一天他跟老闆的兒子堂文去看電影——這是個夢幻般的世界。雖然鏡秋接受反抗資本主義的進步觀念，但他還是立刻被電影院這一資產階級所生產的充滿幻想的氛圍所蠱惑。當鏡秋盯著電影裡虛構卻好像真實的西方世界時，他的欲望和幻想不知不覺地投射到來自異域的視覺物件中。鏡秋第一次看外國電影的經驗，被劉吶鷗描述成一種壓倒其理性精神的身體經驗。劉吶鷗對鏡秋體驗並且迷戀外國文化的描述，實際上顛覆了他自己對腐敗的資產階級生活方式的潛在批判。於是，真實的和想像的、外國的和本土的，以及上流社會的和底層社會的意識在鏡秋的經驗中混雜在

[24] 劉吶鷗：《流》，收入《都市風景線》，上海：水沫書店，1930，第39頁。

[25] 見陳播編：《中國左翼電影運動》，北京：中國電影出版社，1993，第142—174頁；也見張英進：《中國現代文學中的城市與電影：空間、時間和性別的佈局》，第308頁。

一起，相互對抗與抵觸。

電影放映到一半的時候，堂文和鏡秋發現堂文父親的三姨太青雲和另一個男人正坐在這家電影院裡，很顯然，她與那個男人之間有私情。為了遮掩她的越軌行為，青雲輕浮地走過來，引誘堂文跟她出去幽會。當他們兩人把鏡秋一個人留在大街上後，鏡秋突然感到孤獨和幻滅，正是在這個時刻，他的階級意識被喚醒了：

> 鏡秋還按不住被刺激了的神經的跳動，默默地心裡想。哼！這就是堂文之所謂眼睛的diner de luxe嗎？花著工人們流了半年的苦汗都拿不到的洋錢，只得了一個多鐘頭的桃色的興奮。怪不得下層的人們常要鬧不平。富人們的優越感情我也有點懂得，可是他們對著舒服的生活，綢織的文化，還有多少時候可以留戀呢？就從今天在那兒的觀客看，他們身雖裹著柔軟的呢絨，高價的毛皮，誰知他們的體內不是腐朽了的呢。他們多半不是歇斯底里的女人，不是性的不能的老頭兒嗎？他們能有多少力量再擔起以後的社會？[26]

鏡秋雖然有階級意識，但他對資本主義剝削和腐敗的批評卻是由被壓抑的性本質所激發出來的。將資產階級看作是由「歇斯底里的女人或性的不能的老頭兒」所代表的，他將自己看作是男性沙文主義者和社會達爾文主義者。鏡秋一方面被外國資產階級享樂所刺激，另一方面又反省著社會、未來、富人和窮人，顯得有點「矯情」，也完全沒有反省與內觀自己的能力。他的階級意識是通過歡愉和焦慮、獲得與失去、認同和設想的相互妥協而建構的。他將左翼意識形態與文化危機、社會腐敗和他自己墮落且色情的幻想生活巧妙地拼合在一起，試圖在不穩定的色情欲望中保持他的階級

[26] 劉吶鷗：《流》，收入《都市風景線》，上海：水沫書店，1930，第44—45頁。

認同。然而，在此，階級衝突僅僅是一種敘述策略，是劉吶鷗對西方現代主義或者前衛美學姿態的一種模仿、挪用和延伸。所謂的危機感看起來也是虛假的，彷彿蓄意將一切頹廢的枯竭的象徵物與一些模糊的階級概念聯繫在一起。鏡秋的政治修辭是表達他的自我意識、階級意識和民族意識的工具，但是，這種政治修辭也使這些意識變得自相矛盾與自我瓦解。

鏡秋住在老闆家裡時，捲入了與三個女人的兩性遊戲中：老闆十三歲的女兒，女兒的家庭教師、同樣也是革命者的曉瑛，還有三姨太青雲。劉吶鷗安排鏡秋追求曉瑛是為了強調他的階級意識。吸引鏡秋的是曉瑛男性化的身體——健康的黑皮膚、強壯而富有彈性的臂和腿，短短的頭髮——以及她男性化的革命思想。曉瑛男性化的身體將她與另外兩個生活在腐敗的資本家家庭中的女性化女人區別開來。壓迫者與被壓迫者、雇主與雇工之間的階級界限看起來似乎是牢不可破的，但是只有當鏡秋被神經質的性焦慮和性欲望所折磨時，階級觀念才會起作用。有趣的是，曉瑛謝絕了鏡秋的結婚建議，相反，她選擇僅僅與他維持性關係的水平。曉瑛是一個喜歡讀布哈林《馬克思主義歷史理論》的革命者，同時也是一個典型的現代狐狸精，她知道如何引誘男人：她在鏡秋的臥室裡等鏡秋，脫掉衣服，滑進床裡，用她自己的聰明方式逗引他。在這一點上，「革命加戀愛」的公式完全轉變成了男人和女人之間的色情遊戲。此外，鏡秋與青雲調情，與老闆的女兒暗通款曲，這都將一個潛在的進步主題轉變成了一個聲名狼藉的性遊戲，彷彿作者的主要目的是為了強調放縱的欲望，而不是為了表現階級差異。在故事的結尾，鏡秋辭掉了工作，參加了工人的罷工運動。在看夠上流社會頹廢生活的事例之後，鏡秋決心與資產階級鬥爭，而不是繼續作一個壓迫者與被壓迫者之間的中間人。但是他的革命能量很快又轉為調情：他之所以加入罷工的隊伍是因為曉瑛是組織者之一，而她的性魅力又一次刺激了他，挑起了他「革命」欲望。

總的看來，劉吶鷗對「革命加戀愛」的重寫，極易讓讀者在過量的色情刺激、異國情調的語言和令人炫目的想像中淹沒。小說的題目《流》，可以指當時流行的革命欲望和潮流，也可以指像現代狐狸精、革命者曉瑛和資本家三姨太青雲誘人的身體。無論屬於哪個階級，她們都代表了現代的妖女，她們流動的柔軟的身體是軟性電影的廣告和招牌，都是所謂「不道德」的資產階級的產品。由於迷戀這些「軟性」的欲望與女性身體，鏡秋的階級意識不可避免地失去了其堅固的根基。

雖然劉吶鷗宣稱，他的意願是暴露資產階級的腐朽和腐敗社會的危機，但是他對色情生活和充滿異國情調的都市景觀的著迷，顯示出他的階級概念距離馬克思主義的原始學說頗為遙遠。他對階級差異的理解總是伴隨著難以控制的性焦慮和色情幻想。由於劉吶鷗將革命並行於色情，因而他對「革命加戀愛」公式的模仿與左翼作家的創作有著本質的差別，他實際上將這個潛在的進步主題的語境悄悄置換了，放置在一個沉醉於性的色情世界中，這個世界完全與無產階級大眾的社會現實相分離。不同於蔣光慈和其他左翼作家對資本主義現代性的批判，劉吶鷗所表現的「革命加戀愛」與都市的感官色彩非常和諧，他對資本主義勢力的鬥爭只是一種曖昧的姿態，根本談不上批判精神。

## 穆時英：內心世界和對現代性的批判

劉吶鷗的危機感似乎是虛假的，漫說危機其實僅僅為都市男女的色情表演提供表演機會，或為他那充滿異國情調的都市風景添一色彩，而穆時英的危機意識則與他的不同，顯得更加逼真一些，不僅如此，還帶有一種戲仿的修辭，對現代性的反省顯示出其獨特的一面。換句話說，穆時英的寫作代表了一個現代藝術家對社會的疏離感，這也是對他那個年代的現代性的美學反映。按照蘇雪林和張京媛的評論，穆時英是新感覺派最成功的作家。[27]

在穆時英寫作生涯的早期階段，他是從流氓無產者的視角來觀察上流社會與底層社會之間的對抗的，[28]他尤其關注在半殖民地的上海，現代男人和現代女人極度的失落感、疏離感和危機感。正如施蟄存所描述的，當穆時英早期的小說出版時，每個人都認為這是左翼寫作的代表。但是後來，人們開始質疑穆時英的觀點到底是不是真正的馬克思主義，因為他缺乏最基本的無產階級生活經驗。施蟄存得出結論說，穆時英可以通過善於模仿普羅文學的神奇能力來寫關於上海工人的小說。[29]後來，他從無產階級現實主義轉向了都市現代主義，將華麗的頹廢的城市生活轉為他的中心主題。

像劉吶鷗一樣，穆時英在日本佔領上海時期為汪精衛偽政權治下的雜誌工作，因此被國民黨特工秘密暗殺了。具有諷刺意味的是，像這些對新的文學真有興趣而對政治意識形態並無興趣的作家，在政治上反而遇到悲慘結劇。以往的一些正統的馬克思主義評論家常常將這兩個作家在政治上的失敗與他們西方化的寫作方式及其對外國頹廢的模仿相聯繫。然而，他們的悲劇恰恰反映了中國現代文學受制於險惡的政治現實。正如施蟄存所言，因為民族和文化環境的原因，「我的作品，在中國新文學中並不佔有重要的地位，只能被看作是在六十年前，一個傾向於西方現代文學的中國青年的文學實驗，它們沒有得到成長和發展的機會，就終止了」。[30]從穆時英的現代派寫作、艱難的政治生活與「革命加戀愛」主題之間的關係，我們可以看到政治主題和寫作之間的相互糾纏的關係。

---

[27] 張京媛：《精神分析學在中國：文學的轉化1919—1949》，第128頁。

[28] 穆時英第一個小說集《南北極》包含了一個流氓無產者的意識。它處理了富人與窮人之間的鬥爭，也描寫了都市生活，雖然其氛圍幾乎是異國風情的。

[29] 施蟄存：《沙上的腳跡》，瀋陽：遼寧教育出版社，1995，第23頁。

[30] 施蟄存：〈英譯本《梅雨之夕》序言〉，見《北山散文集》（二），上海：華東師範大學出版社，2001，第1480頁。

穆時英的《Pierrot》展現了同時存在的兩個世界：一個是有異國情調的殖民地化的上海，在這兒，現代資本主義文明就像一個充滿性感的女人，引誘和慫恿著人們；另一個是個人的、主體的、想像性的國度，在這兒，孤獨的個人體驗著現代生活的深刻危機感和疏離感。主人公潘鶴齡是個作家，經歷著這兩個世界衝突的精神苦痛。牽引並操縱著穆時英現代派敘述的是一系列相互關聯的社會政治、性心理和美學等議題：現代城市的生活方式和經濟情況；友誼、愛情、性感覺；革命和色情的共謀；城市和鄉村的矛盾；對敘述權威的質疑；對危機的表達等等。兩種不同的敘述聲音，一個來自客觀世界，另一個來自潘鶴齡的主觀世界，在整個故事中相互交織，暴露了現代認同的複雜性。兩種敘述聲音之間的對話，通過作家的自我解嘲和疏離感，細緻地記錄了繁華而頹廢的城市生活。雖然他和劉吶鷗一樣沉迷於都市的頹廢生活，但是穆時英多了一個視角，即引入了對現代疏離感的批判聲音。小說中所表現的孤獨和主觀的世界，毫無疑問變成了一種對抗現代性的力量。

穆時英巧妙地運用放在括弧裡的插入語的方式，來顯示主人公潘鶴齡的內心聲音，由此讀者能直觀地看到人物外部世界與內心世界的對話，看到主人公潘鶴齡如何逐漸地墜入現代存在方式的絕望之中。因為焦慮、恐懼和現代危機的主題是穆時英在這個故事中試圖抓住的確切的東西，所以「革命加戀愛」——對絕大多數左翼作家來說是現實的或想像的浪漫家園——不可避免地被這種疏離感所吞沒。在故事的開始，在介紹了潘鶴齡的異國情人，一個叫琉璃子的日本女性之後，敘述人描述了繁榮的都市街景：

> 街。
>
> 街有無數都市風魔的眼：舞場的色情的眼。百貨公司的饕餮的蠅眼，「啤酒園」的樂天的醉眼，美容室的欺詐的俗眼。旅邸的親昵的蕩眼，教堂的偽善的法眼，電影院的奸猾

的三角眼，飯店的朦朧的睡眼……

桃色的眼，湖色的眼，青色的眼，眼的光輪裡邊展開了都市的風土畫：植立在暗影裡的賣淫女，在街心用鼠眼注視著每一個著窄袍的青年的，性欲錯亂狂的，棕櫚樹似的印度巡捕；逼緊了嗓子模仿著少女的聲音唱《十八摸》的，披散著一頭白髮的老丐；有著銅色的肌膚的人力車夫；刺蝟似地縮在街角等行人們嘴上的煙蒂兒，襤褸的煙鬼；貓頭鷹似地站在店鋪的櫥窗前，歪戴著小帽的夜間兜銷員；擺著沉毅的顏色，帶著希特拉演說時那麼決死的神情，向紳士們強求著的羅宋乞丐……

鑒賞著這幅秘藏的風土畫的遊客們便在嘴上。毫沒來由地嘻嘻地笑著。

嘻嘻地笑著，潘鶴齡先生在這街上出現了。

給這秘藏的風土畫的無憂無慮的線調感染了似地，在這街上出現的潘鶴齡先生邁著輕鬆的大步，歪戴著毯帽，和所有的遊人一樣地，毫沒理由地，嘻嘻地笑著。[31]

像一架隨意遊走的攝像機，穆時英的敘述風格給予讀者一種非常特別的視覺效果。那些「無數的都市風魔的眼」魔術般地製造了城市的視覺形象，咄咄逼人地凝視著人群。潘鶴齡一出場，就像一個典型的浪蕩子那樣帶著微笑，伴著鬼臉，回頭看這個城市和人群，即使走在街道的人群中，他也維持著自己的個性和個人空間。當本雅明描述大都市街頭「遊手好閒的人」時，他這樣寫道：「他需要有能夠轉動胳膊肘的活動空間，不願意放棄悠閒的紳士生活」，並且他在「完全悠閒的氛圍中和在焦躁混亂的城市中一樣非

[31] 穆時英：《Pierrot》，收入《熱情之骨》，旭水、穆紫編，瀋陽：春風文藝出版社，1993，第168—169頁。

常不相稱」。[32]借用本雅明的「遊手好閒」的概念，布列斯特進一步解釋道：「不帶個人感情的凝視是一種使自己免疫於人群驚擾的浪蕩子的方式」。用這種方式，他「在自己周圍重建了一個空間」，「假裝沉溺於消費和賭博」，以此來逃離「現代都市對空間和時間的重新定義所帶來的壓力」[33]。就像浪蕩子那種不帶個人感情的凝視，潘鶴齡的笑容和鬼臉包含了自我嘲諷的意味，使他與人群保持一定的距離。在與老朋友討論風流韻事時，他抱怨朋友對他的誤解，並且得出結論說：「每個人全是那麼孤獨地，寂寞地在世上生存著啊」。即使他被都市風魔的眼所蠱惑，他也不能逃離由這種商業化的半殖民地化的城市所造成的疏離感。他像個浪蕩子那樣行走和生活，但他永遠也不能排除自己內心矛盾的感覺。

笑容和鬼臉是潘鶴齡孤獨內心的面具。潘鶴齡用快樂的笑臉掩藏他的悲傷，他更像一個小丑——穆時英文學想像中的一個典型形象——而不是一個浪蕩子。李歐梵強調穆時英刻畫的小丑形象是作家自身的反照，他解釋了這個差異：

> 穆時英有意識地選擇小丑作為他的都會場景的中心人物和作家的自我肖像，而不是更貴族的頹蕩公子或更具美學意味的浪蕩子，也許是因為小丑這種角色和流浪漢有親緣性，後者是因查理・卓別林而聞名遐邇的一個淘氣人物，一個流浪漢。小丑和流浪漢這兩種角色都屬於反英雄型人物，他們可以被視為是浪蕩子和雅痞的下層階級的對應者。[34]

我覺得潘鶴齡既像一個「遊手好閒的人」，又像一個小丑；既有上層社會的悠閒，又有下層社會的流浪漢和小丑所具備的「反

[32] 本雅明：《闡釋》，第172—173。

[33] 柏右銘：〈場景中的上海經濟：劉吶鷗和穆時英小說中的上海賽馬俱樂部〉，見《中國現代文學》9.1（1995年春），第46—47頁。

[34] 李歐梵：《上海摩登——一種新都市文化在中國1930—1945》，第231頁。

英雄」特色。穆時英首先把潘鶴齡描畫成一個浪蕩子，一個遊手好閒的人，然後從質疑和批判悠閒的城市生活的角度來批評和嘲笑這個形象。就像那些喜歡聚在一起談論一個不著邊際的寬泛話題的文人們，潘鶴齡也常常在他家裡舉辦沙龍。潘鶴齡的沙龍充滿了關於城市文化的討論，瀰漫著有關異國的想像和性幻想的空氣。沙龍討論的涵蓋面很廣，從外國電影明星到現代主義，從佛洛德到俄國革命，從敘述技巧到色情主義。有趣的是，敘述人是以戲仿的口吻來描述這樣的文化活動的。潘鶴齡用佛洛德的心理理論把每一個話題——高雅的或低俗的——都解釋成了色情的笑話，用以諷刺所謂「有意義的高尚的高雅的」主題，比如：藝術、文學和文化。

坐在他自己的沙龍裡，潘鶴齡發現他完全無法融入這種文人的遊戲中，特別是當他的客人們對他的小說進行誤讀時，潘鶴齡發現他原本的意思被扭曲，他感到異常絕望：如果人們所說的話不能傳達基本的意義，人們如何能夠互相理解？他內心的聲音告訴我們：「人是精神地互相隔離了的，寂寞地生活著的」。一旦他意識到文字和意義之間無法消除的距離時，他突然感到幻滅，對自由、社會關係和其他一切現代生活的基本概念一下子都不再相信了。在這一點上，穆時英的現代敘述技巧傳達了作者、讀者和批評家之間交流的危機，傳達了文字和意義的危機，傳達了現代藝術和文化的危機，也傳達了像潘鶴齡這種文人的現代生活的危機。他突然對自己所選擇的現代文人的生活方式感到可笑與無意義。

當他對都市生活、友誼、文化和文學這些東西不抱幻想後，他的內心聲音告訴我們，愛情成了他的精神廢墟中的一個重要支柱。但是，當他追隨愛人琉璃子到了東京以後，卻意外地發現了琉璃子和菲律賓人的風流韻事，於是潘鶴齡很快對愛情和浪漫故事也不抱幻想了。他譴責琉璃子居然為了一個菲律賓人，一個「沒有國家的奴隸」而失去貞節，像菲律賓人這樣的人即使連潘鶴齡——一個中國人——也會輕視他。本來潘鶴齡和琉璃子的關係是建立在「世界主義者」的基礎之上的，不能被簡單地定義成帝國主義或者民族主義。換句話說，在潘鶴齡對異國情調的追求中，日本帝國主義與中國民族主義之間的權力關係並不扮演重要的角色。如今，愛情的挫敗激發了複雜的種族認同，菲律賓人卑微的民族地位實際上也揭示了潘鶴齡在日本情人面前的下等地位，他的日本情人代表著帝國主義和殖民主義。作為一個身處上海的典型的崇洋媚外的西方文化愛好者，潘鶴齡把異國想像成一個完美的他者，但這個幻象被粉碎了。潘鶴齡對琉璃子的身體的幻滅，實際上也是他對都市異國情調和色情想像的幻滅，以及對「世界主義者」立場的幻滅，這些幻滅也可以被解讀成一個為西方文化所迷醉的上海作家的自我嘲諷。

當他對現代城市文化——色情的女性身體、都市的異國風情和資產階級文化生活方式——不抱任何幻想之後，潘鶴齡再次發現他內心渴望回到自己的母親身邊，回到自己家的祖屋和純淨的鄉村。於是，他埋葬了他的異域幻想，回到了他的家鄉。城市和鄉村的矛盾在中國現代文學中有著深刻的寓意：城市常常被沈從文這樣的作家描述成墮落、腐朽和異化的標誌；而鄉村則象徵著抒情、純淨、自然和健康。在這田園詩般的環境中，潘鶴齡突然嚮往起革命來了。將田園詩般的鄉村與革命聯繫起來似乎太意外，但這卻是潘鶴齡的烏托邦理想，這種烏托邦理想產生於對不完美的現實世界的難以忍受，而母親的家、鄉村和革命則成為他精神最後的停泊地。然而，潘鶴齡的烏托邦夢想很快就被輕易地粉碎了。當他發現自己的父母僅僅把他當作經濟來源後，他對自然、鄉村和家庭也感到了幻滅。如今，唯一能吸引他的就只有革命、破壞和造反了。

當潘鶴齡積極地投身革命時，他看到了群眾、革命者英勇的行為以及如詩中所描寫的起義。他熱愛群眾，也希望被群眾所熱愛。但是當他出獄並且變成一個瘸子之後，組織和他的同志們卻說他是個叛徒，群眾甚至忘記他的存在。在小說的結尾，潘鶴齡失去了他所有的信仰，只是像個白癡那樣傻笑。正如敘述者所說的：

「欺騙！什麼都是欺騙，友誼，戀情、藝術、文明……一切粗浮的和精細的，拙劣的和深奧的欺騙。每個人欺騙著自己，欺騙著別人……」[35]穆時英在這篇小說中所描述的是一種現代人的危機感，包含著存在主義式的對於生存意義的叩問，與左翼作家所表現的意識形態的政治危機完全不同。然而，批評家嚴家炎認為，這種以虛無主義思想為媒介的危機感暴露了穆時英心理的陰暗面，並且揭示了這種不加批判地擁抱西方現代主義的新感覺派的負面影響。[36]嚴家炎將新感覺派看作西方現代化和資本主義文化被動的接受者和模仿者。相反，李歐梵則堅持認為穆時英是中國現代性的代表人物和主角，他與上海的西方殖民文化之間的關係是微妙而複雜的。穆時英所創造的小丑式的人物「顯得更具自我嘲諷意味而不是更自憐」，而且他們在都市的疏離感也是「心理上的而並非社會上的」。[37]

實際上，《Pierrot》中主人公自我嘲諷的口吻，不但諷刺了那些擁抱浪漫的革命文學的上海左派們，而且也是對作家本人作為一個現代人的存在方式與存在意識的自嘲。不像劉吶鷗那樣，將革命僅僅描述成都市異國風情的另一個景觀，穆時英多了一個自我反省的維度，用革命來反觀誘惑著他的現代性和上海都市文化。他的美學觀似乎充滿了矛盾：一方面，作為都市的「漫遊者」或是「遊手好閒者」，顯示出對現代性的真正迷戀；另一方面，通過個人的、主體的聲音，他哀歎物質主義和偽善的入侵，並且表達了他對一個人不可避免地被現代性所分裂的深刻關注。他重寫「革命加戀愛」的主題，是他對「進步的現代性」的反思。按照他的說法，不論革命還是愛情，都不能使一個人擺脫現代危機，或者擺脫存在的危機和痛苦，都不能為現代人提供真正的出路。在這方面，穆時英

---

35 穆時英：《Pierrot》，收入《熱情之骨》，旭水、穆紫編，瀋陽：春風文藝出版社，1993，第185頁。

36 嚴家炎：《中國現代小說流派史》，北京：人民文學出版社，1989，第164頁。

37 李歐梵：《上海摩登——一種新都市文化在中國1930—1945》，第231頁。

的現代派寫作，不僅是對左翼約定俗成的「革命加戀愛」的諷刺，而且還有一種對表現欲望和都市現代性的自我反觀與自我反省。

## 張資平：革命外殼下的消費文化

張資平的個案非常複雜。作為創造社的一員，他早期的小說處理了一些嚴肅的社會問題，比如自由戀愛、自主婚姻和個性解放。然而，在1925年的小說《飛絮》中，他變成了一個通俗作家，專攻三角戀愛或者四角戀愛的故事。從那以後，他便通過描寫色情、性心理、肉慾和愛情來迎合大眾文化。1928年，當左翼作家鼓吹革命文學時，張資平也立刻做出反應，宣稱他將再次改變創作方向。[38]一些批評家發現，張資平的所謂「轉向」其實與他對經濟利益的關注有關：作為上海樂群書店的負責人，他必須在革命成為時尚的時候吸引更多的讀者。[39]從那時起，他也翻譯了一些日本無產階級文學理論和小說，並且開始處理「革命加戀愛」的主題。但是他的革命寫作僅僅延續了很短的一段時間。在1928年底，他又重拾以前的通俗風格，回到愛情和色情的主題上。魯迅曾經總結張資平小說的線路是個愛情大三角。[40]由於對魯迅、茅盾和其他左翼作家懷有敵意，張資平在他後期的小說中不僅將詆毀的矛頭指向老一輩的五四作家，也指向更年輕的革命作家。

張資平的兩篇小說《長途》（1928）和《石榴花》（1928），是他追隨「革命加戀愛」的主題而創作的作品。在這兩篇小說中，張資平把「革命加戀愛」的流行公式與都市大眾文化聯繫起來。不

[38] 根據張資平自己的紀錄，直到1927年他才開始瞭解一些革命理論和無產階級藝術理論，而且他也願意在這條道路上重新創造自己。見張資平：《資平自選集》，上海：樂華圖書出版公司，1933，第20頁。

[39] 曾華鵬、范伯群：〈論張資平的小說〉，見《文學評論》1996年第5期，第18—30頁。

[40] 魯迅：《張資平的小說學》，《魯迅全集》，北京：人民文學出版社，1981，卷4，第230—231頁。

像施蟄存、穆時英和劉吶鷗那樣借助實驗性的文學技巧追求相同的主題，張資平對這個主題的重寫還是離不開他原先的趣味總是缺少改革和創新，總是踏步於他所熟悉的類型化的套路和為大眾消費服務的模仿品中。

張資平的《長途》寫於1928年，這部小說試圖追隨無產階級小說的方式，批判社會和官僚的腐敗。小說既包含著對社會的嚴肅批評，又有對愛情和性的描寫。女主人公碧雲來自鄉村，在一個完全陌生的城市裡承受著經濟壓力和人際冷漠。後來，碧雲終於在革命隊伍的軍事部門找到一份秘書的工作，但是發現所謂的革命隊伍都是由一些不知廉恥的貪婪的官僚們組成。她後來完成了一個鄉村姑娘向都市性感女人的轉變，但是這個痛苦的過程揭示了革命成果的陰暗面，這其中，一些革命者墮落成「新官僚和新軍閥」，在帝國主義的銀行裡有著近百萬美元的存款。[41]與此同時，碧雲也經受不住金錢和性欲的誘惑，任憑官僚們無恥地操縱她的身體，在這個邪惡的城市中最終墮落了。

雖然《長途》被認為是張資平最嚴肅的作品之一，但是在他在社會和政治批判的表面下，仍舊繼續他的敘述方式——三角戀愛。像張資平其他小說中的女主角一樣，女主人公碧雲被上海的消費文化所改造和腐蝕。當碧雲意識到金錢的力量之後，她變得越來越貪心，也變得越來越實際，既不相信真正的愛情，也不相信所謂革命，而且對自己的墮落並不感到羞恥，認為這都是為了「生活」。當她被兩個或三個男人同時追求時，她選擇金錢和性欲望而不是傳統定義的純潔的愛情：

> 到了今日，經過了二三年的生活辛勞，才知道往日自己的盲從，世間人說戀愛，自己便信為真有戀愛，世間人說救國，

[41] 張資平《長途》，見《張資平小說集》，廣州：花城出版社，1994，卷2，第769頁。

自己便信為真可救，世間人說革命成功後大家都有飯吃，自己也便深信不疑。其實哪里有什麼戀愛，只是情欲吧了，金錢吧了。世間的人們都盲目地為這些欲念所驅使，疲於奔命，哪里還有閒心思為國，為社會，為民眾，為戀愛啊！[42]

在城市中生存是碧雲最關心的事情，其他一切看上去都是虛無縹緲的靠不住的，所以碧雲寧肯選擇做新官僚的情婦，也不願意選擇接受一位真心愛她的革命者的愛情。在張資平的小說中，金錢總是扮演著重要的角色：他非常仔細地記錄著掙錢和花線的具體數目，記錄著沒有金錢的窘迫的生活，和新官僚暴發後的奢侈生活等等，通過選擇對城市物質生活直接敘述的方式使城市的存在具體化。即使在處理「革命加戀愛」的主題時，張資平仍然關注經濟而不是左翼意識形態。對他來說，金錢和欲望的力量可以輕易地壓倒革命和純粹愛情的力量。在整篇小說中，他過分渲染日常生活中以經濟為基礎的細節——每天的花銷、勢利的人際關係和上海擁擠的生活空間——這些都非常實際，也非常庸俗，都是都市生活中冷酷而活生生的一面，與革命的烏托邦衝動相距甚遠。在左翼作家的寫作中，革命和愛情都像星星一樣閃耀，指引著普通民眾穿越醜惡而骯髒的世界。張資平則相反，他自己深深地根植於都市小資產階級極其平庸而喧囂的現實中，對虛幻的革命與愛情的光輝始終抱著一種懷疑的態度。所以，與其說他在《長途》中是在寫關於「革命加愛情」的主題，不如說他是在寫嘲諷「革命加戀愛」的虛幻：所謂革命和愛情都是那麼的脆弱和不切實際，根本沒有辦法抵禦都市物質生活的誘惑。在小說中有一個小細節，張資平故意描寫了一個無聊的、「在文化運動上相當進了些力」的普羅文學作家，雖然鼎鼎大名，可是卻蓬頭垢面、臭氣薰天，甚至行為齷齪，張資平借小說

[42] 張資平《長途》，見《張資平小說集》，卷2，第767頁。

人物吳興國之口諷刺道：「你哪裡配稱普羅列塔利亞，你不過是談談普羅列塔利亞混飯吃的無聊的Intellegentsia吧了。」[43]可以看出，張資平並不是真正地認同普羅文化與文學，他甚至覺得當時的普羅文學的弄潮兒都非常可笑和無聊。由於他的寫作方式是以消費者的需求為導向的，因而《長途》中革命的英勇精神是缺席的。通過在碧雲與革命情人的「愛」上貼上價格的標籤，張資平勾勒了被市場經濟控制的都市景觀，也從金錢的角度理解所謂的「左翼的意識形態」。所以，雖然他在故事的結尾——群眾為保衛他們自己的城市而與帝國主義戰鬥——加上了一個意識形態化的尾巴，整個故事關心的實際上是金錢的消費文化，而不是真正的革命與愛情。

1927年以後，張資平寫了一些以「革命」為背景的小說，比如，《上帝的女兒們》、《長途》、《歡喜陀與馬桶》、《石榴花》、《黑戀》、《無靈魂的人們》和《跳躍著的人們》等，不過他的「轉換方向」並不是出於崇高的革命理想，而是出於開樂群書店、「趕時髦」的實際需求。比如，張資平在小說《石榴花》的「卷頭臭詩」中寫道：

> 這篇稿子計畫於1927年春，
> 因為那是一面在提倡普羅列塔利亞文藝，
> 而又想寫這樣無聊的小說，
> 內心感到一種矛盾的慚愧。
> ……
> 以後我要刻苦地克復我自己！
> 克復我自己的小資產階級的劣根性！[44]

[43] 張資平：《長途》，見《張資平小說集》，卷2，第786頁。
[44] 張資平：《石榴花》，〈卷頭臭詩〉，上海樂群書店，1928年10月，第1——3頁。

明知嚴肅的無產階級藝術與粗俗的娛樂文化之間的矛盾衝突，張資平還是把兩者混淆起來。《石榴花》這個古怪的結合體，改變了作者在文學實踐中試圖轉向的「進步革命」的方向，使之又退回到了讀者熟悉的三角戀愛的故事中，並且在都市消費文化的語境中重新闡釋了「革命加戀愛」。

當一些左翼作家在區分大眾文藝和通俗文藝時，他們將前者定義為無產階級文學，將後者看作是有閑的中產階級——有錢也有時間——的娛樂。[45]張資平瞄準了普通的都市讀者，他更關注娛樂，更關注「通俗文藝」而不是「大眾文藝」，對「革命加戀愛」的書寫和重寫主要是以商業價值為基礎，而不是以政治意識形態為基礎的。在《石榴花》中，他再次設置自己最喜愛情場結構——三角戀愛，完全不理會階級概念——這一無產階級藝術最重要的元素。於是，這部小說提供了一個關於語境置換的例證：富人和窮人之間的階級對立轉變成了情敵之間的鬥爭。在某種程度上，張資平用商業文化中的「大眾」——帶有各種階級背景的都市通俗文學的讀者——置換了無產階級文學中的「勞苦大眾」。

《石榴花》的情節通過一個三角戀愛的故事展開：唐雪翹跟著她的愛人參加了革命，與此同時，她又成了顧司令官的情婦。這個顧司令官是一個曾經投機革命的新官僚和軍閥。在故事的結尾，唐雪翹為了拯救她與正直的革命愛人的情感而暗殺了顧司令官。女主角與蔣光慈、茅盾所刻畫的革命且頹廢的新女性相似，但她卻從未像那些新女性那樣真誠地與革命意識形態融為一體。她是左翼作家塑造的新女性形象的扭曲的複製品，充滿了現代的享樂主義觀念，整個角色不過是革命意義及其浪漫精神的戲仿。

張資平的寫作路子與他的自然主義觀念緊密相連，自然主義在他心目中佔據了比現實主義高得多的位置。他對自然主義的鍾

[45] 見〈藝術大眾化座談會〉，載《大眾文藝》，2.3（1930年3月），該座談會記錄了一些左翼作家關於大眾文藝和通俗文藝的討論。

愛使他的寫作得了一個「低級趣味」的名聲。[46]張資平將心理學和生理學式的描述看作是自然主義小說基本的決定性的因素。他認為：「人類是一種生物，其思想行為多受生理狀態支配。所以一般（觀）察人類先要由生理的方面描寫。」[47]不像茅盾將自然主義作為批判社會現實的嚴肅的文學形式，張資平對自然主義的解釋，只是為他集中描述淫蕩的、墮落的、被商品化的女人身體和物質化的都市生活鋪設方便之路。於是，他的大部分小說陷入了無道德和低級的審美趣味中。毫無疑問，張資平對性的自然主義描述有助於他作品的熱銷，並且加強了他與流行的有閑階級文化的聯繫，這種文化的唯一的標準就是以實用和商業為目的。結果是，他的所謂的「革命文學」專門投合大眾口味和興趣，穿越了各個不同的階級層面，反映的是各種階層的人的性欲本能，而不是被壓迫階級的思想情感。他的關於「革命加戀愛」寫作，其主人公同時既是現代的也是傳統的，既是進步的也是落後的，既是心理複雜，又是生理混亂。

雖然在一些左翼作品中，革命且頹廢的女性形象常常傳遞著革命思想，但是張資平刻畫的唐雪翹卻屬於傳遞著符合大眾品味的快感文化。她是一個既符合有閒階級又符合底層人們的模糊理想的美人，一個典型的現代妖女，一個能玩性遊戲的女革命者。在小說的開始，敘述者談到一些關於女人的膚淺討論，然後將唐雪翹放進戀愛的三角關係中。隨著情節的推進，我們得知，一個已婚的教授為她癡狂，繼而在她的日記中發現了她失去貞操的秘密。在張資平的其他小說中，他也總是寫到「處女之寶」和「處女美」，既充滿了男性的封建意識，又迎合大眾的庸俗的閱讀心理。在商品文化市場中，女人的身體和貞操往往被物質化為商品。通過描寫女性

[46] 沈從文：〈郁達夫張資平及其影響〉，見《沈從文文集》，廣州：花城出版社，1984，卷11，第139—145頁。

[47] 張資平：《文藝史概要》，武漢：武昌書局，1925，第73頁。

貞操這個流行的商品，張資平雖然標榜「革命」，可是卻陷入低級與無聊。小說的主題其實還是關於青年男女的愛情糾葛。唐雪翹最終選擇暗殺顧司令官，彷彿是一個反官僚的革命俠女，但是這個戲劇性的事件並未改變小說的審美口味。享樂主義者唐雪翹，實際上喜歡顧司令官提供給她的耽於感官享受的生活，甚至她那革命的愛人也不能阻止她的墮落。他暗殺顧司令的革命動機是膚淺的，這個三角戀愛故事的基礎仍然是愛欲和物欲。將「革命加戀愛」放置在消費、欲望和商業化的資產階級文化中，張資平著眼的主要是有閑階級心理和生理上的需要，但也不可避免地沖激了革命的嚴肅性，沖激蔣光慈茅盾等的嚴肅的政治寫作。由於其目的是面對廣大的讀者，張資平對這一公式不嚴肅的遊戲式的重述既能夠吸引上流社會，也能夠投底層所好。底層是各類市民，不只是勞工階級，勞工讀者群對於重視商品營利的張資平來說，是遠遠不夠的。

按照自然主義的美學觀點寫作，張資平是如此地迷戀愛欲物欲，以至於他在對浪漫的三角戀愛的描述中也懷疑革命和愛情的具有超越情欲物欲的力量。對他來說，沒有比性心理學和生理學更有價值的了。唐雪翹戲劇化的革命行動並非出於政治意識形態的動機，而是張資平出於消費文化的角度所做的安排，用愛欲、性冒險和其他時尚的觀念來迎合讀者。

當然，混亂的革命背景和飛速的現代性腳步都有助於「革命加戀愛」的大眾化，因為其內容和形式都代表了新派與時尚，而且商品消費文化也同樣刺激了這個公式的傳播與銷售。在這個公式的寫作中，張資平覺得沒有教育大眾的道德義務。他的敘述所暗含的只是商品需求和和市場邏輯。對於他而言，革命僅僅是一個空殼，他的女主角的欲望和要求在這個空殼中，是被物質追求所點燃，而不是被革命理想所點燃。也就是說，進步和革命的神話還不如消費主義倫理。

## 葉靈鳳：政治和商業的媚俗

葉靈鳳也特別關注大眾文化的消費者。根據張京媛的研究，「葉靈鳳總是使他的小說適應一般讀者的需要，也就是，他總是按照通俗文學的規則來處理性本質」，她援引葉靈鳳自己的話說來證明她的觀察：「我知道普通讀者想讓我創作《浴》和《浪淘沙》這樣的作品，它包含了前衛的色情刺激和極端的令人傷感的浪漫故事」。[48]然而，這只是部分地揭示了葉靈鳳的矛盾態度，因為他也對西方現代派作家創立的一些新的文學風格表示了公開的讚賞。

葉靈鳳是創造社的成員，他的小說不僅帶有郁達夫和其他成員所喜愛的浪漫主義，而且通過吸收和採納西方世紀末的頹廢風格而有別於傳統浪漫。1926年，他創辦了雜誌《幻州》，試圖通過更關注新浪漫主義而把自己與創造社的左派區分開來。他的一些作品近似於新感覺派。李歐梵在他對現代上海富有洞察力的研究中，將他與其他都市現代派，如施蟄存、劉吶鷗和穆時英放在一起討論。[49]

我們也許可以把葉靈鳳看作是一個跨越精英與大眾之間的界限的作家（雖然，上海都市文化中兩者的界限從未清晰過）。不論是葉靈鳳模仿比亞茲萊的插圖，還是他的小說，都旨在既促進高雅的文學風格又迎合大眾的口味。為了滿足廣大的都市讀者群的願望，他選擇了一個便於增進其小說傳播模式，即那種「現代『才子會佳人』的羅曼史，再加點極強烈的性的挑撥或極傷感的戀愛故

[48] 張京媛：《精神分析學在中國：文學的轉化1919—1949》，第122頁。

[49] 正如張京媛所指出的，「一些文學批評家勉強地把葉靈鳳當作心理分析派的主要作家，不僅僅是因為他的作品沉迷於性欲望，也因為他的政治立場和個性——甚至施蟄存也提到葉靈鳳在那個時代的文學作家中並不流行」，張京媛：《精神分析學在中國：文學的轉化1919—1949》，第105頁。

事」[50]。魯迅曾經嘲笑葉靈鳳是「才子加流氓」式的文人，這個眾所周知的評論顯示了葉靈鳳在文壇上的古怪位置。[51]葉靈鳳雖然是一個善於吸收異國現代主義元素的才子，但是他並不追求陽春白雪的「純文學」，相反的，他的寫作主要是為了娛樂都市讀者。當葉靈鳳的小說包含了許多「新的元素」和文學實驗時，他的作品明顯地屬於媚俗的範疇[52]——重複、陳腐和老套。而且，他對「革命加戀愛」這一時尚公式的模仿既屬於政治的媚俗，也屬於商業的媚俗。但每一種媚俗都有著改變這一公式初衷——宣傳無產階級文學和馬克思主義思想——的潛在可能性。他對「革命加戀愛」的重寫在表面上偽裝成政治宣傳，實際上是文化娛樂的一部分，通過媚俗的形式，達到對這一時尚的文學公式的諷刺。

寫於1930年的《神跡》代表了葉靈鳳關於革命文學的小說實踐。這篇小說的故事情節非常簡單：一個現代的革命的小女子，寧娜，為革命創造了神跡。甯娜利用愛慕她的當飛行員的表哥，從表哥的戰鬥機上散發了成千上萬的革命傳單，這些傳單幾乎佈滿了上海的天空。寧娜和其他左翼作品中的新女性一樣，既像一個勇於獻身的革命者，又像一個具有魅人吸引力的現代上海女郎。然而，不同於其他左翼作品的是，葉靈鳳以一種誇張的方式表現寧娜的那種浪漫英雄主義。他將甯娜英雄式的飛行處理成一種表演行為：上海是一個大劇場，寧娜在她的觀眾——群眾面前表演。她散發了五顏六色的傳單，裝飾了天空，然後在飛機後面展開了一面長長的華麗

---

50 李歐梵：《上海摩登——一種新都市文化在中國1930—1945》，第262頁。

51 從1926年到1927年，一個筆名為亞靈的作家試圖界定並促進「新流氓主義」。正如他所宣稱的，只有這個「新流氓主義」才能使人們脫離中國悲慘的境遇，「新流氓主義沒有口號，沒有信條」，他說，「最重要的就是自己認為不滿意的就奮力反抗」。魯迅認為亞靈是葉靈鳳的筆名，但楊義認為它是潘漢年的筆名。見楊義：《中國現代小說史》，北京：人民文學出版社，1993，卷1，第635—636頁。

52 正如卡林奈斯庫所言：「無論我們如何將其用法的語境分類，媚俗總是指涉著美學不適當的概念」，「這樣的不適當常常在單一的對象中被發現，其形式特徵（材料、形狀、尺寸等等）與其文化內容或意願是不相稱的」。見卡林奈斯庫：《現代性的五幅面孔》，第236頁。

燦爛的旗幟，令下面的觀眾們興高采烈。觀眾為她浪漫而英雄的表演欣喜若狂，高喊「寧娜萬歲」，天地之間爆發出震耳欲聾的喝彩聲。

將一個現代的革命女性與一個強有力的現代機器——飛機——相連，葉靈鳳所理解的革命在某種程度上與現代性所帶來的震驚非常相似。在這樣的聯繫中，他不但將革命浪漫化，而且將革命現代化，再者，他將寧娜的革命活動描述成一個藝術的宣言，一次精彩的行為藝術。葉靈鳳在這個故事中所追求的轟動效應，說明他的興趣在於探索前衛精神，以衝破被禁止的區域。可以說，在這篇小說中，葉靈鳳是帶著西方前衛的美學目標——將藝術帶回生活的常規[53]——來創作革命文學的。這種探索可以解釋為什麼那麼多上海現代派作家對革命文學著迷。然而，前衛的概念還不能完全捕捉住中國語境中現代派實踐的複雜性。葉靈鳳多樣化的寫作證明，他跨越了高與低的邊界，跨越了前衛藝術和大眾文化的邊界。《神跡》既是前衛的，同時又是大眾的。甯娜的革命行為混雜著娛樂效果，大眾被她的表演所陶醉。這個故事中顯得最革命又最前衛，不是傳單上所傳達的革命意識形態，而是現代機器、女性魅力和戲劇性表演。在葉靈鳳的眼裡，重要的不是五顏六色的傳單上印刷的內容，而是天空中飛舞飄揚的方式。

在另一部處理「革命加戀愛」題材的小說《紅的天使》（1930）中，葉靈鳳顯示出急於滿足大眾審美口味的傾向。他將這個公式看作是新派的浪漫的刺激性的東西，即使在處理高度政治化和道德化的題目時，他也避免設置一個道德標準。《紅的天使》是一個典型的四角戀愛的故事，它分為三部分：《戀》、《變》、《和》。在第一部分中，主人公健鶴去北京執行革命任務時遇到了他的兩個表妹淑清和婉清。兄妹三人回到上海後，他很快愛上了淑

53 柏格（Peter Burger）：《先鋒派理論》（Theory of Avant Garde），邁克・肖譯，明尼蘇達大學出版社，1984，第3頁。

清並跟她結了婚。為了頌揚革命與愛情的結合，敘述者提供了一個極浪漫的場景：

> 於是這一天在這黎明中的海面上，對了這從東邊湧出的太陽，這紅的天使，各人覺得這正是他們前途光明和幸福的象徵。立在朝陽的光明下，各人都暗誓著只要太陽有一天存在，他們都要永遠這樣的並立在他的光明中。「紅的天使萬歲！」，「幸福的立在他的光明之下的人們萬歲！」[54]

這個場景彷彿是寧娜的浪漫宣言的延續，但是，到了小說的第二部分《變》中，升起的太陽卻無情地滑落並且失去了它的光芒。因為婉清妒忌姐姐的愛情，她暗中破壞姐姐的婚姻並故意挑起衝突。當她成功地引誘了姐夫之後，又設計讓她的姐姐陷入了與魏先生的不正當關係中，魏先生是健鶴的朋友，但他反對健鶴的革命思想。然而，當健鶴被魏先生出賣並被捕入獄後，婉清又意識到了她的錯誤，並突然自殺。最後，在小說的最後部分——《和》中，健鶴和淑清彼此原諒了對方，並且重新挽回了他們的婚姻。

升起的太陽——小說中所謂「紅的天使」，似乎象徵著「革命加戀愛」主題所持有的積極浪漫精神，但是葉靈鳳卻只是把革命當作一個標籤，描寫的主要是男女的感情糾葛和情欲衝動，並且把革命和頹廢對等，給公式加入了一個讓人意想不到的轉折。葉靈鳳親自為《紅的天使》設計的封面，透露出在表面進步革命的名義下實質上是頹廢的資訊。在這幅圖畫中，星星和升起的太陽被線條和陰影切割成塊，暗示著無論革命還是愛情都被性、通姦和四角戀愛所分裂和纏繞。雖然革命英雄健鶴看起來似乎具備階級意識，但他除了是個同時與兩姐妹玩著兩性遊戲的浪蕩公子之外，其餘什麼都不

[54] 葉靈鳳：《紅的天使》，上海：現代書局，1930，第38—39頁。

是。妹妹婉清是一個上海都市文化的崇拜者，一個張競生《性史》的忠實讀者。她是一個現代妖女，既充滿魅力又具有欺騙性，竟然能夠引誘她的姐姐和健鶴進入性的迷狂。她不再是色情的性遊戲中的被動客體，直到健鶴被他的對手送進監獄，她始終侵略性地主動設計和控制著性遊戲。《紅的天使》強調的主要是那些頹廢的性遊戲，革命似乎成了包裝，愛情變成了通姦，整篇小說沒有清晰的意識形態或嚴肅的社會批評。

在這篇小說中，我們可以分辨出其敘述語言的兩種用途：政治的用途——模仿左翼作家的意識形態語言，和誘惑的用途——葉靈鳳大部分作品的典型語言。正如著名批評家鄭伯奇所言：「葉靈鳳所注意的是故事的經過，那些特殊事實的敘述頗有誘惑的效果」[55]。雖然葉靈鳳試圖複製革命的語言，但他的具有誘惑力的敘述聲音總是擾亂政治語言試圖傳達的道德感。這樣的結合體不可避免地產生出對革命與愛情聯姻的諷刺態度。所有與革命相關的語言和細節僅僅是為了裝飾男女之間的性調情與淫蕩關係。

葉靈鳳在將革命等同於頹廢時，與西方十九世紀末的藝術家和作家不同。西方「以頹廢派自居的藝術家和作家，在道德和美學上都有意識地、招搖地培養了一種自我離間風格，以此來對抗多數資產階級自以為是的人性論和矯飾的庸俗主義」。[56]在這個故事中，葉靈鳳並沒有從頹廢美學角度進行社會的批評，也沒有譴責不道德的資產階級生活方式。相反的，小說倒是有政治媚俗或商業庸俗化的傾向，這源於葉靈鳳過於急切地跟上時尚的願望。換句話說，《紅的天使》讀起來像是一部通俗小說，一個現代的才子佳人的羅曼史。

張資平的《石榴花》和葉靈鳳的《紅的天使》之間有著某種相似性。除了他們都使用通俗的三角或四角戀愛的框架之外，兩部小

[55] 鄭伯奇：《憶創造社及其他》，香港：三聯書店，1982，第56頁。
[56] 李歐梵：《上海摩登——一種新都市文化在中國1930—1945》，第232—234頁。

說都將「革命加戀愛」的主題帶入了色情的氛圍中，在這個氛圍中所有權力關係都是由性能量來決定的。例如，兩篇小說都大量地描寫到「通姦」。從表面上看，「通姦」似乎嚴肅地質疑並破壞了社會中舊的道德體系，彷彿具有一定的「革命」性；然而，「通姦」也為太陽——象徵著「革命加戀愛」中進步的意識形態——的光芒蒙上了陰影。張資平和葉靈鳳所營造的色情世界是為了回應大眾審美口味的需求，滿足大眾的幻想，遠離社會現實。這個色情世界使得他們的小說失去任何有關嚴肅的社會批評的內容，並且改變了「革命加戀愛」寫作的烏托邦目標。被張資平和葉靈鳳重寫與複製的「革命加戀愛」公式，像其他都市通俗文學產品一樣，不具備任何政治與社會批判功能，只是大眾的娛樂商品。

我所考察的海派作家關於「革命加戀愛」的變奏，暗示對這一公式的重寫會產生不同的表達策略，而這些表達策略能夠改變支配性的意識形態，並且置換公式的語境。中國大陸早期對海派的文學研究，總是譴責其庸俗和低品位——半殖民地的文化產品——的傾向，卻很少探討海派作家與中國現代性的特殊關係。[57]關於海派的傳統看法後來受到了挑戰，如嚴家炎和李歐梵的研究再次確立了以施蟄存、劉吶鷗和穆時英為代表的前衛的現代派作家的地位。然而，嚴家炎和李歐梵對現代派的新感覺派的提升，並不意味著在曲高和寡的現代主義和受消費潮流支配的通俗文學之間劃分一條長期存在的分界線。所以，用舊有的高雅和低俗的二分法來歸類海派作家是困難的，這一困難迫使我們不得不重新考慮這些作家的美學創新和上海文化市場化之間的關係。

當我們將這五個海派作家放在「革命加戀愛」的框架中來考察時，可以看到這些作家在以政治為導向的文學公式中整合了商業和美學的元素。正因為如此，這個看似一成不變的公式開始變成內

[57] 吳福輝：〈世紀之病：現代性愛的迷惘與求索〉，見陳平原、陳國球編：《文學史》，北京：北京大學出版社，1993，卷1，第157—173頁。

含自我顛覆性的複雜的混合物。蔣光慈——「一個差勁兒的作家卻無論如何是個起作用的宣傳者」——因他著名的「忽視藝術」而被左翼批評家如茅盾和瞿秋白批判，[58]已是盡人皆知的。作為蔣光慈「革命加戀愛」公式的複製品，海派現代作家對這一公式重寫的美學價值和政治價值更是很少被提及。即使施蟄存自己也對他這一階段的作品感到羞愧，他成名後，從不願再提及自己早期的短篇小說《追》[59]。然而，在這裡最重要的不是美學價值的評判，而是已經被文學史家所粉飾的革命文學階段中複雜的文化政治。事實上，這些邊緣寫作暗示了無產階級文學的早期階段——一個對馬克思主義的理解還不準確和全面的階段——突然出現了多種意識形態的混雜的文學實驗。革命的意義和左翼作家關於民族的烏托邦夢想，在這些海派作家對「革命加戀愛」的重寫中，總是被歪曲與改變。通過政治與商業化的結合，前衛感與通俗感的結合，個人夢想與都市生活的結合，資產階級的都市文化與生活方式不僅沒有被批判，反而被推到了前臺。然而，這些邊緣化的寫作卻為我們展示了早期革命文學階段的真實的歷史語境，因此，我們不能把這些海派作家的「表演行為」從對革命文學的研究中孤立出來，也不能把它從對上海文化的研究中排除出去。

[58] 夏濟安：《黑暗中的閘門：中國左翼文學運動研究》，第55—100頁。
[59] 嚴家炎：《中國現代小說流派史》，北京：人民文學出版社，1989，第134頁。

# 第五章

# 愛的遺忘與記憶

第五章

# 愛的遺忘與記憶

下面是詩人聞捷的著名詩句，它描繪的是在新中國最初的十七年——這個被當下的中國現代文學研究相對忽視的階段中——革命和愛情的關係是如何被定義的。

> 秉爾汗願意滿足你的願望，
> 感謝你火樣激情的歌唱；
> 可是，要我嫁給你嗎？
> 你衣襟上還少著一枚勳章。[1]

勳章象徵的是當時最為普遍的新的愛情觀，它也是男子漢的新定義：正是革命英雄的勳章及其政治符號意義，而不是物質財富或是他們的音容舉止吸引著年輕的女子們。柳青的《創業史》（1959）便是這種新的愛情理想非常典型的文學表達。在小說中，女主人公改霞，愛上了貧農幹部梁生寶。梁生寶唯一能夠勝過其他那些受過更多教育或富有的追求者們的，是他進步的政治身份和政治表現。通過把個人的情感生活與新中國的政治意識形態聯繫在一起，而不是與物質世界和金錢聯繫在一起，這個新的愛情觀至少在表面上顯得純潔而又崇高。然而，女人對勳章的崇拜，依然顯示這種浪漫的理想的愛情觀並不是單純的；它仍舊帶有極強的政治

[1] 聞捷：〈種花姑娘〉，《天山牧歌》，北京：作家出版社，1956，第5頁。

功利主義目的。

20世紀下半葉頭十七年文學中是否有一種可以超越政治承諾的純潔的愛情？中國知識份子是否已經最終完成了從小資產階級向集體無產階級的轉變？當愛情觀與新的革命任務——建設中華人民共和國——相關時，應該如何被描繪？事實上，從50年代到60年代，即使有大量關於政治預先決定愛情關係的小說出版，仍然有很多人懷疑這種愛情是否真的純潔。這一章中，我將舉出一些小說的例子，說明建立在政治概念上的愛情觀受到一定程度的挑戰。通過探討革命與愛情之間的矛盾和張力，我質疑一些批評家的觀點，即認定十七年的文學作品中基本上將浪漫愛情及其性別、性欲等全都歸置於國家政治話語之下[2]。我進入的問題是被描述成被社會和政治權威壓抑的愛情、性本質，是否仍有力量去挑戰革命話語？是否應該把革命話語本身也看作是一個實驗中的過程，並非是單一的毫無變化的大一統現象？[3]換句話說，我們是否可以超越政治意識形態的「壓抑」範疇去閱讀十七年文學中那些對愛情、性本質和性別的描述？在那些將性愛紛紛昇華為政治熱情的革命寫作中[4]，關於愛情、性本質和性別的文學描寫是否還有生存的空間？

## 新國家「性與革命」的新理念

新婚之夜，新娘秀娟和新郎永貴在《苦菜花》（1958）中的對話，代表了那種在最初十七年的革命小說裡人們表達愛情的陳詞濫調。

---

2 孟悅：〈性別表象與民族神話〉，見《現代中國的性別政治》，泰尼・巴羅編，第118—136頁。

3 阿彭特、薩伊（David E Apter and Tony Saich）：《毛澤東共和國時期的革命話語》（Revolutionary Discourse in Maos Republic），坎布里奇：哈佛大學出版社，1994。

4 見王斑：《歷史的崇高形象：二十世紀中國的美學和政治》，第4章，第6章。

「秀娟，你這樣愛我，我心裡真」……「想想在舊社會裡，像我這樣的窮漢子，連個媳婦都說不上。而現在，你，你比誰都疼愛我。」

……

「還提這些做什麼呢？永泉！我還不是有你才走上革命的路嗎！這些都是有了黨才有的啊。」[5]

在革命小說中，政治話語已經滲透到了私人空間，愛情革命化，革命也愛情化了[6]。與蔣光慈同時讚美個人幸福和集體烏托邦的時代不同，在十七年文學時期，個人愛情被革命話語嚴格限定和控制，因而對「革命加戀愛」的重述已經不可能再產生那麼多的不同的闡釋和表演了。然而，這並不意味著愛情已經被遺忘了，如同愛情在「文革」中被遺忘的那樣；相反，個人愛情往往與浪漫的革命精神結合，在革命文學的夾縫中生存。在大部分的十七年文學作品中，個人的性愛不但被引導和昇華為「同志之愛」，而且與革命的浪漫精神融洽並存，以此證明新中國人們生活中所謂「真正的幸福」。

孟悅對建國最初十七年革命文學的閱讀，曾採用女性主義的批評立場，她寫道：「政府的政治話語通過女人將自身轉譯成欲望、愛情、婚姻、離婚、家庭關係等等的私人語境，它通過限定和壓抑性本質、自我以及所有的個人情感，使女人變成了一個政治化的欲望、愛情和家庭關係的代理人」。[7]

對照官方發起的男女平等，孟悅注意到，女人的身體和欲望經歷了一個無性化的過程，此後，她們作為「黨的女兒」，成為階級鬥爭或社會主義神話的承載者。孟悅的觀點著眼於自然和本質上的

5 馮德英：《苦菜花》，北京：解放軍文藝出版社，1958，第412頁。

6 這句話是批評家陳順馨描述十七年的革命小說的特徵時使用的措辭，見《中國當代文學的敘事與性別》，北京：北京大學出版社，1995，第98—103頁。

7 孟悅：《性別表象與民族神話》（Female Images and National Myth），第119頁。

性別差異。許多中國女性主義批評者都認同她的觀點，因為她解構了政黨話語中的婦女解放神話。然而，這樣的閱讀將婦女與政黨、私人與公眾、性別與國家之間的關係限定在壓迫和反抗的二元對立中，因而它不能解釋為什麼共產主義意識形態能夠喚起當時眾多年輕人的歡愉和浪漫的情懷。

王斑採取了不同的方式來解讀革命文學，他在《歷史的崇高形象：二十世紀中國的美學與政治》中，認為政治是一個把自己表現成藝術的生產性機構，其作用並不只是壓制性的否定本體。正如福柯所指出的，「什麼使權力保持良好狀態，什麼使其被接受，這是一個簡單的事實，即：它穿越並產生事物，它導致歡愉，塑造知識，生產話語」[8]。借用福柯的理論，王斑更關注超越異性戀關係的政治化的性本質，這樣的性本質使其性暗示和力比多強度延展為崇高。他認為性本質並不是僅僅處於政治的從屬地位，它可以被提升到崇高的美學範疇中，變成刺激和煽動民眾的力量。王斑對政治與性的闡釋，或者說他所理解的政治美學，為我們打開了另一扇門來理解霸權的文化實踐為什麼能夠產生激情和享受：

> 因此，真正的問題不是犧牲性本質，而是性行為是如何以及在多大程度上被展現的。如果我們換一種方式來閱讀，不是從政治對抗性本質，而是從政治偽裝下的性本質方面來閱讀；如果我們注重的不只是性別政治，而是政治化的性本質，我們也許能看出許多共產主義文化深層的心理根源。雖然它有著苦行僧的表像，但共產主義文化以自己的方式包含著性驅力。像這樣的高壓手段，共產主義文化沒有——實際上不能——從存在中抹煞性本質。相反的，它在中途與性本質相

[8] 福柯（Foucault）：《真理與權力》（Truth and Power），埃丹姆（Hazard Adams）編：《柏拉圖之後的批評理論》（Critical Theory since Plato），聖地牙哥：Harcourt Brace Jovanovich，第1139頁。

遇，迎合它，並且將其吸收進自己的結構中。共產主義文化在某種程度上是吸引人的，這恰恰因為它整合了性本質。[9]

的確，王斑的看法與孟悅的思路正好相反，他反對只是以否定性的眼光看待政治美學，另闢新的視角解釋了為什麼革命的愛情和浪漫的革命能夠對大眾讀者產生巨大的情感吸引力。然而，他關於性別的討論還不夠明確。他在書中雖然分析了女性在充滿崇高美學的男性話語中的位置，考察女性如何被引導至革命話語的崇高美學之中，但是他關於性別化要素的定義卻被一系列崇高與女性、陽與陰的二元對立所固定。他忽視了性別更複雜的一面，尤其是當性別承載著權威性的官方話語時所顯示的複雜性。女性是否能夠被輕易或完全被導入和昇華到更寬更高的目標？這是一個問題。我們是否應該進一步考慮革命的理想年代中性與性別的曖昧性？

孟悅解讀的另一個問題也是她忽視了性別的模棱兩可。在她對丁玲的《太陽照在桑乾河上》（1948）的分析中，只注意到女性被黨話語挾持的一面，比如丁玲讓地主的侄女黑妮和貧農程仁放棄愛情時，那種被階級鬥爭話語所壓抑的性別和性本質是非常明顯的。然而，孟悅並沒有指出黑妮這個形象中複雜的一面。當黑妮的性別身份與其階級身份聯繫在一起時，並不是那麼的合拍，這之中有一個「灰色地帶」，很難用「革命」與「反革命」的標籤解釋清楚，而這一灰色的曖昧的區域，是階級鬥爭的權威聲音所不能完全控制的區域，所以丁玲只好含糊其辭地面對黑妮無法解決的「身份認同」——雖然是地主的侄女可也是地主家的奴隸。這個無法解決的問題有可能產生一種模糊性，有可能超越小說中的政治框架。

與孟悅強調支配性權力特別壓抑力不同，王斑強調的是有關個體的性愛和力比多暗示在政治化的權力轉變方面非常積極且浪漫的

[9] 王斑：《歷史的崇高形象：二十世紀中國的美學和政治》，第134頁。

一面。我相信，他們看似對立的閱讀其實是同一枚硬幣的兩面，是性與政治關係的二律背反，二者都揭示了在十七年中，政治是如何生產並控制性別的。但是他們兩位都不夠重視女性身體物質性與倫理性的一面。我認為，我們不應該把性別看作是一個固定的或本質化的詞語，而是應該把它看作是一個可觸摸的無定形的與身體有關的屬性，它能產生積極或消極的力量來塑造革命與愛情之間的互動關係。

受到王斑的美學政治的觀點的影響，鍾雪萍在她的一篇論文中研究「說教式的電影」有可能帶來的快感。她仔細地考察了性別化的青春的複雜建構，探討50——60年代中國電影中的青春話語和性別的互動關係。鍾雪萍批評那種關於毛澤東時代的女性變得中性化（雌雄同體androgynous）或者失去了她們的女性氣質的假設，她認為「中性化和女性特質的標準總是被想當然的或者被假定成的，而且這些假想本身還有待全面考察，特別是有關那些在毛澤東時代長大的女人的性格特點（更不用說可以考慮『替代的女性氣質』這樣的問題）」[10]。鍾雪萍通過更深入地探查所謂「中性化」和「女性氣質」的定義，試圖闡明革命年代關於性別的多種話語。雖然她沒有很清楚地定義什麼是「替代的女性氣質」，但通過對年長一代和年輕一代的比較，承認當性別與不同的變化著的社會階層和社會運動相交時，會產生不同的特徵。

將女性氣質當作秘密的代理人，用以對抗西方話語中的崇高美學概念，紹爾（Naomi Schor）將我們的注意力引向女性氣質破壞性的、頹廢的、身體的以及裝飾性的特徵[11]。如果將紹爾的女性話語應用於建國後第一個十七年，便可以看到，當毛澤東時代的女人

[10] 鍾雪萍：〈五六十年代中國電影中的青春萬歲以及對青春和性別的諷刺〉（Long Live Youth and the Ironies of Youth and Gender in Chinese Films of the 1950s and 1960s），見《現代中國文學與文化》（Modern Chinese Literature and Culture），11.2，1999年秋季號，第178頁。

[11] 紹爾（Naomi Schor）：《美學與女性詳讀》，第22—23頁。

變得越來越中性化以後，女性氣質的破壞力量便註定將逐漸減弱。結果是，即使女性看上去已經獲得了解放，但也只是傳達政黨家長式聲音的工具。然而，這並不意味著女性能輕易地從低等轉變成高等（如崇高的政治美學範疇），或者轉變成一種更純粹的存在狀態，也不意味著女性是那種斯科爾所描述的強大的政治壓力下的破壞力量。甚至，在這一歷史時刻，女性與崇高的美學範疇之間的關係變得更加模棱兩可，難以捉摸。因此，我認為首先應把女性與崇高、愛情和革命之間的深奧關係歷史化，把它們放回到十七年文學的歷史語境中，再來理解當性別與政治糾纏時產生的複雜隱喻。只有這樣，我們才能發現昇華的過程是充滿矛盾的。

我對十七年革命小說的閱讀，並沒有把性別的含義理解成對政治權力的被動接受，而是把它理解成一種流動性的結構，一種隨著變化著的文化結構、文化條件和文化聯盟而轉變的流動的建構。性別是一個由文化範疇，有時傳達著政治權威的聲音，有時扮演著顛覆政治權威的角色。在此，我並不強調革命如何收編性別以及性別如何作用於政治，而是關注性別對政治的多種表達方式，尤其是隱藏在革命小說的文學表述下的張力和矛盾，以及性別與政治話語相互鬥爭與協商的方式。此外，通過處理了十七年文學中一些關於革命和愛情的有爭議的小說，我又揭示革命表述中的性別和性本質的複雜性和模糊性，那些有爭議的小說以及圍繞它們展開的文學論爭，為我們展示了由於革命與愛情的衝突而帶來的尷尬困境。

## 夫妻之間的微妙變遷

共和國歷史上的第一個十七年，是由新民主主義革命向社會主義革命轉變的階段，這已經是一個共識。[12]人們都注意到，在這一

[12] 按照周揚的說法，1949年以前的中國文學屬於「新民主主義」階段，這是為了反帝反封的目的，是由毛澤東定義的。而1949年以後，中國文學逐漸過渡到「社會主義」

歷史階段，政治意識形態滲入許多小說中，但是，很少有人注意到那些革命小說為什麼在隨後的政治運動中受到批判，那些高度政治化的小說為什麼反而被斥責為是「反革命」作品，還有，為什麼革命和愛情主題的小說反而更容易成為批評的靶子。

新中國建立後文壇上主要的爭論之一是圍繞蕭也牧的短篇小說《我們夫婦之間》（1949）展開的。這篇小說講述的是夫妻之間的愛情、衝突和妥協。丈夫李克是一個革命知識份子和幹部；妻子張同志出生於農民家庭，十九歲的時候參加革命，然後在軍工廠裡工作了六年。從敘述人——丈夫——那裡我們知道，這對夫妻一直愛情甜蜜，可是當他們從鄉下搬進了北京城後，兩人的感情開始出現危機。丈夫很容易地適應了城市的生活：他喜歡爵士樂、時尚的裝束、優雅的舉止、熱鬧的舞廳，喜歡下館子，喜歡逛街。相反，妻子卻拒絕被城市所改變。她用政治原則來評判她的丈夫和她周圍的人，她粗俗的舉止和農村的生活方式與丈夫發生了嚴重的衝突。在故事的結尾，他們又獲得了和諧美滿的生活，因為丈夫被妻子堅定的政治立場所感動，而這正是他癡迷於城市生活後所缺乏的。

城市和農村，資產階級和工人階級，落後和進步之間的張力界定了這樣的愛情關係。在這一個層面上，蕭也牧通過丈夫——敘述人自白式的懺悔，肯定和稱讚妻子的政治覺悟以及她對城市誘惑的抵制。為了達到這樣的效果，敘述人甚至不惜以貶低城市生活為代價。然而，當敘述人通過夫妻倆對城市生活不同的適應狀況而指出夫妻之間無法彌合的分歧時，諷刺感和模棱兩可的感覺不可避免地出現了。因此，夫妻之間的愛情關係不僅是微妙的，而且也比能夠書寫出來的兩種意識形態的分歧顯得複雜得多。

關於夫妻間的日常生活，蕭也牧提供了一種與革命敘述語言有些差別的描述。他詳盡地敘述他們搬到北京後的日常生活：丈夫因

---

階段，其方式是社會主義現實主義。這樣的文學分期建立在政治概念上。見洪子誠：《中國當代文學概說》，香港：青文書屋，1997，第1—2頁。

妻子固執的態度和粗俗的舉止而產生的挫敗感；妻子堅持從無產階級觀點來改造城市的努力；妻子與丈夫之間持續不斷的衝突；妻子最終微妙的改變以及夫妻最終幸福的復合。城市是這篇小說的大背景，也是這對夫妻關係的化合劑。為了展示丈夫和妻子對生活細節的認識有多麼的不同，作者詳細地描述了生活中的具體細節，如外出就餐、服飾、消費、娛樂、管理收入、干預街頭閒事以及對待小保姆等等。可以說，真正讓這篇小說和其他革命小說有所區別的地方，就是作者把重點放在這對夫妻在現代城市中瑣碎而乏味的家務體驗上。

作為農村的象徵，妻子的身體在故事的一開始就被政治概念所規範。妻子是毛澤東時代更為中性化（或者男性化）而不是女性化的代表，她時時刻刻想用農村的標準改造城市。著名的電影《霓虹燈下的哨兵》（1964），也有同樣的主題——城市與農村之間的激烈鬥爭。顯然這個主題在當時是很具代表性的，因為它指涉的是資產階級和無產階級的意識形態鬥爭的問題。[13]這部電影講述的是，當城市引誘受過革命紀律訓練的共產主義戰士時，它是多麼的危險和有誘惑力。電影試圖傳達的是：沒有什麼比城市更危險的了，因為城市是以資產階級思想為基礎的生產「糖衣炮彈」的工廠。蕭也牧的《我們夫婦之間》也觸及到了城鄉之爭的主題，然而當敘述人謹慎地描述現代城市中的夫妻的日常生活時，他那政治化的聲音卻失去了它應有的高調，甚至連妻子被革命規範的身體最終也被城市改造了。最初她憎惡那些塗脂抹粉、燙著捲髮、穿著高跟鞋的女人。最後自己卻在不知不覺中改變了自己的態度和生活方式：

> 她自己在服裝上也變得整潔起來了！「他媽的」「雞巴」……一類的口頭語也沒有了！見了生人也顯得很有禮

[13] 電影《霓虹燈下轄的哨兵》改編自沈西蒙的劇本。

貌！最使我奇怪的是：她在小市上也買了一雙舊皮鞋，逢是集會、遊行的時候就穿上了！回來，又趕忙脫了很小心地藏到床底下的一個小木匣裡……我逗她說：「小心讓城市把你改造了啊！」她說：「組織上號召過我們：現在我們新國家成立了！我們的行動、態度，要代表大國家的精神；風紀扣要扣好，走路不要東張西望；不要一面走一面吃東西，在可能條件下要講究整潔樸素，不腐化不浪費就行！」我暗暗地想：女同志到底愛漂亮的呵！[14]

因為妻子漸漸地接受了城市的女性氣質，她不再能全心全意地將自己的身體獻給理性的革命紀律了。夫妻倆最終重歸於好，這讓妻子的身體變得很成問題，因為這就意味著她固守的農村標準已經被城市所征服，而城市複雜多變的環境是允許小資產階級思想繼續存在的。

發表於1949年的蕭也牧的《我們夫婦之間》被年輕人廣泛接受，然後於1951年引發了來自黨的文藝領導層，比如陳湧[15]、馮雪峰[16]和丁玲的尖銳反應。丁玲在1957年被打成反革命右派前是中國作家協會的副主席之一，主管許多重要的報刊雜誌和文藝機構。她在《文藝報》上發表了一封致蕭也牧的公開信，信的標題是《作為一種傾向來看——給蕭也牧的一封信》。在信中，丁玲指出《我們夫婦之間》的問題在於企圖去「迎合一群小市民的低級趣味」和「歪曲和譏諷了工農兵的形象」[17]：

14 蕭也牧：〈我們夫婦之間〉，見《母親的意志》，北京：青年出版社，1951，第38頁。

15 陳湧：〈蕭也牧創造的一些傾向〉，見《人民日報》，1951年6月10日。

16 《文藝報》主編馮雪峰化名成讀者李定忠在一封題目為《反對玩弄人民的態度，反對新的低級趣味》的讀者來信中嚴厲地批判了蕭也牧的〈我們夫婦之間〉，當《文藝報》發表了這封所謂的讀者來信後，編者又加上了「編者按」來支持這一觀點。這是毛澤東時期政黨官方的文藝機構控制文壇的普遍方式。即使到了20世紀90年代，這種方法仍然被使用。見洪子誠：《中國當代文學概說》，第24-25頁。香港：青文書屋，1997。

17 丁玲：〈作為一種傾向來看——給蕭也牧的一封信〉，轉引自洪子誠編：《二十世紀什麼是小市民的低級趣味？就是他們喜歡把一切嚴肅的問題，都給它趣味化，一切嚴肅的、政治的、思想的問題，都被他們在輕輕鬆松嘻皮笑臉中取消了。他們對一切新鮮事物的感受倒是敏快的。不過不管是怎樣新的事物，他們都一視同仁地化在他們那個舊趣味的爐子裡了。[18]

丁玲批判的所謂的「小市民的低級趣味」，是與城市生活的私人空間和家庭生活的細節密切相關的，這些最終改變了妻子被革命紀律規定的身體。丁玲和其他黨內文化官員想要打擊的對象，是一群堅持追求「人情味」的作家和評論家，而這種「人情味」在十七年的許多革命小說中都大量存在。1951年，蕭也牧在回應丁玲的信中，做了明確的自我批評，承認自己「脫離了政治，津津於生活瑣事，不能及時自拔，並且以為這些生活瑣事很有意義」。[19]他也提到，在1950年，他已經兩次修改了《我們夫婦之間》，比如刪除了對城市景觀的描述和夫妻之間的鬥爭。儘管如此，他也承認這些修改仍是不夠的，他還需要改正他的基本錯誤——小資產階級趣味。

這場文學論爭宣稱是「保護延安文學」的運動，因為延安文學被一些作家和批評家批評為「太枯燥，沒有感情，沒有趣味，沒有技術」[20]。依照評論家洪子誠的說法，這場論爭不僅反映了延安文學和城市文學的矛盾，也揭示了在那個時期延安文學的「捍衛者

中國小說理論資料》，北京：北京大學出版社，1997，卷5，第55—62頁。

18 丁玲：〈作為一種傾向來看——給蕭也牧的一封信〉，轉引自洪子誠編：《二十世紀中國小說理論資料》，卷5，第59頁。

19 蕭也牧：〈我一定要切實改正錯誤〉，轉引自洪子誠編：《二十世紀中國小說理論資料》，卷5，第64—74頁。蕭也牧的其他短篇小說，例如《海河邊上》和《鍛煉》也在1951年被批判。他在1957年被打成右派，失去了作家的身份，並在文革期間被折磨致死。

20 丁玲：〈作為一種傾向來看——給蕭也牧的一封信〉，轉引自洪子誠編：《二十世紀中國小說理論資料》，卷5，第55—62頁。

們」的心理。[21]在50和60年代，知識界試圖推薦更多的作品來教育人們認識頹廢的城市生活是多麼的危險。例如，話劇和電影《霓虹燈下的哨兵》就敲響對城市誘惑的警鐘，而話劇《千萬不要忘記》則進而警告要提高「對家庭瑣事的重要性的認識」。[22]

批評蕭也牧是政治意識形態的一種示範性的表演，它說明了當時中國作家所能夠維持的自我和私人空間是非常有限的，也說明愛情及其相關主題有種特定的力量可以超越政治的限制。夫妻之間的愛情營造了一個特殊的空間，一個自我感受、身體承受力與日常生活的細節緊密糾纏的空間，一個感情衝動卻又不足以昇華為革命原則的空間。在這個空間裡，妻子政治化的身體、革命激情和革命認同，被生活中的細節和「小趣味」最終改造了。

另一篇有爭議的小說是鄧友梅的《在懸崖上》。這篇小說寫於1956年，講述了一個已婚男人的婚外情。這樣的故事使作者試圖傳遞的革命資訊變得非常複雜。這篇小說發表於百花齊放時代，這是一個毛澤東鼓勵中國知識份子自由表達思想的時代（不料他們卻在1957年的反右鬥爭中受到迫害）。鄧友梅的這篇小說與主流政治聲音不協調，[23]像蕭也牧一樣，鄧友梅也用第一人稱敘述，這是

[21] 洪子誠：《中國當代文學概說》，香港：青文書屋，1997，第138—139頁。

[22] 在話劇《千萬不要忘記》中，作者寫道：「這齣戲不僅提出必須進行社會主義教育應該進行社會教育的問題，而且還提出了如何安排和組織社會生活的問題……戲裡讓我們看到把八小時工作安排好，還不能保證不出問題。除了八小時工作之外，八小時睡覺，最後八小時怎樣安排？」這部話劇既反映了政治化的官方的驚懼，也反映了官方話語對人們日常生活的侵蝕。見叢深：《〈千萬不要忘記〉主題的形成》，北京：中國戲劇出版社，1964。也見唐小兵對《千萬不要忘記》（Never Forget）的介紹，收入《中國現代：英雄與凡人的時代》（Chinese Modern: The Heroic and The Quotidian），杜克大學出版社，2000。

[23] 在百花文學階段，關於政治與藝術、階級概念和人性、社會主義現實主義與其他寫作方式、歌頌與暴露之間的關係問題引起了爭論，例如，巴人（王任叔的筆名）的《論人情》、錢谷融的《論文學的人學》以及何至（秦兆陽的筆名）《現實主義——廣闊的道路》都尖銳地批評了當時充滿了政治概念、公式化寫作和單一的評判標準的文壇。一些創作為革命作品帶來了不同的聲音，例如：劉賓雁的《本報內部消息》、王蒙的《組織部新來的年輕人》、鄧友梅的《在懸崖上》、宗璞的《紅豆》、李威倫的《愛情》、豐村的《美麗》等，見洪子誠《中國當代文學史》，北京：北京大學出版社，1999，第138—143頁。

一種繼承「五四」個人主義話語卻與毛澤東時期的主流文學話語相異的模式。[24]考慮到當時所處的時代，兩位作者都選擇這種模式可能是令人驚詫的，然而，他們運用這樣的敘述聲音本來是為了揭露小資產階級個人主義而不是為了肯定它。具有諷刺意味的是，其效果是第一人稱敘述卻顯示了個人複雜的內心生活，從而與單一的政治陳述形成了一種潛在的對立關係。

通過揭示敘述人——主人公秘密的婚外情，《在懸崖上》讓我們看到了一個個體人格的發展，他的內心掙扎和性的欲望。小說從敘述者和他的未婚妻之間的浪漫故事展開。未婚妻是個會計，同時也是工作單位裡的共青團書記，而他則在大學畢業後分配到這個單位做技術員。由於未婚妻是共青團幹部，他們的愛情關係便與政治緊密相連，她引領敘述人積極上進，使得他的職業生涯和政治前途充滿希望。在夫妻的婚姻中，革命與愛情顯示出一種和諧的關係：妻子把他們的愛情和家庭生活指引到正確的政治路線上，讓丈夫的工作及其思想意識有了顯著的提高和進步，愛情與政治似乎互相滋潤，結合得很圓滿順利。然而，丈夫很快迷戀上了一個年輕漂亮的女孩，她的名字叫加西亞，是中國音樂教授和德國女人的混血兒。之後丈夫就偏離了正確的政治和情感方向。由於丈夫和加西亞有著共同的興趣和品味：他們都是大學畢業生，都喜歡跳舞、划船、音樂會、電影、公園、漂亮衣服和浪漫的生活，兩人之間很快就發展

[24] 劉禾指出：「毫不奇怪，『五四』時期也是一個『西方』式的第一人稱及自傳體敘事大量湧現的時代。正是在個人與傳統構成對立的兩極的一瞬，現代自傳性的敘述主體——一個自我意識強烈、公開叛離傳統社會，具有一個通過敘事來表達的內心世界的主體——進入了中國文學。對於現代作家而言，這個個人的自我是可以無限制地擴張的，因為這一自我可以使作者創造一種對秩序內的身份具有殺傷力的對話性語言。這就是魯迅在《狂人日記》中所做的事情」，見劉禾：《跨語際時間：文學、民族文化和被譯介的現代性，1900——1937》，第103頁。科爾克・丹唐（Kirk A.Denton）寫道：「第一人稱模式暗示了一個已經準備好的直接進入心靈的形式，在五四時期推翻傳統的修辭學的敘事人——其道德霸權似乎不承認人物的主體性生命——方面扮演了重要的角色。第一人稱敘述是一個首要形式，借助它，無私的個人主義話語才得以表達」。見丹唐：《中國現代文學中成問題的自我》，第164頁。

出一種特殊的關係。當丈夫和加西亞越走越近時，他開始討厭自己的妻子，然後就想離婚，即便離婚會毀了他的政治前途他也不願回頭。直到故事的結尾，加西亞告訴男主人公，說她僅僅把他當成自己的哥哥，他才幡然悔悟，重新認識到原來已經懷孕的妻子才是他人生的歸宿。

主人公生活中的兩個女人象徵著兩個不同的意識形態世界。丈夫被困繞在思想與肉體、精神與物質、道德與不道德、無產階級與資產階級、集體與個人這些體現等級制度的價值觀中，他經歷了情感的混亂，還要面對一個至關重要的意識形態抉擇。妻子是一名共產黨員，她很明顯地經受過政治考驗。在故事的開始，她是一個留著短髮，穿著洗得褪了色的藍襯衫的漂亮女孩。敘述人特意對妻子的外形和衣著輕描淡寫，以此和加西亞的外形衣著形成鮮明的對比，因為妻子代表著革命道德——這是優於身體的。雖然敘述人也細節化地描述了滲透著愛情和幸福的家庭生活，但妻子總是扮演著政治鞭策者的角色，通過每個細小的事情來幫助丈夫提高思想覺悟。在妻子的啟迪下，丈夫變得越來越有紀律，也越來越符合黨的要求。他後來加入了共青團，朝著政治的理想方向前進。不過，這個進程被加西亞誘人的身體所攪亂，她充滿女性化的外形和服飾與妻子樸素的打扮完全不同，令人想起典型的西化的生活方式和小資產階級思想。與妻子高尚的思想和受政治化訓練的身體相對應，加西亞的身體總是帶有細膩的裝飾性的細節，並且總是與感官愉悅相聯繫。妻子和加西亞對物質的不同態度顯示了他們在意識形態上的差異。危險的是差異中丈夫更喜歡加西亞送的有裝飾性的特別禮物——法式羊毛帽子和圍巾，而不是妻子送的簡單的便宜的帽子，這暗示他已經站在懸崖邊上了：快要墜入了資產階級的物質深淵。

和眾多同時代的革命小說一樣，《在懸崖上》試圖通過一個已婚男人的婚外情向大家傳達一個非常露骨的政治資訊。然而，當作者沉湎於描述加西亞的身體所代表的女性化的歡愉和感官享受的世界時，這些資訊便失去了其清晰度。雖然鄧友梅把加西亞描述成一個妖女，她對男人有著不可抗拒的誘惑力，但是，作者對這個人物的同情遠遠大於對她輕佻行為的指責。不像那種典型的妖女，加西亞有著複雜的內心生活，並且故事也對這種複雜的內心生活給予了相當的關注。丈夫受到吸引，不僅僅因為她美麗的身體，還有她的藝術品味、浪漫的情懷、不斷的反抗、獨立的見解和突出的才華——所有這些都遠遠勝過丈夫從他妻子那裡得到的乾巴巴的政治教條。當加西亞對主人公傾訴她的擔憂和挫折感時，他意識到她身邊的人都誤會了她。在整部小說中，作者沒有對加西亞進行任何道德的評價，相反，他一直在為她的行為做解釋：畢竟，一個喜歡被人欣賞、被人愛的女孩，一個選擇單身的充滿魅力的女孩是沒有錯誤的，而且，是丈夫誤解了女孩對他那種兄妹般的感情。

小說中最令人驚詫的部分是加西亞的誘惑力如此強大，以至於即使丈夫在受到科長嚴厲的政治批評後，仍然選擇加西亞而不是他的妻子。丈夫和科長之間的談話顯示「人情論」與「革命道德」之間的衝突。科長對丈夫講述了他的私人生活，他說以前他剛進入城市時，也遇到了一些比他妻子更有教養更漂亮的女人，他也差點因此而離婚。然而，由於心中的革命道德，科長終於抑制住了自己的欲望，並成功地將個人的感情轉變成了革命理想。他說：「有些人說『愛情問題只是生活瑣事』，我倒不是這樣看法。我覺得在這個問題上最能考驗一個人的階級意識、道德品質。」[25]科長的一番話，也許非常好地反映出作者本來試圖從風流韻事方面傳遞政治意識的良好動機。然而，作者並沒有採納評價婚姻的正統的道德規範，而是將夫妻間的愛情、趣味、品味和共同語言都放在同樣重要的位置上來考慮，其效果便引發出一個可爭議的問題：什麼是婚姻幸福的根本要素？是階級意識還是兩個人的感情和共同愛好？

[25] 鄧友梅：〈在懸崖上〉，見《重放的鮮花》，上海：上海文藝出版社，1979，第156頁。

科長的一番政治思想教育工作，並沒有對丈夫產生顯著的影響——這與小說想傳達的政治資訊有著明顯的矛盾。雖然丈夫意識到政治的價值高於個人情感價值，但他仍然決定跳進加西亞那充滿感官享受的浪漫世界中。這篇小說的「毒素」正是加西亞所代表的滲透著資產階級價值觀和審美觀的感官世界已經成功地挑戰並質疑了革命話語，也就是說，由妻子蒼白的臉、樸素的生活方式和對乾巴巴的政治概念機械地堅守所代表的革命話語，根本不是加西亞的對手。如果加西亞不拒絕求婚，主人公會不顧即將遭受的政治與道德上的指責而跳入懸崖和她結婚。在小說結尾，他最終的醒悟也並不是由於政治教育的結果，而是由於加西亞不想嫁給他而妻子又懷了孕的現實。雖然結尾試圖突出道德或革命的教條，但仍然留下了模棱兩可的印記。夫妻的和好如初是基於純粹的愛情？還是基於純粹的道德責任感？這是對革命與愛情之間衝突的一種幸福的解決方式，還是僅僅是一種無奈的妥協？丈夫的婚外情暗示的是他政治思想上的脆弱，還是夫妻之間缺乏溝通？而且，什麼是婚姻裡最重要的東西？作者所提供的並不是對婚外情強烈的道德和政治指責，倒是暗示了人們應對政治決定愛情的觀念進行再思考，因為它在面對加西亞的挑戰時顯得那麼不堪一擊。

愛情概念和性別含義被國家和民族的政黨話語所塑造與控制，不能不受到挑戰。在1957年「反右」運動前，當政治控制相對寬鬆的時候，伴隨著鄧友梅的《在懸崖上》就出現了一場關於什麼是真正的愛情的爭論。而在鄧之後的1957年1月，張保莘和周培桐，在《談〈三里灣〉中的愛情描寫》中，更是挑戰了建立在政治條件上的主流愛情模式：

> 我們今天的兄弟姊妹們，必須打破這些對愛情、婚姻的庸俗見解，掙開一切束縛於人的美好的願望的清規戒律……某甲之所以偏偏愛上某乙，是有其一定的內在原因的。但，這些

原因和條件，絕不是用一條或幾條放之四海而皆準的普遍規律所能解釋得了的。相愛著的本人，在愛著的時候，絕不是自覺地先去考查某些條件，然後去愛。因為愛情是愛情，是不能用理智來代替的。[26]

「愛情不一定是一個人的社會和政治價值的反映」[27]——這個觀點不同於十七年時期人們熟悉的愛情政治文化。然而，卻有大量小說流露出相同的觀點，與占主導地位的愛情觀背道而馳。這其中，豐村的短篇小說《一個離婚案件》（1957）清楚地表明了一場政治安排下的缺乏愛情的婚姻是難以維持的。

這對短篇小說中的夫妻都是模範共青團員。雖然他們尚未確定彼此的感情，但由於政治地位是相同的，所以團書記極力主張他們結婚。書記是黨的化身，他認定他們是合適的，於是武斷地安排了婚禮。結婚之後，這對夫妻被家庭內部的緊張局面所折磨，性格和趣味的不同導致不斷發生衝突。最後兩人都無法繼續忍受而決定離婚。但書記認定他們的問題出在資產階級思想上，所以不同意他們的請求。經過法院的多次調查，他們的案件最終由中級法院裁定，准許二人離婚。小說中的第一人稱敘述者是這個離婚案件的調查人之一，他最後總結說：「原則不是愛情，它不能代替生活。」[28]

《一個離婚案件》是政治安排下的失敗婚姻的見證，與張保莘和周培桐的觀點相通，那就是愛情是一個政治不能也不應該干涉的區域。在這篇小說中，即使夫妻雙方的政治觀點和行為都是沒有瑕疵的，即使組織上試圖說服他們為了政治的原因要和好如初，他們仍然決定要分開。政治教育畢竟拯救不了他們那個建立在意識形態

[26] 張保莘、周培桐：〈談《三里灣》中的愛情描寫〉，見《文藝月報》1957年1月第39—41頁。轉引自姚文元：〈文學上的修正主義思潮和創作傾向〉，見洪子誠編：《二十世紀中國小說理論資料》，北京：北京大學出版社，1997，卷5，第241—242頁。

[27] 張保莘、周培桐：〈談《三里灣》中的愛情描寫〉。

[28] 豐村：〈一個離婚案件〉，見《奔流》，1957年2月號，第10頁。

上的而不是愛情基礎上的婚姻。這部小說最突出的部分，就是它對政治控制個人情感的拒絕。

在1957年的「反右」運動期間，像鄧友梅的《在懸崖上》和豐村的《一個離婚案件》這些表達了不同觀點的作品，都被界定為墮落的資產階級思想意識。「四人幫」之一的姚文元就給這些小說扣上了「修正主義」的帽子，批判這些小說通過提升微妙的與資產階級個人主義相關的愛情，來損害革命道德。[29]由於這些愛情的生活的細節微妙地顛覆了革命原則，阻礙了個人情感向革命王國靠攏，因而激怒了極「左」的文學批評家。雖然這些小說在政治運動中受到了批判，但是它們仍然揭示了十七年革命文學中的一個「灰色地帶」，而我們現在的文學史家還沒有對此給予足夠的重視。

## 「有始無終」的情愛尷尬

按照劉再復和林崗的說法，自延安時期以來，革命小說最突出的特徵，就是對愛情的描述常常「有始無終」即只有開頭沒有結尾。「有始，則可以寫成與階級敵人搏鬥是那種同志式的愛。借一層革命的外衣包裝小說故事不可缺少的人情；無終，則可以避免個人幸福與革命英雄獻身精神的衝突，成全意識形態化的敘述。一句話，階級較量的觀念瓦解了敘事中的私情。」[30]這種沒有結局的愛情的典型例證可以在浩然的《豔陽天》（1954）中找到，小說中的英雄人物蕭長春和女英雄焦淑紅之間的愛情關係，從一開始就被限定在階級鬥爭的框架中。即使有一個浪漫的開始，他們的關係更像同志而不像情人——沒有擁抱，沒有親吻，沒有激情眼神的碰撞。正如作者浩然所描述的，「他們開始戀愛了，他們的戀愛是不

[29] 姚文元：〈文學上的修正主義思潮和創作傾向〉收入洪子誠編：《二十世紀中國小說理論資料》，北京：北京大學出版社，1997卷5，第228—256頁。

[30] 〈二十世紀中國廣義革命文學的終結〉，見《放逐諸神》，香港：天地圖書，1994，第123—141頁。

談戀愛的戀愛，是最崇高的戀愛。她（焦淑紅）不是以一個美貌的姑娘身份跟蕭長春談戀愛，也不是用自己的嬌柔微笑來得到蕭長春的愛情；而是以一個同志，一個革命事業的助手，在跟蕭長春共同為東山塢的社會主義事業奮鬥的同時，讓愛情的果實自然而然地生長和成熟……」[31]這樣「崇高的愛情」在小說中永遠是一個未完成式，因為如果這對戀人圓滿地完成了他們的愛情，其共同的革命理想將不會成為他們個人幸福的主要源泉。

這裡惹人注目的不是革命話語壓制個人感情的抑制性力量，而是在權威的革命話語引起恐慌的愛情力量。沒有結局的愛情的確能夠避免處理個人與集體、愛情和革命之間的矛盾和張力。然而，矛盾並沒有消失。這種在十七年文學中非常普遍的「沒有結局的愛情」，其實也暗示了革命小說中故意被延宕的一種困境，一種無法解決的尷尬。這樣的延宕試圖掩飾什麼？當自我被歸入並轉變成集體認同後又留下了什麼呢？

跟許多對愛情有始無終的描述的革命小說不同，早些出現的路翎的短篇小說《窪地上的「戰役」》（1954）為志願軍戰士和朝鮮姑娘之間的愛情故事提供了結局，因而這部作品在1955年批判胡風運動展開之前就被譴責為「個人溫情主義」。[32]丹唐在討論路翎的早期小說《財主底兒女們》（1948）和《饑餓的郭素娥》時曾經指出，路翎的「語言和敘述風格都無法擺脫他那強大的意願，即：試圖在民族、革命和集體的文學話語中堅持私人的和心理的位置」。[33]然而，雖然路翎以作為五四個人啟蒙話語的追隨者而著名，但是50年代卻變得非常保守，不再優先考慮個人的內心掙扎。《窪地上的「戰役」》將背景設定在朝鮮戰爭期間，這部作品成為個人欲望不得不屈服於革命紀律的縮影。十九歲的志願軍戰士王應

[31] 浩然：《豔陽天》，北京：人民文學出版社，1975，第35章。

[32] 侯金鏡：〈評路翎的三篇小說〉，收入洪子誠編：《二十世紀中國小說理論資料》，北京：北京大學出版社，1997，卷5，第110頁。

[33] 丹唐：《中國現代文學中成問題的自我》，第160頁。

洪為朝鮮姑娘所愛，但礙於嚴格的軍事紀律他無法對女孩的愛情做出回應，他最終在小說的結尾裡犧牲了。

故事的焦點在於理智和情感、集體和個人、意識和無意識之間的衝突和矛盾。雖然路翎讓主人公很小心地控制著感情，使其服從於革命紀律，但他從未使這種服從變得容易。當朝鮮姑娘第一次送禮物給王應洪以示愛意時，他堅定地退還；但第二次，當他再次發現她的繡花手帕後，他留下了而且「頓時心裡起了驚慌的甜蜜感情」。[34]即使連提醒王應洪不要違反紀律犯錯誤的偵察班長王順，對這種純潔的愛情也有種「模糊的說不明白的感覺」。在面對面的前線肉搏中，鼓勵王應洪鬥志的是愛情的力量，而不是鐵的紀律。在最危險的關頭，當王應洪和王順被美軍包圍時，激勵兩位戰士的還是這位朝鮮姑娘純潔的愛情。當王應洪向王順承認他私自保留了女孩送給他的手帕時，王順認為這是能夠被他們的首長原諒的合理行為。在整個敘述中，路翎那種不確定和不穩定的潛意識描述，顯然與革命理性衝突。王應洪最後的英勇犧牲，似乎將這種「模糊的說不明白的」愛情導入了國際愛國主義的崇高目標，然而，使朝鮮姑娘受到精神創傷的悲劇結局卻給這種昇華帶來了灰色圖像。值得注意的是，在整個敘述中，象徵著愛情的繡花手帕總是朦朧地與那種支配性的崇高美學模式相對抗。

當舒允中分析路翎的早期創作時，他認為其作品中的人物常常設法傳達一種祛除昇華或者反昇華的資訊。他說，路翎「將工作著的人們看作是充滿了政治無意識的，對他來說，政治無意識是『真理』和『真實性』的場所，而不是一個被超越或被丟棄的低級王國」。[35]然而，並不像路翎早期的那些「反昇華」的寫作，在《窪地上的「戰役」》中他尋求一種使主人公的本能和力比多能量淨化

[34] 路翎：〈窪地上的「戰役」〉，見《人民文學》1954年第3期，第10頁。

[35] 舒允中：《大後方的號手：七月派的戰時創作》（Buglers on the Home Front: The Wartime Practice of the Qiyue School），紐約州立大學出版社，2000，第122頁。

並合理化的方式。當已被鮮血染紅的繡花手帕回到朝鮮姑娘手中時，給讀者留下更深刻印象的是由這種昇華所造成的個人悲劇，而不是它所體現的明確的政治訊息。這種個人悲劇更加加強了個人與集體之間的矛盾和衝突，而不是化解了這一衝突。

愛情故事的悲劇結局雖然深深地觸動了眾多讀者的心靈，但它還是引來了官方的嚴厲批評。由於路翎是「胡風集團」的成員，他在「三反」和「五反」運動（1952——1953）中也受到牽連。發表於1954年的《窪地上的「戰役」》受到批評，除了因為路翎的「胡風集團」成員的身份，還有就是因為小說的悲劇結局宣揚了一個現象，即：愛情戰勝了紀律，個人溫情主義戰勝了集體主義。[36]此外，路翎對無意識、個人英雄主義、微妙的愛情，以及個體經驗的描述，也攪亂了所謂「國際主義」的純粹性。根據高錚（James Gao）的說法，國際主義概念，其實是朝鮮戰爭期間中國民族主義的另一種形式，由志願軍戰士所體現的高度的道德水準，正可以對照那些被政治宣傳定為強姦犯的墮落的美國軍人。[37]對這個概念的強調，也就是對個人欲望的不可能性的強調和對將個人欲望和興趣轉變為公民責任的強調。巴金曾經撰文批評路翎，說他歪曲了志願軍戰士對朝鮮姑娘那種如同兄妹或母子而不是異性愛的純潔感情。[38]損害了「國際主義」的純潔性。小說令人感傷的悲劇性結尾

---

[36] 侯金鏡：〈評路翎的三篇小說〉，收入洪子誠編：《二十世紀中國小說理論資料》卷5，第113頁。

[37] 高錚（James Gao）：《中國的戰爭文化、民族主義和政治鬥爭，1950—1954》，見《中國民族主義：歷史的與當下的個案》（"War Culture, Nationalism, and Political Campaign in China, 1950—54" In Chinese Nationalism in Perspective: Historical and Recent Cases），喬治・威（George Wei）編，第180頁，Westport, Conn：Greenwood，2001.

[38] 巴金寫道：「志願軍中間固然有不許跟朝鮮婦女戀愛的紀律，但是對於有階級覺悟的戰士，這條紀律並不是束縛人的東西。……的確，當戰士們把朝鮮婦女當作自己的母親和姊妹看待的時候，他們不會想到那條不許貪戀愛的紀律，因為他們連做夢也想不到所謂『兒女私情』，哪怕是最純潔最高尚的愛情」，我這裡使用高錚的譯文。見高錚：《中國的戰爭文化、民族主義和政治鬥爭，1950—54》，第181頁；也見巴金：〈談別有用心的〈窪地上的「戰役」〉〉，見《人民文學》1955年8月號，第2頁。

尤其遭到批判，因為這樣的結局將敘述者放置在同情王應洪與朝鮮姑娘的愛情和欲望的位置上。批判者沒有考慮路翎的困境：即使他給愛情故事一個幸福的結局，也將違反嚴厲的軍紀。也就是說，無論他為故事設計怎樣的結局，只要它觸及到個人的感情和欲望，就難逃歪曲「國際主義」的罪責。路翎拒絕接受這樣的批評，他在1955年進行了反擊。正如丹唐所記錄的：

> 《文藝報》發表了路翎對他的朝鮮戰爭小說所引發的批評進行反擊的長文〈為什麼會有這樣的批評〉。這篇文章分為三部分，對批評認為他的小說「鼓吹個人主義」以及「攻擊工人階級的集體主義」進行申辯。這個反擊使用了咒罵式的口吻，所以隨後被當作他不願悔改的證據。[39]

路翎通過重申他的思想，即：個人生活是與革命實踐相一致的，來反駁那種認為他的小說充滿悲劇和灰色描述的意見。對他來說，國際主義不是一個抽象的概念，相反，它源於個人的情感生活並與其有著密切的關係。[40]做出反擊後不久，批判胡風的運動開始了，作為胡風的追隨者，路翎也被迫害，後來被監禁了二十多年。[41]

考察對《窪地上的「戰役」》的批評，有助於我們理解為什麼當時大量的革命小說會延宕愛情故事的結局：因為作家們紛紛想要避免陷入類似的困境。但是在這種延宕中沒有說出的以及被遺忘的東西，不僅暴露了政治話語強加在性表達之上的限制，而且也顯示了愛情和革命之間的矛盾衝突已經變得不可調和了。不像30年代的「革命加戀愛」，認為私人欲望和革命熱情可以彼此激勵、相互

39 見丹唐：《中國現代文學中成問題的個人》，第155頁。

40 路翎：〈為什麼會有這樣的批評〉，見《文藝報》第1卷第2期，69—78頁，第3期41—44頁，第4期44—47頁。

41 關於路翎被監禁的細節描述，見丹唐《中國現代文學中成問題的個人》，第117—157頁。

滿足，也不像十七年時期的革命小說可以勉強地維持二者之間的張力。取而代之的是，正如王斑所描述的，這些文本對個人愛情進行了昇華的處理，將其轉變成充斥著力比多能量的集體革命。然而，眾多小說延宕愛情的結局，暗示了那些「低級」的元素——本能的、力比多的、身體的和女性的——不能完全或者輕易地被轉變和提升到「崇高」的、神聖的層面。所以，那些不能被昇華的就一定要被延宕或忘記，因為它會對革命話語的穩定性造成威脅。

出於政治因素，十七年時期許多革命作家都只出版了他們計畫的多卷本長篇中的第一部和第二部。例如梁斌的《紅旗譜》，柳青的《創業史》，歐陽山的《三家巷》，楊沫的《青春之歌》，以及周而復的《上海的早晨》。他們要麼是沒有機會完成多卷本的計畫，要麼是推遲到文革結束後才完成了剩餘部分。結果是，關於革命與愛情的故事結局就被暫時或永遠地延宕或擱置。愛情真的是「有始無終」了。

在這些革命小說中，大規模地涵蓋了「革命加戀愛」主題的歐陽山的《三家巷》，值得我們特別關注。本來歐陽山計畫寫多卷本的《一代風流》，可是由於政治原因，他只在十七年期間出版了第一卷《三家巷》（1959）和它的續篇《苦鬥》（1962）。直到1980年以後，他才出版了《一代風流》的剩餘部分。歐陽山的《一代風流》集中講述了主人公周炳從一個毫無目的的焦躁不安的年輕人成長為一個革命戰士和共產黨員的過程，並描述了一代青年人在歷史變動時期的不同選擇，大有要描述從1919年到1949年中國革命的「來龍去脈」的雄心。《三家巷》的背景是從五四時期到1927年的蔣介石清黨，以及這一歷史時期的廣州和廣州起義。《苦鬥》則主要描寫農村中農民和農場工人的生活。雖然歐陽山的目的是像檔那樣記錄革命的歷史，但他並沒有重點突出那些重大的歷史事件，比如五四運動，「五卅慘案」，省港大罷工，北伐戰爭和1927年第一次國內革命失敗。他只是將這些事件保留在小說的背景裡，並不竭盡全力地傳達意識形態的訊息，而是關注三個家庭有趣的鄰里關係——他們是資本家買辦陳萬利、官僚地主何應元和鐵匠周鐵。雖然三個家庭屬於不同的階級，對於政治事件有不同的反應，但他們之間的關係比「階級鬥爭」所能夠界定的要複雜得多：他們是鄰居也是親戚，他們的子女不顧各自不同的政治認同而成為同學、朋友、夫妻和戀人。更有趣的是，這部小說重複的不僅僅是自30年代以來的「革命加戀愛」的模式，而且也是古典文學傳統中的「才子佳人」的模式，這與現代革命小說的範例很不協調。

正如Joe C, Huang所指出的，《三家巷》中最有問題的部分是它與《紅樓夢》的相似：

> 雖然歐陽山含蓄地暗示，《三家巷》是《紅樓夢》的當代版本，但是這部小說根本無法與這個精緻的經典名著相提並論，《紅樓夢》有著細膩的風景描述、深入的性格刻畫和複雜的結構。不過英雄人物周炳和他的表姐妹之間的三角戀，倒是跟賈寶玉和他的表姐妹——黛玉和寶釵之間的愛情糾葛一樣。[42]

在著名的紅學專家俞平伯因其所謂「資產階級研究方法」被批判後，一些馬克思主義批評家認為《紅樓夢》是一部反抗封建禮教的作品，寶黛之間的愛情悲劇是對封建禮教的控訴和批判。作為這一經典的模仿，《三家巷》被認為是一部反映階級鬥爭的作品，主人公周炳——賈寶玉的當代革命版——代表了無產階級。即便如此，這部小說在60年代還是受到了嚴厲的譴責，因為它「在二十

[42] 歐陽山：《談〈三家巷〉》，Joe C.Huang在他的專著：Heroes and Villains in Communist China： The Contemporary Chinese Novel as a Reflection of Life，紐約：PLCA，1973，第1—24頁。

世紀無產階級革命時期，站在了向地主和買辦資產階級投降者的一邊」，並且傳播有毒的小資產階級感情。[43]

在《三家巷》中，階級鬥爭的概念與個人的性格發展、成長背景、還有三個家庭的歷史相互交織。雖然作者試圖表現政治是如何影響個人的選擇，以及個人的性意識是如何以階級意識為轉移，但是，關於瑣碎的家庭生活以及戀人之間大量情感生活的細節仍然重於抽象的革命概念。《三家巷》在很大的程度上得益於借鑒《紅樓夢》的敘述風格。這些都證明歐陽山過度沉迷於所謂「不健康」的舊式的審美表達方式。這部小說危險地靠近了中國古典文學的言情傳統，與乾巴巴的標準化的革命小說的語言和形式構成緊張的衝突。《三家巷》對感傷的古典浪漫傳統和地方語言的繼承，有助於抵抗中國現代文學中歐化語言的傾向，但它不能與作為革命的現代性話語保持完全一致，也不能有效地傳遞主導意識形態的訊息。

周炳作為一個當代的革命英雄，出身於鐵匠家庭。他自然地成為無產階級的一份子，後來又與中共融為一體。和賈寶玉一樣，周炳也是一個吸引很能吸引少女、特別是吸引了他的兩個漂亮表妹的英俊男子。這兩個表妹，分別來自無產階級和資產階級：一個是區桃，是鞋匠的女兒；另一個是陳文婷，是資本家的女兒。周炳和區桃有著相同的階級背景，於是他們相愛了，但是區桃在反對帝國主義的示威遊行——「五卅慘案」中犧牲了。《三家巷》中有很多細節都和《紅樓夢》相似，例如周炳對區桃極其感傷的哀悼，文婷試圖去安慰周炳，以及栽種木蘭樹紀念區桃等情節。所有這些情節都借助了大量感傷的元素來描述：眼淚、酒、疾病、死亡、幻覺、悲傷和甜蜜的回憶。正是區桃的死使周炳走上了革命道路，然而這更多的是為了替死去的愛人報仇，而不是崇高的革命理想。在文婷俘

[43] 上海革命群眾批判組：《紀念錯誤路線的反動小說——批判歐陽山的〈一代風流〉》，轉引自Joe C.Huang： Heroes and Villains in Communist China: The Contemporary Chinese Novel as a Reflection of Life，第21頁。

獲了他那顆脆弱的心之後不久，周炳成了一個被通緝的革命者。周炳和文婷的愛情經不起階級鬥爭的考驗，雖然周炳給文婷寫了好幾封充滿感情的情書，可是出身資產階級家庭的文婷還是嫁給了一個國民黨官僚。在《三家巷》的結尾，周炳將愛情的幻滅轉變成革命行動，參加了廣州起義，後來逃到上海他的表姐陳文英家中尋求避難。

文婷的突然出嫁似乎給這個愛情故事帶來了一個結局，然而她和周炳的關係仍然沒有解釋清楚。當文婷在她父親和哥哥的壓力下被迫嫁給官僚的丈夫時，她和周炳之間仍有感情。在歐陽山戲劇化地表現階級對立的努力中，他從故事的一開始就剝奪了文婷和周炳實現他們愛情的願望和權利。作為「寶釵」的翻版，文婷是一個代表資產階級的世故且務實的女孩，所以她不可能成為革命的「賈寶玉」的真正伴侶。然而，當歐陽山在小說敘述中，將這個具有大量感官細節和力比多衝動的愛情故事突然擱置時，故事給人一種模棱兩可的感覺。如同敘述者所解釋的，文婷決定嫁給一個她不愛的人，是因為她覺得「只有這周炳和她那種不清不楚的關係，卻真真正正是一種混亂的、複雜的，莫名其妙的恐怖！」[44]這個故事試圖揭露文婷的資產階級面目和她對革命的隔閡，卻無法解釋文婷對周炳「超階級性」的愛情：為什麼當初她被英俊和多愁善感的周炳所深深吸引時並沒有考慮到周炳家庭的貧窮？為什麼即使結婚後，她對周炳仍然念念不忘？

當文婷暴露了她的資產階級認同後，她與周炳的愛情故事的意識形態框架變得非常明顯了。敘述從政治上譴責了這個資產階級女孩的自私和陰暗面：她似乎故意地壓抑或忘記她對周炳的感情。然而，《紅樓夢》中的「女兒性」是美麗的，是水做的骨肉，非常純潔；相對而言，男人則是泥做的，被世俗的泥濁世界所污染。作為

[44] 歐陽山：《一代風流》，人民文學出版社，1999，第281頁。

《紅樓夢》的模仿品，《三家巷》也同樣強調了女子氣質的純潔性和流動性。正如蕊格萊提示我們的那樣，女子氣質是建立在流動的基礎上，是區別於男性話語所建立的穩固基石的。文婷和她的姐妹們，不像她們的父親和兄長那樣頑固地堅守著資本家的社會地位，相反的，她們總是通過對周炳及其家庭表達同情和愛，常常越過階級的邊界。她們在《三家巷》和《苦鬥》中所表現出來的「女兒性」，在一個男性的世界中，構成了一個政治無法滲透的超常的女性空間。

比如陳文英，陳家的長女，一個虔誠的基督教徒，嫁給了一個國民黨縣長，卻熱衷社會公益事業，當周炳在她家避難時幾乎愛上了周炳。她的宗教信仰，她的博愛理論，以及她對周炳的愛都顯然與階級觀念格格不入。陳家的二女兒陳文娣，與周炳的二哥、共產主義者周榕有一段短暫的婚姻，她曾是五四一代的新女性，努力通過保護周炳免於受到她後來的官僚地主丈夫的迫害，她說：

> 放你們的屁！我不懂得你們的什麼政治，我不問你們的什麼政治，我也不管你們的什麼政治！你那些廢話，就少拿到我面前來獻！我老實告訴你：你要是還打算安寧過一輩子的話，你就別動周炳一根汗毛！
>
> 我本來不想說，你逼著我說：我喜歡他！我疼他！我惜他！我愛他！這就是一切！要不是他年紀太小，我們四姊妹本來會一齊嫁給他的！你知道什麼？[45]

這種大膽的表白顯示出愛情的力量，顯示出真正的純潔的「女兒性」，這種性情使她能夠蔑視男人的政治，跨越不同階級的鴻溝。陳家的三女兒陳文婕，是周炳組織赤衛隊的那個農場的主人，

[45] 歐陽山：《一代風流》，人民文學出版社，1999，第691、692頁。

她一直支持妹妹和周炳的愛情關係。即使在《苦鬥》中，她的農場被赤衛隊的革命毀了，她對底層階級的同情心也從未減弱。她很容易被周炳表演的政治感傷劇所打動，即便她就是這齣戲所要批判的對象。陳家最小的女兒陳文婷，暗戀周炳多年，為了得到周炳的愛情，幾乎與她的資產階級家庭決裂。當周炳因為意識形態的差異而試圖與她和她的家庭決裂時，她充滿感情地對他說：

> 我有什麼罪過？我堅決跟著你革命，你叫我做什麼，我就做什麼，我不過乞求你那一點多餘的愛！我是無辜的！就是我家裡的人不好，跟我有什麼相干？你怎麼不分一點青、紅、皂、白？[46]

文婷對什麼是革命僅有一個模糊的概念，她把周炳看作是革命的化身，她甘願為此犧牲。她對周炳和革命的混淆，只是「愛情至上」的另一種表達方式，對於她來說，愛情遠遠比政治和家庭重要。即使歐陽山把陳文婷塑造成一個擁有資本家欺騙本質的狡猾且務實的女孩，對情感的癡迷也讓她保持著純潔的「女兒性」。

為了在《三家巷》中更好地呈現嚴肅的階級鬥爭，歐陽山給陳家的女兒們都貼上了資產階級的標籤——她們全都頑固地堅守資產階級頹廢的生活，迷戀物質主義，並最終遠離革命。她們和周炳之間的差異是巨大的，然而，她們的「女兒性」卻使她們能夠為周炳上學出資，並且不顧階級差異繼續保護、愛戀並支持周炳。於是，陳家女兒們的「女兒性」使小說中的「階級鬥爭」變得難以捉摸、不再那麼透明了。當歐陽山揭示陳家女兒們不幸的婚姻，揭示她們已經變成國民黨官僚丈夫或是地主丈夫的性對象和附屬品時，他對陳家女兒們的矛盾態度已經是非常明顯的了。經受了男人的壓迫，

[46] 同上，第222頁。

她們的女性氣質變得更加珍貴，因為她們建構起一個對抗男性世界——政治的意識形態——的超驗的女性世界。

由於周炳被這種女性的複雜性所包圍，他作為革命英雄的形象也變得有問題。歐陽山緊緊地追隨著舊式的感傷傳統，把周炳描繪成一個英俊而又多愁善感的英雄人物，同時沉湎於愛情和革命。在1964年，這種人物形象被批判成「掛著『工人出身』招牌的資產階級風流才子」。[47]按照一些評論家的說法，周炳和陳家女兒們之間的複雜關係，反映了作者試圖歪曲當時的階級鬥爭形勢的意圖，和他宣揚資產階級人性論和階級調和論的傾向。[48]甚至連周炳英俊的外表也是共產黨批評家所無法接受的，因為它反映了作者的資產階級美學理論。的確，周炳的英俊面龐和身體，更像是一個愛情的象徵，而不像是意識形態的象徵——它不斷地超越階級的界限，將讀者的注意力引向了感傷傳統。即使他的頭腦已經昇華到「高層」的政治意識層面上了，他的身體卻還停留在「低層」的情感層面上，不斷地吸引著對立階級的女孩子們。後來在《苦鬥》中，歐陽山試圖通過插入一個叫區細的角色來強調周炳的政治思想意識。區細是周炳的一個表弟，和周炳一樣英俊，可是卻沒有周炳的智慧和階級意識，後來捲入了與文婷的曖昧關係中。可是相對於區細，文婷還是更傾心於周炳，這樣的結果嘲弄了這種頭腦和身體的差別。

簡而言之，歐陽山的《三家巷》是一部有爭議的作品，它沒有解決革命與愛情之間的矛盾和混亂的關係。小說中「有問題」的元素甚至觸怒了四人幫，他們在1969年讓所謂「上海革命大批判寫作組」展開對這部小說的批判，聲討小說的政治主題及其作者的思想意圖。通過《三家巷》這部小說，我們可以看到，即使當男人和女人的身體都不得不屈服於革命範例中的階級意識時，性與性別的模糊性仍舊會在不知不覺中浮出表面。

47 張鐘、洪子誠編：《當代中國文學概觀》，北京：北京大學出版社，1986，第447頁。

48 同上。

## 女性主體性的可能

最近不少對革命時期中國婦女角色的研究，都基本上集中在討論婦女失去了她們的主體性和女性氣質，並且被國家話語和黨話語變得中性化（雌雄同體androgynous）或者無性化。[49]《紅色娘子軍》中描寫的黨代表洪常青和紅色娘子軍女戰士之間的從屬關係，其實就暗示了中國婦女被一種新的以革命為名義的父權制所壓迫。正如孟悅所討論的，婦女唯一理想的地位，是處於國家集體之中，就像《青春之歌》裡的女主人公林道靜那樣，「成功地成為『我們』中的一員，成為一名同志，與『他們』、敵人相對立；但我絕不是『我』或『自己』，不是性別的個體，甚至也不是一個知識份子」。[50]

孟悅雖然清楚地揭示了革命小說的主導敘述模式，然而，她的批評有著再次將官方的權威聲音變得一統化的危險。她的討論忽略了革命小說中那些矛盾的女英雄，按照陳順馨的說法，這些女性在公共領域雖然表現得中性化，但是在家庭生活中則必須表現出她們的「女人性」，純潔性和美德。[51]革命女英雄的這種「雙重性」，使得我們必須進一步追問：解放了的婦女是否僅僅是國家政治機器的反映？中國婦女對男女平等的追求和她們日益上升的地位，是否與國家話語完全合拍，是否有可能與政黨的許可發生衝突？在十七年中女性作為個體的主體性是否有機會顯露？也就是說，在婦女解放的官方話語下，婦女是否也能意識到她們個體的存在，而這種主

[49] 孟悅、戴錦華：《浮出歷史地表》，鄭州：河南人民出版社，1989；劉慧英：《走出男權傳統的樊籬》，北京：三聯書店，1995；李小江：〈改革與婦女解放〉，見《光明日報》，1988年3月10日。

[50] 孟悅：〈女人形象與國家神話〉，見《現代中國的性別政治》，泰尼・巴羅編，第110頁。

[51] 陳順馨：《中國當代文學中的敘事與性別》，北京：北京大學出版社，1995，第79—103頁。

體意識是否與政黨的許可相背？革命女性是否不情願被屈從於新的父權制之下？任何顯示出女性主體性和性別個性的「女性寫作」是否還允許存在？我提出這些問題的目的，是為了細察十七年文學看似天衣無縫的敘述中的裂縫，並且正視女性在這一歷史時期不斷變化著的、特有的象徵符碼。

在《創業史》中，柳青刻畫了一個革命的女性改霞，她愛上了社會主義英雄梁生寶。這部小說被盛讚為社會主義文學的里程碑。故事圍繞著互助組長梁生寶與他的對手之間的鬥爭展開。梁生寶是政黨為了實現農業集體化而推行互助政策的忠實代理人，他的對手則是一些狡猾頑固的富農、無知的貧農，以及自私的惟利是圖的黨員幹部。改霞和梁生寶之間的愛情故事，對於這種嚴酷的鬥爭來說，只是次要的情節。改霞是一個被革命帶來的解放所激勵著的社會主義新女性，勇敢地拒絕了母親為她安排的婚事，積極參加土改，並在土改中愛上了梁生寶。由於當地落後的傳統習俗仍然要求女性服從男權話語，改霞對包辦婚姻的拒絕以及對梁生寶的選擇，都顯示出婦女受惠於官方所倡導的婦女解放的程度。改霞有著美麗的面容和純潔無瑕的身體，更重要的是，她有著進步的思想，寧可選擇貧窮的革命者梁生寶，而放棄了受過更多教育的富家子弟。她的這一選擇代表了當時流行的一種新觀念：愛情是用政治來衡量的。當然，她安排自己的婚姻的決心，也反映了當時女性社會地位的提高。從這個角度來看，官方的婦女解放話語也有其積極的值得肯定的一面。

如果這個愛情故事只是簡單地遵循著革命女性僅僅是革命男性的助手這一模式的話，它就沒那麼有趣了。值得注意的是，小說中改霞的女性主體性是如此強大，以至於作家幾乎對她失去了控制。當改霞在性別和政治之間猶豫不決時，她最終還是將後者放在了次要的位置上。在她的解放之路上，她是被一個父親的形象——鼓勵他追求自由婚姻並參加進步活動的農會主席郭振山——所牽引，然而，這個父親的形象在政治上是有問題的：他拒絕組織互助組，為了個人發家而決定單幹，並勸說改霞申請到工廠裡工作，因為這在落後的農民眼中要比待在農村好得多。在《紅色娘子軍》中，代表新的父權體系的「黨代表」教育「女兒」要把個人仇恨轉變為集體革命，與這種父女關係不同，《創業史》的父女關係有著不同的象徵性暗示：郭振山要改霞更關注她的獨立和個人欲望，而不是政治目標。雖然在意識到郭振山給她指出的是一條錯誤的政治道路之後，改霞醒悟了，但她的女性主體性卻比以前更覺悟了，而且更加關注自己的獨立價值和個人的欲望。她首先變得比以前更加獨立，不需要一個「父親」的形象來時時刻刻指導她。敘述人揭示了她的內心聲音：「從開頭聽慣了郭振山的改霞，今後要拿自己的腦子想事兒了，再也不能拿旁人的腦子代替自己的腦子了」。[52]即使這種覺悟是屬於「政治上的正確」，它仍然強調了女性的主體性。而且自從開始「拿自己的腦子想事後」，改霞也沒有輕而易舉地就認同梁生寶和他所代表的社會主義新文化所確立的新的父權和男權制度，反而對自己的婚姻和事業都進行了獨立的思考，並最終做出了屬於個人的選擇。

在革命小說中，婦女的解放和性本質幾乎與階級鬥爭是同義的，但改霞卻表現出與這一模式很大程度上的偏離。小說中，她的美貌常常得到許多男人的關注，但她的自我感覺卻是如此確定，以至於男人的凝視不能將她轉變成欲望對象。雖然她的角色是一個進步的革命女性，但是她從未隱瞞她的性欲望：「她多麼需要和秀蘭一樣，想念著一個男人，而又被一個男人所想念——這個男人給她光榮的感覺，是她心上的溫暖和甜蜜！」[53]當她得知女朋友的未婚夫，一個朝鮮戰爭的英雄，因戰爭而毀了容時，她非常失望，她想：「一個閨女家，可以拿一切行動表現自己愛國和要求進步，就

[52] 柳青：《創業史》，北京：中國青年出版社，1977，第457頁。
[53] 柳青：《創業史》，第50頁。

是不能拿一生只有一回的閨女愛，隨便許人。」「在改霞思想上：不論他男方是什麼英雄或者模範，還要自己從心裡喜歡，待在一塊心順、快樂和滿意」。[54]她厭惡沒有愛情而由政治安排的婚姻，因而她的願望註定與革命的男性話語相衝突。

與傳統的順從的女性形象不同，改霞從不被動地等著梁生寶來追求她。在他們的愛情關係中，她總是主動地親昵地接觸梁生寶，把她那溫柔的手放在他的手中，輕輕撫弄他的袖子，故意在趕集的大馬路上等他。官方所倡導的婦女解放話語培養並確保了她的女性主體性，給予她極強的自信心，使她拒絕接受僅僅是「男性革命英雄的助手」的位置。當她和梁生寶商量她打算去工廠工作的申請時，他漠不關心的態度激怒了她：

> 她發現生寶也有自私的時候。……只是因為徵求了他對她考工廠的意見，她就觸犯了他男性的尊嚴了，他就用那樣叫人難堪的態度對待她了。這不是自私是什麼？難道這是一個男共產黨員對一個女青年團員應有的態度嗎？改霞甚至於認為生寶想和她好，也是想叫她給他做飯，縫衣服和生孩子，一定不是兩個人共同創造蛤蟆灘的新生活。[55]

小說的結局是，當梁生寶受革命紀律規範的身體讓她失望了很多次之後，改霞終於決定離開農村去城裡工作。在她去城裡為自己追求更美好的生活之前，改霞作了最後的努力，她去問梁生寶的意見；但是把自己的革命工作放在第一位的梁生寶再一次表示，須到入了冬才能考慮他們之間的事情。就在那時，改霞開始懷疑梁生寶是否值得她去愛：

[54] 同上，第327頁。

[55] 柳青：《創業史》，第232頁。

改霞想：生寶和她都是強性子的年輕人，又都熱心於社會活動，結了親是不是一定好呢？……她想：生寶肯定屬於人民的人了；而她自己呢？也不甘願當個莊稼院裡的好媳婦。但他倆結親以後，狂歡的時刻很快過去了，漫長的農家生活開始了。做飯的是她，不是生寶；生孩子的是她，不是生寶。以她的好強，好跑，兩個人能沒有矛盾嗎？[56]

改霞是婦女解放的產物，她提出了一個合理合法的平等要求。然而，梁生寶和他的領導對她強烈的個性感到非常吃驚，並難以接受，於是開始懷疑改霞是否是梁生寶合適的伴侶。按照黨委王書記的說法，這個輕浮的、浪漫的且傲慢的改霞跟可靠的、務實的、黨的政策忠實的執行者梁生寶是不合適的。為了給梁生寶找到一個可以成為他的好助手的女人，領導們準備干涉他的私生活。改霞和梁生寶之間愛情的失敗，暗示了官方的婦女解放話語同樣可以引發女性的主體解放意識，而不只是讓革命女性心甘情願地生活在父親和丈夫的陰影下。在性別平等的名義下，產生於革命話語中的女性主體性有可能反過來質疑黨的權威。如果我們忽視十七年期間女性逐漸上升的權力與國家政治話語有可能產生的矛盾和衝突，那就等於再次肯定了婦女依附於男性的從屬地位。

在討論十七年女性的主體性時，我們必須考慮女性作家的寫作，尤其是她們關於「革命加戀愛」主題的女性寫作。對這一階段女性寫作的研究，楊沫的《青春之歌》受到了廣泛的關注。許多批評家認為，這部小說是將女性的個人鬥爭和性別角色歸入政黨話語的最好例證，[57]因為在這個歷史時期，女作家缺乏個人聲音，並且也不能發展由五四女作家所提倡的「性別特定的規範」（the

56 同上，第565頁。

57 見孟悅和王斑對電影和小說《青春之歌》的討論。見孟悅：〈女人形象與國家神話〉見《現代中國的性別政治》泰尼・巴羅編，第118—136頁；王斑：《歷史的崇高形象：二十世紀中國的美學和政治》，第123—154頁。

gender specific convention）[58]。雖然這些論點不無道理，但是，通過對楊沫《青春之歌》和宗璞《紅豆》（1957）的閱讀，我認為，不應該過份強調這一階段的女作家缺乏個性。

《青春之歌》將女性的欲望和性本質緊緊地與政治綁縛在一起，是這一歷史階段「革命加戀愛」的主題重述的最好的例證之一。女主人公林道靜的性別認同有著典型的政治象徵意義，她的第一個戀人，北京大學的學生余永澤，並不同情革命，她的初戀代表了她被五四一代的個人主義所喚起的過去；她的第二個戀人，共產黨員盧嘉川，被捕後壯烈犧牲成為革命烈士，指引她走上崇高的革命道路；她的第三個戀人江華，領導群眾運動的共產黨員，使她成為國家集體中的一員，造就了她的成熟。在這三個人中間，林道靜最愛犧牲了的盧嘉川。林道靜雖然是個典型的小資產階級，但在目睹了許多重大的革命事件和經歷了磨難之後，終於成功地成長為一名合格的共產黨員。楊沫如實地記錄了林道靜在轉變過程中的絕望、內心衝突、動搖、興奮和悲傷，但不像30年代沉溺於分裂的個性和「再生」的焦慮的左翼作家，她更加強調林道靜走向崇高的革命理想的自我滿足感。

因為林道靜的第一個丈夫余永澤象徵著「反動的」政治意識形態，所以楊沫將他的妖魔化便不難理解。但是，楊沫刻意地強調和提升林道靜對死去的盧嘉川的感情，卻讓人感到困惑。王斑在討論電影《青春之歌》中的這段愛情時，他闡釋道：「愛情，即便是對一個死去的人的愛，也不是平靜中和的，不是被政治塗抹得蒼白的，它也標榜愛情的欣喜若狂，愛情的激情壯烈」。[59]換句話說，林道靜對烈士盧嘉川的愛情已經超越了異性愛的關係：它已經被延伸、被強化、被帶入到一個更高的發展階段，具有集體革命中更廣

58 這個詞出自王斑：《歷史的崇高形象：二十世紀中國的美學和政治》，第133頁

59 王斑：《歷史的崇高形象：二十世紀中國的美學和政治》，第135頁。

泛的性別意味。[60]然而，和電影版本不同，在小說中楊沫對林道靜和江華的愛情描寫，雖然小心謹慎地用政治意識形態來框定，卻仍然沒有犧牲異性愛的關係。正是在這一點上，個人的欲望、生理的需要，以及真實的男人與真實的女人之間的性愛，都頑固地蔓延在小說敘述中，悄悄地對抗著那種已經昇華到崇高的革命理想的感情——林道靜對死去的盧嘉川的愛情，以及崇尚神話式的烏托邦幸福的理想。如果我們看不到這樣的對抗，這種活生生的、充滿個人欲望的異性愛和被昇華到集體革命的崇高感情之間的對抗，我們就不能理解楊沫寫作的艱難處境，因為她並沒有完全清除身上殘留的所謂小資產階級情感。

當江華作為林道靜的入黨介紹人，想要跟林道靜發生親密關係時，他表達了長期以來埋藏在心裡的感情：「道靜，我今天找你來，不是談工作的。我想來問問你——你說咱倆的關係，可以比同志的關係更進一步嗎？」[61]林道靜很吃驚，但感到很高興，猶豫再三後，她對江華說，「可以，老江。我很喜歡你……」江華的生理需求立刻被激發了，他在她耳邊低語道：「為什麼趕我走？我不走了……」然而奇怪的是，林道靜突然感到痛苦：

> 道靜站起來走到屋外去。聽到江華的要求，她霎地感到這樣惶亂、這樣不安，甚至有些痛苦。……好久以來，剛剛有些淡漠的盧嘉川的影子，想不到今夜竟又闖入她的心頭，而且很強烈。她不會忘掉他的，永遠不會。可是為什麼單在這個時候來擾亂人心呢？她在心裡輕輕呼喚著他，眼前浮現了那明亮深湛的眼睛，浮現了陰森的監獄，也浮現了他軋斷了兩腿還頑強地在地上爬來爬去的景象……她的眼淚流下來了。

[60] 同上，第135—136頁。

[61] 楊沫：《青春之歌》，北京：作家出版社，1958，第558頁。

在撲面的風雪中，她的胸中交織著複雜的矛盾的情緒。[62]

雖然林道靜最終同意和江華發生性關係——一種不只是同志關係的關係——敘述者還是一遍遍地強調林道靜更愛犧牲了的盧嘉川。為了提升林道靜對犧牲了的烈士的獨特無私的愛情，敘述者試圖對肉體的欲望輕描淡寫，即便這種情欲發生在兩個共產黨員之間。有意思的是，林道靜對江華的愛和林道靜對盧嘉川的愛之間的對比，始終貫穿在小說的剩餘部分，這兩種愛情的對比常常折磨著即將成為革命黨一員的林道靜。用楊沫的話來說，林道靜「不但是一個堅強的同志，而同時她也是一個溫柔的需要感情慰藉的女人」。[63]

當江華慷慨地包容了林道靜對犧牲了的盧嘉川的感情時，她甚至感到愧疚。林道靜的內心衝突，表現在被昇華的愛情和普通人類（異性愛）的愛情之間的碰撞。只要她的內心還有掙扎和衝突，她的自我和個人欲望就還沒有完全泯滅。許多批評家斷言，楊沫為了服從共產主義話語而完全抹煞了女性主體性，我並不這麼認為。在我看來，楊沫在昇華的偽裝下，還是留下了一定的空間來捍衛極其有限的性愛、個人幸福和個體欲望。

當楊沫把她的個人記憶轉變為集體記憶時，她很難為了適應意識形態的檢查制度而改變她作為女作家的思想意識，所以小說出版後，還是受到了許多批評，而她只好一次次地修改文本。根據楊沫的說法，《青春之歌》重申了教育小說傳統，是一部自傳。然而，為了突出階級決定論，楊沫修改了她的親生母親是地主婆的階級身份，而給女英雄林道靜的母親加上了一個被壓迫階級的身份。楊沫用這種方式，將她的個人經歷提升到被壓迫者的普遍意義上，這既可暴露舊社會的黑暗，又可以為林道靜從一個小資產階級知識份

[62] 同上，第559—560頁。

[63] 同上，第512頁。

子成長為一名真正的無產階級戰士提供基礎。[64]《青春之歌》出版後，共產黨批評家郭開在1959年批評了楊沫的小資產階級的自我表達方式，譴責她從未打算與工農兵相結合。所以，在第二版中，楊沫再次修改了小說：當林道靜在監獄中經歷了「情感教育」後，楊沫剝奪了林道靜作為女人作為個體的個人情感。可是，即使有了類似這樣的犧牲作家女性主體性的修改，這部小說仍然在文革期間受到了嚴厲的批判。由於《青春之歌》將中國知識份子作為小說描述的主角，這一主角與工農兵有著本質的區別，所以無論怎麼修改都逃避不了被批判的命運。《青春之歌》的尷尬位置，事實上也是革命話語系統裡中國知識份子尷尬位置的一種具體反映。

宗璞的短篇小說《紅豆》，為我們提供了另一個例子來考察十七年期間的女性寫作問題。這部小說起初由於它的藝術風格得到一致讚揚，但很快又因作者對資產階級愛情關係的描寫而陷入爭議之中。宗璞是著名哲學家馮友蘭的女兒，五四女作家馮沅君的侄女，她有良好的教育背景和審美品味，這使她成為中國現代文學史上傑出的女作家之一。從小說類型來看，這部作品與其他的革命小說沒有太大的差異，不過，宗璞更注重對女性的心理掙扎的描寫，也更注重個人化敘述，拒絕官方式的歷史敘述。表面上，《紅豆》沒有什麼引人注目的地方，只不過沿用了革命和愛情相衝突的熟悉情節。年輕進步的女孩江玫深深地愛上了銀行家的兒子齊虹，在新中國建立之前，江玫痛苦地選擇了留在國內繼續革命，而不是與戀人一起出國。就像《青春之歌》裡的林道靜那樣，個體又一次被國家集體淹沒了。然而，這部小說值得注意的是，在性別、階級和民族國家認同的衝撞中，女性的主體性非但沒有失去，反而更加鞏固了。

故事一開始，江玫作為一名成熟的革命幹部回到她的母校工作。她偶然走進曾經住過的宿舍，在牆上掛著的十字架後面看見一

[64] 顏敏：〈從個人記憶到集體記憶〉，見《創作評壇》，1999年4月號，第40—43頁。

個鑲著兩粒紅豆的銀絲編成的指環。江玫被這個發現所觸動，回憶起了她的1948年，新中國建立前的那一年。借助這兩顆紅豆——愛情的物質細節和傳統象徵，作者使用倒敘的手法，用一種女性話語的方式融合了歷史、記憶和愛情。這篇小說以懷舊的口吻揭示了江玫的內心世界，以執著於個人心理的敘述方式區別於當時流行的那種執著於革命集體的敘述方式，也就是說，它並不是簡單地慶祝個人轉變成革命集體的一部分，而是探尋這種轉變中複雜的心理因素和心理過程。

隨著江玫的回憶，敘述者把我們帶回到1948年，那時江玫還是個天真爛漫的女大學生，和她的母親過著平靜的生活。受到她的同屋，蕭素，這個投身進步運動的精力充沛而且熱心的女孩的影響，江玫逐漸有了模糊的階級思想和集體主義意識。與此同時，她和齊虹也開始了一段傷感而有詩意的愛情。齊虹是個有才華、英俊、富有而又憤世嫉俗的年輕人。不像其他革命小說，比如《創業史》那樣有一個全知全能的敘述人，宣傳著批評的、政治的和道德的資訊，《紅豆》以第三人稱敘述，但風格上卻與第一人稱敘述相似，借助這樣的敘述，江玫複雜的個人情感、欲望以及內心世界得以再現。

考慮到宗璞寫作時的歷史背景，這種以個人化的方式敘述革命和愛情之間的衝突可能是令人驚訝的。《紅豆》的語言與眾不同地擺脫了政治術語，比如「革命」、「人民」、「共產主義」、「民族」等大概念。江玫被描寫成跟著她的媽媽在「粉紅色的夾竹桃後」、遠離政治動亂的世界中過著平靜的生活。即使當她變得傾向於進步的思想之後，她仍將那些大詞語用個人化的語言表達為：「大家有一樣的認識，一樣的希望，愛同樣的東西，也恨同樣的東西」。[65]江玫同情革命的原因直接出於個人的特殊情況：她沒有錢

[65] 宗璞：《紅豆》，見《宗璞小說散文選》，北京：北京出版社，1981，第21頁。

給母親治病。蕭素慷慨地賣血資助她，但後來被捕入獄，接著江玫又得知是政治事件造成了她父親以前的死亡。所以革命對於江玫來說，並非是面目不清的、抽象的，而是一個與她自己的愛情同等重要的個人事件。宗璞把抽象的政治理念變得個人化，當然不合那些機械性複製黨的政策和口號的同齡人的胃口。

不像《青春之歌》，以犧牲性別化的個人為代價（即使個人的空間仍然存在）而賦予集體以特權，《紅豆》就如同理想中和諧共存的個體與集體那樣，維持了女性主體性的價值。江玫和齊虹之間的矛盾和衝突，不僅源於意識形態的不同，而且源於性別的差異。齊虹出身於富裕家庭，對人、對社會、對革命都漠不關心。獨來獨往，不參加任何進步活動，尋求自我價值，用憤世嫉俗且悲觀的眼光看待生活。齊虹覺得自己從根本上就與大眾脫離，所以他與這個時代格格不入。儘管齊虹身處這樣的社會地位，敘述人也沒有簡單地把他歸入剝削階級一類，而是強調他的自私和大男子主義。雖然江玫和齊虹都知道他們之間的意識形態差異，但是無法控制自己仍然瘋狂地愛著對方。江玫在革命和愛情之間的選擇變得非常痛苦。作者對江玫痛苦的內心掙扎的大量描述，質疑並且超越了那種用民族國家話語來置換性別化的個人的簡單結論。激發江玫做出最終分手決定的，是齊虹的大男子主義，而不是他資本家的階級地位。從一開始，齊虹對江玫的感情就是自私而帶有強烈的佔有欲的。如果他說「你是我的」是一種表達愛情的浪漫方式，那麼他始終干預江玫參加公眾活動就肯定和性別平等相違背。在小說的結尾部分，當江玫堅持要留在中國時，齊虹是如此狂怒，以至於他希望把她殺死，好讓他把她裝在棺材裡帶到美國去。江玫拒絕成為男友的附庸和性對象，她最終的選擇，更多的是來自她自己堅定的女性主義立場，而不是抽象的馬克思主義信仰。這個結果證明，宗璞的寫作繼承了五四的個人主義和女性解放話語。

小說中的女性形象——江玫、她的母親和蕭素——組成了一個意識形態和女性情誼的聯盟，這與齊虹的性別歧視觀以及他所代表的資產階級相對立。在最困難的時候，江玫是向蕭素求助，而不是向她富有的戀人求助。江玫從未接受來自齊虹的任何經濟援助，她表現出令人驚歎的獨立性和主體意識。她對齊虹的最後一句話——「我不後悔」——繼承和拓寬了眾女作家，比如丁玲、白薇、蘇青、張愛玲等人那兒發展而來的個人主義和女性主體性遺產。於是，占支配地位的男性和獨立自主的女性之間的性別對抗，覆蓋和置換了落後與進步分子、壓迫者和被壓迫者、無產者與資產者、美國和中國、個人與集體的政治對抗。江玫所經歷的貫穿小說敘述始末的痛苦的心理動盪，也打破了愛情的雙方所代表的簡單的意識形態的二元對立，甚至使這種二元對立變得不可能。小說敘述沉溺於主人公心理衝突的張力、矛盾和感性，超越了將個人昇華為集體的流行模式。其結果是，江玫的女性主體性不但沒有被抹煞反而被強調了。不像《青春之歌》在結尾處融入革命隊伍的林道靜，江玫即使置身於人群之中，也在她的心中仍然保留著女性氣質和私人空間。象徵著私人空間的兩顆紅豆從未消失，永遠地保留在她的心裡。所以，在「革命加戀愛」的主題重述之下，《紅豆》給我們提供了一個在毛澤東時代書寫性別角色的文本中保存女性意識的獨特個案。

這裡所談論的大部分小說大都被以往的評論家所忽視，當然現在對十七年文學的研究又重新成了學界的熱點。我在此要質疑的是從整體觀的層面來批評革命文學的方法和視角。不錯，從整體觀的角度來看，毛話語確實塑造和規定了每一個個體的思想和表達方式。但是這種整體觀的視角，在很大程度上阻礙了當代批評家探討革命文學的多樣性。其實在十七年中，中國作家並沒有像毛澤東所期望的那樣，一律成為政治化的革命者，她們即使在革命文學的模式中也努力去思考自我的位置，以及寫作與政治的複雜關係。雖然作家們擁有尋求大眾認同的自我意識，但是他們並不能完全放棄自己的聲音。作家們對革命和愛情的描述，也混合了集體意志和個人欲望的表達方式，從而產生一種文本的模糊性，為我們打開了一個新的視野去考察文學多樣性的描述，去質疑整體觀和本質論。

# 第六章

# 告別革命還是銘記革命？

## 第六章
# 告別革命還是銘記革命？

從30年代的革命文學階段到80、90年代的當代中國，「革命加戀愛」的主題，一直在發生戲劇性的轉變。在這本書中，我並未提供一個有關這一主題的歷史演變的全面性的討論，只是主要著眼於考察這一主題所展示的「分岔的歷史」（bifurcated history）。杜贊奇在《從民族中拯救歷史》一書中，曾提到「分岔的歷史」這一概念，用以替代「線性的」、顯而易見的歷史，從而「強調歷史中動態的、多樣的以及有爭議的特徵」。[1]所以，我的研究更注重揭開「歷史傳遞中盜用和隱藏」[2]的偽裝，而不是去描繪「革命加戀愛」主題的普遍而連貫的歷史。

在20世紀末，因為資本主義商品經濟的全球化，對「革命加戀愛」的主題重述變得更加複雜了。在市場經濟逐漸主導文學發展的語境中，當代中國知識份子必須重新找到他們作為個體的位置。總的來說，在20世紀80年代，中國知識份子對官方話語開始進行反思，在對中國現代化進程的熱烈擁抱中，努力支持自由主義、人道主義、普世價值以及現代民主的啟蒙話語。而到了90年代，伴隨著經濟改革和市場化的進程，打擊樂、搖滾樂、廣告藝術、暢銷書、網路文學以及一系列由嚴肅作品改編而成的影視文化佔據了主導地位，文學變得日益通俗化和大眾化，商業對藝術有著明顯的巨大的影響。90年代對大眾文化的熱情已經取代了80年代的所謂「精英



1 杜贊奇：《從民族國家中拯救歷史：民族主義話語與中國現代史研究》，第54頁。
2 同上，第16頁。

文化」和「文化熱」，並且將中國知識份子從他們啟蒙的精英位置上拉了下來。有關「人文精神的失落」的一系列討論，正好揭示了知識份子的焦慮，他們在商品社會中沒有找到自己合適的位置，而且有關自我和社會的浪漫想法也受到了現實的挑戰。[3]中國正被飛速地捲入全球化經濟結構之中，不過，受到西方後現代主義和後殖民主義思想的影響，中國知識份子在90年代對西方現代性保持更大的警惕和更為批判性的立場。一些人重估中國傳統文化，將其作為可以平衡現代化的力量；另一些人甚至退至中國民族本體論，不知不覺地順應了狹隘的民族主義；還有一些知識份子，比如汪暉和新左派，則嚴厲地批判全球化資本主義，反思中國的現代性追求。[4]

在全球資本主義語境中，對於「革命加戀愛」這樣一個縈繞中國文壇近一個世紀的主題，中國作家將如何處理？對這一主題的重寫，是標誌著對革命的最後告別，還是對失去的烏托邦夢想的懷念？這是一個銘記的年代，還是一個忘卻的年代？這個主題重述的功能是如莫言、蘇童等小說那樣重寫和重建歷史的另一種方式，還是僅僅是被大眾文化消費的一個主題或一個場景？對性的描述是顛覆政黨——國家的支配性文化的工具，還是僅僅是商品化的產物，沒有任何政治指涉？換句話說，面對消費市場和全球化經濟的大潮，當革命話語自身在政黨——國家的支配性文化中變得支離破碎時，中國知識份子通過重寫「革命加戀愛」，為他們自己找到了一個怎樣的位置？此外，中國知識份子是如何處理世界主義與民族主義、全球化與地方化、西方文化與中國文化之間的典型困境的？

通過對陳忠實的《白鹿原》和王小波的《黃金時代》的解讀，我試圖繪製90年代重寫「革命加戀愛」的軌跡圖，調查中國知識份子在新的商品經濟時代所選擇的不同的路線和個體的位置。在90年代想像歷史、重構革命與愛情張力的文本中，中國知識份子創造了

3 王曉明編：《人文精神尋思錄》，上海：文匯出版社，1996。

4 參見1999年第一期《天涯》。

怎樣的新的價值體系？它們在全球化的語境中又開拓了怎樣的新的文化空間？在他們想像的背後隱藏著怎樣的問題？我的討論旨在考察中國知識份子在全球化的經濟和文化商品化的快速發展中不得不面對的危機。陳忠實對「革命加戀愛」的解構性重寫，表明了一種對地方傳統和儒家思想的興趣恢復，以及強調其作為抵制西方文化霸權的特點。王小波在他對文革的戲仿寫作中，使用了施虐受虐混雜的美學策略，可以被讀作是一種反對官方話語的「西方主義」。根據陳小眉的說法，「西方主義」一方面是中國官方用來做辯解的手段，另一方面則是中國知識份子反官方話語的工具，當然，王小波的「西方主義」屬於後者。[5]《白鹿原》和《黃金時代》這兩部作品，一致地挑戰了革命的「真相」和崇高的政治美學，一致地挑戰了幾乎支配了中國整個二十世紀的文學想像，並探討了性別主體性的差異。雖然與革命年代的「革命加戀愛」公式明顯地相反，但這些後現代的重寫仍然代表了中國知識份子的內心掙扎——他們有意識地抵制資本主義現代性，而且試圖在新的歷史語境中重新理解文學的角色及其與政治的關係。

## 回歸本土認同和性尤物

陳忠實在90年代重寫革命與情愛的主題。通過提供一種本質上不同於官方主流敘述和權威歷史對革命歷史的解讀，他的《白鹿原》延續了一些先鋒派作家，比如蘇童、莫言的重寫歷史的經驗。但是陳忠實的重寫歷史，並不執著於對文學形式和語言的創新，也沒有大量地借鑒西方的現代主義。重要的是，它反映了在80年代啟蒙主義的話語被後現代主義者否定後，中國作家是如何思考中國現代性的問題的。陳忠實極其關注對本土文化傳統和習俗的挖掘，而

[5] 陳小眉：《西方主義：文革後的反話語理論》（Occidentalism： A Theory of Counter Discourse in Post Mao China），牛津大學出版社，1994，第1—20頁。

他的這種關注也必須被放置在全球化的語境中去考察，在這樣的語境中，中國知識份子被西方化和民族主義的雙重認同所糾纏。

《白鹿原》是陳忠實創作於1993年的小說，典型地代表了20世紀最後十年大陸文學對革命與情愛的一種重述。就像賈平凹的《廢都》一樣，這部小說也有許多大膽的性愛描寫。伴隨著大陸電視網中流行的肥皂劇和情景喜劇，比如《渴望》、《編輯部的故事》等，大眾文化中被商業包裹著的對毛澤東的懷戀，以及王朔那替換了嚴肅的先鋒寫作的「痞子文學」等一系列現象，《白鹿原》的出現，重新激勵了許多迷失在消費文化和迅速增長的全球化經濟中的中國知識份子。由於作者大膽的性描寫，小說在短短的三個月裡重版了三次，賣出21000冊。除了暢銷之外，《白鹿原》也受到了許多批評家的肯定，被認為是一部當代文壇的史詩性作品。[6]可以說，陳忠實在抓住商機的同時，也用自己獨特的方式對那個漫長而動亂的世紀重新進行想像、銘記和思考。

陳忠實從許多富有挑戰性的尋根文學和實驗小說中汲取經驗，對過去展開了多方面的不同的探索和思考，並以此作為一種策略來質疑業已確立的敘述範例，來批評傳統的、現代性的以及革命的意識形態建構。但是不像一些先鋒作家極力保持精英的姿態，極力抵制大眾文化的誘惑力，陳忠實喜歡取悅廣大的讀者。[7]在討論這部小說的可讀性時，陳忠實主張當代作家應該多與讀者交流，而不是片面地譴責讀者的低品位。

> 在分析形成這種威脅（純文學的危機）的諸多因素和企圖擺脫困境的出路時，我覺得除了商潮和俗文學衝擊之外，恐怕不能不正視我們本身。我們的作品不被讀者欣賞，恐怕更

6 暢廣遠、屈雅君、李凌澤：〈負重的民族秘史──〈白鹿原〉對話〉，見《當代作家評論》1993年第4期，第34頁。

7 陳忠實：《關於〈白鹿原〉的問答》，見《小說評論》1993年第2期，第23頁。

不能責怪讀者檔次太低，而在於我們自我欣賞從而囿於死谷。[8]

陳忠實十分注意公眾口味。在阿多諾（Theodor Adorno）的大眾文化理論中，他專注於對現代主義的否定性美學的討論，並且對文化工業操縱藝術的現象進行了深刻的批判。然而，阿多諾忽視了一個事實，即：現代主義自身也同樣「深深地捲入了它所反對的世俗的現代化的進程和壓力中」。[9]現代主義和大眾文化都必須面對未完成的現代化。不同於其他先鋒作家，陳忠實在消費的同時也進行生產。他為公眾消費而寫作，通過炫耀對性的描寫來娛樂他的讀者。例如，小說的第一句話就是：「白嘉軒後來引以為豪壯的是一生裡娶過七房女人」——這立即就吸引了讀者的注意力。順著這條線，陳忠實通過炫耀白嘉軒不可思議的陽具，非常仔細地描述了主人公與他的每個女人的性生活。然而，這並不是單純適應商業文化的努力。白嘉軒的男性力量，象徵著本土傳統——這個被毛文化壓抑的男性認同——有可能被恢復，象徵著失落在全球化過程中的傳統價值體系有可能被重建。不過，我們必須進一步考察，陳忠實試圖恢復並重建的男子氣和價值體系是否能夠順利解決中國知識份子在全球商品化階段的困境呢？在此，我想通過討論作品中「頹廢的女人」，來對這一問題作個解答。

「頹廢的女人」自延安文學以來，就一直被確定為不道德的反革命形象，與那些將自己的身體、性和主體性都臣服於毛話語的男性化的女英雄相對立。這一形象在50年代和60年代的革命小說中非常典型：她們的性本質以極端否定性的方式顯示出危險的具有毀滅性的政治力量。這些墮落的女人，不僅屬於反革命的陣營，而且

[8] 同上。

[9] 安德列・華森（Andreas Huyssen）：《大決裂之後：現代主義、大眾文化、後現代主義》（After the Great Divide: Modernism, Mass Culture, Postmodernism），布魯明頓：印第安那大學出版社，1986，第56頁。

與中國古典小說中違反儒家道德規範的「壞」女人相似，例如《創業史》中的李翠娥，《苦菜花》中的淑華和玉珍等。她們性感而色情的身體，既是政治化的也是道德化的。她們代表了典型的壞女人，威脅著崇高的共產主義理想。雖然官方宣稱中國婦女在1949年之後就獲得了解放，但是女性的性本質卻再一次被新界定的革命道德所限定，也就是說，五四運動所倡導的性解放，實際上在革命勝利之後是被壓抑的。

1979年以後，女性的身體在新的文學類型——「傷痕文學」——中又被重寫。在「傷痕文學」中，知識份子試圖通過揭示那個年代人們精神和身體上的痛苦與創傷來否定文革。在傷痕文學的代表性作品，古華的《芙蓉鎮》中，女性性感的身體再次出現了，只不過這一次，毛話語中的好女人與壞女人的榜樣被顛倒過來：胡玉音性感的身體代表了在「文革」期間被不公正地斥責為反革命的好女人；與這種性感的善良的女人對立的是一個女幹部，她沒有性感的身體，而且因妒忌而瘋狂地壓迫著無辜的人。在毛時代的革命小說中，所謂墮落的女人總是代表著頹廢的資產階級或地主階級，但是在《芙蓉鎮》中，好女人（性感）和壞女人（無性）有不同的暗示：作者故意將前者塑造得為人正派，而後者塑造得道德敗壞。然而，雖然政治內容有所變化，頹廢的女人和她們性感的身體仍然是表達政治含義的工具。

在1985年前後，尋根文學和先鋒文學的作家們採用了在「文革」十年絕少使用的現代派敘述技巧，並以此拉大了他們與政治權力的距離。他們將女性的身體描述為色情的，或者代表了被毛話語壓抑了許多年的最原始的感官感覺，或者代表了源於重寫歷史而產生的頹廢美學。一些出現在蘇童和葉兆言小說中的墮落女人的形象都是他們重寫歷史的敘述策略：比如《罌粟之家》中的劉素子、《紅粉》中的小娥、《棗樹的故事》中的秀雲。在對劉素子形象的分析中，呂彤鄰認為：「在某種程度上，她與中國傳統文化中對女性的比喻——水，即：變化的、不定形的、無可預測的、難以捕捉的——是一致的」。[10]呂彤鄰還批評這些先鋒派作家有「厭女症」的傾向。從女性主義觀點來看，這種說法是正確的，但是，更重要的是，當這些男作家通過「頹廢女性」即所謂「尤物」來書寫過去的生活時，他們是以寓言的方式來敘述關於個人的歷史記憶的。借助這些富有誘惑力的形象，這些男作家使歷史變得如此個人化，以至於小說的歷史背景也變成了一個關於個人「寓言化」的背景。[11]

《白鹿原》的女主角田小娥，與出現在賈平凹《廢都》中的「頹廢女人」的模式非常相似。她被認為是紅顏禍水，是善變的、有誘惑力的、危險的「尤物」，因此，註定被放置在社會規範或社會禁忌的對立面。當代作家對這一形象的迷戀，反映了男性作家對女性的幻想，暗示他們在重建革命年代失去的男性認同和男子氣時所產生的焦慮。

在《白鹿原》中，本土的宗法體系與國共兩黨不斷發生妥協、聯盟和衝突。在重新挖掘傳統的宗族文化的語境下，陳忠實故意突出「尤物」田小娥與白鹿原這塊土地之間的一種特殊關係。田小娥墮落的身體被放大、被複製，蘊含著色情和政治的雙重複雜性，成為這片土地的革命歷史中各種權力關係的連接點。作者賦予她多種身份和位置：她既是勾引男人的女子，也是共產黨領導下婦女組織的領袖；她既是頹廢的，又是進步的。小娥是如此迷人且危險，以至於她毀掉了白嘉軒的兒子白孝文，一個典型的封建家庭的子弟。她迷人的力量源自她色情的身體，而她的身體被描述成比革命力量

10 呂彤鄰：《厭女症、文化虛無主義和反政治：當代中國先鋒小說》（Misogyny, Cultural Nihilism, and Oppositional Politics: Contemporary Chinese Experimental Fiction），斯坦福大學出版社，1995，第141頁。

11 我這裡所使用的「寓言化」不同於詹明信（Fredric Jameson）著名的概括：「所有第三世界的文本都必然是……在某種特定的方式上是寓言化的」。見詹明信：《多國資本主義時代的第三世界文學》（Third World Literature in the Era of Multinational Capitalism），見《社會文本》1986，第15期，第65—88頁；而是先鋒文學使用的特定的敘事策略。

更有力量。即便在小娥被處死後，她的力量仍然縈繞在整個村子裡，可以將整個村子推向死亡。然而，她也有進步的一面，比如她追求自由的愛情，在土改中積極投入，並且毫不妥協地反抗封建主義。

陳忠實敘述模式中有一種強烈的懷舊情結，這種情結是對本土的非官方的宗法力量的一種緬懷。以往被官方話語視為落後和封建的宗法體制，在《白鹿原》中被陳忠實美化，被他提升為一種頑強地支撐著白鹿原的神秘力量，使得白鹿原的人們在政治動亂和自然災難中還能存活下來。這種本土的力量混合了儒家價值觀、神秘主義、迷信行為和父權宗法體系等等，直接而又尖銳地質疑官方書寫的歷史，讓人懷疑作者試圖恢復長期以來被官方所忽視和抹煞的邊緣文化和草根文化。在陳忠實的眼裡，嚴肅的政治鬥爭似乎並不比地方父權宗法權力與「尤物」田小娥之間的衝突更重要。與儒家價值觀的象徵——吉祥的白鹿——相對，田小娥被族長和村民當作村裡的禍根，然而這兩者都是這片土地上神秘、矛盾和複雜性的一部分，都不能被簡單的政治意識形態所解釋。

小娥毀滅性的力量源自這片神秘的土地，它代表了「對自然無法控制的接近」[12]，這是父權宗法體系竭力去修正和控制的。具有諷刺意味的是，這個「尤物」是一個豐富的隱喻體，其中居然還隱喻著革命的主要特徵。小娥的死帶來了瘟疫，在她幽靈般難以駕馭的力量面前，傳統的儒家道德和堅固的父權制顯得那麼無助，而她身上所具備的顛覆性的力量，其實就類似於革命的神秘性的毀滅力量，它既有效地摧毀了舊價值，又不可避免地給這片土地帶來了巨大的災難。陳忠實努力在這一形象和革命力量之間尋找相似性，借此來戲仿革命意識形態的所謂「真相」和「理性」。

[12] 在這篇小說中，田小娥毀滅性的力量類似於卡米爾·帕格拉（Camille Paglia）描述的母親的自然性，見帕格拉《性的人格面貌》（Sexual Personae），紐約：Vintage，1990，第13頁。

因為小娥是婦女組織的領導，她的性本質便成了一個模糊的區域，這一區域天然地混淆了革命意識形態所建立的政治、道德和民族——國家的邊界。在父權宗族系統的評判下，小娥是個壞女人，但她在革命的標準制度下也並不是一個好女人，因為她缺乏對政治的承諾。雖然她達到了革命的目標——自由和解放，但是她道德上的曖昧狀態卻無法被革命的意識形態所歸類。作家對這個人物的描述雖然帶有「厭女症」的傾向，但是，她的情欲，以及她與當地神秘主義的那種不尋常的連接，卻讓作家自由地衝破革命意識形態。這部小說在某種程度上追隨拉美魔幻現實主義的創作手法，它的敘述策略超越了主流文學中盛行多年的批判現實主義。陳忠實所創造的尤物形象代表了革命、男人、民族最美好的幻想和最恐怖的噩夢。

然而，在地方宗法力量和小娥魅人身體的衝突中，陳忠實毫無疑問地提升了前者。宗族長者白嘉軒作為地方權力的代理人，是浸透了儒家文化的鄉村禮制和道德規範的文本標誌。這樣的禮制規範已經被中國文化和中國社會依賴了三千年。白嘉軒和他的祖輩一樣，接續著祖傳的辛苦勞作，自我修身以及樂善好施，遵守那已經被多次政治鬥爭極大摧毀了的傳統習俗。可以說，白嘉軒是陳忠實心目中的理想形象，是一個代表傳統政治理想和道德權力的化身，是白鹿原上樂善好施、正直誠實的第一人。如果二十世紀中國的歷史記憶充斥著關於革命的想像，那麼陳忠實對他理想的白嘉軒的提升，便是對進步思想和現代性概念的批評和質疑。相對於其他那些或者是共產黨，或者是國民黨，並最終都被政治的動亂所毀滅的人物，白嘉軒總是在白鹿原維持著他的身份和地位。這個理想形象也暗示了陳忠實對五四一代所鼓吹的啟蒙思想的質疑，以及他對令中國知識份子沉迷的革命神話的挑戰。通過立足於本土的傳統的價值觀，陳忠實的創作動機是考察中國歷史中到底出了什麼問題，並挖掘出被歷史活埋和忘卻的部分。雖然這一立足點有其深刻的意義，但是他小說中的意識形態還是出現了一個盲點，那就是他缺乏對傳統文化負面部分的批判，尤其是當傳統文化涉及到女性問題時，便暴露出大缺陷。

在《狂人日記》中，魯迅從儒家倫理道德中看到了兩個字：「吃人」。雖然這個吶喊的聲音在一定的程度上把中國傳統文化總體化，使其與中國現代性形成了鮮明的對照，但是事實上，女性確實是儒家文化的受害者，這一點是不容置疑的。令人困惑的是，《白鹿原》中的白嘉軒所代表的滿口仁義道德的儒家文化價值背後其實也寫著兩個字：「吃人」，尤其是吃「頹廢的女人」。毫無疑問，陳忠實對本土文化的提升，不加批判地認可了「厭女症」的偏見，並且重新認同了女性在男權社會中劣等地位。墮落的田小娥是如此的反叛，以至於她被父權體系所迫害和壓制。但在陳忠實筆下，田小娥被描述成「白鹿村乃至整個白鹿原上最淫蕩的一個女人」[13]。因為她追求自由的婚姻，所以她不能進入祠堂。當她令白嘉軒的長子變成浪蕩公子後，她的誘惑力被誇張到了極點。這樣的誇張重複了父權制的說法，即：女人是禍水。最後，田小娥被她的公公白嘉軒最忠實的佃戶殺死了，為的是阻止她禍害更多「正經」的年輕人，而這一殘酷的謀殺事件居然是讓村子裡「人人稱快的壯舉」。[14]由於她的鬼魂總是纏繞著村子，並給整個村子帶來了可怕的瘟疫，白嘉軒和受人尊敬的朱先生——這個被陳忠實刻畫為白鹿原裡的聖人，一個象徵著這片土地絕對精神的「白鹿」，決定在她的骨灰上建一座塔，永遠壓住她邪惡的靈魂。這讓我們想起了民間故事《白蛇傳》中的雷峰塔，它代表著封建專制的菲勒斯中心，代表著對自由女性的控制和鎮壓——而這一封建勢力的象徵，同樣也是被魯迅所嚴厲批評過的。值得我們關注的是，陳忠實對本土的傳統文化的懷念，使他看不到白嘉軒和聖人朱先生所體現出來的人性

13 陳忠實：《白鹿原》，北京：人民文學出版社，1993，第352頁。

14 同上。

中偽善和殘酷的一面。

作為1985年文化熱和文化尋根的回聲，陳忠實的《白鹿原》也試圖重新考察中國的現代性和「五四」以來的文化激變。白鹿原的絕對精神並不是革命的毀滅性力量，這與小娥墮落的力量沒有差別，它是由白嘉軒身上所體現的穩固的、深厚的、仁義的傳統文化。在反思官方歷史和批評革命的意識形態時，陳忠實重寫了地方史，試圖回歸到傳統意義上的男子漢氣質中。但是，陳忠實沒有正視中國傳統文化的複雜性，其思維方式仍然是傳統與現代的二元對立。在新的全球化時代，試圖讓中國傳統文化恢復元氣，這也許能折射出中國知識份子在失去了精英地位後所感到的焦慮，以及他們對新的位置的尋求。然而，他對複雜的本土傳統不加批判的態度，同時也說明他並沒有找到知識份子真正的位置。我們的確需要在當下的商品文化中尋找失落的人文精神，但我們應該如何確切地定義「人文精神」呢？

從表面上看，陳忠實對本土傳統和儒家思想的回歸，似乎是為了抵制現代性和西方文化霸權，然而，他對本土傳統的理想主義態度說明，在全球化的進程中他並不具有批判自身的能力。對穩固而不變的本土價值體系的美化，其實同樣忽視了真實的、發展中的歷史，並且也不能回應巨大的社會變動。如此本質化的本土文化傳統，不僅忽視了本土已經在全球化的過程中被重構的事實，而且並沒有真正形成批判資本主義全球化的力量。總的來說，用傳統和儒家思想遺產來置換現代的啟蒙話語，並不意味著發現了新的人文精神，或者已經找到了批判現代性的立足點。

## 王小波的施虐受虐美學

在王小波（1952——1997）的中篇小說《革命時期的愛情》的序言中，他宣稱「這是本關於性愛的書」。這個宣稱讓讀者感到奇怪，因為他所處理的那段時期——「文革」——普遍被認為是一個禁欲的時代。然而正如王小波所說：「只有在沒有性的時代，性才變成生活的主題，就好像在饑荒年月，吃成為生活的主題一樣」。[15]王小波的代表作《黃金時代》，直接指向男人和女人、個人和國家之間施虐又受虐的關係，將「正常的」、「男性的」和犬儒哲學提升到超越了理想主義和浪漫主義的高度。《黃金時代》包括了五個中篇小說，這一系列文本以惡作劇和幽默的形式來揭露革命期間個體被壓抑的情形。

王小波在美國匹茲堡大學獲得碩士學位後，選擇回國並且成了一個自由作家。王小波對個人主義的探索和對中國國民性的批評受到了西方自由主義的深刻影響。他的小說作品被批評家如陳思和、南帆歸為90年代的先鋒文學（或高度現代主義的文學）。[16]王小波常以戲仿的方式寫作，影射出他作為「啟蒙者」的位置。但是在80年代以後，王小波對民族責任、社會理想和道德感不屑一顧，並且辛辣地批判任何一種「救世情懷」，與此同時，他堅決地捍衛個人的獨立思想和個人經驗。用他的話說：「如果人不能保護自己也無力救朋友，他又怎能奢談拯救全人類？如果一個人活著沒有尊嚴，像一隻豬，誰又需要他去救助？」[17]王小波對尋找文化之根或者尋找新的價值體系不感興趣，反而諷刺和嘲笑中國知識份子沉重的社會責任感。雖然深受西方自由主義和80年代啟蒙話語的影響，但他並不信仰任何抽象的概念，比如自由或正義，也不鼓吹回到國學，尤其是儒家思想。他對精英主義的嘲笑與對偽道德和說教式的權力主義的反感緊密相關。在解釋為什麼反對烏托邦時，他說：

[15] 王小波：〈革命時期的愛情〉，見《王小波文集》，北京：中國青年出版社，1999，卷1，第183頁。

[16] 見南帆：《夜晚的語言》，北京：社會科學文學出版社，1998，第1—27頁；陳思和：《逼近世紀末小說選》，上海：上海文藝出版社，1995，第1—18頁。

[17] 轉引自王小波與林春的電子郵件，見林春：〈清醒的少數〉，載《讀書》，1998年第5期，第51—55頁。

從柏拉圖到馬克思，曾有太多的人想要設計一個理想社會讓人類幸福。我尊敬這些人，但我痛恨他們的這一觀點……根據如下：如果一個人得到幸福，那必定不是通過別人的設計。人們只能自己為自己創造幸福。有人為我們的世界找到了一個新救世主：儒學。他們為什麼非要強加於人？這就是我氣憤的原因。[18]

王小波代表了傾向於犬儒主義的新一代，他解構了多種權威和價值評判體系。不同於五四運動的啟蒙傳統，他的精英立場是基於個人的自由精神和語言家園的，以此為出發點來抗爭狹隘的民族主義思想和官方的權威話語。[19]在對革命加戀愛的主題重寫中，陳忠實用本土傳統和儒家精神代替了革命意識形態，而王小波則立足於普通人最基本的生存欲望，以此來嘲弄崇高的革命道德。面對過去傷痕累累的中國歷史，陳忠實努力使傳統價值觀重新恢復活力；而王小波則放棄和批判任何現存的傳統。當文人學者們擔心在商品化的壓力下，中國的人文精神已將面臨喪失的危險時，王小波暗示中國知識份子應該首先反省自己。當他的小說《黃金時代》被批評為缺乏教育人民以及提升人的靈魂的元素時，王小波回應說，他希望提升的只是他自己的靈魂。正如他自己所說的：「這話很卑劣、很自私，也很誠實」。[20]王小波採用的話語模式跟以往更重視「大我」的中國知識份子不同，他賦予「小我」大於「大我」的特權。雖然他像「五四」一代的文人一樣，非常猛烈地攻擊傳統，但是他寧願回到自我孤獨的精神王國，而不願承擔起啟蒙或改造「國民」的責任。自相矛盾的是，他在精英主義與犬儒主義之間搖擺，一方

[18] 見林春：《清醒的少數》。

[19] 《王小波文集》，北京：中國青年出版社，1999，卷4，第310—312頁。

[20] 同上，1999，卷4，第18頁。

面嘲笑中國知識份子的啟蒙偽裝和他們高高在上的救世主位置，但另一方面卻從未放棄自己作為一個啟蒙者的位置。

在這一部分，我集中探討王小波的《黃金時代》中的「施虐受虐」的寫作模式。我並不把施虐受虐當作心理學上的臨床概念，而是把它當作一種話語策略，來分析王小波是如何顛覆毛時代的文化政治的。王小波在小說中對西方心理學術語的使用，在某種程度上類似於陳小眉所界定的「反官方的西方主義」，也就是用「西方他者作為一種政治解放的隱喻，在整體性的社會中反抗意識形態壓迫」。[21]王小波對「真實的」西方並不感興趣，他僅僅用西方他者作為「揭穿當下官方意識形態的托詞」。[22]然而，王小波的犬儒主義充滿了玩世不恭的態度。

王小波的雜文《洋鬼子和辜鴻銘》使人聯想起魯迅對國民性的批判。王小波借助一個有施虐癖的外國人的凝視，嘲弄中國人的政治文化體系是一場性遊戲，一場施虐受虐的性儀式：

> 坦白地說罷，在洋鬼子的S／M密室裡有什麼，我們這裡就有什麼，這種一一對應的關係，恐怕不能說是偶合。在密室裡，有些masochist把自己叫做奴才，把sadist叫做主人。中國有把自己叫賤人、奴婢的，有把對方叫老爺的，意思差不多。有些M在密室裡說自己十條蟲子，稱對方是太陽——中國人不說蟲子，但有說自己是磚頭和螺絲釘的，這似乎說明，我們這裡整個是一座密室。[23]

王小波通過施虐受虐的隱喻，揭示了中國國民性和中國社會中卑劣的一面——麻木、偽善、奴性十足和行為反常。他對西方心理

[21] 陳小眉：《西方主義：文革後的反話語理論》，1994。

[22] 同上，第一章。

[23] 王小波：〈洋鬼子與辜鴻銘〉，見王小波雜文自選集《我的精神家園》，第60頁。

學術語的挪用，的確是對西方他者的重建和想像，然而，他的目的是拯救被民族性和官方意識形態壓抑的個體精神。用這種寓言化的形式來描述文革的特徵，會產生一種強烈的荒誕感。這種荒誕美學不僅顛覆了政治權威，而且揭露了革命時代對性願望的壓抑與歪曲。

《黃金時代》五個中篇講述的都是一個正常人（王二）在「文革」這一性扭曲和性壓抑時代中的性愛生活。王小波作品首先關注的是施虐和受虐的現實，這是非常明確的。王小波所創作的小說世界似乎是一個虛構的不現實的世界，可是卻非常有效地顛覆了被社會主義現實主義賦予合法性的所謂現實。紅衛兵和當時人們對「紅太陽」激情狂熱的崇拜，被王小波隱喻為是一種「受虐狂」的行為，而統治者對知識份子和無辜者的迫害則是施虐，是將快樂建立在他人遭受痛苦之上的施虐。這樣的敘述策略正是詹姆遜所說的用以表達「政治無意識」的「政治象徵行為」。在這個施虐受虐的政治文化陷阱中，一個正常人的性生活既是不可能的，也是不合法的。正是在這一點上，王二的性愛生活才成為現實主義話語中的笑柄。

五個中篇──《黃金時代》、《三十而立》、《似水流年》、《革命時期的愛情》和《我的陰陽兩界》皆是第一人稱敘事，敘述者／主人公王二在面對權力鬥爭時有著各種各樣的性愛經歷。王小波選擇一個臨時性的名字王二，這讓人聯想到魯迅對阿Q的命名，當時魯迅用阿Q象徵性地代表了麻木而愚昧的國民。王二也指涉著作者同一代的任何一個人：他因毛澤東的政策而上山下鄉，然後回城上大學，繼而成為一個知識份子。正如王小波自己的解釋，王二有許多同名同姓的兄弟，就連作者自己在年輕的時候也用過這個名字。[24]魯迅對阿Q的取名諷刺了他那個時代的國民性，而王小波對



[24] 見王小波為《革命時期的愛情》寫的序言，《王小波文集》，卷1，第183頁。

王二的描述則是為了重新發現失去的自我，特別是他們這一代所失去的男子氣。在五個短篇的不同經歷中，王二都被描述成一個高個子的、相貌醜陋的、非常逆反的年輕人，他的象徵性標誌就是他巨大的陽具。毫無疑問，陽具代表著被壓抑的社會心理環境中頑強不屈的男子氣，它在動搖主／奴或施虐／受虐的二元對立以及在瓦解變態的社會文化結構方面扮演著重要的角色。

王小波的《黃金時代》帶著黑色幽默的口吻，將讀者推入一個極其荒謬而混亂的王國中。它描述了王二與一個因為漂亮而被誣衊為破鞋的女醫生陳清揚的性愛關係。敘述人以諷刺的口吻描述了這個漂亮女孩所處的荒謬的現實世界：雖然陳清揚是清白的，可是卻被大家認定是蕩婦而永遠背上破鞋的標籤，而且還沒有辦法逃脫這個荒謬的現實。相似的是，王二也因被別人認定弄死了隊長的狗而被責罵和迫害，雖然他從來沒幹過這件事。在王二和陳清揚的關係中也充斥著荒誕：他們沒辦法駁斥關於他們之間有性關係的閒言碎語，雖然這種性關係根本不存在。王小波對西方的研究明顯地影響了他在這裡試圖描繪的心理現實。按照德勒茲（Deleuze）的分析，施虐狂是外在化的自我，並且為了支配和控制而轉變成超我。陳清揚被施虐狂所包圍，她別無選擇，只能跟王二睡覺而變成真正的破鞋。

這篇小說最有趣的地方，就是通過自我批評的方式來敘述陳清揚和王二的之間的性愛關係——這可以被看作是受虐狂的自我譴責和自我揭發。自我批評在「文革」期間被規定為改造思想的方式，它與佛洛德的「受虐願望」——一種負罪感和一種受處罰和受迫害的欲望——相聯繫。[25]然而，王二和陳清揚對他們行為的自我揭發和自我批評，卻諷刺性地轉變為內在化的自我肯定。他們的自我批評是以非常粗糙的、感官刺激的、獸性化的語言揭露他們的性行

[25] 佛洛德：《心理分析導言》（Introductory Lectures on Psycho Analysis），斯塔內（James Strachey）譯，紐約：W · W · Norton, 1966。

為，這樣的自我批評看起來更像色情描寫，而不像政治上的自我檢討。那些幹部們非常熱衷於閱讀他們的檢討材料，於是命令他們寫得更多，揭發得更多。王小波的黑色幽默將嚴肅的政治工具變成了性的展示和性的消費。更有趣的是，這種受虐狂形式並不是始終被動的。通過不斷地暴露隱私，王二和陳清揚在「自我批評」和「自我檢查」中找到了快感，把這種壓抑性的形式變成了積極的形式，變成了重新安置失去的自我以及理解愛情意義的工具。正因為如此，黨的幹部們最終對這對年輕人的自我批評失去了施虐的樂趣。荒謬的是，受虐狂形式反而讓陳清揚和王二堅信他們的性本能和主體力量，而不是否定他們自己或屈從於官方的需要。在王小波的手中，受虐狂的自我批評變成一個有力的工具，它能夠擾亂革命的規範化的性和性別角色，能夠顛覆壓迫與服從的二元關係。

在這兒，我們也許會發現用西方受虐或施虐的理論很難解釋王小波所描述的心理現實，因為他對這些術語的理解多半來自於自己的創造力和想像力。但明顯的是，對他來說，受虐狂成為一種話語策略，一種顛覆主／奴對立的手段，一種重新肯定自我的方式。受虐狂的概念變成了一個美學範疇，遠遠地超越了西方理論對這一概念的定義，也超越了這一概念最初所暗示的權力關係。雖然王小波是對西方他者的移用，但是他創造了一個特定的客觀世界，這個客觀世界被受虐美學——一個瓦解和嘲笑統治權的話語體系所構造，因此反而帶有新意。在《黃金時代》中，當陳清揚在鬥爭會上——一種特別為革命者所喜愛的做法，一個合法且政治上正確的暴力形式，一個施虐狂發洩權力的地點——被捆綁被羞辱的時候，她表現得像個真正的受虐狂，通過被處罰，她獲得了滿足和快樂。她發現鬥爭會上的每一個男人都被她捆綁得緊緊的身體撩撥起了性慾，而她自己也在被羞辱和被批判中獲得了快感。不像傷痕文學的作家們那樣，總是傷感地描述那些被貶黜的「牛鬼蛇神」們的苦難、傷痛和噩夢，王小波揭示了革命力比多能量背後的施虐和受虐的欲望。

他把陳清揚的柔弱作為力量的源泉，將陳清揚的受虐狂位置與鬥爭會上的施虐狂的位置偷偷對換：通過在痛苦中獲得快感的調換中，她實際上成為了整個「性遊戲」的支配者和控制者。[26]於是，王小波不僅顛覆了鬥爭會的政治形式，而且對意識形態霸權所支撐和認可的現實提出質疑。

受虐狂的敘事策略也出現在《黃金時代》的其他中篇裡。在《革命時期的愛情》中，主人公王二因為一件他從來沒有做過的事情而受到譴責：在男廁所的牆上畫他們廠的領導老魯的裸體。王二被老魯到處追逐和咒罵，並且被定性為需要再教育的壞青年。來給王二進行政治思想教育工作的是廠裡的團支書。她是一個年輕的女人，名字是X海鷹。教育的過程包括受虐狂式的自我批評、開會以及坐在X海鷹的辦公室裡談政治思想。因為王二有痔瘡，大量時間坐在椅子上成了對他的痛苦折磨。完全不同於傷痕文學中催人淚下的敘述方式，王小波在故事中採用大量的黑色幽默的敘述手法，為我們描述了一個施虐受虐的世界。敘述者很快將接受再教育的過程轉變成王二與X海鷹之間施虐受虐式的性遊戲。X海鷹代表著黨，佔據施虐者的位置，然而，在他們的性交過程中，她命令王二去扮演日本鬼子和強姦者的角色，通過想像自己被日本鬼子強姦而展示了她作為受虐狂的欲望。這個性遊戲揭示了進步女青年X海鷹並不像我們想像的那麼高尚純潔，她的身體所代表的革命話語也不像人們想像的那麼崇高。王小波諷刺性的敘述引領讀者去質疑政治體系，這種政治體系使潛藏在革命電影、革命小說和其他宣傳方式之下的施虐受虐結構變得合法化。例如，X海鷹沉迷於革命女性被日

[26] 德勒茲（Gilles Deleuze）寫道：「受虐狂的自我僅僅是明顯地被超我壓服。那些蠻橫而幽默的，那些控制不住的違抗和最終的勝利都隱藏在宣稱被削弱的自我背後。自我的柔弱是一個策略，借助這樣的策略，受虐狂操縱著女人進入為她指派的角色表演的理想境地。」見德勒茲：《受虐狂：冷酷和殘忍》（Masochism： Coldness and Cruelty），紐約：Zone，1991，第124頁。在這兒，陳清揚的柔弱也是她操縱那些施虐狂進入她的理想境地的力量。

本人強姦或英雄被敵人折磨鞭打的情狀——一種革命時期在大量小說和電影中流行的施虐受虐場景，比如《紅岩》、《青春之歌》、《苦菜花》和《野火春風斗古城》。在這兒，王小波嘲笑了這種對革命英雄和意識形態的常規表述。因此，X海鷹的受虐狂幻想具有美學意義，它再現那種政治教育和革命歷史教育所構成的心理現實，並對這一現實進行無情的嘲笑和挑戰。

值得注意的是，王小波對受虐狂世界的探索是通過性別差異來建構的。他對革命文化的象徵秩序展開激烈的批評，尤其是對那種強有力的控制和服從的關係反應強烈。然而，在他描述的心理現實中，受虐狂的女人僅僅是施虐受虐的話語模式中的一部分。換句話說，她們僅僅是統治權力中的玩偶，甚至連她們的受虐狂欲望也是被整個意識形態話語操縱著的。當敘述者解釋X海鷹的受虐狂幻想時，他說：

> ×海鷹被擺到佇列裡的時候，看到對面那些狠心的鬼子就怦然心動。但是她沒有想到自己是被排布成陣，所看到的一切都是出於別人的擺佈。所以她的怦然心動也是出於別人的擺佈。她的一舉一動，還有每一個念頭都是出於別人的擺佈。這就是說，她從骨頭裡不真。[27]

雖然X海鷹的幻想可以被解讀成對神聖和崇高的顛覆，但是她僅僅是心理鏈上的一環，一個自己不能思考的木偶。《黃金時代》中的陳清揚也是這樣，她的受虐願望也是被扭曲的政治體系所培養。唯一一個能夠超越這種不正常的心理現實的人是王二。由於王二被意識形態霸權邊緣化，他缺乏道德感，也從不遵循社會和政治的規則。王二意識到自己是一個正常的人，他借助於自己對異性愛的渴望而阻止自己成為施虐受虐世界中的客體。第一人稱敘述的喜



[27] 王小波：《黃金時代》，北京：華夏出版社，1994，第308頁。

劇特點也讓王二得以清楚地看到他生活於其中的心理現實，並讓他遠離他所看到的荒謬和異常狀態。而且，敘述者也故意誇大王二的陽具和性能力，誇大在正常狀態下會令女人快樂的男性能力，這說明王二還保存了男子氣，還沒有被統治權力閹割。然而，王二的男子漢氣質是以將女人安置在不正常的位置上為代價的，比如受虐狂。性別差異於是被正常與不正常的等級區分所操縱。

然而，唯一正常的王二缺乏魯迅筆下的狂人的救世主意識。狂人譴責整個吃人的世界，並希望孩子們有一個美好的將來，但王二隻關心他自己和他的性生活，換句話說，王二隻關注自我救贖。他對失去的自我和男子氣的尋求並非出於回到文化之根和民族認同的願望。完全不同於尋根作家們那種將對男子氣的探尋與文化潛力緊密相連，王小波描述的男子氣是一個革命時期的現代分裂人，是游離於任何一個中心之外的邊緣人。可以說，王小波關於男子氣的想像不僅沒有一點理想的光芒，而且選擇一個邊緣位置——從根本上不同於80年代中國知識份子所持有的精英位置。

王小波與王朔的小說有許多相似的地方。這兩位作家都憎惡虛偽、道德規範和救世情結，都有幽默感和諷刺感。不同的是王朔小說中的人物大都來自底層，這使他的作品得了「痞子文學」的稱號，而王小波則更多地聚焦於知識份子，以王二，也就是作者的另一個自我來代表。王朔的痞子缺乏任何人文精神，自我救贖的王二也顯得不可能，因為他被困在一個荒謬的世界中。因此，王小波的小說雖然用「西方主義」來尖刻地諷刺理想主義、道德和精英主義，對描述革命時期的心理世界是非常有用的，然而，面對商業化和全球化所帶來的各種問題和各種矛盾，它們並不能為中國知識份子提供任何解決的辦法。相反，王小波小說中出現的犬儒哲學的態度和玩世不恭的口吻，反而無視社會倫理道德的敗壞，無視所謂「人文精神」的淪喪，這在某種程度上迎合了90年代與消費文化相關的道德衰退現象。

# 結論

# 結論

「革命加戀愛」是始終貫穿在中國現當代文學中的主題，是近一個世紀中國知識份子在民族危機的緊急狀態下對現代性的追問。本來，相似的主題——政治和性別、民族主義和愛情，也存在於土生土長的經典的中國傳統中，例如，在明末清初的語境中，名妓李香君和柳如是就像孫康宜在她的專著《晚明詩人陳子龍：愛情與忠誠的危機》中所說的那樣，「常常是愛情和政治使命的基本連接點」。[1]然而，「革命加戀愛」這一主題之所以成為典型的現代產物，是由於作家們執著於對革命與現代性的探詢。這一公式的張力——集體神話與個人理想、崇高與平凡、政治與審美、陽剛與陰柔——都是表述和解釋「現代」意義的話語方式。當深入考察革命與愛情的互動關係時，我被中國知識份子分裂的個性和矛盾的現代意識所震動，這一切都出現在作家們對這一公式的反復重述中。集體權力與個人感官經驗之間複雜的、由多種因素決定的關係，充分顯示出中國知識份子如何竭盡全力地描繪他們關於一個更富強更現代的中國的烏托邦夢想。

我在整本書中考察了革命與愛情如何相互影響，以及在不同的歷史背景中二者的相互依賴是如何通過政治的意識形態和實踐來產生的。當斯科特（Joan Wallach Scott）研究女性歷史和性別不平等的問題時，著重強調了幻想模式，認為它能夠製造性別和政治之

[1] 孫康宜：《晚明詩人陳子龍：愛情與忠誠的危機》（The Late Ming Poet Chen Tzulung: Crises of Love and Loyalism），耶魯大學出版社，1991，第16頁。

間的互動關係。引用斯洛文尼亞哲學家瑞尼塔‧沙勒克（Renata Salecl）的話，「沒有幻想，沒有無意識操縱的愉悅，政治就是假像」。[2]革命與愛情都建立在幻想模式的基礎上，都表達著無意識的欲望，對於佛洛德來說，也就是被壓抑的本能。雖然在「革命加戀愛」的關係裡，一個是聚焦於民族和集體的幻想，另一個則是更關注私人和個體的想像，但是他們並不獨立存在，而是錯綜複雜地糾纏在一起，並被理想主義的光芒所包裹。理想主義的誘惑，借助著可能實現的幻象和想像，塑造了二十世紀幾代人對現代性的追求和對一個更新更好的民族國家的渴望。正是對理想主義的呼喚，建構了「革命加戀愛」的主題，將個人幸福與革命關懷緊密相連。也正是理想主義的力量，使中國知識份子願意承受個性的分裂，願意將個人愛情昇華到崇高的革命激情。正是狂熱而執著的烏托邦夢想，將前輩的作家、知識份子與當下的一代區別開來。如同我們這一代的許多人一樣，我的烏托邦夢想早已幻滅。我們這一代人對崇高宏大的元敘事大多報以懷疑的態度，大多已經用個人夢想替換了民族責任感。不過，當我們在個人夢想的光芒中輕鬆地回顧過去，回顧天真而熱情的上幾代人的時候，不禁羨慕起他們追求理想的巨大勇氣和努力實現理想的艱苦鬥爭。當下，中國正在全球市場化的語境中經歷著飛速的變化，新人們正在玩世不恭地嘲笑或者挑剔那些英雄主義、理想主義目標和集體主義精神是容易的，但是如何理解前人為什麼將烏托邦理想當作個人生活和政治生活的追求目標則是困難的。

基於這種認識，我便以較理性、較冷靜的態度，考察「革命加戀愛」的主題，並盡可能再現此一主題重述時的歷史場合，以至上溯到晚清政治小說，從而揭示這個主題與建構新文化、新國家、新國民之焦慮的聯繫，揭示「五四」把性革命和女性解放如何看作

[2] 斯科特（Joan Wallach Scott）：《性別與歷史的政治》（Gender and the Politics of History），紐約：哥倫比亞大學出版社，1988，第207頁。

新文化和新文明的轉喻性象徵，揭示「革命文學」階段「革命加戀愛」寫作公式的正式出現和複製這一公式的多種符號系統的並存，強調公式被左翼作家有意識地當作一個完美的場所，以結合他們的烏托邦夢想和現實焦慮，來結合「小我」和「大我」，使得這一公式本身周轉於重複和模仿之中，成為一個自我循環的話語。通過考察不同作家群的重述，我質疑以往對革命文學階段的研究，因為以往的研究總是將革命文學階段減縮為僅與重大的政治事件和政治危機相關的狹窄階段。

雖然我承認是烏托邦夢想的驅動力量刺激作家們長期、大量地重複這一公式化寫作，但是我也意識到那些重複並不簡單。即使這個公式以先驗的意識形態為基礎，它也同時指向多種動態的可能性。在這兒，詹明信的政治無意識理論是非常適用的。他指出：

> 文學的結構遠遠不能在它的任何一個層面上被完全認識清楚，它有力地向底部傾斜，簡單地說，是有力地向政治無意識傾斜，關於文本，後者所散播的——當按照這個模式的意識形態閉合重建的時候——堅持將我們指向暴力或矛盾的權力，這是文本所枉費心機地尋求控制或操縱的。[3]

我的研究明確地考察了那些被文本所壓抑的東西，那些公式自身所不能意識到的「邏輯的可能性和可變性」。[4]許多學者批評「革命加戀愛」公式，將它看作一個被給定的意識形態公式，一個政治運作的文學實踐，但是，他們意識不到這樣的表層之下存在著矛盾和可能性，這些矛盾和可能性在那個特定的政治幻想結構中是不能被操控的。

---

3 詹明信：《政治無意識：作為社會象徵行為的敘述》（The Political Unconscious: Narrative as a Socially Symbolic Act），康奈爾大學出版社，1981，第49頁。

4 同上，第48頁。

革命文學階段有三種主要的「革命加戀愛」實踐吸引了我的注意。第一種實踐涉及到左翼作家群，當時他們有一種日益增長的願望，那就是通過獻身無產階級文學而超越五四前輩。這些左翼作家，比如蔣光慈、茅盾、洪靈菲和華漢，將性愛作為對權力關係的清晰表達，把革命與愛情看作是互惠的、互相可以交換和補充的關係，而不是矛盾的關係。但是，這些左翼作品中所表達的浪漫精神和主體性，卻暗示了他們與五四精神的密切聯繫。我對第二種文學實踐的研究是考察革命文學階段的女性寫作，把女性作家作為探查的焦點，作為政治事件和個人內心掙扎的敘述代理人。這個作家群體顯示出與左翼男性作家完全不相同的寫作特點，由此我們可以看到這一歷史階段比我們想像的更加複雜和混亂，並且，因為女性寫作強調性別自身的多種意義，使我們對這一公式的通常的固定看法也變得不可能了。我所考察的第三個文學實踐，著眼於對都市現代派的研究，比如：劉吶鷗、施蟄存、穆時英的寫作，將這一公式放在都市文化的語境中，在這樣的語境中，民族理想不再是主要的關注點，革命也不再是主要的關注點，反而上海城市文化的現代性成了主要的基調。由此我們可以看到，對同一主題的重述可以重構革命與愛情的互動關係的語境，並產生出新的歷史意義和新的歷史視野。

雖然在30年代的時候，這個公式被一些左派，比如茅盾和瞿秋白所拋棄和批判，但是它在抗日時期、十七年、「文革」以及80年代和 90年代初期都始終吸引著眾多的追隨者們。所以，我這本書的剩餘部分探討30年代以外的幾個歷史時期的主題重述，這樣一來，整本書就既有共時性的構架，又有歷時性的構架。1949年之後的作家們避免提到個人愛情，這已經成為一個普遍的共識，這是因為日益增強的集體革命權力和毛話語對個人愛情進行了非常嚴格的操控和審查。然而，第五章顯示，我們在十七年時期仍然能夠找到一些強調個人幸福和個人愛情的寫作，這些寫作讓我們以新的眼光來重新看待十七年文學。第六章則探查了90年代中國知識份子面臨商品文化的困境，他們對理想和英雄人物都失去了幻想，在新的全球化語境中還尚未建立起批判現代性的立足點。

我主要關注的是那些被歷史隱藏或埋葬的文本。這些文本都不是所謂的「經典」，即不是由傳統文學批判標準衡量出來的主流作品。但是，推動我考察這一主題的批評性假設並不是在經典與非經典的作品之間做出區分。相反，我的興趣是調查以下的問題：在文化政治和文學實踐中有哪些依然是潛在的未被發覺的作品？為什麼這些主題和議程被以往線性的文學史遺忘或埋沒？應該採納何種策略來重寫文學史？「革命加戀愛」——一個相對被忽視的主題可以被看作擁有巨大的張力：它存在於傳統的歷史框架與「分岔的歷史」（杜贊奇語）的框架之間，存在於已被普遍接受的學科與跨學科標準的互換之間，存在於客觀現實與話語實踐之間。所以，我不僅將注意力集中在不同歷史階段革命與愛情的互動關係上，而且強調公式本身的多樣性和易變性。從這個角度考察這個公式寫作，我們會發現，無論是「革命」的定義還是「愛情」定義，都具有很大的爭議性，而主題重述的表演性行為也是動態的不固定的。

革命與愛情相互作用的表演性，使重新定義的矛盾性過程受到關注，也使隨著歷史和政治條件的變化而變化的話語邊界受到關注。我質疑把這一公式看作是固定的、自我認同的、本質化的觀點。這一公式的表演性重複與重寫，暗示了原始意識形態經過不同歷史條件下的重述已被改變。換句話說，重複和重述的多種行為可以構成一個新的現實或新的語境，而這一事實被歷史的集體主義敘述有意地忘卻了。基於表演性理論，我發現一個看似固定不變的公式可以產生大量的相互矛盾的歷史表述，可以幫助我們質問關於民族主義、現代性和集體記憶的錯誤的整體性。

討論革命如何抓住作家的想像時，考察性別與政治的相互關係，也就是說，這一互動關係是對複雜的人類心理的反映，而不是對記載在線性歷史中的社會現實的反映。如果我們低估性愛與革命相互依存的意義，就不能瞭解追求新與進步的意識形態是由無意識欲望組成的，而這種無意識欲望的表達採用象徵的形式，或壓縮或置換了現代性的既定意義。在考察「革命加戀愛」的主題是如何貫穿中國現代文學史的過程中，我發現中國知識份子的現代性認同從未被最終安置，而是通過表演性的重複——狂喜的、焦慮的、脆弱的、痛苦的重複，他們的現代性認同才獲得了保證。我在本書中不斷地追問以下的問題：在革命文學階段革命與愛情的關係到底是怎樣的？二者有著怎樣的矛盾與衝突？它們如何被表述、被規範或者被壓抑？權力關係如何通過訴諸本能、欲望、個人愛情和性別差異來加以鞏固？性別認同如何通過融入不同的社會位置來與革命意識形態達成妥協或產生衝突？革命與愛情、私人空間與公眾空間、自我和集體之間的相互作用如何組成了複雜的現代意識？這些問題為那些試圖單純地從歷史意識的觀點來理解中國現代性的人們帶來了另一個思考向度，那就是無意識欲望。從這一向度出發，可以看到，一方面中國知識份子是如此沉迷於使現代性在中國合法化，另一方面卻對他們自身的現代認同與現代意識感到如此的不確定。

「革命加戀愛」主題的發展，最大限度地表達了變化著的「現代」的意義。如果個人的自由和幸福的意識被當作現代性概念中最重要的前提之一，那麼這個主題記錄了這樣的自我意識是如何被集體的現代理想所激勵或壓抑的過程。如果「傳統」被當作「現代」的反話語結構，那麼這個主題顯示了個人是如何在兩者之間痛苦地搖擺的經歷。如果革命的意識形態操控著現代主體性，那麼這個主題強調了現代男人和現代女人分裂的心理，強調他們在個體願望與集體理想之間的痛苦掙扎。所以，我們不能假定一種同質的集體性的現代認同，也不能假定這一現代認同是永遠不會變化的。更確切地說，這一主題的核心是充滿自我意識的現代主體性與現代民族的集體義務之間深刻的矛盾。

對這一公式的討論，女性主義理論對我幫助很大。首先，因為性別差異扮演著表達革命意識形態和權力關係的重要角色。其次，因為性別的表演特徵（裘蒂斯・巴特勒的理論）使革命與愛情的相互關係以及公式自身總是處於潛在的變動中。將女性的身體作為批評的場所來檢驗政治的表述時，我分析的核心是生物學上的「性」與社會建構中的「性別」之間的內在聯繫。我拒絕認為兩者之間有明顯的區分，將女性的身體看作社會的歷史的建構，但同時也看到她天生的自然的流動性能夠超越男性話語試圖保衛的政治邊界。對把男人和女人都看作是建立和延續現代性的充滿理性的代理人表示深刻的懷疑，相反，我反復地強調人類心理的複雜性——它引導出關於現代矛盾的主體性認同的問題。

如果我對「革命加戀愛」的分析顯得過多地強調公式自身的內部差異，那麼我需要再次強調這一寫作公式的產生是來源於作家們的烏托邦夢想的。夢想與殘酷的現實之間不可調和的矛盾引發了這一主題。烏托邦理想給予了空洞的承諾，要求這一主題的追隨者們永遠地延宕個人幸福，並將個人的性欲望昇華為崇高；它推動並釋放了愛的力比多能量，點燃了革命的激情。然而，即使被統一在崇高的革命理想之下，這一主題中私人性和公共性的並存仍保持著衝突。雖然同樣被力比多能量所驅動，個人的愛與性在這一公式的表述中不能被輕易地或完全地昇華。所以，我高度關注作家們分裂的個性，並且認為這是他們複雜的現代意識的突出標誌。

走入新世紀後，在全球化的語境中，中國的現代性問題被重新提起；在這樣的語境中，烏托邦夢想的信徒們已經對其不抱幻想；在這樣的語境中，新左派們在《天涯》雜誌上再次刊出了《共產黨宣言》，以喚起人們對已經出現在中國的資本主義經濟中的階級問題的關注。[5]這種時候，我們不得不停下腳步，思考我們是否需要

[5] 卡爾・馬克思的〈共產黨宣言〉在新左派的雜誌《天涯》上再次刊出，見《天涯》，1999年6月號，第150頁。

重新點燃理想主義之光，是否文學不能脫離對社會的關懷。從文學史的角度來看，「革命加戀愛」的主題重述已經清楚地記錄了革命年代人們生存的困境，記錄了文學作為政治工具的困境，記錄了私人空間被公共空間吞沒的困境。如今，崇高形象、集體主義革命、烏托邦夢想都已經被嚴重地解構和批判，人們不再有任何可依賴可追求的理想目標，純文學也失去了它與社會現實的聯繫，可是我們好像變得更加迷惘了，這個時候我們不得不思索是否我們的生活中丟失了某種東西，是否我們需要重新找到丟失了的社會理想和人文精神。有沒有可能我們一方面重新點燃理想之光，另一方面充分尊重每一個個體的選擇和私人空間呢？在中國的全球化語境中，個人欲望和集體主義烏托邦是否能夠並存？如果我們想再次用性別來清晰地表達政治認同，再次用性別把文學與社會和政治關注聯繫起來，我們就必須正視歷史中的革命與愛情的相互作用，必須認真地從歷史中汲取經驗和教訓。

# 補篇

第一章

# 晚清小說中的女性、民族和敘述

在晚清，東西文化衝突出現之前，個人的性別認同基本上是由儒家道德體系所決定的。19世紀末的民族危機和巨變震撼著中國知識份子，讓他們迫切地想要尋找到一個新的知識價值體制，以及新的性別認同和倫理規範。在這種語境下，女性問題也被提到了與民族問題同等重要的地位。比如晚清流行的「國民之母」的說法，就把女性的社會地位提到了拯救中華國民的高度。如呂碧城所言，「女子為國民之母，對國家有傳種改良之義務。」[1]這種提升，一方面大大改進了中國婦女在傳統社會中一直所處的卑賤地位，為她們開闢了從家庭走入社會的通道；另一方面也證明，女性話語還不能獨立存在，還必須依附在民族——國家話語之中，成為傳播「新中國」想像的工具之一。在這一歷史時期，「新小說」也被梁啟超和嚴復提升為最有效的救國方式之一[2]，「欲新一國之民，不可不先新一國之小說」，讓小說首次參與社會改革和國民建設。晚清的「新小說」中出現了大量的新女性，而女性在「新小說」中到底扮演了何種角色？如果處於民族建構的語境之外，女性還能夠言說嗎？如果能夠，她們會採用何種語言言說？是個人的還是集體的？是性別化的還是非性別化的？

在這一階段，知識份子開始了對中國現代性的追求，這一追求與民族主義話語和女性主義話語緊密相連。現存的中國現代文學



1 呂碧城，〈興女學議〉，《大公報》，1906年2月26日。

2 見嚴復、夏曾佑：《本館附印說部緣起》。

研究模式普遍認為五四運動是現代的象徵，而總是將晚清當作連接傳統與現代的過渡階段。但是，王德威在他的專著《被壓抑的現代性：晚清小說新論》中認為：「由於中國進入了現代的競技場，晚清的歷史中已經發展出其早期現代性的複雜基質」，這些現代性隨後被否定、被壓抑是因為「到中國被認為是現代文明的一個重要組成部分的時候，它已經屈從於一種整體性的話語，即：只有西方理論和西方現代性才能被講述」。[3]通過考察晚清文本和語境中被壓抑的現代性，王德威實際上試圖避免落入所謂「遲到的現代性」這一思想陷阱中。世紀末被壓抑的現代性語境令多重話語同時起作用，比如啟蒙和頹廢、革命和保守、理性和激情、模仿和複製等，造成了眾聲喧嘩。王德威對這些被遺忘的文本的研究，啟發我們不再將晚清小說看作是從傳統中國向全球現代性演變的一個簡單鏈環。

在此，我打算討論晚清小說中對女性主義運動的描述，從「一個似乎可能的中間位置」[4]來看眾多的敘述，比如民族主義話語、性別認同和外國權力等是如何相互作用的。從這一角度出發來考察女性主義運動，我們不能僅僅肯定婦女解放運動，還要將性別認同看成一個話語的建構，一個錯綜複雜的綜合體。[5]實際上，女性主義話語不僅僅被動地依賴民族主義敘述，它還在某種程度上建構了自己的聲音，而這種聲音又反過來獲得了影響民族建構的獨特力

---

3 王德威：《被壓抑的現代性：晚清小說新論》，第一章。

4 這個詞是借用南茜・弗雷薩（Nancy Fraser）：《錯誤的對照：對薩拉・本阿比和裘蒂斯・巴特勒的回應》（False Antithesis： A Response to Seyla Benhabib and Judith Butler），見本阿比編：《女性主義論爭》，第59——74頁。弗雷薩用這個詞來批評本阿比在她的女性主義觀點中考慮不到一個可能存在的中間位置和一種多數狀態的敘述。我試圖借用這個術語來探尋晚清小說中女性主義話語和民族敘述之間的中間位置。

5 見裘蒂斯・巴特勒：《不可忽視的肉身》，第195頁。正如巴特勒指出：「比如，女性的『主體位置』從未被『女性』這一能指所固定；這個詞並不描述一群事先存在的相關人員，相反，而是這些相關人員的產品和組成的一部分。在涉及到政治領域中的其他能指時，它永遠地被重新協商或被重新表達。」從巴特勒關於性別位置始終「不固定」的這一具有洞察力的理論中獲得提示，我討論當性別認同與民族——國家、階級等話語碰撞時，它具有「流動性」的模式。

量。所以，我並不按照歐美的女性主義理論範疇來評價晚清的女性主義話語，我也不認為女性意識的出現是屈從於殖民話語或由殖民話語預先決定的。相反，我將女性主義的性別認同看作一個有爭議的地帶，在這一地帶中，外國他者、民族認同和性別的模棱兩可相互糾纏在一起，在彼此身上找到表達的方式。

在這一章中，我首先分析海天獨嘯子的《女媧石》、曾樸的《孽海花》和思琦齋的《女子權》。在這些文本中，男作家或者男性的敘述聲音創造了一幅力比多欲望不受約束的小說圖景。我將這些作家表述愛欲和革命的不同方式放置在半殖民地語境中，發現他們的種族認同並不是簡單地由殖民與被殖民的二元對立所界定，他們的民族主義話語是通過一套複雜的轉喻系統——多重的、碎裂的、混雜的現代性相連的流動的女性氣質——組成的。其次，我轉向女性作家的描述，或者以女性風格寫作的小說。雖然民族——國家話語常常是抹煞女性主體的欲望的，但是，在這些文本中，「不固定的」性別立場卻重塑了民族——國家話語。王妙如的《女獄花》和邵振華的《俠義佳人》說明女性主義內部也並非是一個統一的整體，而且她們的文本揭示了建構女性主義的困難。這些困難源自作家們的立場，它們顯示了女性主義話語和民族敘述之間的不協調。簡言之，性別的認同和定位是多重的，並且總是相互矛盾的。通過對晚清女性主義話語的考察，我討論文化、社會和心理建構的性別是如何的多樣化，而這一建構又如何反過來改變民族話語與性別定位和性別認同之間的聯繫。[6]我討論這些晚清小說中的男性化

[6] 因為在晚清時期，很多男作家故意地用女性的名字來鼓吹女子解放，當代的讀者很難區分出小說作者的性別。至於我的研究對象，除了曾樸、海天獨嘯子是男性以及王妙如是女性已經被眾多的晚清小說研究所證實外，其他作家的性別只能從作者的序言中推斷。比如從小說的序言中我們可以推測思琦齋是男作家，而邵振華是女作家。根據女性主義批評家伊莉莎白·格羅絲的說法，作者的性別並不能保證文本的女性主義或女性立場。她說：「當我們把女性作為考察的對象，不論是作為作者、創造者或是代理人——在某種特定的語境中我並不反對這樣的計畫——然而這種研究方法使得文本大量地不被解釋」。此外，格羅絲借用了裘蒂斯·巴特勒的性別理論，她說：「一個人的性本質，不論它可能是怎麼樣的，這個性本質都不具有一個預先給定的特徵或者

或女性化的寫作風格並不完全依賴作者的真實性別，而是依賴更為普遍的文本觀、作者觀和讀者觀。我相信這個考察也能夠揭示在中國半殖民地語境中中國現代性話語的多元性。

## 第一節　欲望的敘述：烏托邦與現實

在鼓吹女性解放的外衣下，一些男作家試圖通過引進西方的啟蒙主義思想來建構一種新的民族話語。這個民族敘述是以匱乏的概念為基礎的，用女性來象徵中國在半殖民主義語境下的被壓迫與被殖民地位。由女性來標誌的匱乏的概念，在政治話語中並不能完全描述它所代表的事物。正如裘蒂斯・巴特勒所指出的，「（我們來）質疑婦女作為特殊的『失去能指』的形象，其實是為了明確地重新描述一個可能的意義，並且展開一個更為廣闊的再次清晰表達的階段」。[7]的確，在某種程度上，當女性作為匱乏的象徵來代表現代性、革命和進步時，男性化語言的原本基礎並不像它被標誌的那樣堅固。

### 平衡東西方衝突的女性藥方

1902年，梁啟超在《羅蘭夫人傳》中介紹了一個女革命者，她後來在許多晚清「新小說」[8]中成為中國女性的著名榜樣。帶著典型的誇張修辭，梁啟超聲稱：「十九世紀歐洲大陸一切之人物不可不母羅蘭夫人；十九世紀歐洲一切之文明不可不母羅蘭夫人，何以故？法國大革命為歐洲十九世紀之母故，羅蘭夫人為法國大革

固定的物質性的功能，而是傳達出一種可能的話語創造和重複；這種重複和可能的對話語產品的顛覆使其更積極地轉換：身體和話語彼此創造，彼此轉換」。見格羅絲：《空間、時間和性反常行為》，第9—24頁。

7 裘蒂斯・巴特勒：《不可忽視的肉身》，第218頁。

8 梁啟超：《羅蘭夫人傳》，見夏曉虹編：《梁啟超文選》，第346—362頁。

命之母故」。[9]在梁啟超眼中，值得讚頌的是羅蘭夫人與革命、與國家、與自由那種浪漫的親密關係。作為中國革命的急先鋒，梁啟超為西方的人道主義和自由運動所著迷，所以，他借用一個西方的女英雄作為完美的榜樣，來為中國女性界定她們新的性別認同。通過為中國的女性主義者們建立這樣一個榜樣，通過提升女性作為民族國家、革命和自由的象徵，梁啟超實際上反對中國傳統的性別認同。羅蘭夫人的榜樣，的確讓我們想起晚清為國家而犧牲的著名女英雄——秋瑾。毫無疑問，革命女性形象的突然出現，引領了中國知識份子對傳統的挑戰，然而，就像梁啟超把性問題簡化為社會問題一樣，這樣的女性形象也使女性的性本質顯得過於簡單化了。雖然梁啟超擁抱進步思想，但他仍不能正面地接受愛欲，即使愛欲在西方文化中也同樣扮演著重要的角色。結果，關於性本質的複雜問題被簡化為一個理想化的男性構想。

為了表達關於女性政治地位的理論性論爭——這在想像的「文明」世界中是非常重要的，思琦齋遵循羅蘭夫人的模式，在《女子權》中描繪了一個中國女英雄。在小說的開頭，作者宣稱，如果中國想要發展到與西方文明比肩的程度，就需要從女性開始。考慮到此時中國的落後，敘述人提出一個烏托邦的理想狀態，把敘述的時間推向未來，即：中國有了組閣的政府，並且加入了聯合國。在這個烏托邦王國中，西方的政治模式、經濟體系和軍事力量均被移植到了中國，這使中國與西方國家競爭成為可能。但是，唯一一個不能與西方文明相比的就是女性的地位。從這個構想中，我們可以看到，作者的半殖民認同是由西方男人和中國男人（包括滿族和漢族）的關係影射而成的。在這個烏托邦王國中，雖然民族危機減輕了，但是仍然縈繞著被半殖民地化的焦慮。按照作者的說法，如果除了女權之外，所有的一切都已經趕上了外國，那麼為了消除文化



9 同上，第346頁。

差異並最終使中國擺脫劣勢的境遇，解決性別認同和性別差異的問題就變成了關鍵。作者將性別差異置於文化差異中，假定性別和種族之間連貫的認同。王德威曾經談到梁啟超在《新中國未來記》中採用了一種新的語法——未來完成式敘述。「這種敘述方式讓作者不去處理未來將可能會發生的事，而直接假設未來已經發生了的事。」[10]可以說未來完成式敘述對晚清的政治小說影響深遠。但是，由於這種未來完成式總是以西方超級強國作為「未來新中國」的樣版，所以永遠慢西方一步，永遠被羈絆在「遲到的現代性」的陷阱裡。[11]《女子權》的敘述也同樣採用未來完成式，也表現出作者對中國現狀的極大不滿和改變落後中國的急迫心情。作者一方面積極擁抱進步的時間觀，另一方面對中國永遠「遲到的現代性」也表露出一種無奈。

在這樣的語境中，女英雄貞娘被設計成一個西方文明和中國文化之間的調停者。在作者的烏托邦王國中，即使已經實現了從西方借鑒來的先進的社會體系，由儒家思想規定的性別認同仍然根深蒂固。受過良好教育的貞娘依然沒有權力安排自己的婚姻。貞娘雖然偷偷地愛上了鄧禹述，但她並沒有機會跟他約會，更不能像現代女子那樣表達自己的感情。當被父親強迫她嫁給一個根本不認識的人時，只能自殺。幸運的是，她跳河以後被鄧禹述服役的海軍所救。然而當貞娘開始為爭取女權而進行政治鬥爭時，這個愛情故事便暫時中斷了。後來，她成了中國「女界的斯賓塞」，而且開始辦女報《女子市民》。她在世界各國遊歷，從國際婦女運動中學到了很多東西，也意識到中國女性的卑下地位。在小說的結尾，她借助外國的力量說服皇帝確認女權和准許自由婚姻。結果，她在皇帝的安排下圓滿地實現了與鄧禹述的婚姻。很明顯，愛情故事並不是作者所

[10] 王德威，《被壓抑的現代性：晚清小說新論》，宋偉傑譯，臺北：麥田出版，2003，第386頁。

[11] 同上，第388頁。

要關注的問題。這部小說受梁啟超「新小說」理論的影響，旨在作為一個政治工具，為仿照西方建構一個新國家和新市民而進行進步思想的宣傳。作者沒打算賦予貞娘以女性的主體性，相反，他把她作為闡釋權力關係的工具。而且，貞娘與政治、理性、公共空間的聯繫，也揭示了作者依賴性別差異的隱含符碼來重繪民族地圖的意願。

當敘述者迅速地由愛情故事轉向政治鬥爭時，貞娘也由於她那篇關於女權的著名文章而迅速地變成了中國女界的斯賓塞。貞娘組辦女報《女子市民》，不但走出家庭——私人空間，而且走出中國，遊歷全世界。傳統的性別觀念把女性束縛在家庭空間裡，而新的性別觀念則把女性引入公共空間。於是貞娘所代表的女權運動穿梭於兩個對立的空間：私人和公共的空間，家內和家外的空間，靜止的、非歷史的、永久的空間與活動的、歷史的、暫時的空間。在這兩個對立的空間裡，貞娘找到了一個妥協的方式：既不完全認同西方的女權主義，也不完全認同傳統的道德觀念。貞娘在周遊世界的時候，與西方國家的婦女組織也進行了交流，意識到即使在這種國際性的婦女組織中，海外的中國女性也因為她們在出生國的卑下地位而遭受種族歧視。當貞娘與世界範圍內的女權運動結盟的時候，她充分意識到自己作為半殖民地女性主義者的立場，有了這樣的立場，即使在國外遊歷，她也沒有變成一個純粹的「國際主義者」，相反的，她的女權主義觀念是與種族——國家主義觀念緊緊聯繫在一起的。可以說，作者認為種族差異比性別差異重要得多，而雙腳跨在國內－國外的分界線上的貞娘恰恰反映了他作為半殖民地作家的立場。作者把貞娘當作一個民族主義話語的隱喻符號，將半殖民地思想強加在貞娘的身體上。對作者來說，貞娘代表了中國女性的整個下層，她們既被中國男性壓迫，也被西方權力壓迫，因而，她的解放與中國命運緊密相連。這種女性主義話語雖然與西方大國的女性主義話語有所區別，但還是成問題的，因為貞娘真正代表的僅僅是那些接近權力和金錢的貴族女性，至於其他女性，她們的聲音是聽不到的。所以，作家對新民族的敘述和想像仍舊不可避免地簡化了女性主義話語。

在小說的結尾，當美國大使的夫人故意表現出對中國皇后的怠慢時，中國皇帝最終意識到在中國促進女權的重要性。然而，奇怪的是，不像其他政治體系那樣複製西方的模式，即使貞娘渴望自由的婚姻，她的性別認同仍然與中國傳統文化緊密地聯繫在一起。貞娘雖然投身婦女運動，但仍謹慎地遵守著儒家道德規範。即使有機會跟她的愛人鄧禹述說話，她也總是壓抑著自己的真實感情，而且避免跟他單獨待在一起。作為一個中國女界的斯賓塞，她對古板的道德規範的遵守，顯然與她追求女權的自由思想不相應。她傳播「自由婚姻」的思想，可是自己的婚姻卻是由皇帝玉成。雖然貞娘走出了父權制的家庭並且參與公共事務，作者設計的新的性別認同仍然被中國傳統的才子佳人模式所局限。貞娘為女權鬥爭的目的，是為了把中國引進西方真正的「文明」世界，並消除種族差異，但她保守的性別認同卻既鞏固了性別差異，也加強了種族差異，並且重複了作者在現代和傳統、西方文化和中國文化的衝突中的矛盾立場。當然，貞娘這種對待傳統道德的保守態度，也折射出作者的政治態度和立場，也就是說，作者比較傾向於維新派的「保皇黨」思想，主張循序漸進的改革，而不主張激烈而暴力的革命思想和行為。

將貞娘的性別認同作為與西方權力協商的基點，思琦齋其實在小說中建立了另一種差異的等級制——種族認同優於性別認同。通過這樣等級差異，作者一方面試圖與西方政治社會價值觀念融為一體，來祛除中國的殖民地化，另一方面還試圖保留中國文化中的道德倫理觀念。即使這部小說中提出的是一個女性問題，這種等級差異也顯示了作者的男性視點。結果，複雜的性本質概念因貞娘在其個人情愛的選擇上缺乏能動性而被簡化了。為了發展種族話語，女性的主體性和複雜的性本質也被忽視了。伊利格瑞指出：「女性是『戀物癖——物體』（fetish objects），換種方式說，她們是菲勒斯權力的現象和循環，建立了與男性的彼此之間的關係」[12]雖然在這個幸福的結局中貞娘成功地獲得了她所爭取的權利，但是在父權體系的巨大框架裡，這些權利仍然建立在等級制的性別差異上。所以，貞娘和她所代表的女權主義僅僅是西方與東方，男人與女人之間的調停者。中國男人的父權制權威並沒有真正被改變。諷刺性的是，由於貞娘的性別認同仍然建立在中國傳統父權制道德的基礎上，所以建立在這種性別認同上的種族差異也沒有真正被改變。

按照敘述人在小說開頭所陳述的，如果中國可以在女權方面與西方國家比肩，那麼西方與中國的權力關係將最終達到和諧。但是，具有諷刺意味的是，貞娘真正的性本質與她作為政治符號的角色之間有著巨大的距離，這一距離解構了這個烏托邦王國。貞娘的性本質被傳統道德所約束，這暴露了作者對中國的女性主義話語華而不實的承諾。不過，一旦女性從私人空間走向公眾空間，她就不可能再把自己禁錮在家中。至少貞娘能夠積極參與國家政治，積極參與公眾空間的建設，這在中國古典小說中是前所未有的。

## 作為愛欲的革命表述

在《女子權》的烏托邦王國中，女性在西方和東方、男人和女人、現代和傳統的權力關係中起到了一種隱喻象徵的作用。與接近維新派的「保皇黨」思想的《女子權》相比，《女媧石》中的女性主義烏托邦似乎更為激進。它提出了一個拒絕任何妥協或協商的革命思想，在女人和男人，中國人、滿族和外國人之間展開了一場激進而充滿暴力的革命。海天獨嘯子把社會改革的任務強加在女人而不是男人身上，他在自己的女性主義話語表述中，建立了毫不妥協



[12] 。伊利格瑞：《此性非一》，第183頁。

的種族主義思想（基於中西二元對立，也基於漢滿種族主義者的爭論）。在他的女性烏托邦中，男女之間的衝突與中西之間（男人）的戰爭，與滿族政府同漢族之間的衝突有著明顯的對應關係。顯然，作者對民族危機的反應是要求回到單一的、「純種的」種族主義，而這一「純種」的種族主義是由女性烏托邦代表的。也可以說在作者的眼裡，滿漢之爭比中西之爭更為迫切。

小說一開始，作者就首先借用歐洲歷史來強調政治鬥爭中女性的力量。他從埃及女王的歷史故事中得到靈感，宣稱中國男人的軟弱無能，並且把建立獨立自尊的國家的希望放在非凡的女性身上。跟《女子權》一樣，《女媧石》的作者也採用了未來完成式敘述，把革命女性和未來的時間觀聯繫在一起，寓言式地實現他的種族革命理想。小說主人公中國女留學生金瑤瑟受西方文化啟蒙，回國投身愛國主義運動。以虛無黨刺客蘇菲亞作為榜樣，金瑤瑟企圖刺殺慈禧太后卻失敗了。然後，敘述者從西方的虛無黨女刺客模式轉到《水滸傳》式的中國傳統兄弟情誼的模式上。《水滸傳》是一個男性的世界，充滿了「厭女症」的情節。與這一傳統模式相似，所有裝備著西方高科技的女革命者們組成了一個有著姐妹情誼的團體，對男性充滿怨恨，是「厭女症」的對立面——「厭男症」。金瑤瑟的使女鳳葵是個相當於《水滸傳》中李逵或魯智深式的角色。當金瑤瑟和鳳葵逃出京城，卻被賣到了天香院。天香院表面上象一個妓院，實際上不僅是一個女性學校，而且是女子無政府主義團體——花血黨的總部。金瑤瑟很快在天香院遇到了更多的女革命者。在加入花血黨之後，她遍遊了各個分部。作為留學生，她為這些女性組織發明的高科技以及女革命者們擁有的反抗（或革命）精神所震驚。這部小說像其他的晚清小說一樣也沒完成，它突然地在金瑤瑟異想天開的旅途中停止了。

天香院作為一個女性的特定空間，有兩副面孔：對外它遵守男性的規則，從男人那兒買女人；對內它則在女性烏托邦中排除男人。這個女性烏托邦既是一個高科技王國，又是一個擁有姐妹情誼的女性王國。前者與現代和進步相關，後者則模仿《水滸傳》中的兄弟模式。天香院被描述成一個科學的烏托邦，它包含各種先進的新發明，比如電車、電梯、麥克風、電報、電馬和機槍。正如作者所強調的，所有這些高科技都是由女人自己發明的，而不是從外國買來的。有意思的是，很多發明都已經超過外國，這些女人甚至創造了一些當時其他國家都沒有的特殊工藝，比如自動進食系統和人工授精。這個科技的烏托邦表明，女人擁有比男人更加強大的力量，可以超過西方，可以創造歷史。然而，當這個女性烏托邦牽涉到性別問題時，卻顯示出一種激進的完全排除男性的女權主義。當作者將女性與現代的進步觀念和科學技術聯繫在一起時，他強調要衝出男性的束縛，保持女性的純潔與獨立，並廢黜愛、色欲和性本能。女革命者們純潔的身體象徵著乾淨而純粹的種族，作者通過她們表達了其反抗滿族的種族革命思想。然而，這些女人缺乏真正的性別，相反，她們僅僅被用來傳遞作者關於中國現代化的烏托邦夢想和他關於種族認同的情懷。

雖然這個女性烏托邦拋棄了舊的女性性別認同，但是它強迫女性遵守組織規則。不是舊的「三從四德」，而是新的「四賊三守」：它旨在消除倫理制度、外國權力、君主專政和情欲誘惑。通過設計這樣一個女性王國，海天獨嘯子的確把女性從舊的道德體系中解脫了出來。但是女性除了作為政治教義的工具之外，仍然沒有找到屬於個體的女性主體性。按照花血黨領袖秦愛濃的說法，女性的身體不再是她們自己的，而是屬於花血黨和民族的。[13]從這一點看，在晚清文學中，女人仍然被物化了，她們仍然是無聲的。她們的身體像一個物件一樣，從舊的道德體系被挪移到了新的道德體系——雖然新的道德體系顛覆了舊的。

[13] 海天獨嘯子：《女媧石》，第479頁。

然而，這個道德體系並不像烏托邦、進步和未來所承諾的那樣新。王德威指出，「這部小說是《水滸傳》的女權版，它舍兄弟情誼而代之以姐妹情誼，舍厭女症候群而代之以厭男症候群」。[14]以《水滸傳》為榜樣，這個女性烏托邦也持有「忠」和「義」的信仰，這是對民族和姐妹情誼的承諾。這些女性主義者複製了厭女症的主題，顛倒了等級制的性別差異，像梁山好漢對待女人那樣暴力地殺死男人。而她們實際上比「厭男症」走得更遠：得益於人工授精的發明，她們甚至可以去除交合。正如秦愛濃所言：「人生有了個生殖器，便是膠膠粘粘，處處都現出個情字，容易把個愛國身體墮落情窟，冷卻為國的念頭」。所以，這些女革命者必須「絕情遏語，不近濁穢雄物」。[15]為了獲得純淨的性，海天獨嘯子提出的激進的女性主義話語，不僅排除或壓抑了男人，而且去除了女性的性特徵。所以，雖然這個女性烏托邦大大提升了女性在現代科技社會與民族革命中的地位，但同時也顯示，這個時期的女性主義話語缺乏自己的語言，只能借助男性語言表述她們的觀念。

作為純淨種族的象徵，這些女革命者並不能用純淨的語言言說。甚至，她們帶有男性語言的雙重標記，即：西方的現代性和中國傳統意義上的「忠義」。換句話說，這些女革命者被困於「中間位置」，在這個位置上，與科學和進步相聯繫的現代性和從《水滸傳》中借來的敘述語言相並置。對舊的父權制的倫理性別觀念感到幻滅之後，海天獨嘯子重新界定的性別認同和女性語言看起來既離奇又熟悉。離奇是因為它的「新」——小說中描述的科技創新和發明都是聞所未聞，熟悉是因為它仍採用中國男人常常用來敘述的舊的語言。然而，不論新語言還是舊語言都與這些新女性無關，她們只能用男性的語言言說或者以無性的性別特徵出現。她們設想和建設新的民族國家的唯一方式，就是通過重複他者的語言和文化。所

[14] 王德威：《被壓抑的現代性：晚清小說新論》，第169頁。

[15] 海天獨嘯子：《女媧石》，第478頁。

以她們不但重複科學、革命和現代這些進口的語言，也重複著《水滸傳》中的敘述語言。

海天獨嘯子從男性話語中複製過來了兩組女性形象。一組是理性的女科學家和女無政府主義者。她們發明了各種先進的科學技術來拯救民族，並且不惜以暴力的革命方式來重建理想的新民族——國家。這個裝備著現代力量的女性組織，在傳播作者的民族主義話語時，被簡單地剝奪了其性別特徵，變成了純粹的政治和科學的工具。即便她們擁有女人的身體，她們的理性也只是通過男性話語的特質表達出來。例如，在天香院，秦夫人及其追隨者們讓她們的身體屈從於民族——國家政治，為了民族利益，她們扭曲了女性的性本質，把它變得很機械，就像他們發明的機器一樣。在另一個女子團體的洗腦院裡，女革命者們擁有一種高科技醫學可以為人洗腦，讓人——骯髒的、虛偽的、貪婪的、退化的——變成健康的、進步的和革命的。具有諷刺意味的是，洗腦的行為與現代的毛澤東話語有著驚人的相似之處。[16]很明顯，海天獨嘯子所設計的女性主義話語，雖然認同西方的現代化，但是卻缺乏對進步、現代疏離感和機械複製時代的批判和清醒認識。這些女科學家和女革命者們沒有任何複雜的內心世界，更沒有任何能力去批判西方現代性消極的一面。她們對現代科學和醫學的機械模仿說明，這種套在男性語言中的女性主義話語是多麼具有諷刺性。

第二組女性形象則由鳳葵和水母女士代表，在很大程度上模仿了《水滸傳》中的男性形象。不像第一組女科學家和女革命者們保持著美麗和優雅的女性身體，鳳葵和水母女士被描述成頭腦簡單四肢發達的像男人一樣的女人。鳳葵不受拘束的性格兼具李逵和魯智深的特點，完全不同於那些理性的女革命者。魯智深醉打山門尋釁

[16] 這種一致性說明《女媧石》中的女性主義話語在世紀末的歷史條件下寓言性地預示了二十世紀的革命現實。在王德威的研究中，「正如許多歐洲十九世紀末的學者所指出的那樣，世紀末現象，除了意味著十九世紀牢固的價值、規則體系的瓦解，也說明與二十世紀有關的可能性的產生」。《被壓抑的現代性：晚清小說新論》第一章。

滋事，所以違背了戒規，在第八章中，鳳葵也複製了魯智深嚴重的挑釁行為。她不僅逃出天香院，喝得大醉，而且故意破壞秦夫人的規定，跟男人一起喝酒，與男人靠得很近。最滑稽的是，她強迫兩條狗在天香院前交合，然後閹了公狗來威懾女革命者們。她複製粗魯的魯智深，這的確表明在海天獨嘯子的女性烏托邦中女人自己語言的匱乏。由於鳳葵和水母女士的野蠻殺戮和她們的厭男癖，作者避免了在女性氣質方面重新界定女性。作者並不知道如何賦予女性氣質以新的意義，他只能借用男性語言來描述女性，來反抗儒家思想。但是由於使用《水滸傳》中的男性措辭，鳳葵和水母女士這樣的女人變成了缺乏自己聲音的男性化的女妖怪。

《女媧石》中這兩組女性對男性語言的不同的模仿和重複——現代和傳統、理性和非理性、外國和本土——使女性氣質的定義變成一個混成品，而兩種「借來的」男性語言之間也達到了一定程度的彼此戲仿，彼此嘲弄和彼此顛覆。即使女革命者們的身體表現得很純潔，性別的純淨化也不可能完成。因為當姐妹情誼的邊界被混雜的男性的語言所穿越時，這個女性烏托邦早已是個混雜體，早已解構了作者關於種族純淨化的隱喻構想和寓言。

## 色情想像作為一種革命證明

眾所周知，曾樸的《孽海花》是根據賽金花的傳說寫成的。傳說中，賽金花用她誘人的身體從八國聯軍的手中拯救了中國。雖然小說並沒有寫到這個事件的高潮部分，但是曾樸描述他的女主人公傅彩雲的方式，卻證明他打算重寫這個傳奇故事，重寫賽金花這個傳奇形象。與《女子權》和《女媧石》中那些冷血的純潔的女革命者相反，傅彩雲作為一個妖媚女子／民族英雄的混合體，緊密地把色欲和革命、愛國聯繫在一起。換句話說，她的「革命」、「愛國」行為，並不是由什麼純潔的身體和理性的精神來代表的，而是由她的雜交和放蕩來體現。傅彩雲的形象，可能被縮小成僅僅是世紀末民族危機語境中湧現出來的一個男性對女性的幻想，但是，我認為這個意味深長的女性形象揭示了女性話語中的個體或主體性內容。當傅彩雲穿梭於社會的公眾及私人空間時，她淫逸無形的方式其實充滿了「革命」性，讓晚清的女性話語不得不面對女性性慾和個體選擇的問題。

《孽海花》混雜了「新小說」和狹邪小說的特點，既扮演了民族建構的角色，又繼承了傳統的狹邪小說的色調。小說中最突出的混類特徵是傅彩雲的形象，她遊刃有餘地穿梭於妓院和家庭之間，國內和國外之間。更有趣的是，她多重的社會角色——作為名妓、侍妾、外交官夫人、民族女英雄——處處逾越了社會空間的邊界和傳統的道德邊界，逾越舊道德對中國女性的束縛與限制。在《女子權》和《女媧石》中出現的女革命者雖然有重建社會的意識，可是卻還沒有從舊的道德體系中解脫出來，不敢正視自己的情欲，缺乏女性個體的聲音，僅僅作為集體的存在而出現。相比之下，傅彩雲對待女性主義和民族建構的遊戲方式看起來更加真實，更加個人化。作為歷史小說，《孽海花》把女性形象從烏托邦王國帶回現實之中，用混雜（heteroglossia）的敘述語言製造出關於民族——國家的多重話語而不是單一的理想話語。以歷史人物賽金花的真實故事為基礎，傅彩雲的形象挑戰了傳統的倫理道德與性規範，提出了女性主體性和個人主義的可能性的問題，而不是一味地塑造男權主義話語鼓勵下的女性「貞潔」品格。

值得我們注意的是，曾樸成熟的女英雄像一個固執而色情的妖媚女子大膽地表演著。妖媚女子的形象原型通常與男性性幻想相關，她所具有的危險的毀滅性力量，與當時晚清知識份子迫切追求改革和革命的願望是很合拍的。王德威曾經指出，「晚清男性作家，通過摹繪非同尋常的蕩婦形象，為新的性別化的主體和兩性關係，開啟了門徑。」[17]不過，王德威在具體談到傅彩雲的形象時，



[17] 王德威：《被壓抑的現代性：晚清小說新論》，宋偉傑譯，第100頁。

卻認為「曾樸的革命進化史觀很奇怪地受到一種非進化性的，甚至是輪迴性的，果報觀念的限制。傅彩雲雖具有逾越當時道德及性規範的叛逆精神，但既然她的個性和行為出自前世的恩怨宿命，她仍難稱之為一個有自由意志的人。」[18]我不同意這一看法，雖然曾樸在小說中強調「孽緣」和宿命輪迴，以此來為傅彩雲的放蕩行為和叛逆精神做解釋，可是傅彩雲所代表的「性別化的主體」卻早已超出了宿命輪迴的擺佈，也超出了曾樸可以控制的範圍。如果說《女子權》和《女媧石》中的女性主義話語是次於民族主義話語的，女性的身體、性本質和個人聲音都被政治意識形態牢牢地控制住，那麼，曾樸的傅彩雲的形象則時時流離於民族話語之外，在女性的私人空間裡找到了屬於自己的聲音。

可以說，曾樸塑造的傅彩雲的形象顯示出強烈的自由意志和強烈的女性主體意識，她在維護自己的權利方面從不含糊。傅彩雲忠實於自己的性本能，而不是家庭道德、革命原則或民族主義，她從來不是偽君子，敢於勇敢地承認自己的欲望。傅彩雲嫁給金汮後，丈夫被委任為特使出使多個國家，傅彩雲卻不遵從「三從四德」，反而公開和不同的男人發生風流韻事，包括瓦德里。當金汮發現了她與人通姦而心煩氣躁地質問她時，她一點也不害怕，並且用狡猾的方式維護她自己：

> （傅彩雲）「可我倒是要問聲老爺，我到底算老爺的正妻呢，還是姨娘？」雯青道：「正妻便怎樣？」彩雲忙介面道：「我是正妻，今天出了你的醜，壞了你的門風，叫你從此做不成人、說不響話，那也沒有別的，就請你賜一把刀，賞一條繩，殺呀勒呀，但憑老爺處置，我死不皺眉。」雯青道：「姨娘呢？」彩雲搖著頭道：「那可又是一說。你們看

[18] 同上，第143頁。

著姨娘不過是個玩意兒，好的時抱在懷裡、放在膝上，寶呀貝呀的捧；一不好，趕出的、發配的、送人的，道兒多著呢！就講我，算你待我好點兒，我的性情，你該知道了；我的出身，你該明白了。當初討我的時候，就沒有指望我什麼三從四德、七貞九烈，這會兒做出點兒不如你意的事情，也沒什麼稀罕。你要顧著後半世快樂，留個貼心服侍的人，離不了我，那翻江倒海，只好憑我去幹。要不然，看我伺候你幾年的情分，放我一條生路。我不過壞了自己罷了，沒干礙你金大人什麼事。這麼說，我就不必一死，也犯不著死。若說要我改邪歸正，啊呀！江山可改，本性難移。老實說，只怕你也沒有叫我死心塌地守著你的本事嘎！」[19]

傅彩雲的聲音也許是刺耳的、惡毒的，但它無情地諷刺了偽善的中國男人和舊的性別體系。她在性遊戲中大膽地承認自己確有難以控制的天性，堅定地追求屬於自己的自由和空間。有趣的是，侍妾和妓女本來在社會中都處於卑下的地位，只是男人的玩偶，可是立足於這一卑下的地位，傅彩雲反而找到了顛覆男性中心的途徑，反而逃脫了舊的道德限制。她反問道，一個玩偶為什麼要背負沉重的道德呢？在這一點上，她用戲仿的方式嘲笑了幾千年來中國男性規定的妻妾成群的制度。通過對男性思維邏輯的類比，她表面上似乎重複和加強了男性話語，其實卻在重複的過程中解構了男權主義話語。更重要的是，傅彩雲不僅諷刺了舊的性別認同，而且成功地表達了她個人的聲音。《女媧石》中的女革命者們僅僅傳達著革命、進步和民族主義的「元敘述」聲音，傅彩雲和她們不同，她在整部小說中始終維持著強烈的個性，始終發出自己的聲音。金汋死後，她勇敢地向金汋的妻子和朋友們提出重操賤業的要求。如她所

[19] 曾樸：《孽海花》，北京：解放軍文藝出版社，2000，第246頁。

說：「天生就我這一副愛熱鬧、尋快活得壞脾氣，事到臨頭，自個兒也做不了主」。[20]以妖媚女子的本性作為武器，她成功地獲得了自由。

當卡米爾・帕格拉批評當下的女性主義時，她寫道：「女性主義把妖媚女子當作漫畫和誹謗而不予考慮。如果她存在，她則被簡化為社會的犧牲品，因為她缺乏獲得政治力量的通路，所以只能借助於毀滅性的女人的誘惑力」。[21]帕格拉反對這種思想，她認為，因為妖媚女子的性本質是「一個矛盾而曖昧的陰暗王國」，與色情的神秘氣氛相關，「它不能被社會或道德的便利符碼所『安置』，無論是政治左派還是政治右派」。的確，從女性主義觀點來看，傅彩雲的形象是有問題的，這不僅因為她非常願意娛樂男人，而且因為她無視自己的「被壓迫地位」，沒有想過在民族危機的語境下中國女性承受著來自中國和西方男性的雙重壓迫。雖然她也扮演著一個民族女英雄的重要角色，但這只不過是她淫蕩結果的巧合——與德國統帥瓦德里的私情副產品。然而這個形象的意義恰恰在於妖媚女子的力量。不像平凡普通的女性原型，傅彩雲以性愛的方式獲得了政治力量。一方面，她是典型的「禍水」，無情地導致了她丈夫金汮的死亡；另一方面，她又是「民族英雄」，以身體救國，並從男權主義話語的檢查制度和禁慾主義中獲得欲望的自由和解放。她毫不掩飾地追求性快樂，這在中國古典文學的「才子佳人」模式中是絕對不可能出現的。她的這種對性快樂的大膽追求，把晚清的民族主義話語推入尷尬的境地。於是，在妖媚女子傅彩雲所代表的「一個矛盾而曖昧的陰暗王國」中，政治和倫理傳統以及色情的曖昧反覆糾纏，女性身體以前所未有的力量顛覆著男權中心的倫理道德傳統和民族建構。

20 曾樸：《孽海花》，第313頁。
21 帕格拉：《性的人格面貌》，第13頁。

對傅彩雲這一張狂的妖媚女子形象的塑造，反映了曾樸對道德評判和民族建構的曖昧態度。通過表現傅彩雲追求性快樂的「出軌」細節，曾樸把國內和國際等重大的歷史事件放在一個「狂歡節」的氛圍裡，對殖民主義、民族危機和中國認同等「元敘述」都給予了辛辣的嘲諷。與傅彩雲有關的一些關於色情的可笑的事情，成了狂歡節中的「笑者」，在笑聲中，作者不僅模糊了種族差異的界線，並且嘲笑了簡單而固定的民族或殖民認同。在外國勢力面前，像金汮這樣受過中國傳統教育的男人顯得非常軟弱無能，而像傅彩雲這樣的妖媚女子卻遊刃有餘，能夠掌握外語並處理外交關係。傅彩雲並不是在西方男人和中國男人之間找平衡，相反，她是在顛覆中國男人在父權制中的權威地位。總之，傅彩雲的形象是晚清出現的一系列女性形象中的異類。她充滿了欲望和激情，不是機械而被動地承載民族——國家話語，而是積極地在世紀末的嘉年華語境中找到自己的私人空間。

## 第二節　女性主義詩學

以上的討論讓我們看到了晚清的男性作家對女性主義話語和民族主義話語的「嘉年華」想像。把女性作為書寫民族的符號或象徵，這些男性作家們實際上賦予女性以特定的政治力量，為幾千年來被封建男權制度壓迫的女性說話。不過，我也想探討是否在這一歷史階段，女性作家也發出了自己的聲音。我想揭示在與新的民族話語達成協議時，女性作家如何代表女人說話？女作家通過談論民族——國家的政治事件——這些曾經與她們分離的政治事件——是否能夠找到她們自己的聲音？在尋找新的性別認同時，女作家們如何面對精神／物質、內部／外部、女性／男性的二元對立？她們如何處理民族建構話語所帶來的變化？在關注普遍的民族——國家話語的「新小說」類型中，女性風格的寫作是否能夠存在？我們如何能界定屬於「女性的」文學敘述聲音和寫作風格？

## 女性氣質的界定

女作家王妙如寫於1904年的《女獄花》代表了呼喚婦女解放的女性主義思想。按照王妙如的丈夫羅景仁的說法，王妙如是個非常有天份的女子，她企圖用自己的寫作把女性從社會的壓迫中拯救出來。於是，寫作成為她參與社會改革與革命的工具。「新小說」將文學當作建設新民族──國家的工具，王妙如的作品與「新小說」的思路基本相通，作品中包括大量關於婦女問題的政治觀點，不過，她的「女性化」寫作風格似乎並不十分明顯。這是否意味著王妙如的寫作缺乏個人的聲音？或者意味著她只是在簡單地重複男人慣常用以宣傳社會改革的政治小說類型？如果答案並非如此，那麼她的寫作如何與那些男作家的寫作相區別呢？

在王德威對這篇小說的解讀中，他斷言王妙如通過不同的女性主義視點，努力建構一個更為複雜的性別概念。作者將兩個女革命者──沙雪梅和許平權作為婦女運動的代理人，前者更激進，而後者則鼓吹性別之間的妥協，這種處理不同於《女媧石》的那種理想的女性烏托邦。所以，王德威指出：「沙雪梅和許平權在尋求新的女性定位時，相互討論而意見不和，是中國女權意識複雜化的關鍵一步」。[22]我贊同這一觀點，用王妙如自己的話來表明，就是：「即使在同一陣營內部，女革命者之間也會有分歧，而更重要的是她們能夠坦然受之」。[23]但是在這兒，我想從一個不同的角度，從女性身體的物質性一面，來討論王妙如的女性主義話語。我認為，王妙如所闡述的婦女問題並不是簡單地轉述民族主義話語，女性的身體也並不是簡單地傳達國家政治意識。通過顛覆的方式重複「新小說」中的新女性形象，她使女性主義話語變成開放的、可以容納

[22] 王德威：《被壓抑的現代性：晚清小說新論》，第170—174頁。

[23] 同上。

不同意見的雙音。於是，在種族認同和民族主義話語的象徵結構中，女性話語再也不能被想當然地看作是「先在的保證」（priori guarantee，巴特勒語）。

《女獄花》這一書名意味著所有的中國女性生活在一個共同的大「監獄」中，這便是中國社會的現狀。它也實指女革命者沙雪梅，因誤殺丈夫而被控入獄，越獄之後組織了激進的婦女運動。在小說的開頭，沙雪梅做了個帶有隱喻意味的夢，在夢裡她被帶到了一個地方，在那兒所有的男人都高高地坐著，而所有的女人都被迫像動物那樣跪著。當她質問為什麼她沒有違反任何法律卻必須跪著時，男人說這是奴隸的本分。但是作者並沒有把這個夢境與種族差異聯繫起來，相反，她用這個夢境來表明在普遍場景下女性的卑下地位。於是，不像《女子權》和《女獄花》，將性別作為傳導民族國家的權力話語的工具，王妙如的小說將性別問題和性別差異作為小說的核心話題。雖然種族認同根植於她的女性主義議論中，但她並沒有將性別差異僅僅看成是種族差異或階級差異的象徵性隱喻。對王妙如這樣的女作家來說，女性問題遠遠勝過象徵的結構，它代表著現實中真實的女人。

沙雪梅逃出監獄後遇到了其他女性主義者，她們有的同意她消滅所有男人的激進看法，有的則持有不同的女性主義觀，比如許平權就希望與男人合作。許平權周遊列國，然後在沙雪梅投身於暴力革命後，帶著自己的女性主義思想回到中國。在她的愛人黃宗祥的支援下，許平權成功地改變了中國女性的狀況，所以她最終決定嫁給他。從這個情節中，我們可以看到兩種不同的女性主義話語，它們分別由沙雪梅和許平權所代表，在小說中平行互補。沙雪梅被描述成一個女戰士，體現了男子氣，這與儒家思想定義的「女性」相反。她拒絕化妝、戴耳環或纏足，堅決拒絕認同封建父權制所規定的「女性氣質」。她認為，女性主義者應當接管菲勒斯中心的權力，消滅「一切」男人，解放「一切」女人。她宣稱自己代表「全體」女人說話，她的女性主義思想與男性激進的革命話語有著相同的邏輯，陷入壓迫／反抗二元對立的困境中，這實際上重新鞏固了女性作為被壓迫力量的象徵結構。但是王妙如加入了另一種由許平權代表的女性主義觀點，與沙雪梅的這種看法形成有趣的對話，提供了晚清女性主義話語的多種可能性。許平權反對篡奪菲勒斯中心的權力，為了獲得男女平等，她願意與男人協商，而她自己與黃宗祥的幸福婚姻就是這一女性主義觀點的實踐。許平權將多種差異——種族差異、女人的身體和心靈的差異——作為辯論的論點，質問沙雪梅那種類似激進的暴力革命的女性主義。

首先，許平權從種族的觀點出發，質疑沙雪梅關於整體化的普遍化的女性主義論點，質疑男性與女性的絕對對立。她問：「凡流血革命，施之於不同國土，不同宗教，不同語言，不同種族，一無愛情的人，很是容易。女子與男子，同國土，同宗教，同言語，同種族，愛情最深，革命安能成呢？」[24]。通過提出種族差異的問題，許平權質疑全球大一統式的普遍性的婦女解放運動，而強調中國女權運動在具體的宗教、語言和種族的環境中的特殊性。第二，由於男權體系扭曲了中國女性的身體，逼迫中國大多數女性裹小腳，所以許平權關注女性的身體條件，懷疑女性是否擁有與男人作戰的體力。許平權質疑沙雪梅作為婦女運動代理人的角色，因為沙雪梅男性化的身體不能代表中國大多數女性的身體，特別是那些纏了足的被扭曲了的身體。許平權的第三個理由是，女性主義應該立足於女性真實的身體和心理，由此來重新界定女性氣質，而這一界定是必須通過教育和啟蒙來實現的。通過這個重新界定，她質問沙雪梅的女性主義思想對女性真實的身體和心靈是否瞭解，因為沙雪梅的思想忽略了對女性氣質的重塑，只是生硬地認同男性化的女人。非常有趣的是，在這兩位女革命家的辯論中，沙雪梅的女性主

[24] 王妙如：《女獄花》，第741頁。

義觀點傾向於暴力革命，而許平權的觀點則傾向於和平改革；前者不重視種族差異和性別的生理差異，後者則關注女性生活的現實，強調女性與男性協商和妥協的必要性。

將這兩種不同的女性主義觀並置，女作家王妙如打算建立一個更複雜的性別認同。她的寫作與那些同樣也關注女性身體遭遇的男作家的寫作不同。雖然她也採用政治小說的類型，這本是男性的特權地帶，然而她沒有簡單地重複男人的語言。她在描述政治小說所強調的一些與民族、國家和革命有關的大事件時，對女性的身體和真實狀況常常感到不安。在敘述中，她總是將婦女運動的理由與女性身體所忍受的痛苦聯繫在一起，揭示纏足和疾病等帶給婦女身體的痛苦。她極力反對父權制所界定的「女性氣質」，認為這種強加在女性身上的「女性氣質」，不僅異化了她們的心靈，而且扭曲了她們的身體。例如，沙雪梅的激進革命始於她拒絕接受父權制對女性身體的壓迫。另一個女性主義者董奇簧的革命始於被中國男醫生忽視的婦科病，她主張從醫學方面來鼓吹婦女運動。至於許平權，她的女性主義理論和實踐都建立在對女性身體的關注上。[25]在許平權和黃宗祥一起辦的女學堂中，她鼓勵女性要爭取獨立：

> 講求獨立的方法僅有兩條：一條是除去外邊的裝飾，一條是研究內裡的學問。何為除去外邊裝飾？沙雪梅先生的《仇書》大約你們已看過的，書中有一節說：女人種種的裝飾，皆男人種種的制服，譬如帶環兒，即是插耳翦的意思。帶手釧，即是帶手枷的意思。纏小腳，即是刖足的意思。塗脂抹粉，即是插了糞掃帚，搪了花臉兒，伏地請罪的意思。他的說話，雖未免過於激烈，但我們女子，真正何苦做這無益的

[25] 巴特勒：《不可忽視的肉身》，第23頁。當巴特勒概括福柯在《規訓與懲罰》中的身體概念時，她將「內心」與「精神」的關係描寫為「按照身體被教育、被塑造、被培養、被授予而成為標準的正常化的理想」。

事呢？且好好一雙耳朵，無緣無故刺他兩個洞，受這無罪的毒刑（形）；好好一雙手臂，帶著這重累的物件，運動上諸多不便。至於緊纏小足，不但行路不穩，實為致人死病的魔鬼。花粉之質，盡屬汞石，塗在臉上最易侵害血管，這是我們應該趕緊除去的。除去以後，自然身體強壯，手足靈便，正可趁著如箭的光陰，做些光明正大的事業呢。何為考究內裡的學問？……泰西女人，無不練習柔軟體操，故筋骨強健與男子無異。我們女人，專講裝得如花枝一般，嫌身軀雄健，每有減食為瘦弱的，非有大事，決不肯散步街市，終日坐在深閨，描鸞刺鳳，以致思想呆滯，做起事來，較男子終遜一籌。照此看來，女人若有學問，決不如此舉動，被男子種種看輕了。且更研究歷史地理，則世界大勢心中了然，思想自然而然發達起來。[26]

許平權不僅通過西方健身操來重塑女性的身體，而且通過新的知識來重塑女性的心靈。在這一點上，她將女性的身體和心理看作是不可分割的，這與男作家盜用女性的身體作為書寫民族的工具相左，男作家往往忽視對女性真實的身體和心理的考察。許平權的種種女性理論，都顯示出她對女性身體的極大重視。比如，她在對女性未來的設想中，提到女性應該創造出各種避孕之法，避免生育子女的苦痛。這種重視女性身體物質性的一面，是把女性看成一個真實的存在，而不只是寓言性地借用女性的身體來傳達更大的國家——民族話語。由此我們可以看到女作家王妙如的女性寫作的獨特之處：她的女性話語策略是把女性的物質化的身體變成一個可爭辯的領域，在這一領域中尋找女性的獨立性和主體性。

[26] 王妙如：《女獄花》，第753—754頁。

正如羅景仁在小說的編後記中所說，他和王妙如享受著幸福的婚姻。這對夫妻似乎對婦女解放有著共同的興趣。從小說的女主人公許平權的愛情和婚姻中，我們彷彿看到了王妙如的個人經歷。在小說裡，作者並不贊同沙雪梅所主張的激進而暴力的女性主義，而是更加贊同許平權所主張的溫和而循序漸進的女性主義。許平權的愛人黃宗祥支持她為女權而戰，並且願意等她，直到婦女運動成功了才結婚。在他的幫助下，許平權開始興辦婦女學校，將她的女性主義思想付諸實踐。為了證明許平權的女性主義話語是正確的，作者為這對夫妻創造了一個幸福的結局。在小說的結尾，敘述轉向了一個未來的烏托邦，在那兒，男人和女人相互尊重，也正是在這個基礎上，許平權同意嫁給黃宗祥。所以王妙如所倡導的女性主義觀點，既不像《女子權》中的貞娘那樣，雖然參與社會改革，可是還是死守著舊的倫理道德；也不像《女媧石》中的女無政府主義者，激進地排斥男性，成為「無性」的女人；更不像《孽海花》中的傅彩雲，以色情的身體救國。王妙如主張在與男性達成協商的過程中，女性要重建新的「女性氣質」，要積極地尋找自己的獨立性。雖然王妙如將個人情感置於集體的婦女運動之下，她的女性主義話語卻具有開放性的一面，這就為未來的更重視個體價值的婦女解放運動奠定了基石。

## 世紀末的新女性文本

《俠義佳人》是一部長達四十回的未完成的小說。作者邵振華在序言中宣稱她是一個女人。在自序中，她首先痛惜中國女性的暗無天日，然後下結論說，即使男人支配了性別等級制度，女人也有責任。她說：「果吾女子能如泰西女子之文明高尚，則男子方敬之，畏之，親之，愛之之不暇，又何敢施其專制手段哉？」[27]與王

[27] 作者在序中宣稱她是一個女人，但是我們仍然不能排除一個男性作家故意以女人的聲音說話的可能性。不過在這篇文章中，我的研究更著眼於如何界定女性寫作風格的問

妙如的女性主義實踐相似，作者還將西方有教養的女人作為榜樣來提倡中國女性的現代化，以在種族主義話語中尋找自己獨立的空間。在這兩部女性小說（或者以女性聲音敘述的小說）的個案中，作為女性的群體並不只是象徵著民族解放話語，而是呈現出女性真實的物質性的存在。

按照邵振華的序言，因為她不知道如何把她的想法當作政治理論來詳盡闡述，所以她才選擇了小說方式，「錄以平日之所見所聞，復參以己見，錯雜成篇。」[28]於是，基於日常生活的所見所聞，小說講述了一個女性組織曉光會，這個組織吸引了許多受過良好教育的進步的女性，她們團結在一起，共同啟發其他沒受過教育的女性。敘述人描寫了許多美麗而有智慧的女子，比如孟迪民、高劍塵和蕭芷芬，她們參與了這個組織安排的無止境的教育工作，也走訪眾多不同的家庭去解決各種女性問題。通過記錄這些女教育家每日的生活經歷，敘述人關注各種各樣的女性，從侍妾到正妻，從妓女到女傭，從教育者到學生。可以說，這部小說為我們提供了一幅晚清女性的群像圖，是一本晚清女性的百科全書，顯示出不同階層的女性對現代性的多種不同的反映，把我們領進晚清女性的日常生活中，讓我們看到她們在新與舊的倫理價值的衝突中是如何進行自我選擇的。

與王妙如相似，《俠義佳人》的敘述者顯然也被捲入了政治小說的類型中，但是跟其他的晚清政治小說不一樣，敘述者還非常關注女性的日常起居和感情生活。將每天的生活和女性主義的政治思想並置，作者似乎找到了一個屬於女性自己的空間來探討有關女性的問題。雖然小說不乏各種各樣涉及婦女問題的政治見解，可是這些政治見解基本上被淹沒在女性生活故事的細節中。這些故事所關注的對象很廣，從具體的家務到社會關係，從內到外，從舊的生

題。正如我此前討論的，作者的真實性別並不能決定文本的女性氣質。

[28] 問漁女史（邵振華），《俠義佳人》序言，見《中國近代小說大系》，第85頁。

活方式到新的生活方式，樣樣俱到。雖然小說講述的是一群屬於中產階級或上層階級的年輕智慧的女性，她們受過良好教育並且積極投身婦女教育，但整部小說包攬了各個階層女性的生活經歷，擁有關於日常生活的豐富的細節描述。這種立足於婦女家庭生活的瑣碎細節的敘述方式，顯示出一種獨特的女性的寫作風格，是一個帶有「女性氣質」的文學文本。即使這些受過教育的中產階級女性常常走出她們的家庭去解決公共空間的事物，有時還捲進關於新民族的建設中──包括重塑女性和改革社會，但這些公共事件早就被無休無止的瑣碎的家務事所淹沒了。而且，這群「有教養」的女性所代表的女性主義話語被這些細節分解成多種多樣的碎片，不可能傳達一個統一的女性主義話語，於是變成了多聲部的嘉年華似的狂歡。

小說沒有一條連貫的線索將這些多種多樣的「瑣碎」的元素串在一起。小說的一開頭，敘述者首先描述了一個鄉村的背景，在那兒，沒有受過教育的女人們崇尚迷信，然後敘述人介紹了一些年輕的受過教育的女人，她們是被曉光會派去啟蒙這些「迷信」婦女的「新女性」。曉光會是由一個富有的年輕女子孟迪民所組織的，它是一所成功的女子學校，在那裡，女人們可以獲得教育並成為獨立而有教養的人。很明顯，作者把曉光會看作一個屬於婦女的公共空間，在這個公共空間裡，女人不是被禁錮在家裡，不是被父權制支配，而是可以參加社會改革並且可以介入民族──國家等事務。兩個不同空間的對比，貫穿了小說的整個敘述。一方面，孟迪民和她的同事們獻身於女子教育；另一方面，她們常常跑去關懷在父權制家庭中各種女性遭受的困苦。當作者寫到公共空間的故事時，她使用的是簡單的、直接的、枯燥的敘述形式和語言，借助這樣的形式，曉光會和女子學校雜亂的日常事件被一一枚舉；而當作者寫到女性家庭的私人空間時，她採取細緻甚至煩瑣的風格，這種敘述風格有助於記錄家庭婦女所承受的各種各樣的痛苦經歷。不僅如此，它還同時採用一些戲仿的模式，諷刺那些任苦難發生的女人，諷刺她們麻木的被性別等級制所局限的思維方式。這種戲仿模式使公共空間的敘述和家庭生活的敘述之間產生了對話。不過，作者顯然對女性家庭的內部空間的敘述更感興趣，於是，這些來自曉光會的女改革者或女性主義者們，很快就被淹沒在乏味冗長的不同層次的女人的家務事中。當故事忙於從一個家庭轉到另一個家庭、從一個事件轉到另一個事件時，敘述人早已失去了對敘述結構的控制。

在世紀末的語境中，作者選擇並置公眾與私人的兩種不同的空間，並在新與舊的性別認同和倫理價值，在精神和物質世界之間穿梭往來，構成了「混雜的聲音」（the heteroglossia of voices）。甚至在女改革者中，性別認同也是不一致的，這更是呈現出女性主義話語的複雜性。例如，孟迪民在小說中始終保持單身，她的同事蕭芷芬選擇了自己的愛人，另一個同事高劍塵則享受著幸福的包辦婚姻。因為敘述人在新與舊的性別認同之間擺動，浪漫故事的焦點既不在獨立的孟迪民身上，也不在蕭芷芬的自由戀愛和自主婚姻上，反而由高劍塵和飛白這對相敬相愛的夫妻來承載。雖然是包辦婚姻，可是這對夫妻卻享受著真正的愛情。作者用了大量篇幅來寫他們家庭中的情趣和夫妻倆在公共事務上的和諧與相助。在他們的婚姻中，我們看到了傳統和現代倫理道德和性別認同的並置。

雖然高劍塵因傳統的包辦婚姻嫁給了飛白，但這對夫妻彼此相愛彼此敬重。飛白是留學生，他喜歡一夫一妻的西方婚姻制度，而拒絕中國父權制的妻妾體系。有這樣的愛侶，高劍塵才能夠將時間平等地分配在公共空間和私人空間裡。婦女問題在這些內部——外部交錯的空間中上演。高劍塵既不完全贊成自由戀愛和婚姻自主的新概念，也不能接受女性被貶低的傳統家庭體系。不像她的同事們能把所有的生活都奉獻給了女子教育和社會改革，她既生活在有著三個孩子的婚姻家庭中，也生活在開明女人共同探討國家大事的公共範圍內。這個「理想」的婚姻不僅表現了作者建立在男人和女人相互妥協之上的女性主義話語，而且也呈現了晚清民族——國家話語和現代性話語的複雜性。通過對高劍塵這一「理想女性」的塑造，作者主張「新女性」對私人空間和公共空間，對傳統和現代都應盡職責。以高劍塵為代表的既新又舊的女改革家形象，比那種單由家庭生活界定或者單由民族敘述界定的性別角色顯然複雜得多。

作者常常通過強調女性生活物質性的一面，來細緻地描述晚清女性的公共和私人空間。即使談論社會改革，敘述也充滿了女子物質生活的細節。於是，整部小說堆滿了女人在家內和家外所遇到的沉悶的、瑣碎的、無止境的具體事物，所有大的關於民族－國家的「元敘述」都不可避免地被這些日常生活中的瑣事所淹沒。在這樣的敘述語言中，由民族主義話語界定的「中國女人的真正本質」也同樣被物質細節所包圍、所挑戰。可以說，這部小說的女性寫作風格完全表現在對女性生活物質性的關注上，這種關注帶給這些女性形象一種「真實感」，為讀者揭示了這些女性鮮活的真實的精神世界和物質世界。雖然這部小說還未挖掘關於女性自我的主題，但是晚清女性更多樣的性別角色——作為母親、家庭主婦、侍妾、姐妹、女兒、妯娌、媳婦、社會改革者和情人——已經為即將到來的「自我」的女性敘述打開了一扇門窗。

以上對比了晚清女性主義話語中男性化和女性化不同的表述風格，這種對比也許可以更清楚地看到晚清關於女性問題的多樣化聲音和各式各樣的「新女性」形象。晚清的民族——國家話語似乎沒有為個人留下多少空間，也沒有為浪漫和愛欲留下多少空間。但是，這並不意味著在「新小說」的類型中沒有女性風格的寫作。相反，在十九世紀末的中國，關於女性問題的敘述聲音呈現出一種混雜的表演，它使女性主義現代化的速度成倍加快，但與此同時也使這一現代化進程變得複雜了。

## 第二章
# 性別的地緣政治（社會空間與身體易變）

1937年日本發動了全面的侵華戰爭，許多原先定居在北京、上海這些文化中心的作家開始遷出敵佔區。[1]中國作家在抗戰年代（1937——1945）的這次遷移令文壇更加分裂了。面對文壇中心的遷徙和流散，我們不得不提出以下的問題：作家們的流亡會不會使他們創作出更多「寫在家園之外」的作品，偏離主流文學？或者正好相反，不同的地緣環境是否以更為本質的方式加固了區域政治？換句話說，戰爭壓力下地緣政治的轉變是否能夠產生出更為一致的民族——國家主義認同？或者正好相反，民族主義認同在性別地緣政治的安置和取代方面會不可避免地變得更加複雜？

面對這一特殊的歷史階段，我在本文計畫從三個不同的地緣政治空間出發，來尋求重繪中國現代主流文學史和文學批評的地圖。這三個地緣政治空間是：上海——日本人控制的孤島；延安——受毛澤東《在延安文藝座談會上的講話》高度影響的文學中心；以及重慶——國民黨控制下的區域。雖然不同的地緣政治權力以各種方式影響文學實踐，但作家們所持的眾多立場，仍為我們提供了多種分析的可能性。地緣政治和文學場域的相互關係，使我們不得不質疑當下文學史教科書對這一特殊歷史階段的單一化描述。

[1] 有些作家仍然留在原來的居住地，比如周作人在北京；鄭振鐸、王統照、師陀、唐弢和柯靈在上海；張資平在南京。但是許多作家遷移了：蕭紅、許地山、蕭乾和端木蕻良去了香港；郭沫若、老舍、巴金、冰心和「七月派」作家去了重慶；王魯彥和艾蕪去了桂林；沈從文、朱自清、聞一多去了昆明；葉聖陶和李劼人去了成都；丁玲、周立波、歐陽山、草明和蕭軍去了延安。

在此，我提出「性別地緣政治」的想法，把它作為重新思考地緣想像與性別主體位置之間相互作用的工具。通過考察三個地緣空間——上海、延安和重慶——對女間諜身體的不同描述和想像，我將探討女人的身體是如何被社會和政治所建構的。我從兩方面來考察，一是探討作家在文學的權力場域中是如何徘徊於地緣政治和文學想像之間的；二是探討女人的身體是如何被空間所界定，又如何超越空間的界限。女性主義批評家伊莉莎白・格羅絲（Elizabeth Grosz）將身體看作「文化生產中活動的可變的範疇」，她指出女性的身體「總是從企圖包含它們的框架中延伸出來，從企圖控制它們的範圍中滲透出來」。[2]基於這樣的觀點，我傾向於考察女性身體對政治的可包含性與不可包含性，及其所構成的清晰表達和不清晰表達，而不是簡單地將女性身體看作是一個本質上消極而透明的媒介。換句話說，我揭示文化、社會和地緣政治標誌是如何強加於女性身體的，以及這些身體在反抗被界定時是如何顯得易變的。作為這一結果，女性生理的身體和被建構的身體之間產生了對話，而這一對話不可避免地改變了社會與象徵空間的邊界，並且大大地挑戰了那些強調線性發展和進化論思想的文學史。我的研究拒絕這樣的一種觀念，即：我們能夠建立一種普遍的、非歷史的、本質的女性認同。在中日戰爭期間，性別話語與民族主義話語緊緊相結合，但這並不意味著這一時期的性別認同是單一的。相反，由於不同的地緣想像，女性身體與性別政治變得比以往更加複雜化了。

這一歷史時期的文學作品中，出現了許多「女間諜」形象，為我們考察地緣想像和性別政治的關係提供了一些非常特殊的例證。可以說，女間諜是一個讓人捉摸不定的帶著面具的女性形象，是政治和色情的混合物，是一種不安定因素，是一種政治威脅——秘密

[2] 當格羅絲評論身體是「自然狀態的物質」時，她指出，「這並不是暗示身體在某種情況下是天然的，或未經鍛造的，……前社會的。相反，也不能將身體本身看作是只是純粹社會的和文化的，而缺乏自身有分量的物質性。」見格羅絲：《反復無常的身體：指向肉體的女性主義》，第21頁。

地潛藏在誘人身體中的「紅顏禍水」。她的曖昧位置兼具性感和知識，象徵著權力的穩定性和不穩定性。這種形象在戰爭期間與政治符號的生產有特別的關係，然而，這並不意味著來源於不同社會空間[3]的政治符號能夠在女間諜的身體上被簡單地描述出來。其實，女間諜的形象暗示了一種典型的性本質的恐懼和焦慮，特別是當中國人處於日本的壓迫下，這種恐懼和焦慮感是非常普遍的。

在本文中，為了探討社會空間與作家所持立場的相互關係，我首先分析茅盾的《腐蝕》。這部作品雖然寫於香港，但小說中的故事卻發生在重慶。我將茅盾的愛情故事——這是他寫作這部小說的動機——與他所描繪的女間諜的複雜形象聯繫起來。我並不僅僅處理重慶這一社會空間，而是把作家看作這一空間的創作主體。然後，我轉向色情的有異國情調的淪陷後的上海，並捕捉了張愛玲的短篇小說《色／戒》和徐訏的長篇小說《風蕭蕭》，這兩部作品中的女間諜融合了混雜認同、政治權力和女性身體所代表的現代修辭。最後，我進入延安，並選擇丁玲的小說《我在霞村的時候》來揭示邊區語境下女性寫作的困境，即在共產主義意識形態控制下描寫女間諜形象的困境。

討論三個獨特的政治空間（重慶、上海和延安）對女性身體的描述，我並不提供這三個空間的綜合性全景，也並不認為這些作家是他們所處的地理空間的最好的或是唯一的代理人。相反，我的研究更多地關注作家在這些政治空間的個人經歷，以及與這些經歷相關的象徵性權力。女間諜作為戰爭文學最恒久的象徵符號之一，標誌著歷史、社會空間、性別和政治的合流。所以，通過對女間

[3] 我在這篇論文中討論的社會空間不能被簡單地縮減為政治場域，確切地說，正如布林迪厄所言，它「以代理人的形式代表它自身，賦予它們之間系統地聯繫的不同性質……換句話說，通過性質的分配，社會世界客觀地描述自身，就像一個依照不同的邏輯，不同的距離組織起來的象徵系統。社會空間傾向於作為一個象徵空間的功能，一個通過不同的生活方式來確立集團特徵的生活方式和地位的空間。」見布林迪厄：《換言之：指向反思社會學的論文集》（In Other Words: Essays Towards a Reflexive Sociology），斯坦福大學出版社，1990，第132頁。

諜——總是被不同的文學描述寓言化——的個案研究，我在這三個看似孤立的、有著不同意識形態的地緣政治空間之間建立了一個可見的、可分析的框架。

## 重慶：雙重角色

在1937—1945年間，茅盾不斷地從一個地方遷移到另一個地方時，並於一九四一年完成了以女間諜為主人公的長篇小說《腐蝕》。雖然《腐蝕》貫穿著很強的政治意識和理念，但作品仍然引發了政治認同與文學寫作、社會空間與主體表述之間相互作用的困境。抗戰八年中，茅盾的旅行遍及上海、香港、新疆、延安和重慶，這樣的足跡為我們提供了戰時地緣政治的普遍圖景。而且，在這個語境中，我們可以感受到客觀空間的限制與作者作為丈夫、情人、重要左翼作家等主體位置和政治立場之間的衝突。

雖然《腐蝕》處理的是國民黨統治下令人感到窒息的重慶的政治情形，但茅盾是於1941年在香港寫作並出版這部小說的。在小說出版之前和之後，茅盾也像其他著名作家一樣經歷了政治和國家的動盪，很難找到一個安全且安靜的地方生活和寫作。1938年日本佔領上海時，茅盾、巴金和馮雪峰辦了一個小刊物《吶喊》，其民族主義口號和概念遠遠超過了文學範圍。然後，在1938年，茅盾帶著全家遷到香港，在那兒創辦了《文藝陣地》。作為戰爭時期非常有影響的刊物，《文藝陣地》為嚴肅獨立的文學作品創造了一個文化空間，不像戰時的其他文藝雜誌，只是用空洞的口號來支持民族主義。

雖然茅盾在香港為創建新的文化中心做出了貢獻，但他仍然決定投身到更為實際的重建新疆的工作中。此時的新疆不在日本、國民黨或共產黨任何一方的控制之中。從1939年到1940年，茅盾全身心地投入新疆的教育，他相信教育與民族命運緊密相關。但是，當他發現新疆的首腦盛世才假裝與延安合作，實際上卻殘酷地殺害進步人士和左翼名人時，茅盾又舉家遷到了延安，在那裡，他見到了毛澤東和周恩來。作為左翼作家，茅盾一貫支持革命文學，但在大革命失敗後，他失去了與中共的組織聯繫。像許多革命失敗後動搖的青年一樣，茅盾在30年代與政治鬥爭保持一定的距離。[4]這次來回延安，他再次向中共提交了恢復黨籍的申請，因為較早一次的申請於1931年被極左領導人駁回了。但是，毛澤東和周恩來要求他保持無黨派的身份，以便在重慶做好共產黨的政治宣傳工作。於是，茅盾和他的妻子由延安轉到重慶後，便扮演擁有真實身份和隱蔽身份的雙重角色。[5]

茅盾寫《腐蝕》的靈感其實來自於他早年的戀人秦德君。雖然茅盾屬於猛烈抨擊封建傳統的「五四」一代，但他自己卻一生維持著不幸的包辦婚姻。1927年，茅盾在逃離國民黨的大屠殺時遇到了秦德君。她是個很有魅力的「新女性」，滿腦子都是革命進步的思想。茅盾與秦德君在日本同居近兩年後，最後還是屈從母親和原配夫人的壓力，離開秦德君，回到原來的包辦婚姻中。[6]這個決定揭示了茅盾的矛盾性格，這種矛盾的性格不但蔓延在他的整個生活中，而且當他以文學實踐的方式參與政治時，顯得更為強化了。然而，離開秦德君的選擇給他的愛情生活罩上了一層灰色的陰影，如同困擾著他的黨籍問題一樣，一直盤亙在他的生命之中。

當茅盾在重慶以雙重身份工作時，他聽到了一個關於秦德君是國民黨和地方政府間諜的傳聞。然而，更有趣的是，其實秦德君同時也扮演著共產黨給她安排的間諜角色。茅盾不知道秦德君的隱蔽身份，以為秦德君已經墮落成了一個國民黨的間諜。過去的情人與

4 在1927年大革命失敗後，茅盾在國民黨治下的報紙上發表了脫離政治的聲明。

5 王德威：《二十世紀中國小說的現實主義》，第99頁。

6 茅盾著名的長篇小說《虹》是根據秦德君提供的原始材料寫成的。秦德君的朋友經歷了性生活和政治生活上的波動，茅盾按照這個朋友的經歷，成功地在一個新女性的形象上濃縮了政治和歷史。

現在的間諜，這樣的尖銳故事刺激了茅盾，因此，他全家從重慶遷至香港之後便創作了《腐蝕》。（全家遷移是因為皖南事變，蔣介石突然向在前線與日軍作戰的新四軍發動襲擊。）

小說原型秦德君如此複雜，化作小說主角，更不簡單。無論是現實中的真實人物還是小說中的人物，都在表達政治、民族主義、性本質中扮演著重要的角色。但是，讓我感到興趣並需要思考的是：當她們的女性性本質一次次地逾越地緣政治空間的界限時，這個空間在多大程度上肯定了她們的政治認同？在描述空間與女人的關係時，茅盾作為一個男作家又是如何將他的個人的審美趣味和政治傾向灌輸其中的？

按照引言的說法，這部小說謄寫的是一本藏在重慶防空洞中的女人日記。茅盾通過第一人稱的懺悔，展示了一個為重慶政府工作的女間諜趙惠明的隱秘故事。小說的開始，敘述人透露了導致趙惠明墮落的主要原因：她的墮落是由於自己淺薄的性格和男權中心社會的壓抑。她以前愛的男人不僅拋棄了懷孕的她，還卷走了她的全部積蓄。為了生存，趙惠明不得不做了國民黨的間諜，並不得不拋棄自己的嬰孩。這一選擇雖然出於生活的無奈，可是也明確地揭示了她的復仇之心。在小說中，她一再地聲明她「不是女人式的女人」。然而，雖然她拒絕接受社會指派給女人的傳統角色，卻跳入了另一個陷阱：由於她性感的身體和所從事的間諜工作，她被牽涉進對共產黨員血腥的殺戮中。更荒謬的是，趙惠明在刺探別人的同時也被別人刺探。敘述者對這一連串事件的描述，揭示了重慶那複雜而黑暗的社會空間。當她被派到一些共產黨員身邊，並去引誘她的昔日男友小昭——一個有著堅定信仰的馬克思主義者——的時候，她也被置於嚴密的監視之下。趙惠明個人的生存狀況基於這樣的一個事實，即：重慶好比一個大監獄，在這個監獄裡，她的身體被政治規則所操控。最後，小昭的犧牲令她重新認識到政治操控身體的荒謬性。

當趙惠明被地緣政治空間所界定時，這個空間也被她的性別認同所限定。茅盾把趙惠明的形象設計為一個腐朽空間的象徵，所以一再突出她身體已經被腐蝕的一面：

> 打扮好以後，對鏡自照。有人說我含顰不語的時候，最能動人。也許。但我微笑的姿勢難道就不美麼？這至少並不討厭。記得——記得小昭說我最善於曼聲低語，娓娓而談。他說，這種情況簡直叫人醉。我同意他這意見。而今我又多了經驗，我這一種技術該更圓熟了罷？……我側身回臉，看我的身段；我上前一步，正面對鏡子，哎喲，額上的皺紋似乎多了幾道了！才只有二十四歲呢，渾身飽溢著青春的濃郁的色香味，然而額前的皺紋來得這樣快麼？怪誰呢？[7]

在這兒，作者在強調趙惠明誘人的身體的同時，還強調了她的皺紋，因為皺紋是她墮落生活的標誌。趙惠明墮落的身體是被國民黨利用的政治工具，是被政治汙損了的女人身體。這個故事中身體的政治化地位其實為我們提出了一個與女性話語有關的問題：趙惠明的身體是由於被權力所改造才在性方面變質，還是由於在性方面變質而需要不同的權力來維持？

茅盾明顯地用趙惠明的身體來暗示重慶的政治場域。把她的身體描述成墮落便可以應用在描述重慶的權力關係網上。她的身體可以看作是一種寓言，是茅盾所認同的政治意識形態的寓言。然而，這種將女人的身體當作一張空白的紙來書寫政治寓言，又將女人的身體當作消極被動的「媒介」來描述地緣政治空間的做法，是值得女性主義者質疑與商榷的。正如格羅絲所言：「對性本質的利用，就像一股精美的絲線成功地將知識權力和女人身體捆綁在一

7　茅盾：《腐蝕》，香港東亞書局，1974，第14頁。

起，這並不是一個解放的承諾，而是一種把個人和集體更緊密地與身體的生理政治控制捆綁在一起的方式。」[8]這個論點也許可以解釋茅盾，一個男作家，在試圖將趙惠明的身體寓言化時是如何利用女性話語的。然而，茅盾對秦德君的矛盾態度也滲入到他對趙惠明的刻畫中——趙惠明性別認同和政治認同的曖昧總是質疑任何一種假定，即：假定她的身體包含著前後一致的意義。[9]趙惠明雖然被刻畫成國民黨的間諜，但卻始終以自己的行為為恥。由於創造了這樣的一個形象，茅盾將自己置於危險的境地——實際上，他不得不面對文革期間對《腐蝕》的嚴厲批判：他被指責為同情國民黨特務。[10]

通過闡述趙惠明的性內涵，我們看到政治的意義僅僅處於她身體的表面。作為一個「不是女人式的」女人，趙惠明勇敢地愛和恨。因為她被她所依賴的男人拋棄，所以她的墮落似乎是情有可諒的，這揭示了茅盾對曾經拋棄秦德君的行為心懷愧疚。趙惠明對男權中心社會的憎恨潛伏在她身體的深層中。此外，這種恨讓墮落的女英雄脫離了革命與反革命相對抗的無盡循環。當她往來穿梭於共產黨間諜（比如K和萍）與國民黨間諜之間，她最迫切的願望不是她的工作所要調查的政治情報，而是她得不到的真實的情感和愛。小說描畫了共產黨和國民黨在趙惠明心目中的位置。起初，她極力幫助共產黨員K，但是當K沒有真誠對待她時，她很快感到自己

---

[8] 格羅絲：《反復無常的身體：指向肉身的女性主義》（Volatile Bodies: Toward a Corporeal Feminism），印第安那大學出版社，1994，第155頁。

[9] 王德威在閱讀這篇小說時注意到，《蝕》與《腐蝕》有著奇怪的相似之處，尤其在「茅盾同情女性命運與描述她們在政治動盪時期思想和心理上的混亂」方面。不僅這兩部小說的題目有相通之處，它們對女性形象的描述也有著令人側目的相似，二者都「彼此滲透的私人原因和公共原因，並以這樣的方式質疑革命的理性」，見王德威《二十世紀中國小說的現實主義》，第95頁。實際上，雖然兩部小說的歷史和政治關注不同——一個處理了二十年代革命失敗後進步青年的動搖和幻滅，另一個有著明確的政治意圖，即：通過三十年代那些青年的墮落來揭示國民黨的腐敗——但是，對這些女性角色的敘述焦慮卻非常相似。

[10] 沈衛威：《艱辛的人生——茅盾傳》，臺北：業強出版社，1991，第199—206頁。

被欺騙了。不可忽視的事實是，她清楚地意識到，無論是國民黨還是共產黨都僅僅把她當作一個政治工具和性工具。所以，她故意背叛雙方，就像他們背叛她一樣。背叛的主題[11]證實了政治認同與性別認同的聯繫，它在整個故事中常常重複出現。如果我們追尋茅盾現實生活中的背叛主題——他對革命的動搖態度和他對秦德君的離棄——我們也許能夠得出這樣的結論：小說中背叛的主題再次表述了茅盾的另一種內心背叛。在他對趙惠明的同情中，他對共產黨指派給他的角色帶有不忠誠的隱喻。

茅盾曾經背叛真實的自己，而趙惠明易變的身體與他的背叛緊密相連。實際上，她性感的身體不是一個被動的客體，不只是被動地被政治意識形態所征服與佔有。她成功地背叛了這個在她身體上書寫和重寫的政治空間。不論是她的政治信仰還是她的性別認同都處於波動狀態，不是穩固和不變的。作者通過一種坦白式的敘述，試圖揭示她身體的真相，但是，由於茅盾對過去戀人的曖昧態度，趙惠明的身體並不能完全反映那些真相。所以，在政治主題與趙惠明真實的性別認同之間產生了距離。這個距離贏得了讀者對她的同情，也在重慶的地緣政治空間中為她提供了一個如隙縫般的位置，一塊灰色地帶。最後，她採取行動超越了這一空間，諷刺性地得到了茅盾和秦德君在現實生活中得不到的東西。

在趙惠明營救小昭失敗後，她性感的身體突然戲劇性地改變了：

> 站在鏡子前面，我對著鏡中人不禁失聲叫道：「這也是我麼？」消瘦了，那倒不足為奇，萬想不到一雙眼睛會那樣死沉沉的！
>
> 誰奪去了我眼中的光彩？——表示我還能愛能憎能怒的光彩！

11 見王德威對《腐蝕》中背叛主題的分析，《二十世紀中國小說的現實主義》，第97—98頁。

小昭的不幸，曾是我精神上發生變動；舜英曾說我的眼光裡有「妖氣」，擔心我會發瘋……但我知道，那時我的眼光中，大概有所謂「妖氣」，——因為有一個「理想」在我心裡燃燒。……

但是現在我再給舜英看見的話，她一定要說我眼光裡的「妖氣」已經沒有了；我失掉了能愛能憎能怒的光彩！[12]

在這兒，作者將性感的身體轉向敏感的精神，轉向趙惠明眼中的光彩。在此之前，作者總是表示趙惠明與她自己身體的關係是自戀的、色情的、肉欲的，現在他將這種關係提升到內在的精神的世界中。這個轉變對身體的象徵性來說是非常重要的。她眼中的光芒意味著拒絕地緣政治空間的建構。光芒不像沉默的性感的身體，它可以訴說，可以回擊。按照敘述人的說法，光芒的消失只是暫時的。在小說的結尾，趙惠明最終站了起來，她解救了一個與她有著相同經歷的女孩子，並且因此重新界定了地緣政治空間。對照茅盾的小說和他的現實生活，我們也許會說敘述的轉變源於內心世界對建立權力結構的外部世界恒久的鬥爭，並且它最終使趙惠明的身體「非寓言化」。在這方面，茅盾實際上在權力關係網中象徵性地改變了他自己認同的政治位置。也就是說，雖然在現實中，茅盾將他的政治角色（為共產黨服務）與秦德君的政治角色（被茅盾誤以為是國民黨間諜）看作是勢不兩立的，但是他對趙惠明的同情態度證明他對這種政治傾向的曖昧態度。也許他想知道秦德君是否會原諒他，就像他原諒她的政治選擇一樣。也許只有愛情才能夠真正超越不同的政治傾向。



12 茅盾：《腐蝕》，香港：東亞書局，1974，第214頁。

## 上海：多變的政治修辭

「孤島」這個概念通常指上海境內一塊很小的外國人租界（包括英轄的公共租界和法租界），這塊區域在1937——1941年間仍然得以保留。這是一個特殊的空間，它為知識份子在日本的監控之外進行寫作提供了有限的自由。然而，隨著1941年太平洋戰爭的爆發，日本將其勢力延伸進了租界，「孤島」也像上海的其他地方一樣經歷了一個「黑暗世界」的階段。顯然，任何關於淪陷期間上海文學的討論都需要認真考察上海的國際性文化背景。

雖然有這樣嚴酷的現實，戰時的上海文學並沒有停滯。相反，這兒出現了有趣的文學景觀，不同風格的寫作同時並存於這一空間。耿德華在他的專著：《被冷落的繆斯：上海和北京的中國文學1937—1945》中，首先研究了這一階段文學中的「反浪漫主義」傾向。雖然他論及了許多不為人知的作家和作品，但文本與語境的相互關係直到傅葆石的專著《消極、抵抗與合作：淪陷上海的知識份子選擇》出現後才被充分討論。傅葆石將王統照、李健吾和《古今》作者群分別看作被壓抑條件下的三種文化行為，即：消極、抵抗和合作的代表，他提供了上海作家們界定和表述他們道德－政治立場的策略性框架。[13]對他來說，這其中的每一種選擇都牽涉著複雜而曖昧的道德反應，並且，這些反應皆由文化所決定。傅葆石將文本放置在他們寫作和出版的社會歷史政治語境中，這是非常有意義的。但是，因為他的工作僅僅旨在闡釋知識份子的道德反應，因而擱置了張愛玲、無名氏和徐訏等在被壓抑條件下的不同聲音。

[13] 傅葆石（Poshek Fu）：《消極、抵抗與合作：淪陷上海的知識份子選擇1937—1945》（Passivity Resistance， and Collaboration: Intellectual Choices in Occupied Shanghai, 1937—1945），斯坦福大學出版社，1993，第157頁。

正如柯靈指出的那樣，是這個特殊的歷史時期和社會空間造就了張愛玲，她像一個奇蹟一樣，出現在新文學傳統所疏漏的地方。柯靈這樣談論張愛玲及其在中國現代文學史上的位置：「中國新文學運動從來就和政治浪潮配合在一起……我扳著指頭算來算去，偌大的文壇，哪個階段都安放不下一個張愛玲；上海淪陷，才給了她機會。日本侵略者和汪精衛政權把新文學傳統一刀切斷了，只要不反對他們，有點文學藝術粉飾太平，求之不得，給他們什麼，當然是毫不計較的。天高皇帝遠，這就給張愛玲提供了大顯身手的舞臺……張愛玲的文學生涯，輝煌鼎盛的時期只有兩年（1943——1945）是命中註定，千載一時，『過了這村，沒有那店』，幸與不幸，難說得很。」[14]與此同時，徐訏和無名氏也憑藉他們的現代色彩寫作而名噪一時。這些作家突然在淪陷的上海變得大紅大紫，不僅為文壇帶來潛在的「藝術獨立」的寫作方式，而且又能迎合大眾口味，深受大眾讀者青睞。事實上，這三個作家變得非常著名的1943——1945年間，正是「孤島」遭受嚴重政治壓迫的「黑暗世界」的階段。在日本侵略者和汪精衛政權統治時期，生活在戰爭恐怖下的讀者也許會喜歡這三個作家獨特的寫作方式。他們的寫作與政治保持一定的距離，在「孤島」時期變得極其受歡迎。他們受歡迎的原因，一方面是因為侵略者尋求用繁榮的文學活動假像來掩蓋他們的殘暴，而另一方面也因為讀者需要一個特定的空間來暫時逃避現實。

淪陷期間，一些拒絕同日本人合作的著名作家不得不面對道德和政治的選擇。正如傅葆石所描述的那樣，這些作家或者停止寫作；或者採用一種不確定的聲調來取得個人與公共需求的平衡，比如王統照和鄭振鐸；或者選擇勇敢地批判日本侵略者，比如李健

[14] 見柯靈：《遙寄張愛玲》，收入《張愛玲文集》，合肥：安徽文藝出版社，1992，卷4，第420—428頁。

吾。[15]但政治和道德的選擇似乎並沒有太多地困擾張愛玲。據柯靈回憶，她拒絕了鄭振鐸和柯靈關於保留她的作品到合適的時間出版的建議。相反，她喜歡「趁熱打鐵」，並且公開宣稱她對出名的渴望。然而，不像穆時英和劉吶鷗等被歸為與日本人「合作」的一類作家，張愛玲有意無意地與政治保持一定的距離。[16]也許在某種程度上，張愛玲的小說「提供了和平的幻象」，但她也描寫了這一特殊的社會空間的生活可能性。可以說，張愛玲、徐訏和無名氏探索生活意義的不同方式，顯示了他們對文壇和上海「黑暗世界」不同的洞察力。

在這三個作家的作品中，只有兩部小說直接描寫了淪陷時期政治和愛欲的主題，即：張愛玲的《色／戒》和徐訏的《風蕭蕭》。雖然他們的大部分寫作似乎與現實環境有差異，但這兩部小說卻是立足於上海的政治權力關係而創作的。通過將故事中的女間諜放置在上海的現實環境中——在這兒，社會的作用力和反作用力以愛欲的形式被證明——張愛玲和徐訏描述了一個社會空間，並且這個社會空間影響並控制了這些女間諜的身體。如果真像柯靈所指出的，這些作家在「黑暗世界」中出名，他們的作品只是用來粉飾太平，那麼他們處理嚴肅政治事件的方式就變得非常有意義。作出這一判斷之後，我進入的問題是：他們如何能把握文學創作與社會認同之間的關係？像張愛玲、徐訏這樣的作家在政治場域中採取什麼樣的立場？他們小說中的女間諜形象是如何被塑造的？在政治和文化界

[15] 傅葆石：《消極、抵抗與協作：淪陷上海的知識份子選擇1937——1945》，第157頁。

[16] 有趣的是，張愛玲、徐訏和無名氏都對精神和美學上的頹廢著迷。張愛玲關於「美麗而蒼涼的手勢」的著名比喻，無名氏的鬼魅世界中的精神煉獄，徐訏在生死邊界的徘徊，這些都建構了由頹廢美學所控制的藝術世界。雖然他們三人在自己非常出名的時候居住在上海，但他們很少寫「戰爭文學」，他們更多地處理的是地緣政治空間之外的藝術世界。他們關注的「藝術獨立」並沒有被他們所居住的歷史的地緣政治的空間所改變。無名氏和徐訏總是不斷地追問生活和存在的意義，張愛玲看穿了人被現實無助地監禁的事實。他們的藝術化表達突破了革命文學和反日文學的簡單模式，即：簡單地揮舞著空洞的口號，比如愛國主義、革命和正義。隱藏在他們文本中的不僅僅是被戰爭和毀滅所喚起的東西，也有超越戰爭本身的東西。

定方面，上海與重慶和延安完全不同，這些女性形象與上海的社會空間之間的相互關係是怎樣的？

為了回答這些問題，不妨先討論徐訏的《風蕭蕭》。這部小說於1943年因為徐訏在1943年非常流行，這一年被稱為徐訏年。開始創作，1946年出版。徐訏比張愛玲表現出對民族災難更嚴肅的關注。他講述了一個年輕的哲學家在上海的精神之旅。在淪陷的上海的語境下，這位主人公的民族主義感情、性焦慮和形而上思考糾結在一起。通過他的美國朋友史蒂文，敘述人「我」依次遇到了三個漂亮女孩：白萍、梅瀛子和海倫。偽裝成舞女的白萍是政府的間諜。梅瀛子和白萍一樣，也是間諜，不過她為美國間諜機構服務，喬裝成交際花。只有海倫，這個有著音樂天賦的美國女孩不需要這些偽裝來掩蓋自己真實的身份。在小說的開始，主人公「我」和朋友沉浸在酒色玩樂中，但同時他也總是對民族危機充滿憂慮。雖然他被這些令人炫目的女子包圍，卻總是不快樂，憂鬱和焦慮的感覺一直滲透在他頹廢的生活中。太平洋戰爭爆發以及他的朋友史蒂文死後，敘述人被介紹當了間諜，梅瀛子是他的上司。因為梅瀛子錯以為白萍是日本間諜，所以敘述人面臨友誼和職業責任的衝突。他對梅瀛子將海倫當作政治陰謀中的一個棋子表示不滿。隨後，在白萍的真實身份顯露後，他們三人合作去盜取日本的秘密情報，但是白萍在執行任務中死去。最後梅瀛子為白萍報仇，而敘述人也不得不轉移到日本控制區之外。

間諜這一職業成為上海的隱喻，它使奢靡的都市生活、混雜的民族認同以及危險的戰時政治變得更有魅力。雖然小說充滿了間諜世界的故事，這在戰爭文學和大眾文化中非常流行，但是它仍然更多地關注主人公的精神之旅，而不是現實中的政治事件。他對上海這一社會空間的描述包含了兩個向度：現實世界和內心世界。即使生活在現實世界中，作者仍然反復地、執著地、熱切地追問人類存在的意義。現實與內心的分裂使敘述者與間諜職業保持著一定的距離。憑藉這個分裂，即使敘述人「我」投身愛國行為——為國家作間諜——他仍然有能力質問這個職業中非人性的一面，比如強迫他拋棄個人情感和個性。雖然從事間諜工作，可是敘述者是一個矛盾的化身，一直徘徊於民族與個人生活、人道主義與殘暴的衝突之中。上海的社會政治空間並不能限制和約束敘述者，相反，他的哲學思考將上海拓展進一個愛欲、政治與人道主義思想相融合的場域。

棲息於精神世界，敘述人對自己沒有放棄人生哲學的思考感到自豪，他拒絕在現實中沉淪。雖然敘述人有著強烈的民族意識，並且自己也獻身於國家，但是他仍然通過擁抱比愛國主義更深刻的東西——對生活意義的追問——來超越現實。與敘述人相反，徐訏所刻畫的職業女間諜似乎沒有相同的能力來反省自己的處境。她們之所以不能這樣做，與作家對女性氣質的定義有很大關係。不同於張愛玲的女性主義觀點，雖然徐訏的目的是展示「間諜」的真相，但他對這些女間諜的描述將女性身體神秘化。當敘述人進入間諜世界後，他有機會揭開白萍和梅瀛子的神秘面紗。通過這個過程，我們看出作者對女性氣質的「真實」面目既感到著迷又感到恐懼。敘述人的獨身主義哲學為他自己提供了一個抵抗危險的女性氣質的屏障：「一個獨身主義者的愛情屬於精神，而不專一；它抽象，而空虛；它永遠是贈予而不計算收受，它屬於整個人類與歷史」。[17]這個屏障是超驗的，並使內心、精神或靈魂得到昇華，但是在徐訏筆下，女間諜們則總擁有色欲的身體，找不到進入這個純淨的精神世界的通路。

梅瀛子有著誘人的身體，她被描述成一個頑固偏執的職業間諜，甚至可以把美國女孩海倫當作政治工具以達到自己的目的。與梅瀛子相對，白萍則更人性化，當她被指派去殺掉敘述人時，她放

[17] 徐訏：《風蕭蕭》，見《中國現代文學補遺書系》，孔範今編，濟南：明天出版社，1990，卷6，第488頁。

過了他。然而，敘述人選擇去愛海倫，因為海倫看起來沒有其他兩個職業間諜那麼神秘。當然，這樣的選擇顯示出敘述人內心與間諜職業的距離，同時也顯示出作者對危險的、欺騙性的、流動的女性氣質感到恐懼的心理。似乎作者已經揭示了這些女間諜的「真相」，但事實上，由於被男性象徵秩序所書寫和重寫，她們的身體是被永遠地禁錮了。雖然徐訏為間諜世界的探險加上了一個精神的向度，但是他對女間諜的描寫仍然強烈地反映了他作為男作家的立場。

如果上海可以被讀作一個假面舞會，其「真相」隱藏在徐訏的《風蕭蕭》中，那麼，在張愛玲的《色／戒》中，這個城市則被描述成一顆鑽石，是檢驗善與惡、男人和女人之間愛情的尺度。張愛玲以發生在淪陷的上海的一樁真實事件為基礎，在1953年構思了這個短篇小說，並最終在20世紀70年代發表。[18]這篇小說引發了一些爭議，因為它不僅重寫了一個歷史事件，而且與張愛玲自己的傳奇故事相關，涉及到她和她的第一個丈夫——為汪精衛政權工作的胡蘭成的故事。從表面上看，這個故事只是重複了「美人計」的古老主題。這個主題可以很容易地追溯到諸如西施和貂蟬，在這些故事中，絕色佳人被成功地用做政治工具。然而，張愛玲對這個古老主題的闡釋加入了一點新視角，她是在日本和汪精衛控制上海的語境下，從女作家的角度來描述這個故事的。

故事開始於一個家庭場景：四個女人在打麻將，而男主人站在她們的背後。這並不是一個普通家庭，實際上，主人易先生是情報部的首領，在汪精衛政權中佔有很重要的位置。三個女人手指上都

[18] 嚴格地說，即便張愛玲是在戰爭年代收集材料和醞釀故事的，她的「色／戒」也不能被看作是創作於戰爭時代的作品。然而，小說的內容基於發生在淪陷時期的一個真實故事，這能讓我們通過它來研究上海的地緣政治空間和張愛玲對這一空間的追溯。此外，張愛玲的文學成就以及她的個人生活都與戰時的上海密切相關，她的短篇小說《色／戒》寫在她對這個特定時間和空間的深刻感悟之下，雖然小說最終發表於20世紀70年代。

戴著鑽石，鑽石反射出明亮的光芒，唯一一個沒戴鑽石的是女主人公王佳芝。她是易先生的情人，易夫人的乾女兒，但她實際上帶有秘密使命：引誘易先生並刺殺他。王佳芝的這個雙重角色是很久以前在香港時安排的，那時，王佳芝和她的大學同學自願組織了一個小小的愛國團體，以刺殺像易先生這樣跟日本人合作的漢奸。王佳芝在香港沒能完成任務，到了上海後，一個國民黨特工鼓勵她繼續這項特殊的任務。這時，在易先生的家裡，王佳芝找了個藉口離開了牌桌，她和易先生去了約會地點：一家珠寶店。她和其他特工在這家珠寶店設計了一個陷阱來刺殺易先生。易先生想給王佳芝買一顆鑽石，一顆粉紅色的六克拉的鑽石，「亮閃閃的，異星一樣，紅得有種神秘感」。[19]在這一刻，她認定這個男人是真正愛她的，於是她悄聲說：「快走！」易先生立即明白了，並且成功地逃脫了。但是，他立即下令封鎖了這個街區，並將王佳芝和她的同伴們一網打盡。在故事的結尾，易先生又站在他妻子的後面看麻將，這時他想到了王佳芝：

> 他覺得她的影子會永遠傍依他，安慰他。雖然她恨他，她最後對他的感情強烈到是什麼感情都不相干了，只是有感情。他們是原始的獵人和獵物的關係，虎與倀的關係，最終極的佔有。她這才生是他的人，死是他的鬼。[20]

按照施康強的說法，《色／戒》以國民黨間諜鄭蘋如和汪精衛政權中的情報部門頭目丁默邨的事件為原型。這個歷史事件與小說有許多相似之處：鄭蘋如被國民黨指派，誘使丁默邨去了一家皮貨店，在那兒，他將成為刺殺目標。但不幸的是，她的同伴並沒有射中丁默邨，最後，丁默邨逮捕了鄭蘋如，並於1939年將她處死。

[19] 張愛玲：《色／戒》，見《張愛玲文集》，卷1，第262頁。
[20] 張愛玲：《色／戒》，見《張愛玲文集》，卷1，第268頁。

然而，小說和真實事件最大的差異在於兩個細節：第一，王佳芝不像鄭蘋如，她只是個自告奮勇的業餘特工；第二，王佳芝在關鍵時刻改變了主意，並且愛上了漢奸（與日本人合作的中國人），而這樣奇怪的結局絕不會發生在一個訓練有素的行家身上。[21]在傳統的美人計中，被剝奪了個人情感的美人總是為了高尚的目的而死，這個歷史事件可以被讀作這一傳統的繼續。然而，在張愛玲看來，肩負著政治使命的美人會任性地付諸感情，讓計畫出問題。

這個短篇小說自發表後引起了公眾的注意，並引發了許多有趣的爭論。域外人於1978年寫了一篇文章來批評這篇小說。他批評張愛玲沒有闡明王佳芝的愛國行動，所以小說是「歌頌漢奸的文學——即使是非常曖昧的歌頌」。[22]張愛玲並沒有直接回應這樣的批評。她引述奧斯卡・王爾德的話，強調是人生模仿藝術，而不是藝術模仿人生。[23]她想方設法以澄清她與漢奸胡蘭成之間的傳奇故事，這些都隱藏在小說的情節裡。在實際生活中，張愛玲自己的愛情故事令眾多的讀者感到迷惑，人們忍不住想知道為什麼她會愛上一個政治上有漢奸污點的男人。然而，僅僅從她同胡蘭成的關係上來評判張愛玲的政治認同是錯誤的。按照張愛玲寫於1947年的文章《有幾句話同讀者說》的說法，她從未捲入政治，也從未在任何政治組織中拿過錢：

> 我自己從來沒想到需要辯白，但最近一年來常常被人議論到，似乎被列為文化漢奸之一，自己也弄得莫名其妙。我所寫的文章從來沒有涉及政治，也沒有拿過任何津貼。想想看我唯一的嫌疑要末就是所謂「大東亞文學者大會」第三屆曾經叫我參加，報上登出的名單內有我；雖然我寫了辭函去，

21 施康強：〈人生模仿藝術〉，見《讀書》，1995年第7期，第36—42頁。

22 同上，1995年第7期，第37頁。

23 張愛玲：《續集》，臺北：皇冠出版社，1988，第7頁。

（那封信我還記得，因為很短，僅只是：「承聘為第三屆大東亞文學者大會代表，謹辭。張愛玲謹上。」）報上仍舊沒有把名字去掉。[24]

張愛玲自己的陳述顯示了她對政治的淡漠。她並不打算做個愛國英雄，也不會和漢奸同流合污。正如施康強所言，她與胡蘭成傳奇式的愛情故事是非政治的，不能被簡單的尺度、口號或概念來評判。當胡蘭成與張愛玲初次相遇，他們就被對方的文學天賦所吸引。張愛玲無視胡蘭成在汪精衛政權中的政治地位及年齡婚姻狀況，她愛上了他，並且很快與他結婚。在民族危亡的語境中，張愛玲的個人選擇似乎不可理解，但這個選擇證明了愛情不能輕易地被納入政治框架。張愛玲僅僅強調男人和女人的關係，而這種關係，用她的話說，可以被理解成最原始的「獵人和獵物」的關係。

在淪陷的上海，大多數文人知識份子都不得不面對私人生活和公眾生活的道德困境。然而，張愛玲的反應表現出她的漠不關心：她選擇私人生活高於公眾生活，個人關懷重於集體奉獻。實際上，《色／戒》揭示了愛欲與政治、個人欲望與道德——政治的責任感之間意味深長的張力，在這些張力的背後是張愛玲自己非常明確的不同於他人的選擇。在美人計這個古老的主題中，當美人為政治犧牲她的身體時，她的感情是被忽略的，但是，通過《色／戒》張愛玲戲劇性地翻轉了美人計的古老主題。張愛玲拒絕將美人的身體看作為政治目的服務的沒有感情的中介，她刻意將女人的身體與鑽石相連，這樣不但描述了上海的商業「空間」，而且強調女性氣質的物質性一面。[25]在這個個案中，重複出現的關於愛國主義、個人關懷和道德評判的主題相互糾纏，而女作家的視角與民族主義話語顯

[24] 張愛玲：〈有幾句話同讀者說〉，見《張愛玲文集》，卷4，第259頁。

[25] 周蕾在討論張愛玲的小說時，她關注女人的細節，以揭示張愛玲女性主義寫作的策略。見周蕾：《婦女與中國現代性：東西方閱讀記》。

得很不協調。

從女性作家的寫作視角出發，張愛玲把「紅顏禍水」的形象變得「非神秘化」，而這一形象在中國古代小說中往往被刻畫成對男人有極大的威脅。根據小說中的敘述，王佳芝被選中當間諜是因為她的表演技巧。具有諷刺性的是，為了表演得更好，她甚至與富有性經驗的同學睡覺作為排練。當敘述人深入王佳芝的心理世界，我們發現，王佳芝其實是個渴望愛情的寂寞女人，她被鑽石所喚起的愛情所懾服，居然在那個關鍵的時刻放棄了愛國主義立場。顯然，危險地盤亙在這個政治行動關鍵點上的是「流動的女子氣」（fluid feminine）[26]。王佳芝被鑽石所誘惑，她沒有任何理性的阻力就戲劇性地從民族主義者的位置轉到了女性物質主義者的位置。在《色／戒》中，張愛玲關注不固定的、「流動的」女性氣質，顛覆了男權主義者建構的「紅顏禍水」的形象，而這類女人的身體曾被意識形態過度編碼、過度書寫。相對於王佳芝，易先生並沒有被不受控制的感情所觸動，他表現出男性與理性更緊密更有力的聯繫。雖然他理解王佳芝在關鍵時刻的強烈感情，但他仍無情地處死了她。張愛玲似乎在這個短篇中加強了性別差異，但實際上，正是借助這樣的加強，張愛玲摧毀了男性的象徵秩序。

《色／戒》對美人計的顛覆事實上是在女作家的立場上對個性的捍衛，這也能夠解釋張愛玲在上海淪陷時的個人選擇。對她來說，道德和政治的選擇對於個體的存在雖然重要，但遠遠比不上愛、激情和性對個體的影響，也就是說，後者比愛國主義的意識形態要實在得多。由於選擇遠離政治的立場，張愛玲徹底地避免了對她的女主人公做出任何政治——道德價值判斷。就像她小說中的人

[26] 露絲・伊利格瑞通過把女子氣與「流動的」液體聯繫起來，旨在解構男性中心的語言。見伊利格瑞：《此性非一》，對伊利格瑞來說，「流動」與女性的表達相連，它與「固定的」的男性邏輯相對。她將女子氣與她所指的「真正的流動性質」相聯繫，啟發了我對張愛玲寫作的分析。張愛玲書寫女性的獨特方式與「流動」的語言緊密相關，這與男性意識形態的固定性相左。

物一樣，她被上海所創造，但同時，她的性別、她的主體性立場反映了「寫在家園外」的遷移向度（the diasporic dimension），即在民族危機的語境下「顛覆了文學趣味的普遍的等級制度」。[27]

## 延安：紀律地帶的性困境

在抗戰期間，延安代表希望、光明和健康。它吸引了眾多不滿國民黨的腐敗政治並且渴望投身抗日戰爭的進步青年。他們中的大部分來自城市，將延安看作理想的烏托邦聖地。但是在他們到達後不久，就面臨個人意識與集體紀律的矛盾衝突。矛盾之下，一些年輕的作家開始表達他們的不滿。比如，王實味寫了著名的雜文《野百合》，提倡將藝術和政治分開；丁玲作小說《我在霞村的時候》和雜文《三八節有感》，觸及了女人與政黨之間的敏感問題。

在讀丁玲這篇不尋常的短篇小說《我在霞村的時候》之前，我們應該注意到作者與小說人物貞貞的關係，以及馬克思主義批評家要歸類這樣一個饒有趣味的人物是多麼困難。丁玲於1941年寫出這個短篇，當時中共正在對她在南京的三年監禁進行復查。在調查期間那些不能表達的感情多多少少地反映在對貞貞的刻畫上，而貞貞所作出的犧牲是不被大眾理解的。1957年，這部小說被中共批評家當作反革命作品批判，因為丁玲對墮落女人貞貞的積極描述有損於「神聖的」民族革命。[28]文革以後，一些批評家試圖重新將貞貞塑造成一個為革命犧牲的進步女英雄。[29]這兩個時期的評論都是基於對貞貞是反革命或是革命者的評判，卻忽視了敘述者提出的更

[27] 布林迪厄：《藝術的規則》，第10頁。

[28] 姚文元把這個短篇小說看作丁玲敵視革命意識形態並為日本帝國主義做宣傳的代表作，見夏康達：〈重新批評〈我在霞村的時候〉〉，收入《丁玲作品批評集》，北京：中國文聯出版社，1984，第196—207頁。從1955年開始，丁玲不斷地受到黨內的批評。

[29] 王中忱：《丁玲的人生與文學道路》，北京：人民文學出版社，1984，第128—135頁。

為複雜的問題。

按照王德威的說法，丁玲提出了一個非常嚴肅的關於女性話語的問題，這個問題與政治、道德和性本質相關。王德威指出了現有研究中對這個問題的盲點，他認為即使女性的命運為革命意識形態所指定，女性話語與「人民」或「民族」話語仍有很大的衝突。[30]的確，丁玲暴露了控制女性身體的多種權力之間的衝突。在這裡，我特別要說明地緣政治空間與女人身體之間的關係，並且從這種關係中試圖探查女性有著易變特性的性感身體是否會被國家——民族話語變得完全理性化。通過對這一關係的思索，也許可以回答為什麼女性主義意識在延安一方面屬於革命話語的一部分，另一方面也是革命話語中的一個棘手問題。

《我在霞村的時候》刻畫了一個年輕的女人貞貞，她成了日軍的慰安婦後還堅持為抗日組織刺探日本人的情報。當她得了性病回到霞村的時候，不能被蒙昧的群眾所接受。但是，在故事的結尾，貞貞有了一個光明的未來——她得到了黨組織很好的治療，並且加入了革命軍隊。貞貞是光明的內心和骯髒的身體的結合，丁玲用這一形象象徵性地將女性被蹂躪的腐敗的身體和愛國主義（或者革命的）意識形態結合在一起。

來自城市的女間諜們誘人的身體包含著延安地區無法容忍的資產階級意識形態，貞貞則不像這些來自城市的女間諜，她並不是主動去引誘男人，她的身體是被日本人蹂躪的對象。她在陷入日軍之前就大膽地追求個人願望，為了逃出父母安排的包辦婚姻，她請求加入教會，但不幸的是，她被日本人強姦並擄走。後來出於愛國主義目的，她又再次犧牲自己身體，為抗日組織服務。逃回家鄉養病後，她不能被自己的村民理解。最後決定離開村子和愛她的人一起投奔延安，尋求個人存在的價值。即使丁玲的寫作觀念已經為中共

[30] 王德威：〈作了女人真倒楣〉，見《小說中國》，臺北：麥田出版社，1993，第328—335頁。

意識形態所支配，但是從貞貞的身上，我們還是可以看到她對女性命運所持的悲觀態度。

貞貞的疾病排除了性歡愉的可能性，迥異於被許多男作家浪漫化處理的女間諜生涯。由於作者固執地堅持自己的女性主義立場，貞貞的疾病就不僅象徵著被敵人蹂躪的女性身體的痛苦，也象徵著被政黨利用的女性身體的痛苦。[31]但是由於丁玲已經完全認同馬克思主義，她還得強調貞貞的疾病與她參與並獻身於革命和「進步」的事業有關。如果她因進步的原因而得病，那麼疾病就是她鬥爭的證據和見證，這樣就突出了她的身體中「積極」的一面。所以在小說中，雖然貞貞得了性病，但在敘述者眼中她仍然是「臉色紅潤」的。[32]「臉色紅潤」指涉的是貞貞積極進步的思想。然而，如此健康的面容與貞貞所承受的痛苦和腐爛的身體是不協調的。即使在「面色紅潤」的遮蔽下，貞貞的身體依然還有「髒病」，這個恥辱的象徵仍然存在。可是為什麼「髒病」如此危險？進步的概念能否完全遮蔽性病的症候？當愚昧的大眾不留情面地蔑視貞貞和她骯髒的性病時，丁玲的解釋受到了巨大的挑戰。

當敘述者處理貞貞的性病時，她訴諸於貞貞的革命和愛國主義動機，但是，結果卻是敘述者和貞貞都不得不與傳達道德評判的大眾唱反調。具有諷刺意味的是，本來群眾、貞貞和敘述者都屬於受中共領導的革命組織的一部分，可是現在因為貞貞的身體，這個革命大眾的群體變得不一致了，變成了互相敵視的「雜體」。這正是這個短篇小說中最引發爭議的地方，因為當時黨的文藝政策正在鼓勵「大眾化」，鼓勵知識份子團結大眾，向大眾學習，向大眾靠攏，革命者（包括敘述人、阿桂和一些進步形象）應該假定站在群眾的一邊而不是反對他們。這就是為什麼中共批評家質問丁玲對

[31] 同上，第331頁。

[32] 丁玲：《我在霞村的時候》，見《丁玲選集》，成都：四川人民出版社，1984，卷2，第433—455頁。

群眾的態度。他們假定當丁玲選擇反對群眾時，她持有反革命的立場。這些中共批評家將政治問題與道德問題混淆，但是他們有充分的理由為貞貞身體混淆了墮落和革命的標誌而焦慮，因為她的身體褻瀆了純潔健康的革命理想。

丁玲努力解決如何在延安重新安置「女間諜」的問題，她有意識地強調貞貞願意為革命和民族犧牲的願望。然而，丁玲毫不妥協的女性主義觀念始終提醒著我們，貞貞為了高尚的愛國主義遭受著多麼大的痛苦。作為一個女作家，丁玲更加關注的是貞貞承受的痛苦，而不是民族主義宣傳。她試圖通過「臉色紅潤」來暗示貞貞戰勝疾病的努力，雖然包含著意識形態的目的，但是也包含著對女性困境的深刻理解。當敘述人看到貞貞的面色覺得奇怪時，她忍不住追問貞貞身體狀況的真相。這個真相在貞貞的坦言中顯露出來：

> 只有今年秋天的時候，那才厲害，人家說我肚子裡面爛了，又趕上有一個消息要立刻送回來，找不到一個能代替的人，那晚上摸黑我一個人來回走了三十里，走一步，痛一步，只想坐著不走了。要是別的不關緊要的事，我一定不走回去了，可是這不行哪，唉，又怕被鬼子認出來，又怕誤了時間，後來整整睡了一個星期，才又拖著起了身。一條命要死好像也不大容易，你說是麼？[33]

在這篇小說中，我們沒有看到其他男性作家描述重慶和上海的女間諜時那迷人的面紗，貞貞是個承受著身體帶給她苦難的普通女人，是個不能逃脫她的家庭、她的村子、她的聖地延安的普通女人。丁玲努力改動貞貞的身體，使之符合延安的規則，但是，她

[33] 丁玲：《我在霞村的時候》，見《丁玲選集》卷2，第433—455頁。

的女性主義立場又不斷地使貞貞的生活空間變得更加複雜化。當陪同敘述人去霞村的阿桂對貞貞的遭遇反映強烈時，敘述人卻保持沈默。然而她的沈默是源於她和「政治部」的複雜關係，這使貞貞的個案變得更成問題。正是由於敘述人無法漠視貞貞身體的痛苦，她最終將自己放在了群眾的對立面。

丁玲堅決地擁護共產主義意識形態，作為一個女作家，她非常關注婦女問題。1942年，她在自己主編的雜誌《文藝》上發表了著名的雜文《三八節有感》。她在文章的一開頭就提出一個有趣的問題：「『婦女』這兩個字，將在什麼時代才不被重視，不需要特別的被提出呢？」在她的回答中，她雖然也強調延安的女性比其他任何地方的女性要幸福得多，但同時也誠實地指出了延安女性的困境。延安的女性不得不把她們的生活分為政治的和女性的兩種。通過揭示女性在婚姻、做母親以及離婚方面的困窘，丁玲強烈反對延安方面對女性所進行的政治評判。丁玲雜文中最引起爭議的部分是她性別化的女性觀，她認為在某種特定的條件下，性別與理論無關，與「主義」或思想無關，與會議和報告無關：

> 我自己是女人，我會比別人更懂得女人的缺點，但我卻更懂得女人的痛苦。她們不會是超時代的，不會是理想的，她們不是鐵打的。她們抵抗不了社會一切的誘惑和無聲的壓迫，她們每人都有一部血淚史，都有過崇高的感情（不管是升起的或沉落的，不管有幸與不幸，不管仍在孤苦奮鬥或捲入庸俗），這對於來到延安的女同志說來更不冤枉，所以我是拿著很大的寬容來看一切被淪為女犯人的人的。而且我更希望男子們尤其是有地位的男子，和女人本身都把這些女人的過錯看得與社會有聯繫些。少發空議論，多談實際的問題，是理論和實際不脫節，在每個共產黨員的修身上都對自己負責些就好了。然而我們也不能不對女同志們，尤其是在延安的

女同志們有些小小的企望；而且勉勵著自己，勉勵著友好。[34]

丁玲提醒延安的男子們，這些女同志除了是同志之外還是女人，她們不得不承受比男人更大的生理上的困難。即使是在革命的中心——延安，丁玲也企圖將所謂「落後女人」的政治問題轉變成由男性話語所造成的性別問題。從現代女性主義的意識出發，丁玲大膽地揭示這個社會空間中政治——文化——性別的複雜性。為了避免將女性神秘化和神話化，丁玲特別強調女性所有的性別角色——在愛情、婚姻、生育和離婚中的種種困境。正如在《我在霞村的時候》，丁玲理性的革命意識總是被她個人強烈的女性主義觀點所沖淡。這篇文章所以特別引人注意，是因為延安的主流權力不能接受這種異類的聲音。於是不久，毛澤東於1942年發動了著名的「文藝整風」運動，為延安的各種寫作制定了毛話語的標準。所有的藝術寫作都被這個政治標準所規範，延安這個空間在毛澤東《在延安文藝座談會上的講話》中被界定為「工農兵和廣大人民群眾當家作主」的地方。[35]在此之後，丁玲的雜文和小說幾乎把她帶進了與王實味相同的命運。王實味在毛澤東的講話之後被處死，丁玲雖然比他幸運，但到了1957年，終於也被定為右派，受到許多批評。

在文藝整風期間，毛澤東提出文化方面最突出也最必要的，是藝術家和作家要有意識地服從工農兵群眾。在這樣的背景下，丁玲寫了針對《三八節有感》的自我批評。在這篇自我批評中，丁玲同時也批判了王實味——這個文藝整風運動中的犧牲品。丁玲不僅攻擊王實味的文藝觀和他的個人品性，也檢查了她自己在早期作品中表達出來的女性主義立場。從那以後，丁玲明顯地放棄了她以往

[34] 丁玲：〈三八節有感〉，見《丁玲作品精選》，吳麗娜、吳盧兮編，第346頁，武漢：長江文藝出版社，2003。

[35] 杜博妮（Bonnie S.McDougall）：《毛澤東在延安文藝座談會上的講話》，密歇根大學中國研究中心，1980。

明確的女性主義認同，丁玲的聲明，說明像貞貞和《我在霞村的時候》的敘述人這樣邊緣的女性聲音已經無處安置，也不復存在了。到了文革期間，女性的身體更是沒有任何縫隙可以逃脫，它全面地被帶有政治烙印的異常嚴格的文化符碼所嚴重改寫。

以上的討論，我不僅試圖考察不同的社會地理空間的客觀狀況，也強調這些空間中實際情況與潛在狀況的不同。女性身體可包含與不可包含的辯證法為我們提供了一個檢驗作家與地緣政治空間之間複雜關係的基點。我不否認戰爭對民族主義認同的加強，也不排斥民族主義話語因文化中心的遷移而變得分散，但不希望借此理由而得出任何簡單的結論。所以，我便側重闡明作為個體的中國知識份子為民族解放進行抗爭的複雜性，而且，因為他們的文學實踐產生在特定的地緣政治空間中，他們也有能力重塑社會空間。來自三個不同空間的作家個案，說明他們的作品是對他們所生存的社會空間的直接表現，但是，他們也通過文學表現的象徵性符碼超越了簡單的政治認同和道德評判。

# 參考文獻

## 外文參考書目


Anderson, Marston. The Limits of Realism: Chinese Fiction in the Revolutionary Period. Berkeley: University of California Press, 1990.

Anderson, Perry. "Modernity and Revolution" In Marxism and the Interpretation of Culture, ed. Cary Nelson and Lawrence Grossberg, Urbana: University of Illinois Press, 1988.

Austin, J.L. How to Do Things with Words. Cambridge: Harvard University Press, 1975.

Apter, David E. and Tony Saich. Revolutionary Discourse in Maos Republic. Cambridge: Harvard University Press, 1994.

Baudrillard, Jean. Jean Baudrillard Selected Writings. Ed. Mark Poster. Stanford, Calif.: Stanford University Press, 1988.

Barlow, Tani E. "Theorizing Woman: Funü, Guojia, Jiating." In Body, Subject and Power in China.ed. Tani E.Barlow, and Angela Zita. Chicago: University of Chicago Press, 1994.

Benjamin, Walter. Gesammelte Schrifter. 6 vols.Ed. Rolf Tiedeman and Hermann. Frankfrut am Main: SuhrkamoVerlag, 1974-1984.

Illuminations, Trans. Harry Zohn. New York: Schocken Books, 1968.

Buck Morss, Susan: Dreamworld and Catastrophe: The Passing of Mass Utopia in East and West. Cambridge: MIT Press, 2000.

Burger, Peter. Theory of Avant Garde. Trans. Michael Shaw. Minneapolis: University of Minnesota Press, 1984.

Buter, Judith. Gender Trouble: Feminism and Subversion of Identity. New York: Routledge, 1990.

Bodies That Matter: On the Discussion Limits of "Sex." New York: Routledge, 1993.

Bourdieu, Pierre. The Field of Cultural Production: Essays on Arts and

Literature. New York: Columbia University, 2000.

The Rule of Art: Genesis and Structure of Literary Field. Trans. Susan Emanuel. Stanford, Calif.: Stanford University Press, 1990.

In Other Words: Essays Towards a Reflexive Sociology. Stanford, Calif.: Stanford University Press, 1990.

Brown, Edward J. Russian Literature since the Revolution. London: Collier Books, 1963.

Calinescu, Matei. Five Face of Modernity. Durham, N.C., and London: Duke University Press, 1987.

Chang, Kang I Sun. The Late Ming Poet Chen Tzulung: Crises of Love and Loyalism. New Haven, Conn.: Yale University Press, 1991.

Chang, Yvonne Sung sheng. Modernism and Nativist Resistance: Contemporary Chinese Fiction from Taiwan. Durham, N.C., and London: Duke University Press, 1993.

Chen Jianhua. "Chinese Revolution in the Syntax of World Revolution." In Token of Exchange, ed. Liu, Lydia H., Durham, N.C., and London: Duke University Press, 1999.

Chen, Xiaomei. Occidentalism: A Theory of Counter Discourse in Post Mao China. Oxford: Oxford University Press, 1994.

Chow, Rey. Woman and Chinese Modernity: The Politics of Reading between West and East. Minneapolis: University of Minnesota Press, 1991.

Culler, Jonathan. On Deconstruction: Theory and Criticism after Structuralism. Ithaca, N.Y.: Cornell University Press, 1982.

Darnton, Robert. The Great Cat Massacre and Other Episodes in French Cultural History. New York: Basic Books, 1984.

Deleuze, Gilles. Masochism: Coldness and Cruelty. New York: Zone Books, 1991.

Denton, Kirk A. The Problematic of Self in Modern Chinese Literature. Stanford, Calif.: Stanford University Press, 1998.

Modern Chinese Literature Thought. Stanford, Calif.: Stanford University Press, 1996.

Des Forges, Alexander. "Literary Modernity":Its Uses and Flaws as Aesthetic Code, Analytic Tool, and Fetish." Paper presented at the conference of Contested Modernities: Perspectives on Twentieth Century Chinese Literature, in New York: Columbia University, 2000.

Dirlik, Arif. After the Revolution: Waking to Global Capitalism. Hanover: Wesleyan University Press, 1994.

Anarchism in the Chinese Revolution. Berkeley: University of California Press, 1991.

Dooling, Amy D. "Desire and Disease: Bai Wei and the Thirties Literary

Left." Paper presented in the conference of "Contested Modernities: Perspectives on Twentieth Century Chinese Literature", Columbia University, New York, 2000.

"Feminism and Narrative Strategies in Early Twentieth Century Chinese Womens Writing." Ph.D.diss., Columbia University, 1998.

Duara, Prasenjit. Rescuing History from the Nation: Questing Narratives of Modern China. Chicago: University of Chicago Press, 1995.

Fairbank, John King. The Great Chinese Revolution: 1800-1985. New York: Harper and Row, 1986.

Feuerwerker, Yi tsi Mei. Ding Lings Fiction: Ideology and Narrative in Modern Chinese Literature. Cambridge: Harvard University Press, 1982.

Freud, Sigmund. Collected Papers. London: Hogarth Press, 1950.

Beyond the Pleasure Principle.Ed.and trans. James Strachey. New York: W.W.Norton, 1961.

Introductory Lectures on Psycho Analysis. Trans. James Strachey. New York: W.W.Norton, 1966.

Foucault, Michel. The Archaeology of Knowledge. New York: Pantheon Books, 1972.

Fruehauf, Heinrich. "Urban Exoticism in Modern and Contemporary Chinese Literature." In From May Fourth to June Fourth: Fiction and Film in Twentieth Century China.ed. Ellen Widmer and David Der wei Wang, Cambridge: Harvard University Press, 1993.

Gao, James."War Culture, Nationalism, and Political Campaign in China, 1950-1954."In Chinese Nationalism in Perspective: Historical and Recent Cases.ed. George Wei, Westport, Conn.: Greenwood Press, 2001.

Grosz, Elizabeth. Volatile Bodies: Toward a Corporeal Feminism. Bloomington: Indiana University Press, 1994.

Hsia, C.T. A History of Modern Chinese Fiction: 1917-1957. New Haven, Conn.: Yale University Press, 1961.

Hsia, Tsi An. The Gate of Darkness: Studies in the Leftist Literary Movement in China. Seattle: University of Washington Press, 1968.

Hu, Yin. Tales of Translation: Composing the New Woman in China, 1899—1918. Stanford, Calif.: Stanford University Press, 2000.

Huang, Joe C. Heroes and Villains in Communist China: The Contemporary Chinese Novel as a Reflection of Life. New York: PLCA Press, 1973.

Hunt, Lynn. Politics, Culture, and Class in the French Revolution. Berkeley: University of California Press, 1984.

Huyssen, Andreas. After the Great Divide: Modernism, Mass Culture,

Postmodernism. Bloomington: Indiana University Press, 1986.
Irigaray, Luce. This Sex Which Is Not One. Trans. Catherine Porter with Carolyn Burke. Ithaca, N.Y.: Cornell University Press, 1977.
Jameson, Fredric. The Political Unconscious: Narrative as a Socially Symbolic Act. Ithaca, N.Y.: Cornell University Press, 1981.
Lee, Leo Oufan. Shanghai Modern: The Flowering of a New Urban Culture in China1930—1945. Cambridge: Harvard University Press, 1999.
Voices from the Iron House: A Study of Lu Xun. Bloomington: Indiana University Press, 1987.
The Romantic Generation of Modern Chinese Writers. Cambridge: Harvard University Press, 1973.
"In Search of Modernity: Some Reflections on a New Mode of Consciousness in Twentieth Century Chinese History and Literature." In Ideas Across Cultures: Essays on Chinese Thought in Honor of Benjamin I.Schwartz, ed. Poul Cohen and Merle Goldman, Cambridge: Harvard University Press, 1990.
Legge, Jame, trans. The Book of Changes. Toronto: Bantam Books, 1986.
Li Tuo. "Resistance to Modernity: Reflections on Mainland Chinese Literary Criticism in the 1980s." In Chinese Literature in the Second Half of a Modern Century: A Critical Survey, ed. Pang Yuan Chi and David Der wei Wang, Bloomington: Indiana University Press, 2000.
Li Yu ning. The Introduction of Socialism into China. New York: Columbia University Press, 1971.
Liu, Lydia H. Translingual Practics: Literature, National Culture, and Translated Modernity in China, 1900—1937. Stanford, Calif.: Stanford University Press, 1995.
"Invention and Intervention: The Female Tradition in Modern Chinese Literature." In Gender Politics in Modern China, ed. Tani E. Barlow, Durham, N.C., and London: Duke University Press, 1993.
Louie, Kam. "Love Stories: The Meaning of Love and Marriage in China." In After Mao: Chinese Literature and Society 1978-1981, ed. Jeffrey C. Kinkley, Cambridge: Harvard University Press, 1985.
Lukacs, Georg. The Theory of Novel. Trans. Anna Bostock. Cambridge: MIT Press, 1973.
Lu Tonglin. Misogyny, Cultural Nihilism, and Oppositional Politics: Contemporary Chinese Experimental Fiction. Stanford, Calif.: Stanford University Press, 1995.
Marcuse, Herbert. Eros and Civilized. London: Sphere Books, 1969.
Counter Revolution and Revolt. Boston: Beacon Press, 1972.
Meisner, Maurice. Li Ta chao and the Origins of Chinese Marxism.

Cambrigde: Harvard University Press, 1967.

Meng Yue."Female Images and National Myth." In Gender Politics in Modern China, ed. Tani E. Barlow, Durham, N.C., and London: Duke University Press, 1993.

Moretti, Franco. Sighs Taken for Wonders. London; New York: Verso, 1983.

The Way of the World: The Bildungsroman in European Culture. London: Verso, 1987.

Ng, Mau sang. The Russian Hero in Modern Chinese Fiction. Hong Kong: The Chinese University Press, 1988.

Ozouf, Mona. Festivals and the French Revolution. Trans. Alan Sheridan. Cambridge: Harvard University Press, 1988.

Paglia, Camille. Sexual Personae. New York: Vintage Books, 1990.

Prusek Jaroslav. The Lyrical and the Epic: Studies of Modern Chinese Literature. Ed. Lee, Leo Ou fan, Bloomington: Indiana University Press, 1980.

Read, Christopher. Culture and Power in Revolutionary Russia: The Intelligentsia and the Transition from Tsarism to Communism. New York: St. Martins Press, 1990.

Rubenstein, Tangled. Loyalties: The Life and Times of Ilya Ehrenburg. New York: Basic Books, 1996.

Schor, Naomi. Reading in Detail: Aesthetics and Feminine. New York: Methuen, 1987.

Scott, Joan Wallach. Gender and the Politics of History. New York: Columbia University Press, 1988.

Shih Shu mei. The Lure of Modern: Writing Modernism in Semico lonial China1917—1937. Berkeley: University of California Press, 2001.

Shu Yunzhong. Buglers on the Home Front: The Wartime Practice of the Qiyue School. Albany: State University of New York Press, 2000.

Struve, Gleb. Soviet Russian Literature 1917—1950. Norman: University of Oklahoma Press, 1951.

Suieiman, Susan Rubin. Authoritarian Fiction: The Ideological Novel as a Literary Genre. New York: Columbia University Press, 1983.

Tang xiaobin. Chinese Modern: The Heroic and the Quotidian. Durham, N.C., and London: Duke University Press, 2000.

Wang ban. The Sublime Figure of History: Aesthetics and Politics in Twentieth Century China. Stanford, Calif.: Stanford University Press, 1997.

Wang, David Derwei. Fin de Siècle Splendor: Repressed Modernities of Late Qing Fiction, 1849-1911. Stanford, Calif.: Stanford University Press, 1997.

The Monster That Is History: History, Violence, and Fictional Writing in Twentieth Century China. Berkeley: University of California Press, 2004.

Fictional Realism in Twentieth Century China: Mao Dun, Lao She, Shen Congwn. New York: Columbia University Press, 1992.

Zhang, Jingyuan. Psychoanalysis in China: Literary Transforma tions, 1919—1949. Ithaca, N.Y.: East Asian Program, Cornell University, 1992.

Zhang, Xudong. Chinese Modernism in the Era of Rerorms: Cultural Fever, Avant Garde Fiction, and the New Chinese Cinema. Durham, N.C., and London: Duke University Press, 1997.

Zhang, yingjin. The City in Modern Chinese Literature and Film: Configurations of Space, Time, and Gender. Stanford, Calif.: Stanford University Press, 1996.

Journal of Modern Literature in Chinese

Modern Chinese Literature

Modern Chinese Literature and Culture

## 中文參考書目

艾曉明：《中國左翼文學思潮探源》，長沙：湖南文藝出版社，1991年。

巴金：《愛情三部曲》，北京：人民文學出版社，1995。

白舒榮、何由：《白薇評傳》，長沙：湖南文藝出版社，1983。

白薇：《炸彈與征鳥》，上海：北新書局，1929。

白薇：《悲劇生涯》，上海：生活書店，1936。

杜衡：《文藝自由論辯集》，上海：現代書局，1933。

丁玲：《丁玲自傳》，許楊清、宗誠編，南京：江蘇文藝出版社，1996。

丁玲：《丁玲小說選》，北京：人民文學出版社，1981。

丁玲：《丁玲文集》，香港：彙文閣書店，1972。

陳播編：《中國左翼電影運動》，北京：中國電影出版社，1993。

陳平原、夏曉虹編：《二十世紀中國小說理論資料》，北京：北京大學出版社，1989。

陳平原、陳國球編：《文學史》，北京：北京大學出版社，1993。

陳建華：《革命的現代性：中國革命話語考論》，上海：上海古籍出版社，2000。

陳順馨：《中國當代文學的敘事與性別》，北京：北京大學出版社，1995。

陳忠實：《白鹿原》，北京：人民文學出版社，1993。

《重放的鮮花》，上海：上海文藝出版社，1979。

方銘編：《蔣光慈研究資料》，銀川：寧夏人民出版社，1983。

馮德英：《苦菜花》，北京：解放軍文藝出版社，1958。

伏志英：《茅盾評傳》，上海：現代書局，1931。
海天獨嘯子：《女媧石》，見《中國近代小說大系》，南昌：江西人民出版社，1989。
浩然：《豔陽天》，第35章，北京：人民文學出版社，1975。
華漢：《地泉》，上海：上海湖風書局，1932。
洪靈菲：《前線》，上海：上海泰東圖書局，1928。
洪靈菲：《轉變》，上海：遠東圖書館，1928。
洪靈菲：《流亡》，上海：現代書局，1928。
洪子誠：《中國當代文學概說》，香港：青文書屋，1997。
洪子誠編：《二十世紀中國小說理論資料》，卷5，北京：北京大學出版社，1997。
洪子誠：《中國當代文學史》，北京：北京大學出版社，1999。
蔣光慈：《蔣光慈文集》，上海：上海文藝出版社，1982。
孔範今編：《中國現代文學補遺書系》，濟南：明天出版社，1990。
李澤厚：《中國現代思想史論》，臺北：三民書局，1996。
劉吶鷗：《色情文化・譯者題記》，上海：第一線書店，1928。
劉吶鷗：《都市風景線》，上海：水沫書店，1930。
劉慧英：《走出男權傳統的樊籬》，北京：三聯書店，1995。
柳青：《創業史》，第457頁，北京：中國青年出版社，1977。
廬隱：《象牙戒指》，北京：盛景書店，1933。
魯迅：《魯迅全集》，北京：人民文學出版社，1981。
毛澤東：《毛澤東選集》，北京：人民出版社，1964。
茅盾：《茅盾全集》，北京：人民文學出版社，1991。
茅盾：《蝕》，北京：人民文學出版社，1954。
茅盾：《腐蝕》，香港東亞書局，1974。
馬良春等編：《中國現代文學思潮流派討論集》，北京：人民文學出版社，1984。
孟悅、戴錦華：《浮出歷史地表》，鄭州：河南人民出版社，1989。
穆時英：《熱情之骨》，旭水、穆紫編，瀋陽：春風文藝出版社，1993。
歐陽山：《一代風流》，人民文學出版社，1999。
屈毓秀、尤敏編：《石評梅選集》，西安：陝西人民出版社，1983。
饒鴻競編：《創造社資料》，福州：福建人民出版社，1982。
邵伯周：《中國現代文學思潮研究》，上海：學林出版社， 1993年。
施蟄存：《沙上的腳跡》，瀋陽，遼寧教育出版社，1995。
沈從文：《沈從文文集》，廣州：花城出版社，1984。
沈衛威：《茅盾傳：艱辛的人生》，臺北：業強出版社，1991。
唐弢編：《中國現代文學史簡編》，北京：人民文學出版社，1984。
唐弢：《中國現代文學史》，北京：人民文學出版社，1979。
吳騰凰：《蔣光慈傳》，合肥：安徽人民出版社，1982。
汪暉：《無地彷徨》，杭州：浙江文藝出版社，1994。

王瑤：《中國新文學史稿》，上海：開明書店，1951。
王曉明編：《人文精神尋思錄》，上海：文匯出版社，1996。
王小波：《王小波文集》，北京：中國青年出版社，1999。
王小波：《黃金時代》，北京：華夏出版社，1994。
王中忱：《丁玲的人生與文學道路》，北京：人民文學出版社，1984。
王德威：《作了女人真倒楣》，見《小說中國》，臺北：麥田出版社，1993。
聞捷：《天山牧歌》，北京：作家出版社，1956。
夏曉虹：《晚晴文人婦女觀》，北京：作家出版社，1995。
嚴家炎：《中國現代小說流派史》，北京：人民文學出版社，1989。
楊沫：《青春之歌》，北京：作家出版社，1958。
楊義：《中國現代小說史》，人民文學出版社，1988年。
楊楊編：《石評梅作品集》，北京：書目文獻出版社，1983。
葉靈鳳：《紅的天使》，上海：現代書局，1930。
張愛玲：《張愛玲文集》，合肥：安徽文藝出版社，1992。
張散、馬明仁編：《有爭議的性愛描寫》，延邊大學出版社，1988。
張靜廬：《中國現代出版史料》，北京：中華書局，1955。
張資平：《資平自選集》，上海：樂華圖書出版公司，1933。
張資平：《張資平小說集》，廣州：花城出版社，1994。
張鐘、洪子誠編：《當代中國文學概觀》，北京：北京大學出版社，第447。
鄭伯奇：《憶創造社及其他》，香港：三聯書店，1982。
朱金順：《新文學資料引論》，北京：北京語言學院出版社，1986。
曾樸：《孽海花》，北京：解放軍文藝出版社，2000。
宗璞：《宗璞小說散文選》，北京：北京出版社，1981。
《革命文學論爭資料選編》，北京：人民文學出版社，1981。
《中國現代文學史參考資料》，中國人民大學新聞系文學教研室編，上海：上海教育出版社，1959。
《中國新文學大系1927—1937》，上海：上海文藝出版社，1987。
《新文學史料》、《人民文學》、《文藝報》、《天涯》等期刊。

# 譯後記

去年的5月，開始讀劉劍梅教授的《革命與情愛》，這是她基於英文博士論文重新修訂的關於20世紀中國文學史的研究專著。10月底翻譯完這本書，廣州仍然是一個季節的樣子。等11月初暫時擱下未定的譯稿去北京開會，我才在出機場的高速公路上感受到了久違的秋意。現在，又是5月，在經過我和劍梅諸多的郵件往來，特別是劍梅親自校訂後，譯稿終於可以殺青付梓了。

集中一段時間翻譯學術著作，這在我是不期然而然的。從讀中學到讀學位，我們都有不少的時間花在背外語上，如果仔細衡量用功的程度，可以說在某種意義上我們是愧對自己的母語的。在翻譯劍梅的這本書時，我才在跨文化的語境中切實感受到了語言作為文化的功能與意義。儘管劍梅和我是相同的母語和大致相同的文化背景，但她在西方學院和學術背景下完成的這本著作，仍然顯示了我們並不完全熟悉的風貌。所以，在翻譯的過程中，「信達雅」的訓示雖然猶在耳旁，但已經知道那是一種實在難以企及的境界。我只希望自己能夠準確地將原作轉譯成中文文本，至於文筆如何，我實在沒有把握。幸虧劍梅既治學術，又長於散文寫作，她對譯稿作了認真的校訂，這應該會彌補我翻譯中的不足。

等到我們這輩人也開始做什麼學問時，海外現代文學研究與中國大陸現代文學研究之間的相互影響已經是學術上的常態。我是在老師的講述及學術研究的文獻中感受到當年的歐風美雨對學界的衝擊的，從夏志清到李歐梵再到王德威，他們的著作常常是我們研討的話題。對海外新一代中國現代文學研究者的關注，應該是近幾年的事情。我讀劍梅的書，對她研究的對象有所熟悉，也曾想過如果自己研究這個問題該是怎樣的路徑和方法；在翻譯和理解這本書的過程中，我體會到除了學術個性的差異外，學術背景的不同對研究的影響幾乎是深刻的。當劍梅用英文來研究和寫作時，她的路徑和觀點給我很多啟示。

我和劍梅先後在同一個校園讀書，但沒有謀面的機會。在翻譯的過程中，我們不時有郵件往來，於學術之外，也常常簡潔地說到關於女人、家庭和事業的話題，感同身受，共鳴於心。這使緊張的翻譯工作變得有趣。

即便是翻譯工作，我也想循例說些感謝的話。我要感謝家人和朋友的關照，特別要感謝我的妹妹小魯；當然還要感謝譯叢主編王堯、季進兩位教授，謝謝他們的邀約和支持。

郭冰茹

2007年5月于中山大學中文堂

# 後記

此書原是我的第一部英文學術專著，由美國夏威夷大學出版社2003年首次出版。二〇〇九年由中山大學郭冰茹教授譯成中文，然後由上海三聯推出中文版。

這部著作能在台灣出版，我感到非常高興。這也是我第一次在台灣出書。推薦到秀威資訊出書的是韓晗先生，特向他表示衷心的感謝。也要感謝蔡登山先生的賞識和伊庭女史的認真校對。另外，在此我也感謝彭倫先生的慷慨相助。李躍力教授在《革命與情愛》的中文簡體字版出版後，曾經替我做過一些細緻的勘誤，我也非常感謝。

二〇〇九年初，此書中文版在上海三聯出版時，刪去書中所有的我父親（劉再復）的名字，他因牽涉「六四」事件，漂流海外，所以書籍和文章全被禁行。（二〇〇九年後已逐步開禁。）此次台灣秀威資訊出版繁體字版，「劉再復」三個字又重新出現在我書中的題詞、序言與引文中，真是高興。我相信這便是自由的溫馨，生活的詩意。

劉劍梅

二〇一四年一月二十四日

香港科技大學人文學院

釀文學161　PG1143

# 革命與情愛：

## 二十世紀中國小說史中的女性身體與主題重述

作　　者　劉劍梅
譯　　者　郭冰茹
主　　編　蔡登山
責任編輯　鄭伊庭
圖文排版　詹凱倫
封面設計　秦禎翊

出版策劃　釀出版
製作發行　秀威資訊科技股份有限公司
114 台北市內湖區瑞光路76巷65號1樓
電話：+886-2-2796-3638　傳真：+886-2-2796-1377
服務信箱：service@showwe.com.tw
http://www.showwe.com.tw
郵政劃撥　19563868　戶名：秀威資訊科技股份有限公司
展售門市　國家書店【松江門市】
104 台北市中山區松江路209號1樓
電話：+886-2-2518-0207　傳真：+886-2-2518-0778
網路訂購　秀威網路書店：http://www.bodbooks.com.tw
國家網路書店：http://www.govbooks.com.tw
法律顧問　毛國樑　律師
總 經 銷　聯合發行股份有限公司
231新北市新店區寶橋路235巷6弄6號4F
電話：+886-2-2917-8022　傳真：+886-2-2915-6275

出版日期　2014年5月　BOD一版
定　　價　520元



**Printed in Taiwan**

國家圖書館出版品預行編目

革命與情愛：二十世紀中國小說史中的女性身體與主題重述 / 劉劍梅著；郭冰茹譯. -- 一版. -- 臺北市：釀出版, 2014.05
面；　公分. -- (釀文學；161) (語言文學類；PG1143)
BOD版
ISBN 978-986-5696-12-2 (平裝)

1. 中國小說 2. 現代小說 3. 文學評論

820.9708　　103006066

# 讀者回函卡

感謝您購買本書，為提升服務品質，請填妥以下資料，將讀者回函卡直接寄回或傳真本公司，收到您的寶貴意見後，我們會收藏記錄及檢討，謝謝！

如您需要了解本公司最新出版書目、購書優惠或企劃活動，歡迎您上網查詢或下載相關資料：http:// www.showwe.com.tw

您購買的書名：＿＿＿＿＿＿＿＿＿＿＿＿＿＿＿＿＿＿＿＿＿＿

出生日期：＿＿＿＿＿年＿＿＿＿＿月＿＿＿＿＿日

學歷：□高中(含)以下　□大專　□研究所(含)以上

職業：□製造業　□金融業　□資訊業　□軍警　□傳播業　□自由業

□服務業　□公務員　□教職　□學生　□家管　□其它＿＿＿

購書地點：□網路書店　□實體書店　□書展　□郵購　□贈閱　□其他

您從何得知本書的消息？

□網路書店　□實體書店　□網路搜尋　□電子報　□書訊　□雜誌

□傳播媒體　□親友推薦　□網站推薦　□部落格　□其他＿＿＿＿＿

您對本書的評價：(請填代號　1.非常滿意　2.滿意　3.尚可　4.再改進)

封面設計＿＿　版面編排＿＿　內容＿＿　文／譯筆＿＿　價格＿＿

讀完書後您覺得：

□很有收穫　□有收穫　□收穫不多　□沒收穫

對我們的建議：＿＿＿＿＿＿＿＿＿＿＿＿＿＿＿＿＿＿＿＿＿＿

＿＿＿＿＿＿＿＿＿＿＿＿＿＿＿＿＿＿＿＿＿＿＿＿＿＿＿＿＿

＿＿＿＿＿＿＿＿＿＿＿＿＿＿＿＿＿＿＿＿＿＿＿＿＿＿＿＿＿

＿＿＿＿＿＿＿＿＿＿＿＿＿＿＿＿＿＿＿＿＿＿＿＿＿＿＿＿＿

請貼
郵票

11466
台北市內湖區瑞光路 76 巷 65 號 1 樓

**秀威資訊科技股份有限公司** 收

BOD 數位出版事業部

..................................................................................

（請沿線對折寄回，謝謝！）

姓　名：＿＿＿＿＿＿＿＿　年齡：＿＿＿＿　性別：□女　□男

郵遞區號：□□□□□

地　址：＿＿＿＿＿＿＿＿＿＿＿＿＿＿＿＿＿＿

聯絡電話：(日) ＿＿＿＿＿＿＿＿ (夜) ＿＿＿＿＿＿＿＿

E-mail：＿＿＿＿＿＿＿＿＿＿＿＿＿＿＿＿＿＿